Jennifer C. Angersbach

Das Herz denkt nicht,
es füh

Roma

Ein Roman über die Suche nach Liebe und der Sehnsucht danach, endlich anzukommen – am liebsten bei jemand Anderem.

Das Buch

Marina ist heute dreißig Jahre alt geworden, doch so hatte sie sich ihren Geburtstag nicht vorgestellt. Oder doch? Sie schämt sich für das, was passiert ist. Wie immer eigentlich.

Sie wartet auf Zeichen, die ihr eine Richtung zeigen und die Erlaubnis geben, dass sie endlich die Marina sein kann, die sie wirklich ist. Doch zwischen dem Wissen und dem Gefühl, genug zu sein, stolpert sie immer wieder über den Irrglauben, etwas dafür tun zu müssen.

Als sie auf Instagram den Account »Lieblingssternenstaub« entdeckt, fühlt sie sich bei jedem Post des Selbstliebe-Dilemmas ertappt und dennoch verstanden. Plötzlich ist sie entschlossen, endlich erwachsen zu werden!

Die Autorin

Jennifer Angersbach, geboren am 23. Dezember 1985, lebt mit ihrem Sohn in Unna. Nach ihrer Ausbildung zur Schauspielerin und Auftritten im TV musste Plan B her – netter Nebenverdienst, aber davon zu leben, war nicht möglich. Sie studierte Germanistik und Erziehungswissenschaft an der Ruhr-Universität Bochum, arbeitete zunächst im sozialen Bereich und absolvierte parallel eine Weiterbildung zur Personzentrierten Beraterin.

Nachdem sie ihre Erfahrung als Leitung verschiedener Beratungsstellen intensiviert hatte, eröffnete sie ihre eigene Praxis für Paartherapie und Personzentrierte Beratung.

Sie ist zwar keine bekannte Influencerin, aber in den Sozialen Medien als Lieblingssternenstaub aktiv.

In ihrem Debütroman erleben die LeserInnen ihre personzentrierte Haltung hautnah und begleiten die Protagonistin mit Leichtigkeit durch die Herausforderungen des Lebens und der Liebe.

Für alle Marinas auf dieser Welt …

… und für Dich, Fin-Michel.

Impressum

Am Kastanienhof 70, 59423 Unna

Autorin: Jennifer Angersbach
www.jennifer-angersbach.de

Umschlaggestaltung: Jennifer Angersbach mit Verwendung von CANVA.

Korrektorat & Lektorat: Michèle Gries, federrauschen.de

Buchsatz: Constanze Kramer, coverboutique.de

Verlagslabel: Lieblingssternenstaub

Druck und Distribution im Auftrag des Autors:

Amazon Media EU S.à r.l.,
5 Rue Plaetis, L-2338, Luxembourg

ISBN 979-8-758-90974-4

Die **Deutsche Nationalbibliothek** verzeichnet diese Publikation in der Deutschen Nationalbibliografie; detaillierte bibliografische Daten sind im Internet über http://dnb.dnb.de abrufbar.

»Du bist liebenswert,
auch wenn Du Dich selbst nicht liebst.«

Lieblingssternenstaub

Prolog

Wir hatten gerade unseren ersten Jugendclub gegründet und das erste Stück abgespielt. Einige der Jugendlichen wollten bleiben, andere von ihnen wollten gehen, also baten wir diejenigen, die bleiben wollten, ein paar Freunde zu akquirieren.

Caro brachte dann eines Tages zwei blonde, ziemlich nervige und doch recht charmante Mädels mit. Die beiden waren unzertrennlich und sprachen ihre eigene Sprache, sie wirkten ein wenig wie Zwillinge. Sarah war jedoch eindeutig die »Ältere« und Vernünftigere, während Marina scheinbar nicht wusste, wann ein Spaß vorbei war. Die zwei mischten den Haufen ganz schön auf, sie waren anstrengend und gleichzeitig so erfrischend, dass man direkt schlechte Laune bekam, wenn sie nicht anwesend waren. Bei den Vertrauensübungen schaffte Marina es jedes Mal, Sarah gegen die Wand laufen zu lassen. Bei den Impulsübungen gab Marina so viele Impulse, dass allen schwindelig wurde. Und bei den Improvisationsübungen stand Marina gänzlich auf dem Schlauch, wobei »schlagfertig« vermutlich das zweite Wort ist, das einem in den Sinn kommt, wenn man gefragt wird, wie Marina denn so sei. Sie tanzte durch das Theater, mal wie ein Trampeltier, mal wie eine Elfe.

Sie rauchte, trank, als hätte sie irische Wurzeln, sie redete, gab Widerworte, hinterfragte alles, und sie flirtete mit mir. Wobei ich mir zu Beginn nicht sicher war, ob sie tatsächlich mit mir flirtete, oder einfach mit der Welt.

Parallel zu dem Jugendclub probten wir für ein riesiges Theater-Projekt, die Rocky Horror Picture Show. Ich musste meine Haare blondieren und spielte einen Homosexuellen, Marina kommentierte dies nicht nur einmal, sondern täglich, ständig und immer. Bis mir nichts Besseres einfiel, als meine Gedanken in einem Brief für sie niederzuschreiben. Gern würde ich diesen Brief hier einfügen, doch er existiert nicht mehr. Marina hat ihn verbrannt. Nein, nicht aus Boshaftigkeit, ihr war halt einfach kalt.

Kurz vor der Premiere der Rocky Horror Picture Show fuhr Marina zusammen mit Sarahs Familie nach Polen, in einen Vorort, wo es scheinbar nichts gab, außer ein paar ältere Herrschaften, Wiesen und Wälder. Anstatt abends durch die nicht vorhandenen Clubs und Diskotheken zu ziehen, zogen sie sich alte Klamotten von Sarahs Vater an und fuhren mit den Rädern, erst zur Tankstelle, um dort Edelkirschlikör und Chips ungarisch zu kaufen, bevor ihr Abenteuer in der Natur begann.

Sie kamen an einen kleinen Tümpel, ließen sich dort nieder, lernten den Text für das Jugendclub-Theaterstück, »Frühlingsgefühle«, tranken Edelkirsch und teilten diesen mit den Kaulquappen. Die wahnwitzigen, vermeintlich wissenschaftlichen Erkenntnisse über das Verhalten alkoholisierter Kaulquappen erspare ich mir jedoch, auch wenn ich diese, würde ich Marina zitieren, vermutlich auf einer zehnseitigen Abhandlung darlegen könnte.

Irgendwann wurde den beiden sehr kalt, also versuchten sie, ein Lagerfeuer zu machen. Auch wenn sie ausgesehen haben müssen wie Waldmenschen, schafften sie es nicht, mithilfe von Stöcken und einem Feuerzeug ein Feuer in Gang zu bringen. Das Skript musste daran glauben. Nach achtzig Seiten brannte das Feuer noch immer nicht, sie suchten weiter, nach trockenem Moos,

Zunder und Taschentüchern, das Einzige, was sie jedoch fanden, war mein Liebesbrief für Marina. Also verbrannten sie auch diesen, ohne Rücksicht auf Verluste.

Das beichtete Marina mir, als sie aus Polen zurückkehrten, am Tag der Premiere. Marina und Sarah halfen an der Theke aus und feierten anschließend mit uns. Während Sarah sich, vollkommen naiv, auf die Avancen eines verheirateten Mannes einließ, half ich Marina, die Theke abzuräumen.

»Thomas … ähm … ich muss dir was sagen!«, stammelte Marina verlegen, während ich gerade dabei war, ein Fass Bier ins Lager zu bringen.

»Okay, soll ich das Fass vorher abstellen, oder ist es halb so wild?!«, fragte ich vorsichtshalber.

»Na ja … stell es lieber ab.«

Ich hatte keine Ahnung, was jetzt kommen würde, ich hatte ihr meine Liebe gestanden und seither nichts von ihr diesbezüglich gehört. Sie wirkte jedoch nicht so, als wollte sie mir eine positive Rückmeldung geben, also ging ich im Kopf schon mal all ihre negativen Eigenschaften durch, malte mir aus, wie anstrengend und aufwühlend eine Beziehung mit ihr sein würde und hörte sie kaum, als sie sagte:

»Ich habe deinen Brief verbrannt!«

»Wie bitte?«, fragte ich irritiert.

»Sarah und ich wollten ein Lagerfeuer machen und hatten nur das Skript und den Brief dabei … und da das Skript nicht ausreichte …«

Was hatte das zu bedeuten? Ich war verwirrt, fassungslos und unterbrach sie. »Du hast meinen Brief verbrannt? Warum?«

Sie schaute mich mit ihren großen Augen an, ihre Schultern gingen leicht nach oben, nicht aus Gleichgültigkeit, sondern langsamer, wie ein kleines Mädchen, das wusste, dass es etwas falsch gemacht hatte, und sagte entschuldigend: »Weil mir kalt war.«

Ich wusste nicht, ob ich das witzig finden sollte, aber aus irgendeinem Grund war ich in dem Moment sicher, die Frau an meiner Seite gefunden zu haben. Die Frau, mit der ich alt werden wollte. Die Mutter meiner Kinder – und so nahm ich ihr Gesicht in meine Hände und küsste sie, langsam und behutsam, aus Angst, sie könnte zerbrechen oder wie eine Seifenblase zerplatzen. Doch sie verschwand nicht, im Gegenteil, noch nie war sie so präsent gewesen wie in diesem Moment. Sie erwiderte den Kuss, seufzte, und plötzlich glitzerte es in ihren Augen. Zum ersten Mal sah ich sie, Marina, ohne Mauer, ohne dumme Sprüche. Marina, das zerbrechliche Mädchen, das ihr Leben lang nach jemandem gesucht hatte, der sie verstehen und der sie und ihre verrückte Art lieben würde, nicht abgeschreckt sein würde von dem imposanten Schloss, das sie um sich herum aufgebaut hatte.

Jemanden, der sie liebte, weil sie sie selbst war.

Wir verließen die Lagerhalle, ich fühlte mich noch immer wie in einer Seifenblase, die jeden Moment zerplatzen könnte, und gleichzeitig konnte ich mein Glück kaum fassen. Marina hielt meine Hand ganz fest und suchte mit ihrem ganzen Körper meine Nähe, sodass sie immer wieder gegen mich stieß. Draußen kam Sarah auf uns zu, vollkommen aufgelöst, Till sei verheiratet, habe zwei Kinder und einen Hund. Sie betonte den Hund fast mehr als die Frau oder die Kinder, als würde die Tatsache, dass er und seine Frau neben Kindern auch einen Hund hatten, die ganze Geschichte noch schlimmer machen. In Sarahs Welt war dem auch so: Eine Ehe wird schnell geschlossen, Kinder können halt passieren, aber entschließt sich ein Paar dazu, einen Hund zu kaufen, dann ist das definitiv ein Zeichen für eine glückliche Ehe. Und dass es diese glückliche Ehe offenbar nicht gab, sonst hätte er ja nicht mit ihr rumgemacht, zerstörte Sarahs Weltbild. Zumindest erklärte Marina mir das später so. Vielleicht waren das damals also gar nicht Sarahs Gedanken, sondern ihre.

Marina und ich kauften jedenfalls nie einen Hund, aber wir verbrachten den restlichen Sommer zusammen im Theater, auf den Parkhäusern, im Garten – diesen einen Sommer. Wenn wir

Liebesfilme schauten, sah Marina mich bei jedem Film verstohlen von der Seite an, lächelte zufrieden und gestand mir am Ende, dass sie es bisher immer grausam gefunden hatte, mit ihrem Freund Liebesfilme zu schauen, weil diese Filme ihr suggerierten, wie schlecht sie es doch getroffen habe mit ihrem aktuellen Gegenüber. Bei mir sei das wohl nicht der Fall, aber vielleicht sagte sie das zu jedem ihrer Männer.

Ich unterstelle ihr auch heute in der Tat keine böse Absicht, Marina hat eine Art an sich, die einem recht schnell das Gefühl von Sicherheit gibt. Neben ihr fühlt man sich wie der Mann, der man immer sein wollte. Man fühlt sich unwahrscheinlich intelligent, nicht, weil Marina dumm ist, ganz und gar nicht, aber sie lässt es nicht raushängen. Ihr Lieblingsfilmzitat: »Bitte erklären Sie es mir so, als wäre ich sechs Jahre alt!«, sie benutzt diese Aufforderung nicht, sie lebt sie. Egal, worum es geht, Marina versucht immer, einem die Dinge so zu erklären, dass ein Sechsjähriger sie verstehen würde, ohne das Gefühl zu erzeugen, dass sie einen nicht für voll nimmt. Außerdem wird man durch sie extrem attraktiv, zum einen sieht sie selbst so aus, als würde sie sich ausschließlich mit schönen Menschen umgeben, zum anderen scheinen alle anderen Männer für sie zu neutralen Wesen zu werden. Wenn ich mit ihr tanzen gehe, hat sie nur Augen für mich, laufe ich mit ihr durch die Stadt, schauen ihr Frauen und Männer nach, ohne dass sie das wahrzunehmen scheint. Vermutlich weiß sie das nicht mal. Und man wird stärker mit ihr an der Seite, sie strahlt so viel Zuversicht, Vertrauen und Schwäche zugleich aus, dass man zum Beschützer eines sehr kostbaren Menschen mutiert und von dem Gefühl profitiert, dass einem nichts passieren kann und man alles erreicht, sofern man es wirklich will. Marina hat mir nicht nur gezeigt, welche Art Mensch ich sein will, sondern sie hat mir geholfen, ein solcher Mensch zu werden.

Wir verbrachten unsere Zeit meist im Garten ihres Papas, oft zu dritt mit Sarah. Wir versuchten, aus Resten Drei-Gänge-Me-

nüs zu zaubern, rauchten, tranken Kaffee, redeten, philosophierten und liebten uns. Letzteres natürlich zu zweit – und nicht im Garten. Wir probierten, so lange wie möglich wach zu bleiben, und gaben nach zweiundsiebzig Stunden vollkommen aufgedreht und übermüdet auf. Wir gingen auf Partys. Wobei, nein, eigentlich gingen wir nur auf diese eine Party …

Ich wusste, es war keine gute Idee, auf das Sommerfest der »Schönen Flöte« im Freibad zu gehen, dennoch folgte ich Marinas Willen. Ich war nie der Party-Party-Typ, im Gegensatz zu ihr. Marinas Bruder hatte VIP-Tickets und bat sie um einen kleinen Gefallen: seinem Kunden, dem Immobilienmakler Paul, doch etwas näherzukommen. Ich wusste nicht, was ich davon halten sollte, aber ich vertraute ihr. Und während ich geduldig wartete, tanzte sie, im wahrsten Sinne des Wortes, davon. Zum ersten Mal.

Als wir uns wiedertrafen, hatte sie Paul den Abend versaut und mir gleich mit. Im Gegensatz zu Paul zeigte ich das aber nicht. Ich brachte ihren Bruder nach Hause, um dann endlich mit ihr ins Bett zu gehen, um zu schlafen. Für mehr waren wir beide nicht zu haben. Ich war sauer, wahnsinnig sauer. Wie sie da hinten auf der Rückbank schlief … Ich fühlte mich, im Nachhinein, ein wenig wie ein Vater, der seine betrunkene Tochter von irgendeiner Party abholte. Ich schluckte meine Wut herunter, besorgte Chips, legte ihr diese behutsam auf den Schoß, und als sie aufwachte, rief sie selig: »Ich hab Chips gefunden!« Plötzlich war die Polizei vor uns, winkte mich raus, und da wir keine Papiere dabeihatten und das Auto Marinas Papa gehörte, wurde sie gefragt, ob sie mich kenne, nachdem sie mal wieder einen unangemessenen Witz gemacht und so getan hatte, als falle ihr mein Nachname nicht ein, zahlte ich fünfzehn Euro Bußgeld und wir fuhren nach Hause.

Das war die erste Begegnung zwischen Marina und Paul und eine der vorerst letzten Begegnungen zwischen Marina und mir. Sie ging nach Bochum und studierte Schauspiel, wollte Karriere machen, alle

Türen standen ihr offen. Ich habe bis heute nicht verstanden, warum wir uns getrennt haben.

Vielleicht lag es an dieser neuen Welt. Menschen entwickeln sich weiter. Schütteln Ballast ab. Sie teilte mir kurz nach Beginn der Schauspielausbildung mit, dass sie sich Sorgen mache, dass sie zwei Leben führen müsse und das Gefühl habe, sich entscheiden zu müssen. Sie stehe an einem Wendepunkt, am Ende einer Epoche. Ich schwieg. Ich wusste, dass sie lediglich versuchte, die richtigen Worte zu finden, glaubte ihr keines davon, und doch wollte ich ihr glauben.

Ich kannte ihre Vergangenheit, wollte einfach nicht wahrhaben, dass ich nun auch einfach einer von vielen geworden war.

Als sie an dem Abend ging, wusste ich, es war vorbei. Ich setzte mich an meinen Computer und schrieb ihr, in der Hoffnung, sie würde ihre Entscheidung noch mal überdenken.

Ich dachte an die vielen Situationen, in denen ich sie hatte abholen wollen. Meist stand sie dabei in einem großen Haufen von Kleidungsstücken, war unglücklich, frustriert. Ich spielte den Ehemann, stöhnte und tat genervt. Sie sah bereits im ersten Outfit umwerfend aus. Dann machte ich mir noch einen Kaffee, und nachdem auch der zweite leer war, war sie fertig, strahlte über das ganze Gesicht und ich wusste, worauf ich gewartet hatte. Ich dachte an die vielen Anrufe, dass sie sich verspäten würde. Wie schön, dass Dinge sich nicht ändern.

Ich erinnerte mich an die Situation, als sie eine Fotografie eines älteren Herrn sah, er stand am Strand, schaute aufs Meer, man sah nur seinen Rücken und einen blauen Luftballon, den er in der Hand hielt. Marina schossen die Tränen in die Augen, sie fing an, zu weinen, konnte sich kaum beruhigen, dachte an ihre Eltern, an den Tod, an die Kindheit, wollte wieder ein kleines Mädchen sein, war überfordert, voller Angst, voller Wehmut. Sie machte sich Sorgen, man macht sich immer zu viele Sorgen. Wie sehr ich ihre Sorgen vermissen werde. Aber so ist das wohl, im Krieg sterben Menschen, im Regen wird man nass, und Liebe zerreißt einen in Fetzen.

Es war ein lauer Sommerabend, als sie am nächsten Tag zu mir kam, ich saß bereits auf den Stufen vor dem Haus, rauchte und wartete. Neben mir ein Karton mit einer Decke, Chips, einer Flasche Wein und den vielen kleinen Dingen, die sie bei mir zwischengelagert hatte. Ich stand auf, als ich ihr Auto sah, hob den Karton auf und fragte, ob sie mir noch ein letztes Mal Gesellschaft beim Picknick im Garten leisten wolle. Ich wollte witzig und cool wirken – es gelang mir eher mäßig, sie willigte dennoch ein. Wir gingen hinters Haus in den Gemeinschaftsgarten, ich breitete die Decke aus, wir setzen uns und ich bot ihr ein Glas Wein an. Ich fragte nach ihren Gedanken. Nichts. Sie dachte an nichts. Es war also tatsächlich vorbei. Ich gab ihr den Brief. Sie las ihn, dabei liefen ihr die Tränen über das Gesicht.

Ich habe sie nie so richtig verstanden. Ich bin sogar unsicher, ob sie das selbst jemals getan hat. Sie hatte irgendein Geheimnis, das sie immer so gut behütete, als ginge es um ihr Leben. Erst später begriff ich, dass es nicht nur um ***ihr*** *Leben ging.*

Drei Jahre lang sahen wir einander nicht. Bis zu diesem Tag, am Bahnhof. Marina kam gerade von einem Nebenjob und ich wollte einfach nach Hause. Planänderung: Irish Pub.

Wir bestellten zwei Bier.

»Wie geht es dir? Was macht die Schauspielausbildung?«

»Ich hab abgebrochen, komme gerade aus Berlin und mir geht es so okay … Du weißt ja, die Männer«, erwiderte Marina etwas erschöpft.

»O ja … Allerdings würde ich es andersrum formulieren, du weißt ja, die Frauen.« Ich zwinkerte ihr unbeholfen zu.

Statt zu lächeln, presste sie ihre Lippen aufeinander und wandte den Blick kurz von mir ab, bevor sie mir wieder in die Augen schaute. »Thomas, es tut mir leid!«

Ich konnte es kaum ertragen, sie so ernst und schambehaftet zu sehen. Ich versuchte, ihre Stimmung zu heben, ihr die Schuld zu nehmen und so zu tun, als sei mir gar nicht bewusst, wofür sie sich entschuldigte, indem ich flachsig fragte: »Was? Dass du mein Herz gebrochen hast? Keine Sorge, ich hab es den Frauen zurückgezahlt … Aber los, erzähl mir von deinen Sorgen!« Ich erhoffte mir, sie dadurch aufzumuntern, wollte für sie da sein, sie wirkte so verloren, fast so, als hätte sie sich selbst verloren.

»Ach, irgendwie läuft gerade alles drunter und drüber. Ich habe jetzt anderthalb Jahre in Berlin gewohnt, zusammen mit Frederik. Du würdest ihn nicht mögen, glaub mir. Er mag dich jedenfalls nicht.« Marina lachte und sah mir direkt in die Augen. »Ich erzähle zu oft von dir!« Sie nahm einen Schluck aus der Flasche, bevor sie sich mit ihrem Kopf an ihre rechte Hand lehnte, mit der sie die Flasche noch in der Luft hielt.

»Du könntest mich auch einfach anrufen …!«, sagte ich und fügte schnell hinzu: »Kleiner Spaß!«

Marina, die den Schluck Bier offenbar noch im Mund hatte, verschluckte sich, stellte die Flasche ab und lachte wieder. Da war es wieder, das Funkeln in ihren Augen. Da war Marina wieder. Ich lächelte sie an, doch plötzlich verhärteten sich ihre Gesichtszüge und ihr Körper sackte zusammen, die Schultern hingen schlaff nach vorn und ihr Blick fixierte die Flasche, die jetzt nicht mehr in ihrer Hand war, sondern auf dem Tisch stand.

»Es ist alles so schwierig. Wir haben uns getrennt. Unschön getrennt. Er hatte einfach eine Art an sich, die mich kleingehalten hat. Er hat dafür gesorgt, dass ich sämtliches Selbstbewusstsein verloren habe, um mir dann zu suggerieren, dass ich ihn brauche, denn ohne ihn sei ich wertlos. Leider war mir diese Dynamik lange nicht bewusst.«

Noch immer blickte sie nach unten zur Flasche, als hätte sie Angst, mich anzusehen, Angst vor meiner Reaktion. Ich schwieg, da ich sie nicht noch mehr in Verlegenheit bringen wollte. Plötzlich schaute sie mich an.

»Jetzt gerade, als ich dich sah, wurde mir das vermutlich zum ersten Mal so richtig bewusst. Die Art, wie du mich anschaust. Ich kann gar nicht wertlos sein.«

»Du hättest nicht von hier weggehen sollen!«, sagte ich, als wäre dann alles gut.

Sie lachte. »Du klingst wie dieser Panther, aus dem Dschungelbuch, der Mogli ins Gewissen reden will und ihm erklärt, dass die Menschen und der Dschungel zu gefährlich sind!«

Ein schönes Bild, dachte ich, es stimmte. Außerdem war ich froh, dass sie mich nicht als Balu, sondern als den eleganten Panther bezeichnete. Dennoch. Ich war … Ich weiß nicht, was ich war. Verletzt. Traurig. Erschrocken.

Da saß Marina nun, klein, traurig und voller Scham, vor mir. Marina, die Frau, die mein Leben durch ihre faszinierende, eigenartige, verrückte, liebevolle Art verändert hatte.

An dieser Stelle muss ich mich kurz bei Lessing entschuldigen, dass ich mit so vielen Adjektiven um mich werfe, obwohl man doch in der Poesie die Taten sprechen lassen soll.

Egal – die Frau, die alles in ihrem Leben erreichen konnte. Ausgerechnet sie ließ sich von einem Mann so manipulieren, dass sie sich wertlos vorkam? Andererseits war ich wütend. Sie hätte mich haben können. Sie hatte mich … Und sie hat mich heute immer noch.

Eigentlich hätte ich gehen müssen, aber ich tat es nicht. Ich wusste, dass mir diese schicksalhafte Begegnung nicht guttun würde. Aber ich wollte den Moment dennoch genießen. Marina sagte gern so etwas wie: »Wer nichts riskiert, kann viel verlieren!« So, wie sie es sagte, konnte man ihr nicht widersprechen, und in diesem Moment wusste ich, zum ersten Mal, was sie damit meinte, und erkannte gleichzeitig den Widerspruch. Trotzdem trafen wir uns von diesem Tag an regelmäßig.

»Ich habe kürzlich ein Tagebucheintrag meines sechsjährigen Ichs gefunden: ›Lieber Gott, ich weis das ich oft weihne aber ich weis auch das meine Dränen ein Geschöhbf von dir sind‹. Ich war sechs. Okay. Bitte keine Fremdscham und keine Belustigung.«

Das erzählte Marina mir einmal, ich weiß nicht, warum. Es gab viele Dinge, die sie mir erzählte, manchmal ordnete sie nur ihre wirren Gedanken, mal dachte sie nicht, sondern sprach einfach, mal redete sie sich so in Rage, dass sie anfing, zu weinen. In den Momenten hatte ich das Gefühl, wirklich für sie da sein zu dürfen. Keine Maske, keine Mauer, die sie umgab. Ich hielt sie fest, wie man ein kleines Kind hält. Bis sie irgendeinen dummen Spruch machte, der zugegeben meist recht witzig, aber völlig deplatziert war. Dann ließ ich sie los, sie schaute in den Himmel und war plötzlich wieder verschwunden. In ihrer Welt. In ihren Gedanken.

Ich kannte den Grund für diesen Tagebucheintrag nicht. Ihre Erzählungen von damals waren meist aus dem Zusammenhang gerissen. Wir saßen auf dem Fensterbrett, oder im Gras, schwiegen, und plötzlich begann sie, zu erzählen.

Ich dachte oft darüber nach, sie nach den Dingen zu fragen, die ich nicht verstand, versuchte, zu beobachten, ob es gewisse Assoziationen gab, die mir die Tür in ihre Vergangenheit öffneten. Und gleichzeitig hatte ich Angst davor, diese Tür zu finden, Angst davor, nicht stark genug zu sein, wenn es nicht mehr dosiert, sondern geballt aus ihr herausbrechen würde.

Ihre ersten Erinnerungen sind überschattet von einem befremdlichen Gefühl der Hilflosigkeit und Verzweiflung. Ihre Eltern hatten sich, noch vor ihrem sechsten Geburtstag, getrennt, wollten es aber noch mal miteinander versuchen, fuhren in den Urlaub, und wenn man sie danach fragt, glitzert es bereits in ihren Augen. Sie sagt, es seien nur Fragmente, kleine Fetzen, ein Pool voller Laub, umgeben von Bäumen. Das Wasser schmeckte salzig. Ein Drehkarussell, Kinderlachen, nicht freudig, nein, hysterisch, es dreht sich immer schneller, ein Kind rutscht unter das Karussell, der Rücken blutig. Ihre Mutter im Krankenhaus, voller Jod, wodurch sie aussah, als hätte man sie verprügelt. Marina stand da, vor dem Bett ihrer verletzten Mama, wollte sie in den Arm nehmen, aber ihre Mutter sah sie an wie eine Fremde.

Ein anderes Bild: Die Kernseife mit einem Magneten, wie es sie früher in den Badezimmern gab. Marina wusch sich so oft die

Hände, dass sie blutig wurden. Ihre Eltern machten sich Sorgen, gingen mit ihr zum Arzt. Die Diagnose: Das kleine Mädchen brauche einfach nur Liebe.

Das kleine Mädchen ist mittlerweile eine Frau, ohne ernstzunehmende Zwangsneurosen – von ihrem Planungs- und Listenzwang mal abgesehen. Ich hätte sie gern schon damals gekannt, schon damals gerettet.

»Es ist ganz amüsant, na ja, oder traurig, aber die Orientierungspunkte in meinem Leben sind keine Jahreszahlen, vielmehr sind es Namen«, sagte Marina eines Abends, als wir mal wieder auf dem Fensterbrett saßen, um zu rauchen.

Ich schaute sie fragend an, nicht, weil ich nicht verstand, was sie meinte, sondern, weil ich wissen wollte, wie es ihr ging. Sie neigte den Kopf zur Seite, lächelte und erwiderte meinen Blick, wie eine Herausforderung.

»Na ja, was ist mit mir? Bin ich mittlerweile schon fast ein Jahrzehnt, nach deiner Zeitrechnung?«, fragte ich grinsend.

Daraufhin wandte sie sich ab, schaute in den Nachthimmel, ihr Lächeln war verschwunden, und während sich ihre Augenlider senkten, drehte sie ihr Gesicht langsam in meine Richtung. »Du bist …« Ihr Blick wanderte meine Gesichtszüge ab, und als sie mir wieder in die Augen schaute, sagte sie: »Ich weiß es nicht …!«

Als hätte sie die Diagnose des Arztes wörtlich genommen, versuchte sie, sich zu holen, was sie brauchte, um jeden Preis. Sie war viel zu groß für ihr Alter, schüchtern, etwas pummelig mit einem schief geschnittenem Pony und einer zu hohen Stimme. Dennoch interessierte sich ausgerechnet Andreas für sie, der coolste Junge in dem kleinen Dorf, in dem sie fortan mit ihrer Mama wohnte. Zumindest suggerierte ihre Mutter Marina das wohl. Und wie wir Menschen so sind: Wir wollen doch immer an das glauben, was uns ein besseres Gefühl gibt. Manche glauben an Gott, um sich nicht allein, um sich sicher zu fühlen. Andere glauben an die Liebe, vermutlich aus demselben Grund wie die Religiösen. Kinder glauben an den Weihnachtsmann, aus Angst, keine Geschenke mehr zu bekommen, wie die nichtgläubigen Eltern. Andere glauben an Verschwörungstheorien, an Angst. Und die Nichtgläubigen glauben daran, die Wahrheit zu kennen, nämlich, dass es Magie, Religion und Liebe nicht gibt. Aber ist das nicht auch ein Glaube?

Und Marina? Sie glaubte an jeden Mist, der ihr half, sich besser zu fühlen.

Seit unserer Trennung, damals im Sommer, sind mittlerweile zwölf Jahre vergangen. Ich bin älter geworden, Marina ist immer noch die Alte, obwohl auch ihr dreißigster Geburtstag vor der Tür steht.

Sie bekam tatsächlich ein Kind mit Paul, dem Immobilienmakler. Lasse ist mittlerweile fünf Jahre alt. Natürlich hat es nicht funktioniert. Und dennoch hat Marina niemals verlernt, sich zu verlieben, sich auf Idioten einzulassen, mit ihnen zusammenzuziehen, um ihnen dann das Herz zu brechen. Mein Herz ist seit zwölf Jahren gebrochen, also habe ich nichts zu befürchten, zumindest rede ich mir das ein. Ich halte es ein bisschen wie der Avenger Bruce Banner, besser bekannt als Hulk. Sein Geheimnis über die Kontrolle der Wut? Er ist einfach immer wütend.

»Was stand in deinem Horoskop?«, fragte ich sie – wie so oft, wenn wir uns mal wieder sahen.

Marina lachte. »Keine Ahnung, also doch, aber heute stand drin, es würden harte Zeiten anbrechen, du weißt doch, ich glaube nur an die guten Horoskope, in denen mir Zufriedenheit, Reichtum und Liebe versprochen werden. Auch wenn das absolut unlogisch ist, ja, selbst für mich unlogisch! Aber bei dir stand, dass sich in dieser Woche alles fügt! So. Danke für den Kaffee, ich muss los!«

»Pass auf dich auf, Mogli.«

Sie drehte sich noch mal um, lächelte, wie jedes Mal, wenn sie ging und ich ihr sagte, sie solle auf sich aufpassen. Ich war jedes Mal aufs Neue gespannt, ob sie es diesmal schaffen würde, und fragte mich, wie immer, wann wir uns wiedersehen würden.

Sie erzählte mir regelmäßig von neuen Männern, und ja, ich war genervt davon. Genervt und … ich weiß es selbst nicht so genau. Ich konnte sie verstehen, ich konnte all ihre Handlungen nachvollziehen. Ihre Beziehungen, ihre Partner, es klingt vielleicht komisch, aber sie konnte für all diese kuriosen Geschichten nichts. Ihr Leben war wie eine Soap. Zugegeben, sie hätte durchaus etwas dagegen tun können, aber diese naive Leichtigkeit der Jugend, die schien sie nie zu verlieren. Andere sammeln ihre ersten Erfahrungen in der Pubertät, lernen, wie wertvoll Vertrauen ist, und lernen leider auch, dass es nichts Selbstverständliches ist. Sie lernen, auf ihr Herz zu vertrauen, und lernen leider auch, dass das Herz nicht immer die richtigen Entscheidungen trifft. Das klingt philosophischer, als es ist. Aber der Mann, der mit dreißig geheiratet hat und sich mit dreiunddreißig wieder scheiden lässt, wird der nächsten Frau sicherlich nicht so schnell einen Ring an den Finger stecken. Und der Mann, der von der Mutter seiner drei Kinder betrogen wird und seine Kinder kaum sehen, aber ordentlich für sie zahlen darf, wird seine nächste Freundin vermutlich nicht mal eben so schwängern. Und die dreißigjährige Tinder-Nutzerin wird von dem Typen, der sie zu »Netflix & Chill« einlädt, sicherlich nicht erwarten, dass er die große Liebe sucht.

Marinas Vertrauen in die Liebe und die Männer scheint jedoch unerschütterlich zu sein. Und so lebte sie ihr Leben.

*»Indem wir lügen,
beschützen wir manchmal Andere,
und manchmal uns selbst.«*

Lieblingssternenstaub

Mein bester Freund Thomas ruft an.

Komisch, ich glaube, er hat mir noch nie zu meinem Geburtstag gratuliert, geschweige denn, diesen mit mir gefeiert. Wir haben ein kurioses Verhältnis: Wir waren mal ein Paar. Einen Sommer lang. Das ist mittlerweile zwölf Jahre her. Seitdem laufen wir uns regelmäßig über den Weg. Wann immer wir zusammen sind, hält man uns für ein Ehepaar, und manchmal befürchte ich, dass er sich heimlich wünscht, wir wären wirklich verheiratet. Aber diesen Gedanken schiebe ich lieber schnell beiseite, denn Thomas ist auch irgendwie so etwas wie eine Konstante in meinem Leben, der Einzige, neben meinem Papa, der mich nicht verurteilt, der mich akzeptiert und immer wieder aufs Neue versucht, mich zu verstehen.

Dennoch haben wir meist eher dann Kontakt, wenn wir gerade Single sind. Ich habe zwar aktuell eine Beziehung, aber mein Freund angelt derzeit in Norwegen und scheint meinen Geburtstag einfach vergessen zu haben.

Es ist zwanzig Uhr und er hat bisher nicht angerufen. Ich bin allein zu Hause. Meine Familie hat sich gerade mit den Kuchenresten aus dem Staub gemacht. Ich esse abwechselnd Chips und Kuchen, fühle mich fett, hab keine Lust, aufzuräumen, und wünschte, jemand mit einem Yes-Törtchen würde an die Tür klopfen. Wobei, machen wir uns nichts vor: Wenn wir Geburtstag haben und der Mann an unserer Seite würde lediglich mit einem Yes-Törtchen bewaffnet vor der Tür stehen, ohne Geschenk, wären wir auch nicht glücklich. Es ist doch verrückt, wie wir uns immer wieder Dinge wünschen und dann doch unzufrieden mit der daraus resultierenden Realität sind. Oder aber, wie sich Dinge in der Fantasie unheimlich romantisch anfühlen, aber in der Realität eher Unbehagen auslösen. Mir fallen aktuell vor allem Beispiele aus dem nichtjugendfreien Genre ein. Wir denken an die Bestseller-Romane von Shades of Grey.

Aber zurück zum Anruf.

»Hey! Happy Birthday, alles Gute zum Staffelfinale!«, begrüßt mich Thomas am Telefon.

»Danke. Wie viel haben dir meine Produzenten geboten?«, frage ich. Ich mag seine Serien-Analogie sehr, auf mein Leben angewandt ist sie oft passender, als mir lieb ist. #Cliffhanger

»Zu wenig, aber beim Staffelfinale war ich noch nie dabei, also hab ich trotzdem zugesagt!«

Ich kann sein Lächeln förmlich hören.

»Na ja, letztendlich dennoch eine ordentliche Gage für so 'nen mickrigen Anruf!«, erwidere ich keck. Insgeheim sehne ich mich danach, dass ich diesen Abend nicht allein ausklingen lassen muss.

»Ich hätte auch einfach nur anrufen können?« Er klingt übertrieben schockiert.

»Hä?«, frage ich irritiert.

»Ich stehe vor deiner Tür, mach auf, es ist kalt!«

Ich lege auf. Ein Lächeln huscht über mein Gesicht. Ich habe Chipskrümel im Dekolleté und einen Schokofleck auf meiner Jogginghose. Bei jeder anderen Person wäre es mir unangenehm, nicht aber bei Thomas. Bei ihm habe ich, seit ich ihn kenne, das Gefühl, dass ich so sein darf, wie ich bin. Ich muss mich nicht verstecken, nicht verstellen und mich nicht so verhalten, wie ich glaube, dass es *für ihn* richtig oder schön ist. Bei ihm habe ich noch nie eine Rolle spielen müssen und er hat sich damals trotzdem in mich verliebt. Er hat mich nie abgewertet oder abgelehnt, nicht einmal, als ich mich damals von ihm getrennt habe.

Ich drücke den Türöffner, stelle mich in den Türrahmen und schaue in den Flur. Thomas läuft die Treppen hoch, als er mich sieht, bleibt er stehen und schaut mich an, als sei ich die erste Frau, die er je gesehen hat. Er lächelt.

»Ich liebe dein Outfit!«

Aus meinem Lächeln wird ein Lachen, er kommt hoch, umarmt mich, überreicht mir ein Geschenk, wir gehen rein.

»Kaffee?«, frage ich.

»Immer.«

»Rauchen?«

Er lächelt erleichtert, kneift dann seine Augen zusammen und runzelt die Stirn. »Ich dachte, du hast aufgehört?«

»Na und? Hast du Zigaretten?«

Wir setzen uns auf den Balkon, er gibt mir eine Zigarette, ich ziehe, mir wird mulmig.

»Wie konnte ich jemals mehr als eine halbe davon rauchen?« Ich spreche aus, was mir durch den Kopf geht.

Thomas schweigt.

Der Druck im Kopf wird größer. Wieder fühle ich mich in meiner Art und Weise, Nichtraucher zu werden, bestätigt, und berichte ihm davon. »Irgendwann haben wir uns das Rauchen angewöhnt, wurden süchtig, haben die Zigarette als eine Belohnung angesehen und mit schönen Dingen verknüpft: Mit Kaffee, Pause, Feiern, Sommer, Biergarten und vielem mehr. Eine Zigarette war etwas Schönes. Aber wenn man wirklich auf seinen Körper hört, dann ist der Rauch eher unangenehm, der leichte Schwindel am Morgen alles andere als positiv, der Geschmack im Mund ziemlich abartig und die Auswirkung auf den Stresspegel ein Teufelskreis, da der Stress, den die Zigarette verursacht, durch das Rauchen gelindert wird. Verrückt.«

»Marina, es ist irgendwie paradox, wie du über das Nichtrauchen sprichst und dabei selbst rauchst«, sagt Thomas grinsend.

»Ja, warte, das Wesentliche kommt jetzt. Also, ich habe versucht, mich bei jeder Zigarette auf die negativen Dinge zu konzentrieren und entsprechend negative Verknüpfungen mit dem Rauchen herzustellen. Es hat geklappt. Und jede Zigarette, die ich nun als Nichtraucherin konsumiere, bestätigt mich in dieser Art, aufzuhören.«

»Du bist meine Assoziation. Weißt du noch? Ich habe mit vierundzwanzig angefangen, zu rauchen, wegen dir.«

»Und warum hast du dann nie aufgehört?«, frage ich ihn und ergänze, als sei das nicht klar: »Zum Beispiel damals, als ich dir das Herz gebrochen habe.«

Er holt tief Luft, es wirkt, als wollte er Zeit schinden, doch er weiß, genau wie ich, Schlagfertigkeit geht schneller, also zuckt er mit den Schultern, atmet aus und sagt: »Was soll ich sagen … Ich war in einem Teufelskreis. Genug davon. Happy Birthday! Mach dein Geschenk auf.«

»Was ist drin?« Die klassische Antwort, um bloß nicht zu zeigen, dass man natürlich ein Geschenk erwartet.

»Mach es auf!«

Ich öffne vorsichtig das Papier. Es ist ein Buch. Natürlich ist es das. »Der kleine Prinz«. Ganz schön kitschig, denke ich, aber genau das, was ich gerade brauche.

»Danke«, sage ich sehr leise, er schafft es irgendwie immer, mich zu berühren und damit zu entwaffnen. Also, mich meiner Waffen des Humors, der Schlagfertigkeit und der Albernheiten zu entledigen.

»Wie geht es deinem … Wie heißt er noch? Jerry? Tom?«

»Tim.« Dankbar für diese vermeintlich humorvolle Ablenkung, die dafür sorgt, dass ich wieder in mein *stärkeres* Ich komme, korrigiere ich ihn. Doch das hält nicht lange an, also sage ich ehrlich: »Ich denke, ganz gut. Er hat keinen Empfang in Norwegen. Ach … keine Ahnung. Es läuft eigentlich alles gut, aber irgendwie fehlt mir was.«

»Hm. Vielleicht Charme? Intelligenz?«

Ich merke, wie Thomas versucht, es ins Lächerliche zu ziehen, und ärgere mich über meine Offenheit. Einerseits weiß ich um unsere Geschichte, andererseits ist er eben auch mein einziger, richtiger Freund, mit dem ich über meine Sorgen sprechen kann. Vielleicht mute ich ihm zu viel zu? Dennoch ist der Ärger weiterhin präsent.

»Hör doch auf, er ist gar nicht so doof, wie du ihn beschreibst.« Dann werde ich doch besänftigend. »Zugegeben, er ist nicht so charmant und gebildet wie du, aber dafür erfüllt er in sämtlichen anderen Kategorien all meine Erwartungen!« Und dann ergänze ich, nicht sonderlich überzeugt: »Und … und ich liebe ihn.«

Thomas lässt nicht locker. Er nickt zustimmend, reißt dabei übertrieben seine Augen auf und sagt sarkastisch: »Ja, er ist so aufmerksam, stimmt. Und so einfühlsam. Deswegen kommt er sicherlich gleich noch. Immerhin hast du heute Geburtstag und jeder Depp, der dich auch nur minimal kennt, weiß, wie wichtig dir dein Geburtstag ist.«

Ich registriere den Sarkasmus. »Das ist nicht fair!« Plötzlich fühle ich mich angegriffen, obwohl – oder vielleicht, weil – Thomas ausspricht, was ich denke.

Da ist er wieder, dieser Kloß im Hals. Das schwere Gefühl auf der Brust. Meine Nase fängt an, zu kribbeln, ich drehe mich weg, als meine Augen feucht werden. Mann! Es ist mein Geburtstag, und ich sitze hier und weine. Keiner ist da. Bei mir. Doch, Thomas, aber offensichtlich verachtet er mich.

Er steht auf, reicht mir seine Hand. Ich nehme sie und er zieht mich an sich. Ich vergrabe mein Gesicht in seiner Brust. Während er mich mit dem einem Arm fest an sich drückt, hält er mir mit der anderen Hand mein Ohr zu, und plötzlich kann ich die Tränen und das Schluchzen nicht mehr aufhalten. Er hat ja recht, verdammt. Tim ist unter meinem Niveau, das klingt hart, verdammt hart. Aber Tim ist vor allem gutaussehend. Nicht mehr und nicht weniger. Er ist stumpf, unreflektiert und liebt mich über alles. Aber er macht sich einfach keine Gedanken, sondern lebt in den Tag hinein, ohne Wünsche, Ziele und Pläne. Genau diese Art hat mich so fasziniert. Auf mich wirkte er so stark und unbeschwert.

Seit Tagen versuche ich, mir einzureden, dass man nicht alles haben kann – zumindest nicht in einer Person. Mein Papa meint, ich hätte zu hohe Ansprüche, aber was ist denn verkehrt daran, wenn ich mir von meinem Partner wünsche, dass er mit mir auf Augenhöhe steht? Warum ist immer alles so schwer? Ich rutsche von einer Enttäuschung in die nächste, ich werde Tim das Herz brechen, mich furchtbar fühlen und mein Konto bei Tinder reaktivieren.

Tolle Aussichten. Und heute, heute an meinem Geburtstag, stehe ich hier und werde festgehalten von meinem besten Freund, dem ich auch das Herz gebrochen habe. Warum kann ich nicht einfach ihn lieben?

Als hätte er meine Gedanken gelesen, nimmt Thomas mein Gesicht in seine Hände, er wischt die Tränen weg, schaut mich an. Ich weiß, was gleich passiert, doch bin zu kraftlos, es zu verhindern. Er küsst mich, und ich lasse es geschehen, mehr als das. Er weiß genau, wie er mich berühren muss. Ich genieße es.

Er nimmt meine Hand, führt mich auf mein Bett. Liebevoll, behutsam. Da ist er wieder. Da ist *es* wieder. Er lässt seine Hände von meinem Hals hinuntergleiten. Langsam, zärtlich und dennoch kraftvoll massiert er meine Brüste, meinen Bauch. Mein Shirt rutscht leicht nach oben.

Er stockt. Er weiß, dass es nichts bedeutet, und dennoch reicht das, was er fühlt. Oder auch er ist zu schwach dafür, aufzuhören und sich zu wehren. Er küsst mich auf die Stirn, auf den Mund.

Ach, scheiß drauf! Ich erwidere den Kuss, fordernd und leidenschaftlich, ich drücke meine Hüfte gegen seine, meine Hände umklammern seinen Rücken, seinen Hals. Ich schmiege mich an ihn und bewege mich in seinem Rhythmus. Seine Hand fährt unter mein Shirt, er berührt meine Brust. Ich stöhne auf. O Gott, wie gut sich das anfühlt.

Er zieht meine Jogginghose aus, legt sich mit seinem starken Körper auf mich. Seine Wärme verbreitet sich auf mir, in mir. Wie sehr ich mich danach gesehnt habe, so berührt zu werden. Ich möchte, dass das niemals aufhört. Ich höre den Schlüssel in der Tür.

FUCK.

»Beim ersten Date überzeugen zu wollen, ist so verrückt, wie sich auf Stellen zu bewerben, die man nicht haben will.«

Lieblingssternenstaub

»Ich bin schwanger!«, platzt es am Telefon zur Begrüßung aus mir heraus.

Thomas stöhnt genervt auf, bevor er ruhig antwortet: »Marina, ich bitte dich, so schnell geht das auch nicht, und ganz ehrlich, manchmal nerven deine dummen Sprüche ganz schön.« Er hält kurz inne, dann bricht es deutlich lauter aus ihm heraus: »Kannst du dir vorstellen, wie es mir geht? Seit drei Wochen habe ich nichts von dir gehört!«

»Thomas, es tut mir leid. Ich bin wirklich schwanger. Hast du Zeit?«

Er hat schon aufgelegt. Ich liege auf dem Boden in meinem Wohnzimmer, meine Knie sind bis zum Kinn hochgezogen, mir ist kalt, aber ich kann mich nicht bewegen. Tim ist gestern ausgezogen. Wie schnell das immer geht.

Ich hatte mich nicht trennen wollen, also doch, aber ich hatte ein zu schlechtes Gewissen gehabt und gedacht, dass ich ihm nicht zweimal das Herz brechen könnte: Einmal, indem ich ihn mit meinem besten Freund betrügen, und zum zweiten Mal, indem ich mich dann auch noch von ihm trennen würde. Das hatte ich nicht übers Herz bringen können.

Also war er geblieben, hatte meine räudige Art genossen. Endlich fühlte er sich mir gegenüber überlegen. Viele Streitereien begannen damit, dass er sich schlecht fühlte, und endeten damit, dass er sich noch schlechter fühlte. Er warf mir oft vor, ich sei perfekt. Ich habe immer recht. Beide Vorwürfe waren ernst gemeint, ohne auch nur eine winzige Prise Ironie. Er könne nicht mithalten. Und jetzt, jetzt endlich, hätte auch ich mal einen Fehler gemacht. Mir war klar, dass uns das nur kurzfristig helfen könnte, und auch damit hatte ich mal wieder recht. Ich war überfällig, sagte ihm aber nichts davon.

Den Schwangerschaftstest hatte ich schon gekauft und heute Morgen, nachdem ich das dünne Papier eingetaucht hatte und sofort zwei Streifen erschienen waren, wurde mir schlecht. Schwanger? Ernsthaft?

Ich glaube an Zeichen und daran, dass nichts ohne Grund geschieht, aber welches Zeichen wollte man mir wohl damit geben? Sollte ich doch bei Tim bleiben? Hatte mein Papa recht? Vielleicht kann man in einer Beziehung eben nicht alles haben. Doch statt Tim anzurufen, habe ich Thomas angerufen.

Unsere Verabschiedung beim letzten Mal ist doch recht abrupt ausgefallen. Ich schmunzele über meine Gedanken und muss sofort wieder weinen. Ich habe Thomas verloren – mal wieder.

Er ist immer für mich da gewesen. Hat nichts im Gegenzug gefordert, sich jede Folge meiner lächerlichen kleinen Soap namens »Leben« angehört, mir Ratschläge gegeben, mir geholfen und mich unterstützt.

Und ich? Ich bin so egoistisch gewesen, habe mir genommen, was immer ich gerade gebraucht habe, mal nur seine Anwesenheit, mal seinen Körper und mal sein Herz.

Und jetzt liege ich hier, auf meinem Parkettboden mit Lücken so groß, dass regelmäßig Kugelschreiber drin stecken bleiben, trage ein Baby in meinem Bauch, denke an Tim und sehne mich nach meinem besten Freund.

Ja, ich hatte auch Freundinnen. Na ja … »Ich hatte Freundinnen«, das impliziert bereits, dass ich diese nicht mehr habe. Sarah wohnt mittlerweile in den USA und die anderen unserer Mädelsclique hatten mir den Rücken gekehrt, als ich mit Tim letztes Jahr zusammengezogen war, obwohl ich ihn doch erst zwei Wochen gekannt hatte. Sie hielten es für unverantwortlich und fühlten sich scheinbar persönlich angegriffen, denn seither habe ich nichts von ihnen gehört. Fühle mich aber durchaus in dem Gedanken bestätigt, dass manche Kindergartenfreundschaften eben immer Kindergartenfreundschaften bleiben.

Irgendwann setze ich mich auf die Couch. Neben meinen eigenen Problemen überkommt mich zusätzlich der Weltschmerz, ich denke an meine Eltern. Meine Geschwister. Meine Kindheit. Denke an das letzte Jahr, und kann mir kaum vorstellen, wie das jetzige werden könnte. Ich rechne mir aus, dass ich im Oktober ein Baby bekomme, und schon wieder laufen die Tränen hinunter. Meine Wangen brennen, mein Mund ist trocken, mein Nacken schmerzt, und kalt ist mir noch immer.

Es klopft. Wie beim Stopptanzen versetzt mich das Geräusch der Klingel oder des Klopfens immer in eine Art Freeze-Zustand. Egal, wie es mir geht, wo in der Wohnung ich mich gerade befinde, sobald es klingelt oder klopft und ich niemanden erwarte, halte ich die Luft an, bewege mich nicht mehr, überlege, wer es sein könnte, und ob ich einen Gang zur Tür wohl riskieren kann. Ich bin unsicher, woher das kommt, diese negative Assoziation mit der Türklingel. Vermutlich daher, weil die Türklingel und erst recht das Klopfen irgendwie grenzüberschreitend sind. Das Telefon kann man ignorieren, die Türklingel oder ein Klopfen nicht so gut.

So auch jetzt. Immerhin hat das Klopfen den angenehmen Nebeneffekt, das ich kurz aufhöre, zu weinen und zu schluchzen.

Ist es wohl Tim? O Gott. Was soll ich ihm sagen? Vielleicht ist es meine Nachbarin mit Kuchen oder Bratlingen? Wir tauschen nicht nur regelmäßig ein paar Eier, Milch oder Klopapier aus, sondern bekochen einander auch oder teilen unsere Reste.

Im Sommer grillen wir meist spontan zusammen oder machen ein Lagerfeuer mit Stockbrot.

Egal. Das Klopfen spricht dafür, dass es jemand aus dem Haus ist, aber abgesehen davon, dass ich gerade weder Kuchen noch Bratlinge will und selbst kaum Vorräte habe, will ich in diesem Zustand unter keinen Umständen meine Tür öffnen.

Es klopft erneut. Mist! Ich sag's ja: Grenzüberschreitend. Ich gehe zur Tür und öffne sie einen Spalt. Thomas steht davor, er hat Chips ungarisch dabei, saure Gurken, Schokolade, Popcorn und den Film »Eat.Pray.Love.«.

Ich öffne die Tür ganz und weine direkt. Er nimmt mich in den Arm, als ich mich etwas beruhigt habe, meint er, ich solle mich auf die Couch legen. Er holt eine Decke aus meinem Schlafzimmer, legt sie über mich, platziert seine Schätze neben mir auf der Couch, legt den Film ein, holt eine weitere Decke und gesellt sich zu mir. Er sagt nichts. Ich fühle mich selig und schlafe irgendwann ein.

Mitten in der Nacht werde ich wach, ich schaue mich um. Der Fernseher ist aus, Thomas' Decke liegt noch neben mir, aber von ihm fehlt jede Spur. Ich wickele mich ganz in die Decke ein und tapse in die Küche. Thomas sitzt auf dem Balkon, raucht. Ich ziehe meine dicken Lammfellstiefel an, lege einen Schal um meinen Hals und meinen Mund, setze mich zu ihm.

Eine Kerze brennt. Wie damals. Nur, dass er da heimlich im Zimmer bei seiner Mutter rauchte, nachdem ich ihn dazu angestiftet hatte. Er liebte es, wenn ich in irgendetwas eingewickelt am Fenster saß, bei Kerzenschein. Und jetzt sitzen wir hier. Was in den letzten Jahren alles so passiert ist. Komisch, wie sich manche Dinge fügen und andere Dinge irgendwie immer aus der Reihe tanzen.

»Weiß er es?«

»Nein.«

»Was willst du jetzt tun?«

»Ich weiß es nicht. Abtreibung kommt nicht infrage, eigentlich. Aber wie soll ich das schaffen?«

»Würdest du es denn gern schaffen?«

»Ehrlich gesagt, weiß ich das auch nicht. Ein Kind zu bekommen, ist so wundervoll.« Ich denke an Lasse, ein Glücksgefühl durchströmt mich kurz, es wird jedoch rasch durch Angst ersetzt. »Aber ein ungewolltes Kind, von einem Mann, den man bereits einen Tag nach seinem Auszug verachtet? Nein. So wollte ich das nicht. So will ich das nicht.«

Und da sind sie wieder. Die Tränen laufen meine Wangen hinunter, meine Nase läuft gleich mit, meine Füße sind eisig kalt und mein Kopf ist heiß. Meine Augen brennen und mein Bauch verkrampft sich. Was soll ich bloß tun? Ich will nicht allein sein, aber hier mit Thomas zu sitzen, fühlt sich auch falsch an.

»Komm, lass uns reingehen«, sagt Thomas, als hätte er meine Gedanken gelesen.

Wir stehen auf, ich lege mich ins Bett, er fragt, ob er bleiben soll. Ich nicke. Er legt sich auf die Couch. Er ist so perfekt. Er macht alles richtig. Er versteht mich. Er kennt mich besser, als ich mich selbst kenne, zumindest fühlt es sich so an. Er ist aufmerksam und intelligent. Er sieht gut aus, ist romantisch, verständnisvoll. Wieder frage ich mich, warum ich nicht einfach ihn lieben kann? Er erfüllt so ziemlich alle Kriterien, die ich mir von meinem Partner wünsche, und doch, doch kann ich einfach nicht. Irgendwas fehlt. Vielleicht ist auch einfach nur irgendwas zu viel.

Während ich im Bett liege, scrolle ich durch Instagram. Ich entdecke einen Post, auf dem steht:

> **Hat die Liebe für Dich Priorität oder der Mensch an Deiner Seite?**

Ich bin neugierig und lese den Text darunter, es ist ein Dialog.

»Sarah, ernsthaft? So langsam wird es albern! Du musst Tinder deinstallieren!«
»Warum darf ich eigentlich nicht viele kleine Liebesgeschichten haben? Ist doch viel aufregender – auch für Dich!«
»Natürlich darfst Du das. Aber Du bist doch immer diejenige, die direkt von Heirat spricht und am Ende am Boden zerstört ist ...«
»Ähm, nee. Bin ich nicht. Vielleicht unterstellst Du mir das?!«
»Wenn Du dann wieder hier sitzt, zweifelst und weinst ...?!«
»Da geht es dann aber doch nicht um ›den Mann‹!«
»Nein? Worum dann?«
»Um mich ...! Mein Leben ist doch großartig! Einerseits brauche ich dafür keinen Mann, andererseits ist Liebe doch so wichtig im Leben.«
»Dir gehts also beim Daten vor allem darum, dass sich endlich jemand auf den Stuhl mit dem Wort ›Liebe‹ setzt?«, fragt Marco nun etwas irritiert.
»Ja! Voll!«
Sarah mag das Beispiel. Und da muss sie plötzlich lachen.
»Wie krass! Danke! Deswegen überstürze ich das auch immer! Da soll sich endlich einer hinsetzen. Egal wer. Weil: Liebe ist doch wichtig! Aber Du hast recht! Eigentlich geht es doch darum, dass man jemanden kennenlernt, ganz behutsam und langsam und dann geht es eben nicht um ›die Liebe‹, sondern um den Menschen!«
#Q: Hast Du Dich auch schon mal der Liebe wegen verliebt? Und nicht wegen des Mannes/der Frau?

Bei der Frage am Ende fühle ich mich ertappt und gleichzeitig erleichtert, dass dieses Phänomen wohl nicht allzu selten ist. Ich bin überrascht davon, wie viel Last allein beim Lesen dieses Posts von mir abfällt. Einfach nur, weil ich mich einerseits verstanden fühle und andererseits weiß, dass ich nicht allein bin. Als würde sich die Last plötzlich verteilen und ich müsste sie nicht mehr ganz alleine tragen. Der Post ist von Lieblingssternenstaub. Ich abonniere sie, doch bin nun wirklich zu müde, um mir ihre anderen Beiträge anzuschauen. Ich lege das Smartphone beiseite und schlafe ein.

Am nächsten Morgen wache ich voller Tatendrang auf. Seit Tagen habe ich in der Wohnung keinen Handschlag getan, also schreibe ich den Hausputz als Erstes auf mein Whiteboard unter *To Do*. Thomas liegt noch auf der Couch, neben ihm die Chips und Schokolade von gestern.

Leise und behutsam räume ich die Tüten weg und mache Kaffee. Parallel fange ich an, das Geschirr abzuspülen, wische über die Ablagen, werfe die leeren Verpackungen in den Müll und bringe den gelben Sack nach draußen. Wieder oben trinke ich den ersten Kaffee, beziehe das Bett neu, stelle eine Maschine Wäsche an und gehe ins Bad, dort wische ich den Boden nach dem Pippi-Langstrumpf-Prinzip mit zwei feuchten Bodentüchern, auf die ich mich stelle und hin und her tanze.

Ich fühle mich ziemlich gut. Ja, ich bin fast glücklich. Bis ich im Spiegel ein verquollenes, rotes, sprödes Gesicht sehe und mich über den Anblick so sehr erschrecke, dass ich mit dem Kaffee plempere und noch mal von vorn anfangen muss.

Aber zuerst wasche ich mein Gesicht mit kaltem Wasser, putze die Zähne, nutze etwas Gesichtswasser, um den schwarz verkrusteten und verschmierten Mix aus Kajal und Mascara in den Griff zu bekommen, und verteile abschließend die Nivea-Creme aus der Dose auf meinem Gesicht. Besser. Viel besser.

Ich wiederhole meinen Bodentuch-Pippi-Langstrumpf-Tanz und mache meine Playlist an. Die Playlist, die seit meinem achten Geburtstag existiert und sich seither kaum verändert hat. Sophie B. Hawkins singt vom Frühling, als ich meiner Küche den letzten Schliff verpasse. Klaus Hoffmann singt davon, dass jedes Kind einen Engel braucht, während ich im Schlafzimmer die Kleidung einsammele, die wild verteilt auf dem Boden liegt, und mitsinge, als ginge es um mein Leben, bis ich den Schrank öffne und mir klar wird: Ich muss dringend mal wieder ausmisten. Wenn ich ausmiste, bedeutet das meist eher, dass ich die Dinge in den Keller bringe und mich immer wieder aufs Neue über die alten Schätze freue, wenn ich dann mal den Keller ausmiste. Was in dem Fall bedeutet, dass die Dinge aus dem Keller zurück in die Wohnung dürfen.

Jetzt singt Joshua Kadison für Jessie, die weiterhin ihre Bilder malen soll, von der Welt, in der sie gerne leben würde. Davon, wie er sich doch gerade erst von der letzten Enttäuschung mit ihr erholt hat und sich nicht wieder auf sie einlassen will.

»Ich liebe das Oberteil.« Ich erschrecke kurz, ich war so in Gedanken und Musik versunken, dass ich gar nicht mitbekommen habe, dass Thomas aufgestanden ist.

»Was?«

»Das Oberteil, du hattest es damals schon.«

»Stimmt. Findest du nicht, ich bin langsam zu alt für Graphic-Shirts?«

»Zu alt? Du bist weder optisch noch mental zu alt für irgendwas, Marina.«

»Du alter Charmeur. Ich hol Brötchen, okay?«

»Lass mich das machen, du siehst hier gerade recht glücklich aus, in deinem Berg aus Klamotten.«

Die Tür fällt kurze Zeit später ins Schloss. Ich bin auch recht glücklich. Schön, wie das Leben so funktioniert. Irgendwann gibt es den Alarmknopf und alles wird neu bewertet. Während ich mich gestern verzweifelt, frustriert und traurig bemitleidet und keine Ahnung gehabt habe, wie es weitergehen würde, sitze ich nun, wenige Stunden später, auf dem Boden, neben meinem Bett, sortiere Klamotten aus und warte darauf, dass mein bester Freund mit Brötchen nach Hause kommt. Ich sollte weniger jammern.

Ich beeile mich etwas, falte alles und ändere nur noch fix die Ordnung im Schrank. Das Graphic-Shirt lege ich zurück und bringe die anderen Kleidungsstücke in den Keller. Auf dem Weg nach oben steht Thomas vor der Haustür, ich öffne ihm. Der Gedanke, dass er jeden Tag zu mir kommen könnte, nach Hause kommen könnte, gefällt mir. Er deckt den Tisch, ich widme mich, im Aufräumwahn, dem Wohnzimmer. Die Bettdecke riecht nach ihm. Ich atme seinen Geruch ein. Mein Blick fällt auf das Glas mit den sauren Gurken, ich muss lachen. Ich nehme das Glas und stelle es, wie eine Vase, ins Regal.

»Rührei?«, ruft er aus der Küche.

Ich gehe zu ihm. Der Tisch ist gedeckt, die Brötchen bereits aufgeschnitten, eine Kerze brennt.

»Sehr gerne. Mit Zwiebeln?«, frage ich.

»Wer macht denn Rührei ohne Zwiebeln?«

»Tomate Mozzarella?«

»Meinst du die Frage ernst?«

Ich schneide die Tomaten und den Mozzarella und schaue verstohlen in Thomas' Richtung. Er bemerkt es, kneift mir in die Seite, ich werfe ein Stück Mozzarella nach ihm.

»Wenn du mich noch mal mit Käse bewirfst, muss ich dich küssen.«

Ich weiß nicht, ob es an dem Frühstück liegt, dem Morgen, der Nacht, der Verzweiflung, der Ungewissheit oder einfach an der Playlist und Herbert Grönemeyer, der darum bittet, gehalten zu werden: Natürlich bewerfe ich Thomas nochmals mit Käse. Er lacht. Er ist so hübsch, wenn er lacht. Er schaut mich an, küsst mich und streichelt mit seinen Händen ganz vorsichtig meine Wange und meinen Hals. Ich brauche einen Moment, bis ich meine Augen wieder öffne. Ich lächle. Alles fühlt sich gut an. Richtig. Wir setzen uns. Essen. Eigentlich habe ich keinen Hunger. Ich bin verliebt. Thomas und Marina. Wir sind wieder da. Anders als damals, erwachsener, er weiß von der Schwangerschaft, er kennt mich, Lasse liebt ihn abgöttisch, meine Wohnung ist groß genug für vier …

»Zieh hier ein.«

Er lacht. »Marina, meinst du nicht, das geht etwas schnell?«

»Ja, in deiner Welt, in der Welt meiner Exfreundinnen und vielleicht in der Welt sämtlicher anderen Menschen auf diesem Planeten. Aber nicht in meiner Welt. Wir kennen uns seit mehr als zwölf Jahren, wir passen perfekt zusammen. Es gibt genug Menschen, die nie mitbekommen haben, dass wir getrennt sind. Wir beide harmonieren doch perfekt. Unsere Geschichte ist doch fast zu schön, um wahr zu sein. Und ja, wir sollten nichts überstürzen, aber worauf denn warten? Bleib hier. Bleib bei mir.«

»Marina, es tut mir leid, aber du bist nicht Jessie, ich bin nicht Joshua und wir haben auch keine Katze.«

»Und ich kann gar nicht malen. Kennst du die Fortsetzung von *Jessie*? Er redet davon, wie furchtbar es ihm geht, und dann nimmt Jessie ihn in den Arm und plötzlich ist das Leben wieder so, wie es sein soll. Und er ist immer noch skeptisch, bis sie zu ihm sagt, dass er aufhören soll, sich Gedanken darüber zu machen, was er nicht ist und nicht hat, weil sie endlich eingesehen hat, dass sie alles, was sie will, bereits hat.«

»Du meinst *Georgia Rain*?«

»Ja.«

»Dir ist schon klar, dass du nicht sanft wie der Sommerregen singst?«

»Ach Mann, Thomas, was ich sagen will, ist doch einfach, dass ich heute Morgen, gerade eben, endlich realisiert habe, dass ich doch bereits alles habe, was ich will.«

Sie sagte einmal zu mir: »Ich habe mal gelesen, dass die meisten Menschen unabhängig voneinander sagen, wenn sie gefragt werden, wann sie sich in den Anderen verliebt haben, dass das der Moment war, an dem sie gespürt haben, dass auch der andere Mensch etwas empfindet. Paradox. Aber scheinbar wissenschaftlich belegt.«

Ich bin nicht sicher, ob als Rechtfertigung oder Begründung. Sie schien diese neugewonnene Erkenntnis jedenfalls schon länger zu leben und daraus ihren Schluss gezogen zu haben, einfach jedem Mann – gut, jedem mit zumindest etwas Partner-Potenzial – ihre Liebe zu offenbaren. Vorhanden oder nicht spielte bei ihr keine Rolle, entweder, das Gefühl kam nach, oder auch nicht. Ich habe Angst, dass es auch bei mir »oder auch nicht« sein könnte.

Das klingt vielleicht etwas hart oder übertrieben, aber ich glaube, sie verliebte sich nicht in jemanden, sondern suchte sich jemanden, in den sie sich verlieben konnte. Und damit sie sich verliebte, brauchte es nicht viel. Ein Lächeln, eine Geste, ein T-Shirt, ein Witz, und es war um sie geschehen. Und hier stehen wir nun. Ich weiß das alles. Ich kenne sie. Und dennoch will auch ich in diesem Moment daran glauben, dass es in meinem Fall anders ist.

»Erlaubst Du Anderen,
zu sein, wie sie sind?
Oder zweifelst Du noch zu sehr
an Dir selbst?«

Lieblingssternenstaub

Endlich ist Lasse wieder bei mir, Weihnachten und Silvester ohne ihn waren ganz schön hart. Obwohl es unter den Umständen wohl besser war, immerhin bin ich seine Mama und sollte für ihn da sein, nicht andersherum.

Heute haben wir unser Müttertreffen, wir haben nach dem Ende des PEKiP-Kurses mit dieser Tradition angefangen, für die Kinder, aber vor allem für uns. Claudia und Moritz sind heute die Gastgeber.

»Zeig mal. Wie schön! Krass, wie viel Mühe du dir da gegeben hast. Wie lang hast du dafür gebraucht?« Janine schaut das Fotobuch durch, in dem ich Lasses ersten drei Lebensjahre festgehalten und dokumentiert habe.

»Frag nicht. Ich hatte mir das unmittelbar nach der Geburt vorgenommen, jetzt wird er bald sechs.« Ich muss lachen und dennoch bin ich stolz auf mich. Hauptsache, ich habe es überhaupt erfolgreich beendet, dieses Projekt.

Die Jungs sitzen mit uns am Esstisch. Moritz, Mats und Lasse warten, nicht freiwillig, darauf, dass sie endlich spielen gehen können, während Leon noch isst.

»Lasse, wie war es mit Papa in den USA?«, fragt Nicole, um die wartende Bande etwas zu beschäftigen.

»Total gut! Ich habe auch Schildkröten gesehen. Mama, wir müssen da auch mal hin! Papa hat gesagt, wenn ich mein Seepferdchen habe und lieb bin, dann fährt er nächstes Jahr im Sommer wieder mit mir.«

»Fertig!«, ruft Leon nun in die Runde.

Den Startschuss haben sie richtig interpretiert, die Jungs laufen nun in Moritz' Zimmer.

»Wie krass Paul ist!« Nicole schüttelt ungläubig mit dem Kopf, dann runzelt sie ihre Stirn und fragt: »Was kostet so was?« Es wirkt fast so, als würde sie in ihrem Kopf gerade Flüge, Hotel und Ausflüge aufaddieren und als würde ihr dabei fast schwindelig, von dem Betrag, auf den sie kommt. So eine Reise zu zweit mit 'nem Fünfjährigen scheint nicht in ihr Weltbild zu passen.

»Keine Ahnung, aber was soll ich machen?«, sage ich schulterzuckend und fast entschuldigend. Ich fühle mich angegriffen von ihr, als wäre es absolute Verschwendung und als trüge ich dafür die Verantwortung. Ich greife nach meinem Kaffee und halte ihn schützend vor mich.

Claudia bemerkt, wie unwohl ich mich fühle, und lenkt auf das Wesentliche. »Es war bestimmt hart, Weihnachten und Silvester ohne Lasse, oder?«

Sie hat sich mir mit ihrem ganzen Körper zugewandt und dabei Claudia den Rücken gekehrt. Vielleicht interpretiere ich zu viel hinein, es hilft mir dennoch dabei, mich etwas zu entspannen. Dank ihrer Frage muss ich direkt schmunzeln, wenn ich an die vergangenen Wochen denke, Claudia weiß sofort Bescheid, irgendwas ist da im Busch.

»Nein, Marina, was ist passiert?«

Ich hole tief Luft, meine Augen fliegen über den Tisch, während ich nach Worten suche, als ich ausgeatmet habe, wird aus meinem Schmunzeln ein breites Grinsen. »Wo soll ich anfangen?!«

Claudia, Janine und Nicole sind meine drei Mutti-Freundinnen. Wir haben uns im Geburtsvorbereitungskurs kennengelernt. Sie kennen Paul. Paul, den Immobilienmakler, Lasses Vater. Paul und ich waren das Comedy-Paar, der Altersunterschied viel zu groß, er der coole Clown, ich das freche Mädchen. Als die Hebamme meinte, die Männer sollen ihren Frauen die Füße massieren, fragte er nach Handschuhen und ob das Lavendelöl ausreichend desinfizierend wirke. Und als uns nahegelegt wurde, unsere Verwandten in den ersten Tagen zu vertrösten, fragte er, ob sie auch einen Grund nennen könne, die Verwandten für die nächsten Jahre zu vertrösten. Ich wurde Mutter und er blieb so, wie er war. Arbeitete viel, mehr als vorher, machte sein Ding, und wenn ich traurig oder müde war, gab es einen flotten Spruch. Wir waren gar keine Familie. Er lebte einfach *sein* Leben und ich das mit Lasse. Nur am Klingelschild konnte man erkennen, dass wir scheinbar zusammengehörten. Als ich das irgendwann nach seinem zweiten Urlaub – ohne uns – ansprach, wurde es ihm zu viel, ich habe mich verändert und er sei vielleicht doch nicht so der klassische Familienmensch. Und so setzte er uns, mehr oder weniger, vor die Tür. Ich zog mit Lasse in meine eigene Wohnung, lernte mal hier, mal dort einen Mann kennen und erfreute mich an der Abwechslung. Als Lasse zwei Jahre alt wurde, begann ich, Erziehungswissenschaft zu studieren, weitere Bekanntschaften folgten.

In meiner Familie war ich sozusagen die Gestrauchelte, deren Lebensweg eher an ein betrunkenes Hin-und-her-Torkeln erinnerte. Paul machte seinem Job als Spaß-Daddy alle Ehre, er nahm Lasse regelmäßig alle zwei Wochen zu sich und wirkte jedes Mal wie auf Speed, plante Ausflüge und ließ dem kleinen Zwerg alles durchgehen. Mittlerweile ist Paul etwas ruhiger geworden, versucht, seinem Sohn all das zu ermöglichen, worauf er selbst als Kind hat verzichten müssen.

Lasse ist nun fünf Jahre alt, bald wird er eingeschult, es ist also nur noch eine Frage der Zeit, wann er auszieht. Natürlich meine ich das nicht ernst, und auch, wenn allein der Gedanke daran, dass er irgendwann mal ausziehen könnte, meine Augen feucht werden lässt, so hoffe ich natürlich, dass Lasse spätestens (!) nach seinem Studium nicht mehr bei mir wohnt oder womöglich regelmäßig bei mir aufläuft. Aber was das betrifft, bin ich guter Dinge.

Meine Mutti-Freundinnen kennen mich somit seit sechs Jahren, und unsere Rollen sind seither klar verteilt: Eine bringt Kuchen mit, eine sorgt für Kaffee, eine weitere für die aktuellen Erziehungstipps inklusive dem dazugehörigen Tratsch, und ich sorge für Unterhaltung.

Als unsere Wonneproppen gerade ihren ersten Schritt in Richtung Abnabelung machten und sich alles nur darum drehte, was nun besser sei – Stillen oder Fläschchen? Möhrchen oder Reisflocken? Gläschen oder selbst kochen? – sorgten die Neuigkeiten, dass Paul »doch nicht so der Familientyp ist« für größere Furore als das Thema *Impfung*. Und wer eigene Kinder hat, weiß, wie heftig die Gemüter beim Impfthema erhitzen können.

Jedenfalls entwickelte sich mein Leben teilweise schneller als unsere Zwerge, und so stand ich meist – gewollt oder nicht – im Mittelpunkt. Der letzte Stand, auf dem meine Mutti-Freundinnen sind, entspricht dem von kurz vor Weihnachten. Als ich ihnen erzählte, wie traurig ich über Sarahs Entscheidung war, endgültig in die USA auszuwandern.

Ich erzählte ihnen damals davon, wie einsam ich mich fühle und wie sorgenvoll ich wegen des anstehenden Weihnachtsfestes sei. Lasse würde in den USA sein und Tim plane, nach Norwegen zu fliegen. Ich gestand ihnen gegenüber auch, dass es vermutlich ein Fehler gewesen sei, so schnell zusammenzuziehen, dass mir in meiner Beziehung zu Tim einfach zu viel fehle und dass seine Abwesenheit vielleicht ganz gut für uns wäre. Claudia und Nicole reagierten mit Verständnis, während Janine eher die Augen verdrehte.

Ich konnte beide Reaktionen verstehen. Kurz nach der Trennung von Paul, also vor gut fünf Jahren, bändelte ich aus lauter Verzweiflung mit einem Ex aus der Abizeit an. Ich hoffte damals, ich könnte mein Leben als Mutter von meinem Leben als Frau abkoppeln, doch das funktionierte nur mäßig und auch nur kurzfristig. Es folgten ein paar kleinere Bekanntschaften, in denen ich grundsätzlich den naiven Part der jungen Frau einnahm und lange brauchte, um zu realisieren, dass ich leider nur fürs Bett was taugte. Eine MILF fand jeder gut – also im Schlafzimmer. Aber eine Mutter zur Freundin? O Gott. Nein. Der Moment, in dem ich realisierte, dass meine neue Bekanntschaft jeweils genau so dachte, war grundsätzlich eine ziemlich peinliche Angelegenheit. Sowohl für ihn als auch für mich. Meine Freundinnen und auch meine Mutti-Freundinnen hörten sich die Geschichten sehr gern an, schüttelten jedoch immer wieder aufs Neue ihre Köpfe über meinen unbeschwerten Leichtsinn, und das anfängliche Verständnis wurde mehr und mehr durch Verachtung ersetzt.

Dennoch ließen sie sich immer wieder aufs Neue auf meine Storys ein. Vermutlich als eine Art Katharsis, eine Reinigung der eigenen Seele, ich erlebte für sie all diese aufregenden Lovestorys, die bei ihnen längst der Vergangenheit angehörten. Und da ich keine Soapdarstellerin, sondern eine reale Person bin, ist diese Reinigung umso effektiver. Und so lauschen sie immer gespannt und voller Zuversicht den Geschichten, in denen ich mal wieder jemanden an der Kasse getroffen habe. Im Seminar. Oder beim Anmieten einer neuen Wohnung.

Mir ist klar, ich habe ganz offensichtlich ein Problem mit Männern, mit Beziehungen, mit Familie. Ich wünsche mir so sehr eine intakte Familie, weitere Kinder und einen Mann an meiner Seite. Ich wurde nicht müde, mich neu zu verlieben und immer wieder neue Luftschlösser zu bauen.

Ich glaube an Zeichen und sehe sie überall. Als ich Tim kennenlernte und klar war, dass er nicht zu der Sorte Mann gehörte, die mich lediglich fürs Vergnügen wollte, war es bereits Zeichen Nummer eins, dass ich den Mann meiner Träume gefunden hatte. Als dann auch noch meine Waschmaschine kaputtging, lag es auf der Hand: Wir müssen zusammenziehen! Warum sollte ich denn nun Geld investieren, wenn er eine intakte Waschmaschine hatte und eh feststand, dass wir gemeinsam alt werden würden?

Zurück ins Heute.

»Vielleicht fängst du vorne an?« Claudia zwinkert mir zu.

»Okay, krieg ich noch Kaffee?« Das frage ich eher, um mich kurz zu sammeln, irgendwie freue ich mich, über die aktuellen Entwicklungen reden zu dürfen. Gleichzeitig bin ich unsicher, ob meine Euphorie ausreicht für die Verachtung, die insbesondere gleich von Janine auf mich einprasseln wird.

»Klar! Nicole, was ist mit dir? Oder hast du noch Kaffee?«

»Einen würde ich auch noch nehmen.«

Wir gehen in die Küche, zu Claudias neuem Vollautomaten. Ein Geschenk ihres Mannes. Ich vermisse diese Art des Alltags und wünschte, auch mein Mann würde mir eines Tages einen Vollautomaten schenken. Und plötzlich überkommt mich diese Traurigkeit. Gerade war ich noch so glücklich, frisch verliebt. Und nun stehe ich in Claudias Küche, mit dem perfekten Jura-Vollautomaten neben dem Thermomix. In einer Stunde wird ihr Mann von der Arbeit kommen. Moritz wird ihm entgegenlaufen und dann werden sie zusammen am Abendbrottisch sitzen und den Aufstrich essen, den Claudia mit dem Thermomix gemacht hat. Und ich werde allein mit Lasse nach Hause fahren und eigentlich müsste er noch baden. Ich bin jetzt schon müde. Thomas will morgen nach der Arbeit kommen, aber Thomas ist nicht Lasses Papa und er ist nicht mal der Papa von dem kleinen Wesen, was gerade in mir ist. Er hat bei uns doch eigentlich gar nichts verloren. Er …

»Marina, nun sag schon, was ist los?«, sagt Janine leicht genervt zu mir. Warum fährt sie mich so an? Scheiße! Die Tränen lassen sich nicht mehr aufhalten.

»Also. Ich … ich bin schwanger.«

»Was?« Claudia dreht sich erschrocken um.

»Wie schön!« Nicole strahlt.

»Von wem?«, fragt Janine taktlos. Ich kann ihr deswegen nicht mal einen Vorwurf machen.

Die unterschiedlichen Reaktionen überraschen mich nicht, Claudias Reaktion ist mir am wichtigsten, denn bei ihr habe ich das Gefühl, es geht ihr wirklich um mich. Nicole ist eher oberflächlich und versucht immer, die richtigen Worte zu finden, **richtig** bezieht sich allerdings eher auf das, was gesellschaftlich richtig ist. Ein teurer Urlaub ist fragwürdig, eine Schwangerschaft ist schön. Egal, wer den Urlaub bucht oder schwanger ist. Janine ist eher die Kritikerin, ständig auf der Suche nach einem Haken oder einem Problem, das sie entweder lösen oder von dem sie sich distanzieren kann, beides, um sich selbst ins gute Licht zu rücken.

»Och Mensch, Marina. Wie weit bist du denn?«, fragt Claudia und nimmt mich in den Arm. Ich kann ihr nur leider nicht antworten. Leon kommt in die Küche gelaufen.

»Mama, können wir jetzt fahren? Moritz, Mats und Lasse lassen mich nicht mitspielen.«

Janine kniet sich zu ihrem Sohn und fragt liebevoll, mit einer deutlich wärmeren und weicheren Stimme, als zuvor bei mir: »Warum nicht? Was spielen sie denn?«

»Das stimmt gar nicht!«, hören wir Moritz empört aus dem Kinderzimmer rufen und Mats ergänzt: »Er wollte nicht mitspielen!«

Lasse kommt nun stampfend in die Küche gelaufen. Er kann Ungerechtigkeit ohnehin nur schwer aushalten. Seine Augen funkeln, als er gerade den Mund aufmacht und Luft holt, sieht er mich an und reißt ungläubig seine Augen auf. »Mama, warum weinst du?«

Das versetzt mir einen Stich, mir ist es unangenehm, dass er mich so sieht, nicht, weil ich traurig bin, sondern weil ich plötzlich daran denken muss, dass ich als junges Mädchen immer alles auf mich bezogen und mich verantwortlich gefühlt habe. Als ich gerade erklären möchte, dass das nichts mit ihm zu tun hat, antwortet Claudia für mich, meine Kontaktlinse sei verrutscht, daher könnten sie sich gerade nicht um den Kinderkram kümmern. Leon solle einfach was anderes spielen oder bei Lasse, Matz und Moritz mitmachen. Sie schiebt die Kinder aus der Küche, schließt die Tür und nimmt mich wieder in den Arm, während Nicole etwas hilflos und verloren an der Arbeitsplatte lehnt und Janine vermutlich ausrechnet, wann es wohl so weit ist. Mir ist das unangenehm, ich möchte Lasse beruhigen, doch mir ist auch klar, dass ich dafür gerade in der falschen Verfassung bin.

Als ich mich etwas gefangen habe, sprudelt alles aus mir heraus. »Es ist noch ganz frisch, ich war noch gar nicht beim Arzt. Das Baby kann aber nur von Tim sein, und hätten Tim und ich uns nicht getrennt, dann wäre alles gut. Haben wir aber. Er war in Norwegen und das war auch gut so. Eigentlich hatte ich bereits den Entschluss gefasst, mich von ihm zu trennen. Ich hatte ja schon angedeutet, dass es irgendwie nicht gut läuft und mir was fehlt. Am Anfang hatte ich mir das alles so anders vorgestellt. Ich habe mich einfach nach Alltag gesehnt. Ich sehe euch immer mit euren tollen, kleinen Familien, und genau das wollte ich auch. Vermutlich wollte ich vor allem die kleine Familie. Es ging wahrscheinlich nie um Tim. Aber in dem Moment fühlte sich alles so richtig an. Ich schäme mich so. Ja, klar, wir haben nicht verhütet. Bewusst nicht verhütet. Es ist also gar nicht so verwunderlich, dass ich schwanger bin. Na ja, und an meinem Geburtstag … Was soll ich sagen. Ich fühlte mich einsam und unattraktiv. Nicht nur, dass Tim intellektuell nicht auf meinem Niveau war, er lief meistens nur in Jogginghose rum, und abends haben wir vor dem Fernseher gegessen, und zusammen unternommen haben wir auch nie was. Ich fühlte mich einfach nicht wirklich begehrt.

Abends hat er immer getrunken. Also jeden Abend. Und dann nicht nur ein Bier oder ein Glas Wein, sondern mindestens drei bis vier Flaschen. Und am Wochenende, da ist er oft einfach alleine rausgegangen, mit seinen Kumpels, und wenn Lasse mal bei seinem Papa war und ich auch hätte rausgehen können, hatte er keine Lust. Ohne Witz! Unsere Beziehung war total platt und einfältig. Es gab keine Gespräche, keine gemeinsamen Aktivitäten und nichts.«

Während ich all das laut ausspreche, schäme ich mich. Ich schäme mich, weil es sich so anfühlt, als tue ich Tim Unrecht, und falls dem nicht so ist, schäme ich mich für mich selbst, dass ich all das nicht früher gemerkt habe. Ich ahne, dass meine Mutti-Freundinnen, alle für sich, sehr nachvollziehbare, wenn auch unterschiedliche Perspektiven auf die Situation haben. Nicole bemitleidet mich bestimmt, aber ich will kein Mitleid, weil ich mir dadurch nur noch kleiner und dümmer vorkomme. Janine verachtet mich wahrscheinlich oder zweifelt daran, ob das stimmt, ob ich nicht übertreibe. Und Claudia, gute Frage, ich bin unsicher, bis sie endlich reagiert und sagt: »Du musst dich nicht rechtfertigen. Aber warum hast du das denn nie gesagt?«

Ich bin erleichtert und fühle mich ertappt. Warum habe ich nie was gesagt? Vielleicht, weil ich dazugehören wollte? Ich stehe nun da, angelehnt an den Küchentisch, die Arme verschränkt und schaue nach unten, als ich meinen Kopf hebe, pflichtet Nicole Claudia bei. »Du hast immer so glücklich gewirkt.«

Janine kneift die Augen zusammen. »Aber warum hast du vorhin so gestrahlt? Fast so, als wärst du frisch verliebt.«

Ach ja, da war ja noch was, ich denke an Thomas, ein Lächeln huscht über mein Gesicht, allein der Gedanke an Thomas beruhigt mich etwas, ich greife zur Kaffeetasse, um noch etwas Zeit zu schinden, sodass dieses beruhigende Gefühl noch etwas größer wird. Dann schaue ich Janine direkt in die Augen und bestätige ihren Verdacht.

»Weil ich verliebt bin!«

Wie gut sie mich doch kennt, trotz der Skepsis in ihrem Tonfall antworte ich wahrheitsgemäß, auch auf die Gefahr hin, gespiegelt zu bekommen, was ich mir selbst zum Vorwurf mache, nämlich, dass das zu schnell geht.

»Als Tim in Norwegen war und ich mich so alleine und unattraktiv und nutzlos gefühlt habe und auch Lasse nicht da war, habe ich Thomas geschrieben.«

»Thomas? Wer war das noch mal? War das der von Tinder?« Nicole denkt angestrengt nach.

»Nein, der hieß anders, der hieß Philipp, oder? Thomas, war das nicht der aus dem Theater? Der so gut zu dir passt?« Claudia zwinkert mir zu.

Ich schmunzele, dass selbst sie mittlerweile durcheinanderkommen, bei all den Namen, und frage mich kurz, ob mein Männerverschleiß wirklich zu hoch ist, besinne mich dann aber darauf, dass das ja jetzt ein Ende hat, mit dem positiven Nebeneffekt, dass ich nun auch den Mut habe, auszusprechen, was passiert ist. »Ja, genau. Ich hab ihn gefragt, ob er nicht vorbeikommen möchte. Und irgendwie kam eins zum anderen und wir lagen im Bett … und plötzlich erwischt Tim uns in flagranti.« Gleich zwei Highlights in einem Satz.

»Nein!!!!« Diesmal gibt es keine unterschiedlichen Reaktionen, alle drei schauen mich mit weit aufgerissenen Augen an.

»Doch.«

Claudia und Nicole gucken sich an und müssen sich das Lachen verkneifen. Nur Janine blickt ernst drein. »Sag aber bitte nicht, das du jetzt mit Thomas zusammen bist?!«

»Doch!«, erwidere ich kleinlaut, ich hatte es ja geahnt, dass sie das nicht gutheißen würde.

Claudia strahlt. »Wie schön. Als ich ihn das erste Mal gesehen habe, dachte ich schon, wie gut ihr zusammenpasst. Ihr seid doch schon mal zusammen gewesen, oder? Ach, also, ich freue mich für dich!«

Janine ist noch immer nicht überzeugt. »Weiß er, dass du schwanger bist?«

Claudia schaut mich erschrocken und erwartungsvoll an. Dass ich schwanger bin, hat sie schon wieder völlig vergessen, wie es scheint. Ich nicke. Claudia wirkt erleichtert.

Leon kommt wieder zu uns und nörgelt. »Können wir jetzt endlich fahren?«

In dem Moment wird die Haustür aufgeschlossen und Moritz rennt seinem Papa entgegen, dicht gefolgt von Lasse. Er umarmt beide und zeigt Moritz ein paar Schlittschuhe, die er im Lidl ergattert hat. Beim Anblick dieser Situation versetzt es mir einen Stich, ich mache mir Vorwürfe, dass Lasse diese Momente mit seinem Papa nie hatte.

Sobald die Väter nach Hause kommen, beenden wir unsere Treffen, das war schon immer so. Meist ist es dann ohnehin schon siebzehn Uhr, und da wir alle gegen achtzehn Uhr Abendbrot essen und teilweise noch ein Brot auf dem Nachhauseweg kaufen, hat sich das so ergeben. Während Markus nun auch seine Frau Claudia begrüßt, herrscht im kleinen Flur ein großer Andrang. Claudia schaut noch mal nach, dass auch kein Kleidungsstück vergessen wird, bevor Nicole, Janine, Mats, Leon, Lasse und ich uns auf den Heimweg machen.

Im Auto schaut Lasse mich traurig an. »Moritz hat es gut. Sein Papa kommt jeden Tag nach Hause und bringt was Cooles mit.«

Mir schießen schon wieder die Tränen in die Augen, weil er ausspricht, was ich gerade eben befürchtet habe.

Zu Hause angekommen frage ich Lasse dann doch noch, ob er baden will. Klar will er! Er liebt es, zu baden. Wir suchen ein paar Schleichtiere aus, während das Wasser läuft. Lasse will, dass ich mit reinkomme, doch dazu fehlt mir dann wirklich die Energie. Baden ist noch die Quality Time schlechthin, nichts, was nebenbei erledigt werden muss oder kann. Spielen ist so wertvoll für ihn und gleichzeitig so anstrengend für mich. Ich beziehe ihn lieber im Haushalt mit ein, während ich koche oder die Wäsche aufhänge. Irgendwie muss, in meiner Welt, alles einen Sinn ergeben oder mit Produktivität verbunden sein. Baden ist sozusagen eine Grauzone, er muss baden, klar, aber hier kann ich mich besser aufs Spiel konzentrieren, weil ich ja auch gar nichts nebenbei machen kann, und daher empfinde ich diese Zeit eher als Quality Time.

Wir spielen mit den Tieren, also, eigentlich bin ich »die Tiere« und Lasse schaut zu. Aus Versehen schubst der liebe Dino mit seinem Schwanz immer die Babykuh ins Wasser, woraufhin sich die Mutterkuh furchtbar aufregt, mit einer sehr hohen und hochnäsigen Stimme. Lasse findet es lustig. Im Wasser lauert nämlich der große Hund, der am liebsten Babykühe isst. Natürlich wird die Babykuh immer wieder vom Einhorn gerettet. Logisch.

Nachdem das Badezimmer überschwemmt ist und die Babykuh mit ihrer Mutter vereint zurück in ihren Stall – in der Schublade mit den Waschlappen – schlafen gegangen ist, macht das Spiel ohnehin keinen Spaß mehr und Lasse sieht ein, dass auch er jetzt gleich ins Bett muss.

Als ich neben ihm liege und warte, bis er tief und fest schläft, öffne ich Instagram, wie immer. Der nächste Post von Lieblingssternenstaub scheint eine Art Auflösung zum Dialog zu sein, den ich vorher gelesen habe.

> **Warum finde ich nicht endlich das, wonach ich suche?**
> Bist Du auch auf der Suche? Nach Glück? Nach Liebe? Nach Erfolg?
> Sarah (vorheriger Post) sucht nach Liebe. Und das bereits ihr Leben lang. Mittlerweile hat sie ziemlich konkrete Vorstellungen von der Liebe. Liebe ist das Ziel, und Ziele müssen SMART sein. Spezifisch. Messbar. Attraktiv. Realistisch und Terminiert.

Wenn man weiß, was und wohin man will, kann man sich auf den Weg machen.
So weit, so gut.
Je genauer wir das, was wir erreichen oder haben wollen, vor Augen haben, desto inflexibler werden wir jedoch. Inflexibel, irgendwann unzufrieden, und mit ganz viel Pech endet es irgendwann in Frustration, mit noch mehr Pech in Resignation.
Bei Sarah gibt es aber noch ein anderes Problem. Ihr Ziel ist es nicht, die Umsätze zu erhöhen oder die Arbeitszufriedenheit zu steigern. Sondern ihr Ziel ist die Liebe. Es geht gar nicht um den konkret-attraktiven Mann mit einer Vielzahl von Attributen. Sarah hat aus der Liebe eine Wissenschaft gemacht. Sie tut so, als könne sie einfach irgendwen (der ungefähr ihren Vorstellungen entspricht) auf diesen leeren Stuhl mit der Aufschrift »Liebe & Familie« setzen. Hauptsache, der Platz ist endlich besetzt. Dabei ist Liebe etwas, das wachsen muss, sich entwickelt und verändert.
Zumindest diese Art Liebe, nach der sie sucht. Doch dafür ist sie mittlerweile zu ungeduldig. Sie glaubt, sie könne den Prozess durch ihre Art beschleunigen. Es ist jedoch wie der Versuch, einer Raupe das Fliegen beizubringen. Ihr wird schwindelig und es gibt keine Aussicht auf Erfolg.
Man kann nichts erzwingen, finden oder suchen, was erschaffen werden muss.

Bereits beim Lesen bin ich ein wenig frustriert. Unsicher, ob ich mich über mich selbst oder den Inhalt ärgere, denke ich an Tim. Ich versuche, mich daran zu erinnern, wann und wie ich mich verliebt habe, erinnere mich aber tatsächlich nur an die Einsamkeit *vor* ihm und an die Erleichterung, als er mich tatsächlich küsste, am Abend, an dem wir uns kennenlernten. Ich kannte ihn nicht. Ich ließ sozusagen einen Fremden bei mir einziehen!

Mein Bauch krampft sich zusammen, und erst dann bemerke ich, wie angespannt mein Kiefer ist, die Zähne fest aufeinandergepresst. Ich öffne meinen Mund leicht und drehe mich zu Lasse, er schläft mittlerweile tief und fest. Ich kuschele mich an ihn, denke an Thomas und schließe die Augen. Letzteres war keine gute Idee, plötzlich sehe ich Thomas als grüne Raupe verkleidet, mit rosafarbenen Wangen und zwei Fühlern, die permanent wackeln, ich kreuze meine Arme und halte ihm meine Hände hin, er greift sie, wir lehnen uns leicht nach hinten und fangen an, im Kreis zu laufen, wir drehen uns so schnell wie Kate Winslet und Leonardo DiCaprio in Titanic. Das Bild ist amüsant und gleichzeitig tut es weh.

»Manchmal sind wir so fokussiert auf die Türen, die sich schließen, und vergessen völlig die Fenster.«

Lieblingssternenstaub

Ich werde wach, mit einem Fuß im Gesicht. Ein schönes Gefühl, sofern man Kinder hat. Ich liebe es, dass Lasse und ich zusammen aufwachen, entweder schlafe ich bei ihm ein, oder er kommt nachts in mein Bett gekrabbelt. Im Winter ist er wie eine lebende Heizung, spendet Wärme, und im Sommer rollt er sich mit der Decke zur Seite, sodass er darauf liegt und ich ohne Decke wenigstens nicht friere. Aber darum geht es gar nicht, ich genieße seine Nähe vermutlich genau so sehr wie er meine. Und mir ist bewusst, dass sich das bei ihm vermutlich schneller verändern wird, als mir lieb ist.

Ja, eigentlich müsste er längst in **seinem** Bett die Nacht verbringen und **durch**schlafen. Aber irgendwie haben wir den Zeitpunkt dafür verpasst, oder vielleicht auch einfach alles richtig gemacht. Während andere Kinder freiwillig und selbstständig ins Bett gehen und schon zufrieden sind, wenn Mama oder/und Papa noch mal singen oder gute Nacht sagen, dauert unser Abendritual ewig. Es funktioniert sogar so gut, dass ich im Anschluss oft selbst so müde bin, dass ich direkt in mein Bett gehe, sofern ich nicht schon bei Lasse eingeschlafen bin.

Als ich ein Kind war, las mein Papa uns jeden Abend vor, danach wünschte er uns eine gute Nacht und wir durften noch eine Kassette hören. Sobald eine Seite zu Ende war und der nostalgische Klick-Klick-Klack-Laut ertönte, schlief ich ein.

Inspiriert davon begann ich schon recht früh damit, Lasse abends ein Buch vorzulesen. Vorher allerdings reflektierten wir über den Tag: Was ist heute passiert? Was war doof? Was war besonders schön? Wann hätte ich mich besser verhalten können? Als Lasse noch kleiner war, erzählte meist nur ich. Später stellte ich nur noch die Fragen. Danach fingen wir an, zu lesen.

Während wir uns in seinem dritten Lebensjahr noch mit einem Bilderbuch begnügt haben, lese ich ihm mittlerweile jeden Abend ein bis zwei Kapitel verschiedener Abenteuerromane vor. Danach machen wir eine Kassette an, hören beide Seiten und falls Lasse dann immer noch nicht schläft, kraule ich ihm so lange den Rücken, bis er selig träumt. So gehen wir oft schon um sieben ins Bett, ich jedoch verlasse sein Zimmer selten vor halb neun.

Der Wecker klingelt. Ich stehe leise auf und mache mir Kaffee, dann lege ich mich zurück ins Bett und schaue auf mein Smartphone, eine dumme Angewohnheit im Zuge der Digitalisierung. Na ja, oder einfach eine Sucht. Lasse schläft noch.

Der Instagrampost von gestern war nicht wirklich hilfreich, zumindest nicht jetzt, da ich ja gerade erneut »erfolgreich« mit meiner Strategie fahre und mich und mein Leben nicht von 'nem doofen Post in Frage stellen lassen will, öffne ich Facebook. Eine Erinnerung wird mir angezeigt, mit dem Hinweis, dass ich mich bestimmt gern daran erinnere. Auf dem Bild sieht man meinen Kaffeebecher mit einer Fliege, die darin schwimmt. Nein, daran erinnere ich mich nicht gern zurück, aber ich finde den Hinweis zum Foto ganz witzig, mache einen Screenshot und poste den.

Ich poste viel in letzter Zeit. Und ich bin der festen Überzeugung, dass man an der Anzahl von Posts sehen kann, wie glücklich die Menschen gerade sind, oder eben nicht. Wenn ich viel poste, ist das meist ein Indiz dafür, dass mir etwas fehlt. Anerkennung, Freunde, Liebe, Aufmerksamkeit. So was.

Thomas hat das Bild kommentiert

erscheint als Pop-up im Smartphone, ich klicke ganz aufgeregt drauf, es lädt nicht, Lasse wird wach, er möchte kuscheln, mein Smartphone fällt runter, ich bin genervt. Ich mag mich in solchen Momenten nicht. Momente, in denen mir das Smartphone kurz wichtiger ist als mein Sohn, Momente, in denen ich von Lasses natürlichen Bedürfnissen genervt bin, weil irgendein Post nicht lädt. Zum Glück wird mir das heute recht schnell bewusst, ich nehme ihn in den Arm und kuschele mich noch mal an ihn. Er sagt, er holt mal schnell das Buch und fragt, ob wir noch Zeit zum Lesen haben.

»Ja, so viel Zeit muss sein!«

Er krabbelt aus dem Bett und ich greife schnell zum Smartphone. Thomas hat im Kommentar ein GIF gepostet, mir war gar nicht klar, dass er so etwas kann – mit Technik hat er es nicht so. Eine Nachricht von Thomas poppt auf.

Hey, hast du mein GIF gesehen, das heißt doch so, oder? Ich werde noch richtig cool, wart's ab. Du, müssen wir das eigentlich noch klären?

Was genau meinst du?

Na, zu wann ich meine Wohnung kündigen soll?

Ich lächle einfach nur und genieße wenigstens kurz meine Aussicht auf ein harmonisches und schönes Leben als **richtige** Familie. Lasse freut sich immer, wenn Thomas uns besuchen kommt, und so, wie Thomas sich verhält, genießt er es, mit Lasse auf dem Rücken durch die Wohnung zu galoppieren, er war öfter zu Gast an Lasses Geburtstag als an meinem. Wenn Thomas uns besucht hat, in diesen kurzen Phasen meines Singledaseins, kam er meist direkt nach Feierabend, spielte mit Lasse, während ich in Ruhe einkaufen gehen konnte, den Abendbrottisch deckte, und manchmal war sogar noch Zeit, damit ich mal allein und in Ruhe duschen konnte. Wobei Letzteres bedeutete, dass ich mich nicht innerhalb von fünf Minuten abduschte, rasierte und meine Haare mit Shampoo und Spülung wusch, sondern in acht Minuten. Thomas war viel geduldiger mit Lasse, beim Spiel, aber auch, wenn er Quatsch machte. Einmal wollte er sich abends partout nicht die Zähne putzen, ich war müde und genervt und hatte mich noch auf die Zeit mit Thomas gefreut, wenn Lasse schlafen würde. Thomas übernahm. Am Ende hatte Lasse Schwimmflügel an, eine Taucherbrille auf und putzte sich die Zähne. Die Erinnerung daran lässt mich auflachen und das Kribbeln im Bauch ist wieder deutlich präsenter als noch am Abend zuvor.

Lasse kommt mit dem Buch zurück, legt sich wieder zu mir, wir lesen. Ich weiß noch genau, wie es damals bei ihm war, der Schwangerschaftstest, die Tage danach. Am Tag des Tests war ich geschockt und erschrocken, ich hatte Angst und konnte mich nicht freuen. An Tag zwei realisierte ich langsam, was das bedeutete: Ich war schwanger, ich würde Mama werden. Und am dritten Tag hatte ich Panik, dass es womöglich nicht stimmen könnte, ich kaufte drei weitere Tests und dachte, mein Leben hätte keinen Sinn mehr, falls es eine Eileiterschwangerschaft wäre.

Heute habe ich den ersten Termin beim Frauenarzt. Ich möchte allein hingehen. Thomas wird derweil Lasse bespaßen, und dafür bin ich ihm sehr dankbar.

Was mein Frauenarzt wohl denkt? Eigentlich komme ich immer nur zu ihm, wenn ich schwanger bin. Bei Lasse damals war es fast lustig, ich wollte so sehr, dass das Testergebnis stimmte, dass ich am Ende ganz verunsichert war. Als ich auf dem Behandlungsstuhl saß, erzählte ich ganz aufgeregt, dass der Test positiv war, es aber ja auch eine Eileiterschwangerschaft sein könne und ich ja immerhin schon vier Jahre nicht mehr hier gewesen sei. »Fünf!«, erwiderte mein Arzt nur. Ich sah ihn fragend an und er meinte: »Sie waren seit fünf Jahren nicht mehr hier, aber nun beruhigen Sie sich und hören Sie mal: Bum bum bum bum …« Plötzlich stand die Welt still, ich war so ruhig, als hätte mich das Geräusch in eine Art Trance versetzt. Ein neues Leben stand direkt vor mir, als hätte sich eine Tür zu einer bunten Wildblumenwiese geöffnet, Dankbarkeit und Demut erfüllten mich, ein Gefühl von Wärme durchströmte meinen Körper. Ich würde Mama werden. Als ich Lasses Herzschlag zum ersten Mal hörte, war es das schönste Geräusch der Welt, ich erinnere mich noch jetzt ganz genau an das Klopfen, das Rauschen und daran, wie der Arzt kommentierte, dass sein Herz erst vor ein paar Stunden zu schlagen angefangen habe. Ich war glücklich und zutiefst berührt.

Heute ist es anders. Ich bin nicht aufgeregt, sondern ziemlich angespannt. Ich setze mich auf den Stuhl, und als ich das Ultraschallbild sehe, erschrecke ich etwas. Es sind nämlich zwei kleine Zellbläschen zu sehen.

»Gab es schon mal Zwillinge in Ihrer Familie?« Der Arzt schaut mich flüchtig an, bevor er sich wieder seinem Ultraschallgerät widmet.

Ich reiße die Augen auf. »Sind das Zwillinge?«

»Ja, das ist sehr selten, eine Zwillingsschwangerschaft birgt gewisse Risiken und kann genetisch bedingt sein, oder kommt bei Hormonbehandlungen vor.« Während er das sagt, neigt er seinen Kopf schief und prüft scheinbar irgendwas auf seinem Monitor.

»Also, ich bin schwanger und ich bekomme *zwei* Kinder?« Ich spreche den Gedanken laut aus, ohne ihn richtig verstehen, fassen zu können. Ich habe Angst, ich weiß nicht, was das bedeutet, ich erinnere mich daran, wie eine Zwillingsmutter sich im dm beschwerte, dass man mit dem breiteren Kinderwagen nicht durch die engen Gänge passen würde. Keine Ahnung, warum ich ausgerechnet an so etwas Banales denke, aber vermutlich ist das eines der Probleme, die man beim Kauf eines Kinderwagens berücksichtigen kann und die somit lösbar sind. Dann fällt mir ein, dass ich Lasses Kinderwagen selten benutzt habe, weil er meistens im Tuch, später in der Manduca getragen wurde. Wie soll ich zwei Kinder tragen? Das ist zu viel für mich, die Vorstellung daran, bald dreifache Mama zu sein, zwei Kinder auf einmal zu bekommen, das ist alles zu viel. Ich bin überfordert, fange an, zu weinen.

Der Arzt fixiert noch immer den Monitor des Ultraschallbildes. »Ja! Herzlichen Glückwunsch! Beide haben sich schon gut eingenistet, die Herzen schlagen noch nicht, aber das ist vollkommen normal in diesem Stadium der Schwangerschaft. Ich schlage vor, wir sehen uns in zwei Wochen wieder.«

Der Gedanke, dass die Herzen noch nicht schlagen, erleichtert mich, und zum Gefühl der Erleichterung gesellt sich neben Angst und Überforderung noch ein starkes und sehr hartes Gefühl hinzu. Ich hasse mich.

Nun wendet der Arzt sich mir zu und weicht kurz mit dem Kopf zurück, atmet kurz durch. »Ja, diese Nachricht ist für viele Frauen erstmal ein Schock, möchten Sie gleich noch ein Gespräch?«

Ich ziehe krampfhaft meine Mundwinkel nach oben, mir ist es unangenehm, dass er mich so sieht, ich schüttele zaghaft den Kopf.

»Okay.«

Zwillinge.

Vielleicht wäre es anders, wenn ich den Herzschlag hätte hören können, wenn die Umstände andere wären, wenn Thomas und Lasse nicht draußen warten würden, wenn wir danach nicht zum Imbiss gehen würden. Ich ziehe mich an, während die Gedanken und Gefühle versuchen, dieser Nachricht irgendetwas Positives abzugewinnen.

Mir ist ein bisschen schlecht, ich gehe langsam die Steintreppe der Stadtvilla, in der sich die Praxis befindet, nach unten und versuche, mich zusammenzureißen, als ich die schwere Holztür nach draußen öffne. Lasses Lachen schallt mir entgegen, er sitzt auf dem Holzdrachen und Thomas taumelt davor herum, als würde der Holzdrachen ihn anrempeln. Als er mich sieht, lächelt er und kommt auf mich zu. »Und? Was hat der Arzt gesagt?«

Ich kann ihm gar nicht richtig in die Augen schauen, es ist eine Mischung aus einem schlechten Gewissen, Scham, Traurigkeit und Überforderung.

»Alles okay?« Die Neugierde in seiner Stimme ist der Sorge gewichen.

Lasse kommt zu uns gerannt.

»Zwei«, ist alles, was ich sagen kann.

»Drei. Vier. Fünf. Sechs.« Lasse lacht. Ich schaue ihn an, bekomme ein noch schlechteres Gewissen, diesmal den zwei Embryos gegenüber, und will einfach nur nach Hause, will, dass Lasse schläft, will keine Fragen beantworten und einfach danach googeln, was man bei einem Schwangerschaftsabbruch berücksichtigen muss. Aber wir haben Lasse Pommes zum Mittagessen versprochen.

Thomas wirkt etwas verunsichert und überfordert, er schweigt auf dem gesamten Weg durch die Fußgängerzone. Ich versuche, mich abzulenken, auf die schönen Fachwerkhäuser zu konzentrieren, dabei denke ich an meinen Opa. Und an Familie. Also konzentriere ich mich auf die Menschen, die uns entgegenkommen. Einige haben Tüten dabei und sehen zufrieden aus, Andere tragen Tüten und wirken eher genervt und gestresst. Mit wie vielen Tüten ich wohl bald Schnückel verlasse, das alteingesessene Modehaus Unnas?

Wir haben den Marktplatz erreicht, Lasse läuft direkt zu dem großen Brunnen in der Mitte. Thomas läuft hinterher, vermutlich will er sich gerade zumindest bei irgendwas nützlich fühlen.

Ich gehe an meiner Lieblingsbuchhandlung »Hornung« vorbei und bleibe kurz stehen, um mir die Auslage anzusehen. Ein paar Kinderbücher liegen hübsch dekoriert im Schaufenster und endlich habe ich zumindest etwas, worauf ich mich freuen kann. Da liegen ganz unten Bilderbücher, mit Glitzer verziert, kleinen Fingerpuppen in der Mitte und das Buch »Märchen« von Astrid Lindgren. Ein Buch, das so voller Schwere ist und bei dessen Lektüre man sich dennoch leicht fühlt, weil man weiß, dass man die Schwere der Geschichten jederzeit verlassen kann, und dennoch bleibt man in ihnen versunken, da Astrid Lindgren es schafft, selbst der dunkelsten Stunde Magie und Hoffnung abzugewinnen. Weiter oben sehe ich Mutmachgeschichten und Jugendbücher von Kerstin Gier, ein schönes Dekokonzept, die gesamte Entwicklung vom Kleinkind bis zum Teenager.

Dann fällt mir ein, wonach ich googeln wollte, ich drehe mich um und schaue zu Thomas und Lasse. Der kleine Anflug von Vorfreude schwindet. Ich überquere den Marktplatz, Thomas fordert Lasse auf, sich vom großen Esel, der den Brunnen ziert, zu verabschieden. Wir treffen uns an der Ecke der Massener Straße, laufen schweigend hoch zum Griechen. Vorbei an Schnückel, dem riesigen Familienbetrieb, dessen Auslage an Karstadt erinnert, vorbei am Only-Geschäft, das mich daran erinnert, dass ich fett werde und an all die Situationen, in denen ich voller Vorfreude auf eine neue Hose das Geschäft betreten habe, um es später frustriert und schweißgebadet ohne Tüte zu verlassen.

Als wir endlich beim Griechen angekommen sind und in der rustikalen Essecke sitzen, fühlt es sich an wie ein Ausblick in meine Zukunft. Da sitzt die Mutter mit drei Kindern von zwei Männern jeden Sonntag mit ’nem leckem Taxiteller im *Rhodos Grill – Unnaers Imbissstube.* Der Kellner hat gut gelaunt unsere Bestellung aufgenommen, Lasse unterhalten, indem er nachgefragt hat, ob er ein Gesicht mit Ketchup auf die Pommes malen soll, Thomas gratuliert und gefragt, wie er es geschafft habe, so eine tolle Frau abzubekommen, und mir dabei zugezwinkert.

Lasse spielt mit den Bierdeckeln, Thomas versucht, ihm zu zeigen, wie er ein Kartenhaus damit bauen kann. Als die Pommes, der Taxiteller und der Salat serviert werden, stellt Thomas alles mittig in den Tisch, zum Teilen, bevor er mich anschaut, seinen Kopf leicht zur Seite neigt und die Augenbrauen hochzieht. »Was meintest Du vorhin mit ›zwei‹?«

Erst da fällt mir ein, dass er es ja noch gar nicht weiß, weil Lasse uns unterbrochen hat. Er ist nun damit beschäftigt, die Pommes unter seine Oberlippe zu klemmen und Grimassen mit gelben Pommeszähnen zu schneiden. Also Lasse, nicht Thomas.

»Ja, was ›zwei‹? Zwei Pommes? Zwei Würste?« Lasse giggelt, während ihm die Pommes immer wieder aus seiner Oberlippe rutschen.

Lasse ist albern, kichert und lacht über seinen ganz eigenen Humor – zum Glück ist er gerade in seiner Welt.

»Na ja, Zwillinge.«

Thomas atmet erleichtert auf und lächelt mir zuversichtlich zu.

Was hatte er erwartet? Zwei Tumore? Wie kann er so ruhig bleiben? Das ist sozusagen das Schlimmste, was hätte passieren können. Wieder kommt dieser Hass in mir hoch, Hass auf mich selbst. Er zuckt nur mit den Schultern und greift dann nach einer Pommes. »Tja, dann musst du wohl doch Mama von vier Kindern werden!« Dabei lächelt er einfach weiter. Und schiebt sich die Pommes genüsslich in den Mund.

Ich funkele ihn wütend an. »Wie meinst du das?«, frage ich harsch und angriffslustig.

Vollkommen unbeeindruckt von meiner Wut greift er nach einer weiteren Pommes, bevor er sich mir zuwendet. »Na, wenn ich schon den Vater für drei nicht leibliche Kinder spiele, will ich wenigstens eins haben, wofür ich auch so ganz offiziell verantwortlich bin!« Nun greift er nach der Gabel und sticht in ein Stück Currywurst, als wolle er damit ein Ausrufezeichen setzen. Dann grinst er mich an.

Eigentlich sollte ich einfach nur froh sein, dass er nicht abgeschreckt ist, dass er mich, uns, trotzdem will. O Mann, wie schafft er es, so ruhig zu bleiben? Und anstatt dankbar zu sein, mich geborgen und sicher zu fühlen, fühle ich mich eingeengt. Und ich kann nicht mal sicher sagen, ob von Thomas oder den beiden Geschöpfen in meinem Bauch.

Am Abend liege ich noch neben Lasse, er ist gerade eingeschlafen, Thomas wartet im Wohnzimmer, aber noch bin ich nicht so weit. Ich genieße die Nähe zu Lasse, wer weiß, wie lange er mich noch bei sich haben will. Das geht alles so schnell. Auch bei den Zwillingen wird alles so schnell gehen.

Bei den Zwillingen. Komisch. Bei Lasse war ich sofort Mama. Und jetzt? Jetzt fühlt es sich eher an, als hätte ich zwei Fremdkörper in meinem Bauch.

Ich greife zu meinem Smartphone und google nach »Abtreibung«. Grauenvolle Videos werden mir vorgeschlagen, sachliche und nützliche Informationen finde ich kaum. Ich schäme mich, lege das Smartphone weg und versuche, einzuschlafen. Ich will nicht zu Thomas auf die Couch. Ich will hier sein, im Kinderbett meines Sohnes. Ich will neben ihm einschlafen. Ich halte ihn ganz fest, die Tränen kommen schon wieder.

Ich probiere es erneut und gebe »Schwangerschaftsabbruch« bei Google ein. Ich finde eine Seite der AWO, dort wird erklärt, dass ein Schwangerschaftsabbruch in Deutschland gesetzlich verboten ist und nach einer entsprechenden Beratung und drei Tagen Bedenkzeit straffrei sei. Im Rahmen der Beratung bekäme man alle Informationen, sogar ein medikamentöser Abbruch sei bis zum dreiundsechzigsten Tag nach der letzten Regelblutung möglich und man müsse der Beraterin keine Gründe nennen, dürfe die Beratung allerdings für eine Entscheidungsfindung nutzen.

Diese Informationen sind deutlich hilfreicher und weniger verurteilend, aber gleichzeitig ganz schön krass. Mir ist gar nicht klar gewesen, dass es verboten ist, eine Schwangerschaft abzubrechen, wie demütigend und entmündigend, dass es solche Regeln gibt. Als wäre die Tatsache, darüber nachzudenken, nicht schon schambehaftet genug, man muss auch noch eine vollkommen Fremde in das Geheimnis einweihen. Die Wut über diese Ungerechtigkeit lenkt mich kurzfristig von meinen eigenen Themen ab. Kurz. Bis ich überlege, einen Termin zu vereinbaren. Ich versuche, mir vorzustellen, wie es mir ginge, wenn ich nicht schwanger wäre. Ich wäre ganz klar erleichtert! Doch dann frage ich mich, wie gut ich wohl mit einem Schwangerschaftsabbruch leben könnte, ich befürchte gar nicht und weine mich in den Schlaf.

Am nächsten Morgen hole ich mir einen Kaffee aus der Küche und die Tatsache, dass Thomas weg ist, empfinde ich irgendwie als Erleichterung. Als ich mich wieder zu Lasse ins Bett kuschele, legt er sofort einen Arm und ein Bein auf mich, und ich fühle mich gebraucht, wichtig und wertvoll. Ich trinke einen Schluck und schaue auf mein Smartphone.

> Guten Morgen. Ich freue mich auf uns! Werde die Kündigung heute fertig machen und fragen, wann ich rauskann. Mach dir keine Sorgen. Wir schaffen das. Ich liebe, liebe, liebe dich, Kleine!

Schon wieder krampft sich irgendwas in mir zusammen. Aber ich kann es jetzt nicht schon wieder verbocken, und ich muss aufhören, immer nur an mich zu denken. Ich bin schwanger, mit zwei kleinen Würmchen in meinem Bauch. Lasse braucht mich. Ich schaffe das nicht allein. Thomas ist ein guter Mann.

Ein Mann, der mich über alles liebt. Und er ist mein bester Freund. Meine Hormone und Gefühle spielen eben verrückt.

So langsam wird Lasse wach, morgens benimmt er sich – wie abends – gern wie ein kleines Baby, nicht älter als zwei, würde ich schätzen. Wann er sich das wohl abgewöhnen wird? Ich hoffe, nicht allzu schnell, denn diese sehr bedürftige Kleinkindphase, so anstrengend sie auch war, war so wundervoll. Er konnte sein, wie er ist, ich wusste, was er brauchte, und selbst, wenn ich es mal nicht wusste, waren die Optionen doch überschaubar: Nähe, Nahrung, Schlaf, Ruhe, Beschäftigung oder 'ne neue Windel. Auch ich habe nicht so oft an mir gezweifelt wie jetzt, wenn ich mal wieder mit irgendwelchen, vermeintlichen Defiziten konfrontiert werde, als Resultat von Vergleichen mit den Standards.

Wir stehen auf, machen Frühstück. Ich muss zur Uni, Lasse in den Kindergarten. Ein halbes Jahr hat er noch. Dann ist er ein Schulkind. Mich macht sein »Älterwerden« ganz schön fertig.

Als ich endlich in Bochum ankomme und rasch einen Parkplatz gefunden habe, gehe ich in mein Büro. Ich habe bereits im zweiten Semester einen Job am Lehrstuhl angeboten bekommen und arbeite seither als studentische Hilfskraft zwölf Stunden pro Woche an der Uni. Ein absoluter Luxus, die Tätigkeiten machen mir Spaß, meine Kolleginnen und Kollegen sind wie Freunde und ich kann mir nicht nur meine Stunden flexibel einteilen, sondern profitiere vom eigenen Arbeitsplatz, an dem ich auch meine privaten Dinge für die Uni erledigen kann.

»Alles okay, Marina? Wo ist dein Kaffee?« Steffi, meine Chefin, starrt erst mich und dann meine rechte Hand an.

Ich schaue sie an, um herauszufinden, ob sie tatsächlich besorgt ist oder ob sie einfach witzig sein will. Sie kommt mir tatsächlich besorgt vor. Ich muss lachen. Skurrile Situation. Klar, es ist neun Uhr und ich habe keinen Kaffee, da muss ja was passiert sein. Doch wie das so ist, die Gefühle sind stärker miteinander verbunden, als es uns manchmal lieb ist, aus meinem Lachen wird ein Lächeln, aus dem Lächeln ein zusammengekniffener Mund, und als ich diesen gerade öffnen möchte, um etwas zu sagen, kullert auch schon die erste Träne meine Wange hinunter.

»Ich bin schwanger. Mit Zwillingen. Mein bester Freund und ich, wir sind wieder ein Paar. Aber ich liebe ihn gar nicht. Und er ist auch nicht der Papa. Er ist schon so gut wie bei mir eingezogen. Mit Tim ist's vorbei und in 'nem halben Jahr wird Lasse eingeschult und ich werde meine Master-Arbeit niemals anfangen«, sprudelt es, fast staccatoartig, aus mir heraus, und auf einmal macht sich Erleichterung breit, nachdem ich all das ausgesprochen habe. Hui, tat das gut.

Meine Chefin, die eigentlich eher eine Kollegin ist, und noch eigentlicher eine Freundin, legt den Kopf schief und mustert mich kurz. »Okay. Wow. Na ja, du hast ja keine Wahl, was? Sollen wir gleich zusammen in die Mensa? Reden?«

Ich nicke und bin irritiert. Stimmt. Ich habe keine Wahl. Thomas noch mal das Herz brechen nach all dem? Auf keinen Fall. An der Schwangerschaft kann ich auch nichts ändern, oder doch? Ich muss mich zusammenreißen.

Ich reiße mich zusammen. Die Tage vergehen. Thomas zieht bei uns ein, einen Nachmieter hat er schnell gefunden. Ich bin mittlerweile in der neunten Woche schwanger, die Herzen schlagen. Alle freuen sich. Niemand verurteilt mich – zumindest gibt mir keiner das Gefühl, verurteilt zu werden. Vielleicht aber auch, weil man mir ansieht, wie sehr ich mich selbst verurteile. Ich versuche, mir einzureden, dass ich meine Zeit hatte. Meine Zeit, in der es um mich ging, um meine Gefühle, um mein Glück. Jetzt muss ich eben in den sauren Apfel beißen, die eingebrockte Suppe selbst auslöffeln und mich einfach zusammenreißen! Doch dann machen sich Stimmen breit …

Ging es jemals wirklich um mich? Wurde ich nicht eigentlich mein Leben lang von dieser Sehnsucht nach Liebe gelenkt? Geht es eigentlich allen Menschen so? Und warum bin ich nicht überglücklich, jetzt, da ich doch endlich den Mann an meiner Seite habe, der mich versteht und liebt – so wie ich bin?

Bei Thomas muss ich mich nicht verstellen. Er kennt mich. Er kennt mich vermutlich als Einziger so, wie ich tatsächlich bin.

Und so ziehen die Tage dahin, noch ist kein Frühling in Sicht, weder draußen noch in mir. Es ist Freitag-Abend, morgen ist Valentinstag, ein lassefreies Wochenende steht bevor. Ich liege eingekuschelt auf der Couch, Thomas setzt sich zu mir.

»Marina, was ist los?«

Er lächelt und betont bei der Frage das **Was**, was mich nicht nur irritiert, sondern auch ärgert. **Was** los ist, weiß er immerhin ganz genau, und indem er mich danach fragt, impliziert er, dass das **Was** gar kein Problem ist, als dürfte ich gar nicht traurig oder nachdenklich sein.

Er schaut mich an und streicht mir eine Haarsträhne aus dem Gesicht. »Worüber denkst du nach? Worum sorgst du dich?«, formuliert er seine Frage nun um.

Ich versuche, neben all den Gefühlen, die gerade in mir 'ne Orgie feiern, ein Lächeln hervorzubringen, um zu signalisieren, dass es nicht an ihm liegt. Obwohl das nicht ganz richtig ist.

Ich zucke mit den Schultern und sage langsam, als wäre es ein vollständiger Satz: »Das Leben.« Und obwohl der Anfang vielleicht schön klingt, setze ich erneut an. »Ich war irgendwie immer wie Julia Roberts in ›Die Braut, die sich nicht traut‹, nur leider fing ich bereits mit sieben Jahren damit an. Ich würde gerne sagen, ich weiß nicht, was damals mit mir los war. Aber eigentlich weiß ich es sehr gut. Ich war ein kleines Mädchen, ohne Selbstbewusstsein, immer noch etwas pummelig auf der Suche nach … Ich weiß es nicht. Liebe?«

Wie erbärmlich das doch klingt. Als könnte er meine Gedanken lesen, zieht er mich zu sich, um mir zu signalisieren, dass das alles andere als erbärmlich ist. Ich kuschele mich an ihn und erzähle weiter.

»Ich wollte gefallen, wollte es allen beweisen, ohne zu merken, dass ich eher belächelt wurde. Vielleicht war ich auch einfach nur süchtig nach Dopamin und Endorphinen … Man hätte mir vielleicht damals sagen sollen, dass man das auch mit Sport hinbekommt, dann wäre ich vielleicht nicht mehr übergewichtig gewesen. Andererseits, man hört nur auf die Dinge, die man hören will. Ich war viel zu früh ein Teenager und ließ mir von niemandem was sagen.«

»Warum hast du nie aufgehört, ein Teenie zu sein?«, witzelt er und zwickt mir sanft in die Taille.

Ich wende mich ihm zu, um sein Gesicht zu sehen, er zwinkert und ich fühle mich darin bestätigt, dass er sich über mich lustig macht.

Autsch. Ich weiß gar nicht, wie ich die Gefühle beschreiben soll, ich schäme mich, ich bin wütend, enttäuscht, traurig, empört und irritiert, doch zu kraftlos, um einen Streit vom Zaun zu brechen. So viel zu dem Thema, dass ich bei ihm sein kann, wie ich bin. Ich weine, vor Verzweiflung, er drückt mich fest an sich, als glaube er, ich weine für mich, aus Mitgefühl, dabei weine ich, weil er mich wohl doch nicht so gut versteht, wie ich gedacht habe, weil auch er mich verurteilt, ich fühle mich einsam und auch, wenn seine Nähe sich gerade nicht richtig anfühlt, arrangiere ich mich damit, weil ich faktisch wenigstens nicht allein bin, und schlafe irgendwann einfach in seinem Arm auf der Couch ein.

Am nächsten Morgen fühle ich mich total erschlagen. Thomas sorgt bereits für Kaffee, er lächelt, als er mit zwei Tassen ins Wohnzimmer kommt, draußen prasselt der Regen an die

Scheibe und ich liege erschöpft unter der Decke, nehme den Kaffee entgegen und lächele ihn an.

Vielleicht liegt es einfach an der Schwangerschaft, dass ich ihm gegenüber so skeptisch bin? Ich stelle mir vor, wie dieser triste Samstag ohne Thomas aussehen würde. Ohne Thomas und ohne Lasse. Schwanger. Ohne meine Mädels. Keine Termine, keine Verabredungen. Vermutlich würde ich hier genauso sitzen und in Wehmut versinken. Ich schaue ihn verstohlen von der Seite an. Er bemerkt es, lächelt aber und schaut weiter in seine Kaffeetasse.

Ich lege meinen Kopf an seine Schulter, den Kaffee fest im Griff. Er stellt die Tasse plötzlich ab, steht auf, geht ins Schlafzimmer, kommt zurück und tigert ein wenig hin und her, während er auf den Boden schaut. Als er hochblickt, stammelt er: »Marina, ich bin unsicher, ob das hier alles so richtig ist, der Zeitpunkt, der Ort. Aber ich dachte mir, dass das keine Rolle spielt, ich habe zwölf Jahre auf dich gewartet, das sollte Liebesbeweis genug sein.«

Er kniet sich unbeholfen hin, wackelt ein wenig mit seinem Bein und kippt fast um, als er eine kleine Schatulle aus seiner Hosentasche zieht. Als er sich gefangen hat, öffnet er sie und ein antiker, alter Ring kommt zum Vorschein.

»Willst du mich heiraten?«

Damit beendet er seinen Antrag feierlich, während ich bis zum Schluss gehofft habe, es würde anders enden, wie, wenn man Romeo und Julia zum elften Mal schaut und gegen Ende dennoch mitfiebert und hofft, dass sie es diesmal schaffen.

Nein. Nein. Nein. Ich–

»Ja! Ja, ich will!«

Ich stehe auf, er steht auf, wir umarmen uns, ich verstecke mich in seiner Brust, ich kann ihn nicht küssen, ihn nicht ansehen. Ich habe es ruiniert.

Irgendwann löst er die Umarmung, grinst, strahlt und wirkt so glücklich! Er zieht sich an und geht zum Bäcker. Ich stelle mich unter die Dusche, da bemerke ich Blut zwischen meinen Beinen. Rotes, frisches Blut. Nicht viel, nur ein bisschen. Ich werde nervös, ja fast panisch, ich bin selbst überrascht, weil ich mich doch so wenig über diese Schwangerschaft gefreut habe.

Während ich im Schlafzimmer nach einer frischen Kuschelhose suche, höre ich die Tür, Thomas ist wieder da. Er pfeift fröhlich vor sich hin. Sein Pfeifen macht mich fast wahnsinnig. Endlich angezogen, rufe ich meine Hebamme an, dieselbe, die ich schon bei Lasse hatte. Sie geht direkt dran. Und ich erkläre ihr, was ich unter der Dusche beobachtet habe.

»Marina, das kann sein, jetzt werde bitte nicht panisch. Welche Farbe hat das Blut? Wenn es eher dunkel ist, dann ist es altes Blut und muss kein Grund zur Sorge sein, wenn es rot ist, dann …«

Ich unterbreche sie leicht hysterisch. »Es ist rot. Einfach rot! Wie frisches Blut eben.«

»Hattest du Geschlechtsverkehr?«, fragt sie, ich mag meine Hebamme wirklich sehr und gleichzeitig würde ich mir wünschen, sie wäre etwas behutsamer, liebevoller, ja, mütterlicher, und weniger wie eine gute Freundin.

»Nein.«

»Wie viel denn ungefähr? Wie bei einer Schmierblutung?«

»Eher weniger.«

»Okay, leg dich hin, tu dir die Ruhe an, schone dich, ja? Auf keinen Fall schwer tragen und am besten einfach liegen bleiben. Und am Montag gehst du zum Arzt und der schaut nach, ob alles okay ist. Falls noch mal Blutungen einsetzen, ruf mich an.«

Thomas hat anscheinend vom Inhalt des Gesprächs nichts mitbekommen, er deckt seelenruhig den Tisch in der Küche, während ich telefoniere und mich danach ins Bett lege. Einerseits bin ich froh, nun einen **verständlichen** Grund dafür zu haben, im Bett zu liegen und traurig zu sein. Andererseits hatte ich aber auch schon vorher einen Grund. Es erklingt Musik, Joshua Kadison, wer sonst. Ich weine. Thomas kommt zu mir.

»Was ist los? Bist du enttäuscht? Also, weil der Antrag nicht so gewesen ist, wie du es dir als kleines Mädchen vorgestellt hast?«

Plötzlich fühle ich mich alles andere als gut behandelt und beschützt. Ständig nennt er mich »Kleine« oder zieht Vergleiche zwischen mir und einem jungen Mädchen. Ich erschrecke über die Wut, die in mir hochkommt, und sage gedämpft: »Ich hatte Blutungen.« Ich drehe meinen Kopf zur Wand und kann nicht deuten, ob mir die Tränen vor Trauer oder Wut in die Augen schießen.

»Wie?«, fragt er. Ich blicke ihn jetzt doch wieder an, ich habe etliche Gründe zum Weinen, also warum sollte ich die Tränen verstecken, falls sie denn kommen? Er lässt die Schultern hängen, er sieht so hilflos aus, so überfordert. Ausgerechnet er, so kenne ich ihn gar nicht, selbst unsere Trennung damals oder irgendwelche Nachrichten über neue Freunde hat er immer mit Fassung getragen, ja, sogar diese Schwangerschaft wirkte wie eine Kleinigkeit für ihn. Und nun steht er hier in meinem Schlafzimmer, lässt die Schultern hängen und weiß wohl auch nicht weiter. Das macht ihn irgendwie sympathisch, meine Wut kocht ein wenig runter. Ich zucke kurz mit den Schultern als Antwort auf sein »Wie?«.

Doch er versteht nicht. Klar, und ohne zu wissen, wo das Problem liegt, kann er es ja auch nicht lösen, denke ich zynisch, also setzt er sich nun auf die Bettkante. »Was bedeutet das?«

»Ich weiß es nicht«, fahre ich ihn harsch an, dann wird meine Stimme etwas milder. »Karin meinte, das muss nichts Schlimmes bedeuten, kann aber. Ich soll einfach liegen bleiben, mich schonen und Montag zum Arzt.«

Thomas schweigt und geht weg. Jetzt tut es mir plötzlich leid, dass ich ihn so angefahren habe. Was soll ich denn machen? Vermutlich ist er sauer, enttäuscht oder weiß ausnahmsweise auch nicht weiter. Ich greife zu Lasses Kuscheltier, schließe die Augen und versuche, zu schlafen.

Keine zehn Minuten später steht Thomas wieder neben dem Bett, er greift unter meine Kniekehle und unter meine Arme. »Halt dich gut fest. Wer weiß, ob ich das schaffe, immerhin bist du schwanger und ich hab noch nichts gefrühstückt!«

Er trägt mich zur Couch, wo bereits ein Teller mit geschmierten Brötchen bereitsteht, dazu ein Croissant und Marmelade, etwas Obst und eine kleine Portion Rührei – serviert in einem Sektglas.

Spinner. Meine Gefühle fahren Achterbahn. Thomas ist einfach perfekt, er hat mir einen Antrag gemacht und ist für mich da. So oder so.

Er schaltet den Fernseher an und fragt: »Gilmore Girls?«

Ich muss schmunzeln und er weiß, was das bedeutet. Irgendwann kommt die Folge, in der Lorelai kurz vor der Hochzeit ins Katzenhotel flieht, zusammen mit Rory, und mir wird klar, ich muss was ändern.

Am Montag fahre ich zum Arzt. Allein. Thomas ist bei Lasse. Bereits im Wartezimmer überkommen mich Schuldgefühle. Immerhin habe ich nach einer Abtreibung gegoogelt, die Zwillinge nicht gewollt, mich noch nicht als Mama der beiden »Fremdkörper« gefühlt. Das nennt man wohl Karma?

Der Arzt ist toll, er ist zwar männlich, aber als Mann würde ich ihn nicht bezeichnen. Er wirkt eher wie ein kleiner Hobbit – ohne eindeutiges Geschlecht. Der ideale Frauenarzt für mich also. Ich bin zum Teil ganz schön frauenverachtend, wird mir bei diesem Gedanken plötzlich bewusst. Fast so, als würde ich Ärztinnen Inkompetenz unterstellen.

Und je länger ich darüber nachdenke, desto mehr schäme ich mich, weil mir auffällt, dass ich Frauen gern mal abwerte, als das schwache Geschlecht, oder als hysterisch bezeichne, und das nur, damit niemand auf die Idee kommt, mir diese Schwäche oder Hysterie zu unterstellen. Wieder einmal empfinde ich Scham, anscheinend ist sie meine neue beste Freundin.

Ich werde aufgerufen, vom Arzt persönlich. Er bittet mich zunächst ins Sprechzimmer, als ich dort Platz nehme und er mich fast liebevoll anschaut und nach meinem Befinden fragt, weine ich wieder. Nun hat sich noch etwas wie Mitgefühl hinzugesellt. Er wirkt selbst etwas unsicher, als würde er kurz überlegen, was nun helfen könnte oder das beste Vorgehen sei. Aber vielleicht bilde ich mir das nur ein.

»Sollen wir einfach mal nachschauen?«

Ich nicke. Er bittet mich in den Untersuchungsraum. Ich entkleide mich in der kleinen Kabine in der Ecke und nehme auf dem Stuhl Platz. Weder er noch die Arzthelferin sagen etwas. Er führt den Ultraschallstab ein und ich als Laie sehe eine intakte Schwangerschaft. Zwei Blasen mit jeweils einem kleinen weißen Gummibär. Ich bin erleichtert. Zum ersten Mal seit zwei Tagen kann ich wieder lächeln. Ein ungewohntes Gefühl. Ich wende mich vom Bildschirm ab und schaue meinen Frauenarzt an. Er blickt besorgt auf den Monitor.

»Alles okay?«

»Ich, also …« Er fuchtelt nervös an den Knöpfen des Gerätes.

»Es ist doch alles gut, oder? Die beiden sind wieder gewachsen!«

»Ja, deswegen. Einen Moment noch.«

Er schaltet in einen anderen Modus, nun hört man ein Rauschen. Dann wieder nichts. Wieder ein Rauschen, diesmal lauter.

»Das Wachstum ist normal, es sieht aus, als wäre die Schwangerschaft intakt.« Er bricht ab, atmet einmal tief ein. »Aber ich sehe und höre keinen Herzschlag.«

Mir wird schlecht.

Wieder ein anderer Modus, die Nabelschnur wird geprüft, alles okay. Mittlerweile werde ich seit gut vier Minuten geschallt. Da sieht man wieder die beiden Gummibären, doch das Gesicht des Arztes ist nach wie vor sehr ernst, besorgt, fast verzweifelt. Er vergrößert das Bild, schaltet auf 3D. Macht eine Aufnahme. Verändert den Stab. Schaltet zurück und sagt mit belegter Stimme: »Es tut mir leid. Ich kann keinen Herzschlag mehr finden.«

Wieder wird der Modus verändert, wieder ein Rauschen. Dann markiert er etwas, schaltet noch mal auf 3D. Ich erkenne nicht, was es ist. Wieder flackert etwas, mal blau, mal rot. Dann nichts. Einfach nichts.

Wie kann das sein? Ich verstehe das nicht. Ich will das nicht. Es gibt noch Hoffnung, er hat es nicht ausgesprochen. Obwohl ich es ahne, ja, eigentlich weiß, frage ich, was los ist.

»Es tut mir leid.«

Was tut ihm leid? Warum spricht er es nicht aus? Solange er es nicht ausspricht, muss ich daran glauben, dass es nicht ist, was ich befürchte, ich muss an meine Babys glauben. Gleich flackert das kleine weiße Licht und dann das andere! Er schweigt.

»Sicher?«

»Ein Hämatom ist in der Gebärmutter, das muss nichts Schlimmes sein, aber es kann ein erstes Zeichen für eine Fehlgeburt sein«, sagt er sehr gefasst und sachlich, wobei … Nein, er ist nur gefasster als ich, die gerade die Luft anhält, denn er hat gesagt, es **kann** sein.

Der Arzt räuspert sich. »Da ich keinen Herzschlag finde und die Embryos vollkommen leblos wirken, gehe ich davon aus, dass die Schwangerschaft nicht mehr intakt ist.«

Nein. Nein. Ich hole mir eine andere Meinung ein. Ich stehe auf, torkele etwas benommen hinter den Vorhang, um mich anzuziehen, aber ich schaffe es nicht. Da sitze ich nun. Zwei tote Babys in meinem Bauch. Zwei ungewollte kleine Gummibärchen, die gespürt haben, wie wenig ich mich auf sie gefreut habe. Ich bin einfach nur traurig. Verzweifelt. Irgendwie schaffe ich es, mich wieder anzukleiden. Der Arzt wartet geduldig, obwohl das Wartezimmer ziemlich voll ist. Er bittet mich nochmals ins Sprechzimmer, er klärt mich auf, über die

Möglichkeiten, und reicht mir eine Überweisung zur Ausschabung. Ich fühle mich wie unter Wasser. Ich höre kaum etwas, mein Kopf platzt gleich. Ich möchte nach Hause. Aber zu Hause sind Thomas und Lasse. Ich rufe meine Hebamme an, sie sagt, dass eine zweite Meinung mir das gleiche Ergebnis liefern würde, dass auch eine natürliche Fehlgeburt möglich sei und mir das vielleicht guttun würde, weil ich dann Zeit habe, zu akzeptieren. Ich kann nicht mehr.

Als ich im Auto bin, will ich noch etwas Zeit schinden, also besuche ich mal wieder das Profil von Lieblingssternenstaub. Sie heißt Jennifer und hat ihre Praxis hier in Unna. Vielleicht wurde mir ihr erster Post deswegen vorgeschlagen.

Ich brauche gerade irgendwie Trost, und obwohl ich mit ihren Impulsen beim letzten Mal wenig habe anfangen können, so hat mir der Post davor zumindest etwas Erleichterung gebracht. Ich scrolle durch ihren Feed.

> **Manchmal sind wir so fokussiert auf die Türen, die sich schließen, dass wir vollkommen die Fenster vergessen.**

Der Titel klingt vielversprechend und genau danach, was ich gerade brauche. Ich lese den Text.

> ... manche Türen schließen sich. Für immer.
> Das zu akzeptieren, ist oft nicht leicht. Verpasste Chancen. Nicht genommene Wege. Pech. Schicksalsschläge. Abschiede.

Mir kommen direkt die Tränen.

> Da helfen keine Kalendersprüche. Kein zielloser Aktionismus. Und die ganzen Optimisten mit ihren Aufmunterungsversuchen helfen auch nicht.

Nun werde ich wütend. Ich stelle mir vor, wie Thomas wohl auf die Nachricht reagiert, und unterstelle ihm direkt Aufmunterungsversuche. Auch wenn ich ihm damit Unrecht tue – die Wut hilft mir gerade, denn sie ist deutlich stärker und aktiver als die Traurigkeit, mit der ich mich so schwach und hilflos fühle.

> Es öffnet sich auch nicht für alle immer sofort eine andere Tür. Im Gegenteil, man ist gefangen, fühlt sich hilflos, leer, allein. Man ist frustriert und traurig. Verzweifelt, enttäuscht, und man braucht vor allem Zeit und Verständnis statt Ratschläge und »Lösungen«.

Ich weine und habe das Gefühl, immer trauriger zu werden, aber vielleicht liegt das auch daran, dass dieser Post mir irgendwie die Erlaubnis dazu gibt, mich gehen zu lassen.

> Solche Situationen muss man aushalten, um es irgendwann zu schaffen, diese geschlossene Tür zu akzeptieren. Damit zu leben. Die Wut, Enttäuschung und Trauer brauchen Raum.
> Und in diesem Raum darf man verweilen. Und vielleicht sitzt man zunächst in einer dunklen Ecke, den Kopf auf die angezogenen Knie gelegt.

»Oder in einem Auto, auf einem vollen Parkplatz«, denke ich. Und da ist wieder dieses Gefühl des »Verstandenwerdens«, diese Erleichterung, die hierdurch entsteht, breitet sich in mir aus, ich lasse los und schluchze. Ja, diese Worte geben mir irgendwie die Erlaubnis, zu trauern, mich zu suhlen, wie man wohl eher abwertend sagt, als wäre es so toll, traurig zu sein. Nein, das ist es nicht. Es ist grausam und schwer auszuhalten, und wenn ich mich auch noch dagegen wehren müsste, was ich fühle, wird es nur noch schwerer. Ich lese weiter.

> Vielleicht wird man nie verstehen, warum.
> Und vielleicht schaut man irgendwann hoch und entdeckt einen Spalt, durch den Licht reinkommt.
> Vielleicht schafft man es irgendwann, aufzustehen.
> Entdeckt die Jalousie und kann Licht reinlassen.
> Und ganz vielleicht kann man irgendwann das Fenster aufmachen und stellt fest, dass man die einzige verschlossene Tür gar nicht braucht.
> Sie muss sich nicht mehr öffnen.
> Man hat ja das Fenster ...
> Wann hat sich bei Dir eine Tür verschlossen, ohne dass sich eine andere aufgetan hat?
> Was hat Dir geholfen, diese Situation auszuhalten und weiterzumachen?
> Vor welcher verschlossenen Tür sitzt Du gerade?
> Erzähl mir davon.

Diese behutsame Zuversicht beruhigt mich wieder etwas. Kein »Alles wird gut!«, eher ein »Du hast Zeit, nimm sie Dir und wenn Du so weit bist, wird es wieder heller«. Das ist ein schöner Gedanke, der mich trägt.

Ich sitze noch einen Moment im Auto, bevor ich den Motor starte, um Thomas gleich endgültig davon zu berichten, dass sich diese Tür geschlossen hat. Auch wenn ich keine Lust habe, es zu akzeptieren. Muss ich aber offensichtlich auch noch nicht.

»Sein oder Leben? Das ist doch die Frage!«

Lieblingssternenstaub

So lautet die Überschrift eines älteren Posts von Lieblingssternenstaub. Seit dem Arztbesuch sind gut zwei Wochen vergangen. Ich habe gerade Lasse zum Kindergarten gebracht und muss heute nicht zur Uni. Also habe ich mich wieder ins Bett gelegt, trinke Kaffee und scrolle durch Instagram. Unter diesem Zitat oder der Überschrift, ich bin unsicher, wie die korrekte Bezeichnung in diesem Fall lautet, steht:

> Vielleicht sollte man keine tiefgründigen Zitate verändern, weil sie schon alles enthalten und gut sind, wie sie sind. Aber im Original geht es um Leben oder Tod. Sein oder Nichtsein. Das ist mir etwas zu hart. Und doch finde ich die Frage passend: Sein oder Leben.
> Wollen wir einfach sein? Da sein? Oder leben? Sicherlich gibt es einige da draußen, die sich schon mal gefragt haben, wie sinnvoll ihr Dasein ist. Auch zu mir kommen manchmal Menschen, die in einer so tiefen Krise stecken, dass sie sich diese Frage stellen. Die Antwort war bisher immer: Ja! Ich will sein! Und ich will noch mehr: Ich will leben! Ich will mein Leben leben.
> Aber was bedeutet »leben«? Viele Menschen suchen ihren Sinn außerhalb, und wenn sich das »Außerhalb« verändert oder wegbricht, was bleibt

> dann noch? Oft ist das Auslöser einer Krise. Manche versuchen, sich selbst zu finden … Aber wie will man sich selbst finden, wenn man nie man selbst war? Wenn man sich immer hat steuern lassen? Immer in einer Abhängigkeit war? Schon als Kind die Erfahrung gemacht hat, unerwünscht zu sein? Dann gilt es nicht, sich selbst zu finden, sondern sich selbst zu erfassen und zu erschaffen!
> Was brauche ich? Was will ich? Wer will ich sein? Wie will ich sein?

Was will ich? Wahrscheinlich bin ich auch heute noch zu naiv, obwohl das hier meine Geschichte ist, obwohl ich noch immer auf der Suche bin, will ich an die Liebe glauben und am liebsten auch an **die** Liebe, die nie endet. Die Liebe, die man nicht vergisst. Oder sind all die Liebesgeschichten in den Märchen, in den Filmen nur kleine Episoden unseres Lebens und wir verstehen das nicht, halten uns krampfhaft an der aktuellen Beziehung fest, krallen unsere Nägel hinein, bis es schmerzt, nur weil wir uns nicht von unseren fiktiven Vorbildbeziehungen trennen wollen, weil wir **glauben** wollen? Woher nimmt ein Autor seine Geschichten? Wohl aus seiner Fantasie, gemischt mit eigenen Erfahrungen. Doch was sagt es uns, wenn ein Bestsellerautor zwölf Liebesromane veröffentlicht? Wir lesen jeden Roman, schmelzen dahin, leiden mit, lieben, fühlen, sehnen uns danach … Und dann lesen wir den zweiten Liebesroman und es passiert dasselbe. Kurios, oder? Unserem Bestsellerautor gestatten wir viele kleine Liebesgeschichten, doch wir selbst sehnen uns nach nur der einen.

Ich denke an den Post mit der Frage, ob es um die Liebe geht oder um den Mann. Und dann frage ich mich, ob ich bin oder ob ich lebe. Irgendwas an diesen Posts fasziniert mich, und doch habe ich immer so ein unsicheres, fragendes Gefühl, dass mir noch irgendwas fehlt, um sie so zu verstehen, dass ich etwas davon mitnehmen und umsetzen kann.

Langsam wird es wärmer. Ich bin noch immer schwanger, oder besser gesagt, ich warte auf die Fehlgeburt. Ich habe mich von Thomas getrennt. Natürlich hatte ich eine Wahl. Man hat immer eine Wahl.

»Tief in mir drinnen glaube ich an den Märchenprinzen, würde er mir jedoch den Hof machen, wäre ich gelangweilt und würde mich eher nach Iron Man sehnen, dem coolen, witzigen Typen, der seine Gefühle nicht auf die Reihe kriegt und Bindungsangst hat …«

Ich sagte Thomas mit ungefähr diesen Worten, dass ich ihn einfach nicht lieben würde. »Jetzt verurteile dich doch nicht selbst …!«, sagte er. Und ich versuchte, es ihm zu erklären und alle Schuld auf mich zu nehmen.

Thomas schaute auf den Boden, während ich versuchte, ihm unbeholfen meine offensichtlichen Defizite in Sachen Liebe zu erklären. Ich schämte mich für diese Wahrheit und seinen Anblick, die nach unten geneigten Schultern und der gesenkte Blick unterstützten meinen schambehafteten Gemütszustand. Ich schämte mich nicht nur vor ihm, sondern auch vor mir selbst.

Dann hob er seinen Kopf und sah mich durchdringend und ernst an. »Und manchmal übersiehst du einfach, dass du beides haben könntest …!«

Sein Blick war sanft, doch seine Stimme war hart und wütend, das kannte ich bisher nicht. Es fühlte sich an wie eine gezielte Ohrfeige und mein Körper reagierte mit Anspannung, ich konnte ihn nicht ansehen und sagte: »Es tut mir leid.«

Und plötzlich war es einfach vorbei. Ich war fassungslos, und doch war es ja irgendwie klar gewesen. So etwas gibt es nicht. Man kann eine Liebesgeschichte nach zwölf Jahren nicht einfach fortsetzen.

Ich konnte es. Aber bei mir hatte die Liebesgeschichte auch nie aufgehört. Marina konnte es nicht.

Ob ich es bereue? Keine einzige Sekunde. Ich gehe ja auch nicht nach einem guten Film aus dem Kino und sage: »Hätte ich den mal lieber nicht gesehen!« Geschichten gehen zu Ende. Filme gehen zu Ende. Das Leben geht zu Ende.

Allerdings dachte ich, das hier wird die Geschichte von Marina und mir. Doch mittlerweile sehe ich ein, das hier ist Marinas Geschichte, und ich … Ich sollte mein eigenes Buch schreiben.

Warten auf eine Fehlgeburt klingt schlimmer, als es ist. Es ist natürlicher, ich kann in meinem Tempo Abschied nehmen – ohne Termin und bei vollem Bewusstsein. Und ich habe mein Leben zurück, mein Leben als alleinerziehende Frau. Wenn die Spülmaschine fertig und nicht ausgeräumt ist, muss ich mich nicht ärgern, ich räume sie aus. Wenn dreckige Wäsche neben der Dusche liegt, nehme ich sie und lege sie in den Wäschekorb, und wenn am Abend noch die Krümel vom Frühstück auf dem Tisch liegen, dann wische ich den Tisch ab.

Thomas ist ein toller Mann. Ein wunderbarer Mann. Aber eben auch ein Mann, der gewisse stereotype Merkmale erfüllt. Es gibt ein Meme, auf dem ist eine dreckige Hose **neben** dem Wäschekorb abgebildet und darunter steht: »Das Leben mit einem Mann in einem Bild zusammengefasst«. Das erklärt auch das Zusammenleben mit Thomas ganz gut.

Wenn ich so darüber nachdenke, habe ich eigentlich ziemlich viel Glück mit Paul und mit meinem Leben als Alleinerziehende. Paul nimmt Lasse regelmäßig jedes zweite Wochenende und unternimmt dann auch etwas mit ihm, sodass ich meine freie Zeit wirklich genießen kann – ohne mir Sorgen machen zu müssen, wie es Lasse wohl geht und ob gleich nicht doch ein Anruf kommt, ich solle ihn abholen. Und da ich diese Freiheiten alle vierzehn Tage habe, nutze ich sie auch.

Meine Mutti-Freundinnen kommentieren meine Partywochenenden meist mit einer Mischung aus Neid, Bewunderung und Verachtung. Wobei Letzteres vielleicht eher meiner eigenen Fantasie entspringt. Wie gern würde ich sie einfach mal mitnehmen, aber während ich am Folgetag bis abends ausnüchtern kann, müssen sie dennoch pünktlich zum Familienfrühstück wach und nüchtern sein, bevor nach dem Wochenende der alltägliche Wahnsinn mit Arbeit, Terminen, Haushalt, Kindergarten und eben den Kindern selbst beginnt.

An diesem Wochenende treffe ich mich mit meiner Chefin, Kollegin, Freundin, in Dortmund. Mit der, die mir weismachen wollte, ich hätte keine Wahl.

Die Stadt ist voll, es ist Mitte März und irgendein Fußball-Event ist im Gange. Ich entdecke Steffi am vereinbarten Treffpunkt, sie schaut gerade auf ihr Smartphone, als sie hochblickt, grinst sie direkt und wir laufen aufeinander zu.

»Uuuuund?« Sie zieht das Wort übertrieben in die Länge, damit alles abgedeckt ist, die Fehlgeburt, die Trennung, meine Befindlichkeit. Trotz der hochgezogenen Augenbrauen verrät ihr Grinsen, das meine Antwort bitte kurz, leicht und fröhlich sein soll, und genau dafür schätze ich sie. Heute wollen wir Spaß haben, sonst hätte ich mich mit Caro zum Filmabend getroffen, wenn ich mich meinem Gefühlschaos hätte widmen wollen.

Ich tue ihr den Gefallen, grinse zurück und sage kurz: »Alles gut, wo gehen wir hin?« Dabei schaue ich kurz nach rechts und links, um zu signalisieren, dass ich durchaus erwarte, dass sie die Planung übernehmen soll, falls es ihr noch nicht klar gewesen ist.

Sie lacht, deutet mit ihrem Kopf in Richtung Brückstraße, und als ich mich gerade umdrehen und losgehen will, hält sie mich sanft am Arm und schaut mich an. »Wartest du immer noch?«

Ich entnehme ihrem Blick, dass sie kurz sicherstellen will, wie viel Spaß und vermutlich auch Alkohol heute Abend drin ist.

»Ja, aber keine Sorge, auch eine Fehlgeburt macht sich vorher bemerkbar, maximal noch vier Wochen Wartezeit, bevor ich doch ins Krankenhaus muss!«

Scheinbar habe ich ihr »Und« zur Begrüßung doch anders gedeutet, denn sie kommt mir noch immer unsicher vor, ob es eine gute Idee war, feiern zu gehen. Sie macht weiterhin keine Anstalten, in Richtung Kneipe zu gehen.

»Wann ist Thomas ausgezogen?« Dabei kneift sie die Augen etwas skeptisch zusammen.

Ich grinse nach wie vor, um zu verdeutlichen, dass es mir gut geht, und hoffe, es beruhigt sie, wenn ich ihr wahrheitsgemäß antworte: »Vor zwei Wochen, und endlich kriege ich wieder Luft!«

Sie atmet übertrieben laut aus, als würde die Anspannung nun auch von ihr abfallen. Dann schüttelt sie den Kopf. »Marina, hat dir schon mal jemand gesagt, dass dein Leben wie eine Soap ist?« Ihr abschließendes Lachen signalisiert, dass sie es nicht abwertend meint.

Ich lache ebenfalls, denn den Gedanken hatte ich auch schon einige Male, und ergänze ihre Aussage mit meinen Gedanken zu dieser Analogie. »Ehrlich gesagt, ja, ich fände 'ne Serie allerdings schöner, bei einer Soap passieren immer so unglaubwürdige Katastrophen, alle zwanzig Minuten ein neuer Spannungsbogen, das kann mit der Zeit ganz schön anstrengend werden. Ich wäre gerne ein Netflix Original: Der Spannungsbogen zieht sich über eine ganze Staffel, die Qualität ist deutlich höher und überhaupt wirken die Netflix-Originale immer so echt und authentisch. Das würde ich mir für mein Leben auch wünschen.«

Steffi lacht, bis sie jemanden sieht, den sie kennt. Sie winkt ihn zu uns und dem Kerl folgen noch vier weitere Männer. Steffi und der Typ begrüßen sich herzlich und sehr vertraut, während die Anderen mir zunicken und alle irgendwie ziemlich geknickt aussehen.

»Was geht?«, frage ich unbeeindruckt von ihren Gemütszuständen in die Runde.

»Geplant war Feiern und Saufen, aber Dortmund hat verloren, also wird nur gesoffen …«

»Yeah. Klingt gut.«

Steffi dreht sich freudestrahlend zu mir um. »Die Jungs wollten hoch zu Jonas, er wohnt hier in der Nähe, sollen wir mit?«

So, wie sie mich anstrahlt, kann ich nur Ja sagen. Also hakt sie sich bei – vermutlich – Jonas ein, und ich trotte mit den anderen Typen hinter den beiden her. Einer der vier ist ziemlich aufdringlich und versucht, zu flirten, er ist aber auch ziemlich betrunken und somit kann ich ihn nur belächeln. Ich hoffe, er versteht den Unterschied. Der Größte von ihnen, ein ruhiger, in sich gekehrter Typ, wirkt ziemlich bedrückt. Kopf und Schultern sind nach unten geneigt, der Gesichtsausdruck, zumindest das, was ich sehe, ist eher niedergeschlagen, genervt. Ich remple ihn an, elfenhaft, wie ich bin.

»Was ist denn los?«

»Wie?«, fragt er, fast angewidert. Seine Augen zusammengekniffen, die Stirn gerunzelt, seine Nase gekräuselt und der Mund ist angriffslustig geöffnet, als hätte ich ihn beleidigt.

Diesmal leiser und vorsichtiger sage ich: »Du wirkst traurig …«

»Ach!« Genervt winkt er mit seiner Hand ab, presst seine Lippen aufeinander, schüttelt den Kopf, als hätte ich etwas Dummes gesagt, zückt einen Schlüssel und schließt die Tür zu seiner Wohnung auf. Er ist also Jonas.

Steffi ist kurz mit ihrem Zukünftigen Bier holen, und während wir die alte, hölzerne Treppe hochgehen, legt der Betrunkene seine Hand auf meinen Po. Ich denke mir nichts dabei, schiebe seine Hand bestimmt zur Seite, woraufhin er nur ein leises »Schlampe!« von sich gibt.

Oben angekommen strömt mir ein leicht muffig-modriger Geruch entgegen. Auch Jonas scheint das zu bemerken, öffnet schnell ein paar Fenster, während sich die drei Jungs auf Bett und Couch niederlassen. Ich bleibe etwas verloren im Türrahmen stehen und folge Jonas, als er an mir vorbeiläuft, in die Küche. Er wirkt zwar nicht so zugewandt und nett, aber ich beziehe sein Verhalten nicht auf mich, immerhin hatte er schon vor unserem Kennenlernen miese Laune und verschlechtert hat sie sich seitdem auch nicht.

»Ich würde dir ja was anbieten, aber …« Er schaut in den Kühlschrank. »Ich hab nichts da«, sagt er schulterzuckend.

»Schon okay!« Ich deute seinen Versuch, mir etwas anzubieten, als ausreichend zugewandt, um den Abend in seiner Nähe zu verbringen, zumindest, solange Steffi nicht da ist.

»Setz dich doch zu den Anderen, ich komme gleich!«

»Jonas, können wa' hier rauchen?«, ruft einer der Typen.

»Auf keinen Fall, geht runter zum Rauchen!!!« Er verdreht die Augen und schüttelt mit dem Kopf. Zwei der drei Typen kommen mir entgegen auf dem Weg nach draußen, der Betrunkene liegt halb auf dem Bett, also setze ich mich auf die Couch.

»Ich bin auch kurz unten«, ruft Jonas uns zu.

Als die Tür ins Schloss fällt, steht der Betrunkene auf und torkelt zu mir herüber. Er lässt sich neben mir wie ein nasser Sack fallen, ein modrig-süßer Duft strömt mir entgegen, eine Mischung aus feuchtem Keller und schalem Bier. Mir ist komisch zumute. Zurecht: Im nächsten Augenblick setzt er sich auf mich. Er ist schwer und zum Moderduft gesellt sich beißender Männerschweiß. Mit seiner linken Hand hält er meinen Mund zu, seine Hand ist wurstig und rau, mit der anderen grabscht er unter mein Shirt. Ich will mich wehren, aber er packt nur noch fester zu. Es tut weh, er erdrückt mich fast.

Ich fühle mich ohnmächtig und hilflos. Ich bin hilflos. Er fummelt an mir rum, nuschelt unverständlichen Scheiß, beleidigt mich und versucht nun, meine Hose zu öffnen. Ich werde panisch. War das abgesprochen? Wie lange sind die denn rauchen? Mir kommen die Tränen, ich will mich mit den Beinen wehren, aber er ist zu schwer, zu stark …

Er steckt seine dreckigen, dicken, rauen Finger in meine Hose und versucht, sie irgendwie einzuführen, er genießt wohl seine Macht und grunzt widerwärtig und selbstgefällig. Ich bin mir mittlerweile sicher, dass niemand kommt, um mir zu helfen. Ich weine vor Verzweiflung, Frust und Ohnmacht und lasse es einfach geschehen.

Plötzlich geht die Tür auf, Jonas erkennt wohl sofort, was los ist. Er schlägt dem Typen mit der Faust ins Gesicht und tritt ihm direkt danach in die Brust, sodass er auf dem Boden landet.

Ich stehe unter Schock. Atme ein und aus. Der Typ krümmt sich vor Schmerzen, dann rappelt er sich auf, seine Nase blutet, er rempelt erst die Wand an, dann den Türrahmen und poltert die Treppe hinunter. Die anderen beiden kommen hoch.

»Was ist hier los?«

Jonas hält sich die Hand. »Geht einfach, okay?«

Ich habe mittlerweile meine Knie an meine Brust gezogen und bin froh, dass er die beiden wegschickt.

»Alles okay?« Er schaut mich mit zusammengepressten Lippen und großen Augen an. Selbst noch ganz erschrocken davon, was gerade passiert ist.

»Hmhm..«

»Sicher? Hat er …?«

Ich schüttele den Kopf. »Nein …«, sage ich und senke den Blick. Dann schaue ich wieder hoch. »Danke!« Wie ungerecht diese Welt doch ist, ein Typ macht sich über mich her und die Frage lautet: »Hat er…?«, und ich reagiere auch noch mit »Nein!«.

»Tut mir leid, wenn er betrunken ist, ist er nicht mehr er selbst …« Jonas schaut in Richtung Tür, schüttelt erneut mit dem Kopf, als könnte er es selbst nicht fassen.

»Schon gut.« Ich ziehe meine Knie hoch und schlinge meine Arme um die Beine.

»Ist dir kalt? Frierst du?« Jonas hebt etwas hilflos seine Hände, geht zum Schrank, holt ein Sweatshirt raus und reicht es mir. Ich nehme es dankbar entgegen und stülpe es über. »Kaffee?«

»Sehr gerne!«

Und so sitzen wir eine Weile auf der Couch. Ich nippe am Kaffee, er schaut auf den Boden. Dann unterbricht er die Stille auf einmal.

»Ich bin einfach schlecht drauf, weil mich die Jungs schon den ganzen Abend ankotzen. Aber eigentlich kotzen sie mich nur an, weil sie mir den Spiegel vorhalten, dass wir allesamt noch nichts geschafft haben, nichts erreicht haben im Leben. Wir benehmen uns wie Teenager, und das seit fünfzehn Jahren«, sagt er schulterzuckend. Er will wohl Blickkontakt vermeiden, schaut nun vom Boden zum Fenster und schweigt. Dann wendet er sich mir plötzlich mit seinem ganzen Körper zu, er schaut mir nun direkt in die Augen »Oh! Sorry, ich wollte das, also, was da gerade … ich …«, stammelt er, bevor er wieder in die geknickte Ausgangshaltung zurückfällt, sich abwendet und leise fortfährt. »Ach, scheiße. Es tut mir leid!«

Ich fühle mich direkt doof und verantwortlich, weil sein Verhalten das Gefühl in mir auslöst, ihn beruhigen zu müssen, was paradox ist, aber mir sehr bekannt vorkommt. Das Gefühl, es den Menschen um mich herum so angenehm wie möglich zu machen, auch wenn es bedeutet, dass ich mich und meine Bedürfnisse hinten anstelle.

»Es ist okay, alles gut.« Dabei ist nichts gut. Ich wäre gern allein, oder nein. Ich wäre gern an einem Ort, an dem ich mich beschützt und verstanden fühle, an dem ich ICH sein darf. Aber das ist entweder bei Thomas, und das hab ich verbockt, oder eben allein mit mir selbst.

Jonas geht es offenbar anders. Er hat sich zurückgelehnt und wirkt zunehmend entspannter.

»An Abenden wie diesen wird mir das immer bewusst. Ständig auf der Suche nach ’nem Grund zum Feiern, sei es ein

Sieg vom BVB oder das Ende des Semesters. Ich bin längst fertig, hab Philosophie studiert, aber keinen Job gefunden, und jetzt studiere ich Sport im dritten Semester. Warum? Wegen der guten Partys. Was ich damit später mal machen soll? Keine Ahnung. Ähnlich aussichtslos wie Philosophie. Und die Anderen? Alle sitzen sie irgendwie fest.« Er zuckt mehrfach mit den Schultern und lässt seine Hände in den Schoß fallen, dann dreht er seinen Oberkörper zu mir und fragt: »Kennst du das Gefühl, wenn du dich wochenlang auf 'ne Party freust, weißt, dass das einfach der Hammer wird und endlich ist es so weit. Und du hast dir schon vorher ausgemalt, wie geil es wird. Und dann?« In dem Moment wendet er sich wieder von mir ab, blickt zu Boden und gibt sich die ernüchternde Antwort selbst. »Nichts ›und dann‹. Die Party wird lahm, man ist voll enttäuscht, die Enttäuschung zieht einen runter und alles wird nur schlimmer.«

Sein Monolog hat mich wütend gemacht, wie immer, wenn Menschen mir von Problemen erzählen, die aus meiner Sicht so leicht zu ändern sind. Mir fällt es schwer, zu ertragen, wenn sich jemand als Opfer seiner selbst fühlt. Aber vielleicht bin ich auch einfach nur neidisch darauf, dass er das offensichtlich kann, und das nicht nur, wenn er allein ist, so wie ich. Also schlucke ich meinen Groll hinunter, denn natürlich kenne ich das Gefühl.

»Der Klassiker in jeden Lebenslagen, je höher die Erwartung, desto höher die Wahrscheinlichkeit, enttäuscht zu werden.«

»Ja! Genau. Nur geht es hier eben nicht um eine Party, es geht hier um mein Leben. Ich hatte so viele andere Pläne. Und jetzt? Ich bin stehengeblieben. Stillstand. Kein Vor, kein Zurück. Ich benehme mich seit gut fünfzehn Jahren immer gleich. Im Abi ging es los, dann im Diplom und jetzt bis zum Master. Ich wohne in einer Studentenbude in der Innenstadt von Dortmund, mit 'nem leeren Kühlschrank und Möbeln aus meinem Jugendzimmer. Mein Freund versucht, ne Frau zu vergewaltigen und ich … Ich laber dich hier zu mit … fuck!«

Und plötzlich erkenne ich die Parallele zu mir und meinem Leben. Sich selbst nicht zu mögen und das Gefühl zu haben, selbst Schuld an der Situation zu sein und dennoch nichts verändern zu können. Seinen letzten Satz ignoriere ich bewusst, aus genau dem Grund, der Angst vor Ablehnung, vor Schwäche, vor dem Gefühl, ein Opfer zu sein.

»Erzähl mir von deinen Plänen«, fordere ich ihn auf und schaue ihn mitfühlend an.

»Weißt du, das klingt albern, aber ich wollte nichts Besonderes, ich wollte nach meinem Studium erfolgreich werden, also nicht finanziell, ich wollte Spuren hinterlassen, eine Frau kennenlernen, die es wert ist, abstinent zu leben, und Papa werden.«

Als er das sagt, breitet sich diese wohlbekannte Hoffnung aus, da ist dieser Mann, der das gleiche Ziel im Leben verfolgt wie ich. Und ich kann nicht anders, ich stelle mir direkt vor, wie er bei mir einzieht und ich ihn rette und dadurch mich selbst. Ich drehe mich nun ganz zu ihm um und schaue ihn lächelnd an. »Und du glaubst, der Zug ist abgefahren?«

»Na ja, Spuren habe ich bisher nur in Kneipen hinterlassen … Ich weiß nicht, wo es beruflich hingeht, und das ist schon irgendwie die Basis.« Erneut zuckt er mit den Schultern.

»Klingt nach 'ner Midlife-Crisis.« Ich grinse noch mehr und hoffe, er deutet mein Necken so, wie es gemeint ist, nämlich als Flirtversuch.

Er lacht, schaut mich an und schüttelt mit dem Kopf. »Ist's dafür nicht zu früh?«

»So, wie du aussiehst, bist du doch schon vierzig«, sage ich trocken und erinnere mich an die vielen Missverständnisse, die meine sarkastische Art schon ausgelöst hat. Dank Schauspielausbildung bin ich ziemlich gut in Sarkasmus, was selten von Vorteil ist.

So auch jetzt. Er schaut mich erstaunt an und ich erlöse ihn mit einem Lachen, dennoch fragt er verunsichert: »Sehe ich so alt aus?«

»Nein, war ein Spaß.« Ich besänftige ihn mit einem Lächeln.

Er atmet erleichtert aus und schüttelt ungläubig mit dem Kopf. »Wie krass du bist!«

»Krass lustig? Oder was meinst du?«

Endlich habe ich meine fröhliche Stimmung von Beginn des Abends wieder. Gerade noch rechtzeitig, denn er antwortet nun sehr ruhig und ernst:«Na ja, hätte auch sein können, dass du jetzt am Boden zerstört bist.« Er mustert mich, bricht ab und es wirkt, als gehe er die, aus seiner Sicht, natürlichen Bedürfnisse einer Frau nach so einer Situation durch. Dann spricht er sie aus. »Dass du duschen oder zur Polizei willst, keine Ahnung.«

Ich ziehe meine rechte Schulter hoch, lege den Kopf schief und sage feierlich: »Du hast mich doch gerettet.«

Er grinst mich an und wirkt ganz zufrieden mit sich. »Und jetzt? Soll ich dich nach Hause bringen?«

Das Angebot gefällt mir, ich wäre gern zu Hause, aber mitten in der Nacht aufzubrechen und durch die Dortmunder Innenstadt zu gehen, ist keine Option. Doch dann fällt mir ein, dass er bereits vor unserer Begegnung getrunken hat. »Du kannst doch bestimmt nicht mehr fahren!«

»Na und? Ich kann dich auch mit der Bahn bringen, wo musst du hin? Alleine lasse ich dich heute nicht mehr raus.«

Wie gut er zu mir ist, denke ich und grinse, während ich erleichtert durch die Nase ausatme. Da fällt mir Steffi ein, ich schaue auf mein Smartphone, vier verpasste Anrufe, eine Sprachnachricht: »Ich hab mich verliebt, so, so sehr verliebt …« Ich kann ihr Grinsen hören, sie säuselt mit hoher Stimme weiter: »Er auch, in mich, ich in ihn … Ich, also wir, sind jetzt bei mir.« Als würde ihr in dem Moment einfallen, dass es eigentlich unser Abend war, schiebt sie noch besorgt ein: »Kommst du klar? Jonas ist nett, oder?« Dann verfällt sie wieder in den Singsang einer Verliebten und verabschiedet sich. »Bis Montag. Oder Dienstag. Oder so.«

Jonas grinst mich an. »Immerhin findet deine Freundin mich nett, also?«

Ich bin unsicher, nein, anders, ich würde das Angebot gern annehmen, aber ich möchte ihm nicht zur Last fallen und fühle mich unwohl bei dem Gedanken, dass er seine Nacht für mich opfert. Also spreche ich aus, wie es mir damit geht.

»Ich wäre jetzt gerne zu Hause, andererseits kann ich das Angebot unmöglich annehmen.«

Dann steht Jonas fast euphorisch auf und dreht sich zu mir um. »Komm, los!« Dabei winkt er ungeduldig mit seiner Hand.

Ich bin erleichtert. Wir gehen nach draußen. Die Straßen sind leerer, vereinzelt stehen Menschen vor den Bars und Kneipen, als wir die erste passieren, legt Jonas seinen Arm um mich, das fühlt sich ziemlich gut an, auch die Selbstverständlichkeit, mit der er das tut, imponiert mir. Wir gehen schweigend zum Bahnhof. Es fühlt sich ein bisschen so an, als wäre er mein Freund. Es ist so vertraut. So natürlich. Dabei kenne ich ihn gar nicht. Am Bahnhof kauft er noch vier Dosen Bier, öffnet zwei und reicht mir eine. Der Zug kommt, wir steigen ein.

»Was ist mit dir? Mit deinen Plänen? Deinem Leben?«

»Hui. Was hast du noch mal studiert?« Ich ziehe meinen Kopf leicht nach hinten, um zu signalisieren, wie übertrieben groß diese Frage klingt.

Er kneift die Augen verunsichert zusammen und dreht seinen Kopf zur Seite. »Philosophie, warum?«

»Wegen der Frage …«

Jonas atmet ein und zieht seine Augenbrauen kraus, dabei presst er seine Lippen aufeinander, er wirkt so, als hätte ich mit meinem Kommentar etwas Doofes gesagt. Vielleicht habe ich ihn und sein Studium abgewertet durch meine Aussage?

Doch dann dreht er sich zu mir, neigt seinen Kopf zur Seite und sagt: »Ich meinte die Frage aber auch so.«

»Wow. Okay. Mein Leben lief leider auch nicht nach Plan. Ich wollte immer Lehrerin werden, das stand schon in der Grundschule fest. Dann ging ich irgendwann nach Amerika und es klingt verrückt, aber durch die Highschool wird einem vermittelt, dass alles möglich ist. Dass man alles schaffen kann. Dort habe ich gelernt, zu lernen, mich zu motivieren, an mich zu glauben, stolz auf mich zu sein. Immer war ich nur das kleine, schüchterne Mädchen. Meist die ›Freundin von …‹. Und in den USA war das anders, ich war alleine dort. Hatte Freunde, habe neue Talente entdeckt und plötzlich lag mir die Welt zu Füßen. Ich kam zurück, machte mein Abi, lernte meine Mädelsfreundinnen und meinen besten Freund kennen und war fest entschlossen, Schauspielerin zu werden. Meine Eltern unterstützen mich. Mein Papa sagte so etwas wie: ›Für was Vernünftiges ist es nie zu spät. Nur verrückte Dinge macht man später nicht mehr.‹ Alle glaubten an mich. Ich wurde in Bochum an der Folkwang aufgenommen, bekam dann aber nach zwei Jahren ein Angebot einer Agentur in Berlin, brach die Ausbildung ab und ging nach Berlin. Dort drehte ich vor allem Kunstfilme, finanzierte mich mit Imagefilmen, also so internen Werbefilmen für große Firmen, hatte ein paar Printkampagnen und diverse Gastrollen in Serien. Nein, vermutlich kennst du mich nicht. Die Frage wird mir oft gestellt, wenn ich das erzähle. Irgendwann gab es Differenzen mit meinem Agenten und wir trennten uns. Ich kam zurück nach Unna, zurück zu meinem besten Freund, meinen Mädels, meiner Familie und …«

Ich breche ab, schaue aus dem Fenster in die Nacht und fühle mich unwohl. Ich mag es durchaus, über mich zu reden, zumindest wenn ich das Gefühl habe, mein Gegenüber interessiert sich wirklich für das, was ich zu sagen habe, ansonsten kann ich gut darauf verzichten und fasse mich sehr kurz. Allerdings bin ich nun an einem Punkt angekommen, den ich vermeiden wollte, denn es gibt durchaus Dinge, über die rede ich weniger gern.

»Und?«, unterbricht Jonas die viel zu lange Pause.

Ich wende meinen Blick vom Fenster ab und schaue auf den leeren Sitz vor mir, bevor ich mich räuspere und mit gedämpfter Stimme erkläre: »Ich wollte nur versuchen, meine Lebensgeschichte zu erzählen – ohne die Beziehungen und Typen zu erwähnen, und jetzt bin ich an einem Punkt, da klappt das nicht mehr.« Ich hätte nicht gedacht, dass sich das Schamgefühl über die Tatsache verdoppeln würde, sobald man sie ausspricht, doch leider ist es so. Ich ziehe meine Schultern hoch und wünschte, ich wäre eine Schildkröte, deren Kopf gänzlich im Panzer verschwinden kann. Meine Arme liegen eng an meinem Körper, und da wir in einem Vierer sitzen, kann ich meine Knie nicht hochziehen und am Vordersitz anlehnen – leider.

»Okay, und warum ist das so wichtig, keine Beziehungen zu erwähnen? Also, Liebe gehört doch dazu, zum Leben«, sagt Jonas unbeeindruckt von meinem Eingeständnis.

»Ja, egal.« Mich nervt dieses Schamgefühl sehr und aktuell nimmt es irgendwie überhand, also versuche ich, es zu ignorieren, und kürze den Rest der Geschichte nicht nur durch weniger Worte, sondern auch durch ein hohes Sprechtempo ab. »Jedenfalls verliebte ich mich ausgerechnet in einen Immobilienmakler, der zwanzig Jahre älter ist als ich …«

»O Gott. Dein Ernst? Zwanzig Jahre?«

Die Unterbrechung erschwert es mir, einfach kurz und knapp weiterzuerzählen, dennoch versuche ich es. »Ja, na ja, dann wurde ich schwanger. Mein Sohn war noch kein Jahr alt, als Paul mir sagte, dass er doch nicht so der Familienmensch sei und uns mehr oder weniger vor die Tür setzte.«

»Du hast einen Sohn? Wie alt?«

»Lasse ist fünf, er wird im Sommer eingeschult.«

»Okay, krass. Und was hast du dann gemacht?«

»Ich hab angefangen, zu studieren, in Bochum, als Lasse zwei wurde. Dank BAföG und meinem Job an der Uni kommen wir gut klar. Tja, und so ist das eben. Mein Leben. Auch anders als geplant. Aber wenn ich mir die Familien so anschaue, die genau das haben, was ich immer wollte. Also … erstrebenswert ist das auch nicht.«

»Immerhin hast du einen Sohn, deine eigene kleine Familie!«

»Ja, und du hast noch immer die Möglichkeit, genau das Leben zu leben, das du geplant hast.«

»Aber du hast doch gesagt, das ist nicht erstrebenswert?« Er grinst.

»Was ist denn schon erstrebenswert? Ich hatte kürzlich einfach die Erkenntnis, dass der Zug für so manche Dinge einfach abgefahren ist. Damals mit siebzehn stand mir die Welt offen und jetzt … Alles läuft so ineinander über, das Leben passiert, die Entscheidungen werden nur selten bewusst getroffen, eher, weil es nicht anders geht. Man hat kaum mehr Spielraum. Und gewisse Dinge, von denen man glaubt, dass man sie irgendwann mal machen könnte, gehen nicht mehr.«

»Warum hast du *diese Dinge* bisher nicht gemacht?«

Ich muss lachen. »Siehst du, das ist der Unterschied zwischen dir und mir! Würde ich so etwas hinterfragen, dann bliebe ich ja daran hängen, dass eben gewisse Dinge nicht mehr möglich sind. Aber statt nach dem Warum zu fragen und sich den Kopf zu zerbrechen, zu trauern oder ernüchtert zu sein, freue ich mich einfach über die Erkenntnis, dass das Leben endlich ist und vielleicht auch entsprechend geachtet werden sollte.«

»Ähm … Check ich nicht.«

»Na ja, es gibt wenig Spielraum, es gibt Türen, die sind nun für immer verschlossen, aber während du dich dann vor die Tür hockst, dich fragst, was dahinter gewesen wäre, grübelst, warum du sie nicht geöffnet hast, als du die Chance hattest, frustriert bist und stehenbleibst, schaue ich mich um und gucke, welche Tür noch auf ist. Oder suche eben ein Fenster. Allerdings mit der Gefahr, zu viele Türen gleichzeitig zu öffnen, oder aber die falsche Tür zu schnell aufzumachen. Aber das ist eine andere Geschichte. Apropos Tür, ich glaube wir müssen als Nächstes raus!«

Ich stehe auf, Jonas folgt mir.

»Puh. Warum studierst du nicht Philosophie?«

Der Zug bremst und ich taumele leicht gegen Jonas, er hält mich, ich lächle ihn an. Der Zug hält, wir steigen aus. Mittlerweile ist es zwei Uhr nachts, vom Bahnhof bis zu mir dauert es noch gut zwanzig Minuten zu Fuß.

Wir schweigen, während wir den Bahnhof verlassen, und ich finde es sehr angenehm. Es ist vermutlich schon mehr gesagt, als wir einander beim ersten Date voneinander erzählen würden, und das Bild von uns als Paar lässt mich irgendwie nicht los. Daher habe ich Sorge, dass die Option auf ein Wiedersehen mit Datecharakter schwindet, wenn ich nun noch mehr von mir preisgebe, oder er sich mir weiter öffnet.

Als wir vom Ring abbiegen und durch eine dunkle Gasse gehen, bricht Jonas das Schweigen. »Ich hoffe, ich finde den Weg zurück.«

Ich bin unsicher, einerseits kann ich nicht verlangen, dass er heute noch zurückläuft und -fährt, auch abgesehen davon, dass keine Züge mehr fahren. Andererseits will ich ihm auch nicht anbieten, bei mir zu schlafen, also … Er kann bei mir schlafen, kein Ding. Aber allein das Angebot weckt ja bei vielen direkt Hoffnungen.

Ich teile meine Gedanken, er lacht und schüttelt den Kopf. »Auf die Idee wäre ich im Leben nicht gekommen. Ich würde dein Angebot mit der Couch gerne annehmen, sofern das für dich okay ist. Ich laufe aber auch zurück oder nehme mir ein Taxi, wenn du dich damit wohler fühlst, es war immerhin meine Entscheidung, dich nach Hause zu bringen.«

Das beruhigt mich und reicht mir eigentlich schon, damit ich mich nicht unwohl dabei fühle, ihn auf der Couch schlafen zu lassen.

Als wir endlich bei mir sind, drehe ich mich zu ihm um, bevor ich die Tür aufschließe, schaue ihn an und bedanke mich. Es ist fast ein kusswürdiger Moment, doch da bin ich altmodisch, den ersten Schritt darf er gern machen.

Er schaut mich an, lächelt, dann kommt er einen Schritt auf mich zu und nimmt mich in den Arm, hält mich und sagt: »Ich danke dir!« Ich halte die Luft an und bin a) froh, meine Lippen nicht gespitzt zu haben und b) war die von ihm gewählte Alternative auch irgendwie passender, als ein Kuss es gewesen wäre.

Ich schließe die Tür auf, wir laufen nach oben, ich ziehe Schuhe und Jacke aus, während er kurz durch den Flur geht und jedes Zimmer einmal mustert. Als er das Wohnzimmer entdeckt, geht er wie selbstverständlich zur Couch, greift nach der Tagesdecke, wünscht mir eine gute Nacht, dreht sich zur Seite und schläft innerhalb von Sekunden ein.

Auch ich lege mich ins Bett, ich seufze direkt, als mein Rücken die Matratze berührt und auch meine Beine sind dankbar, nun Pause zu haben und dass dieser Abend endlich ein Ende hat. Der Tag war lang genug und ich bin es nicht mehr gewohnt, bis mitten in der Nacht wach, geschweige denn weg von zu Hause zu sein. Ich lege mich auf die Seite, ziehe die Knie an, kuschele mich ins Kopfkissen, erst da spüre ich, wie die ganze Anspannung abfällt. Auch ich schlafe sofort ein.

»Das Leben muss man nicht verstehen, sondern leben.«

Lieblingssternenstaub

Am nächsten Morgen werde ich von den Sonnenstrahlen geweckt, die durch das Fenster scheinen. Ich konnte Jalousien noch nie leiden. Ich greife zum Smartphone, es ist kurz nach neun und ich freue mich darüber, so früh wach geworden zu sein. Dann fällt mir Jonas ein und ich schüttle mit dem Kopf: Mein Leben ist wirklich 'ne Soap.

Ich bin gespannt, ob er noch da ist, und tapse, eingewickelt in meine Bettdecke, in den Flur. Jonas liegt noch auf der Couch, vor ihm seine Klamotten, er hat sich wohl gestern Nacht doch noch ausgezogen. Ich gehe weiter in die Küche, mache Kaffee und lege mich zurück ins Bett, um mich über das Tagesgeschehen mit Hilfe von Statusupdates bei Facebook zu informieren. Eigentlich ziemlich langweilig alles. Dann tippe ich Jonas' Namen ein. Jonas und Dortmund reichen leider nicht als Suchbegriffe, ich ergänze die Uni, aber auch das hilft mir nicht weiter.

Ich überlege, einfach Steffi zu schreiben, verwerfe den Gedanken aber direkt, wie soll ich ihr erklären, was gestern passiert ist – ohne dass sie ein schlechtes Gewissen bekommt? Wie soll ich erklären, warum Jonas auf meiner Couch liegt, ohne dass sie denkt, ich sei verknallt? Andererseits bin ich das vielleicht auch?

Ich ärgere mich über meine Gedanken und durchsuche schließlich Steffis Freunde. Und tatsächlich finde ich ein Profilfoto mit dem Pseudonym »Bruce Spring«. Viel findet man auf seinem Profil nicht, umso erschreckender, dass er ausgerechnet seinen Beziehungsstatus angegeben hat: »In einer Beziehung mit Pustekuchen Langstrumpf«.

Ich bin direkt wütend, traurig und verwirrt. Das ergibt doch keinen Sinn! Nicht, dass ich Interesse hätte oder es eine gute Idee wäre, mit ihm anzubändeln, aber trotzdem. Er kann doch nicht von seiner Suche nach der Traumfrau reden und gleichzeitig vergeben sein? Und wenn doch, hätte er sie zumindest erwähnen können.

Mittlerweile bin ich auf ihrem Profil. Eine tolle Frau, die er da hat. Auch, wenn das vielleicht komisch klingt, aber ihre Beiträge, ihre Fotos lassen sie direkt sympathisch wirken. Und sie machen mich sofort eifersüchtig und neidisch. Anna heißt sie, ist bildhübsch, lange blonde Haare, schlank, ein tolles Lächeln. In ihren öffentlich geteilten Beiträgen will sie einerseits die Welt retten, mag anscheinend Kekse (zumindest hat sie zwei Krümelmonsterbeiträge) und trinkt gern Astra. Alles in allem ein guter Fang, schätze ich.

Ich mache mir noch einen Kaffee, und während ich es gerade noch aufregend und schön fand, dass da dieser etwas verlorene Fremde auf meiner Couch liegt, bin ich jetzt ziemlich genervt von seiner Anwesenheit.

> Hey, wie geht es dir? Hast dich aber ganz schön verändert! Lust, mal Party zu machen?
> Ich bin heute mit dem Dennis im Kühlschiff unterwegs. LG Andreas

Ob Männer das riechen? Die Nachricht stammt von Andreas. Meiner ersten große Liebe, er war der coolste Junge der ganzen Schule, wohnte bei uns in der Nachbarschaft und küsste mich mit sieben Jahren zwischen den Müllcontainern. Es war glitschig und aufregend und seitdem werde ich bei dem Geruch von Altglas regelmäßig an diesen ersten Kuss erinnert.

Andreas hatte lange Haare, trug einen Mittelscheitel und hatte Ähnlichkeit mit Mark Owen (einem von Take That). Er war regelmäßig bei uns zu Hause – unabhängig davon, ob ich da war oder nicht. Ich war mir nie sicher, ob er wirklich mich liebte oder einfach meine vermeintlich intakte Familie und meine Mama, an der definitiv eine Sozialarbeiterin verloren gegangen ist. Jedenfalls waren Andreas und ich bis zu meinem sechzehnten Lebensjahr immer wieder ein Paar. Wir trennten uns regelmäßig und doch nie so ganz. Ich, das schüchterne, hässliche Entlein, und er, der coole, schöne Fußballstar. Wir verloren einander aus den Augen, als ich die Schule wechselte und er seine Ausbildung begann.

Vor knapp zwei Jahren hat er mir eine Freundschaftsanfrage auf Facebook geschickt und seitdem habe ich nichts weiter gehört – bis jetzt. Und während ich in Erinnerungen an unsere Kindheit schwelge, höre ich die knarrenden Dielen im Wohnzimmer. Jonas hat sich aufgesetzt und gähnt laut und geräuschvoll. Auf mich wirkt er dadurch sehr selbstgefällig, aber vielleicht liegt das auch an seiner Anna Pustekuchen Langstrumpf, denke ich wütend und ärgere mich dann darüber, dass man diesen Namen gar nicht wütend denken kann.

Ich stehe auf, gehe in den Flur, bleibe vorm Wohnzimmer stehen und blicke ihn an. »Guten Morgen«, sage ich knapp. »Kaffee?«

Ohne auf seine Antwort zu warten, gehe ich direkt weiter in die Küche.

»Sehr gerne. Schon ewig nicht mehr so gut geschlafen!«, sagt Jonas gut gelaunt.

»Ach ja?«, rufe ich skeptisch aus der Küche.

Ich weiß nicht, wie ich mich verhalten soll. Keine Ahnung. Klar, er könnte auch einfach ein neuer guter Freund werden, aber mal ehrlich: Platonische Freundschaften zwischen Mann und Frau, gibt es die? Wenn überhaupt, ist eine platonische

Freundschaft Resultat der Aussage »Lass uns Freunde bleiben«. Doch eine Freundschaft zwischen Expartnern geht immer mit einem Ungleichgewicht einher: Der Eine liebt, der Andere freut sich über die Aufmerksamkeit und darüber, jemanden zu haben, der immer für einen da ist. Und platonische Freundschaften aus Jugendzeiten enden entweder mit der Ehe des jeweils Anderen oder damit, dass sich einer doch in den Anderen verliebt. Aber mit dreißig lernt man doch eher potenzielle (Sexual-)Partner kennen, statt den besten Freund fürs Leben?

»Milch? Zucker?«

»Schwarz. Danke!«

Vielleicht sehe ich das auch alles zu schwarz. So schwarz, wie Jonas seinen Kaffee trinkt. Aber meine besten Freunde waren entweder in mich verliebt, nach oder vor einer Beziehung und wollten mich vor allem fürs Bett, auch hier sowohl nach als auch vor einer Beziehung. Zumindest unterstelle ich das und es wurde auch irgendwie immer bestätigt. Bei dem Gedanken schäme ich mich mal wieder. Vielleicht wollte ich sie ja auch nur fürs Bett, für Nähe, für Liebe?

»Alles okay? Gut geschlafen?«, fragt mich Jonas, als ich ihm den Kaffee reiche. Die Tagesdecke bedeckt seinen Körper.

»Ja. Danke«, sage ich, fast schnippisch, wende mich direkt ab und gehe in die Küche.

»Ähm …« Jonas stellt den Kaffee ab und folgt mir in die Küche.

Ich ignoriere ihn und tue so, als bräuchte die Kaffeemaschine meine volle Konzentration und Aufmerksamkeit. Für ihn sieht es wohl tatsächlich so aus, denn ich habe eine kleine Siebträgermaschine, die Kaffeebohnen werden vorab frisch gemahlen, in einer externen, (mittlerweile!) automatischen Kaffeemühle mit Kegelmahlwerk, dann in den Siebträger eingefüllt, platt gedrückt und aufgegossen.

Während der Kaffee wie geschmolzene Schokolade aus dem Siebträger läuft, fragt Jonas: »Soll ich fahren?«

Ich drehe mich zu ihm um, er hat sich gar nicht die Mühe gemacht, sich groß zu bekleiden, und ich versuche gar nicht erst, wegzuschauen, und was ich sehe, gefällt mir leider. Er hat so einen unaufregenden, gesunden, perfekten Körper – wie in alten Biobüchern. Nicht übertrieben muskulös, aber ausreichend, um Holz zu hacken. Funktional und sexy. O Gott, wenn er meine Gedanken lesen könnte … Wenn irgendjemand meine Gedanken lesen könnte …

Er lehnt am Türrahmen, die Beine lässig übereinandergeschlagen, seine Hand leicht angehoben, ebenso wie die rechte Schulter.

Skurrile Situation, und seine Frage irritiert mich, aber ich habe mittlerweile gelernt, dass ich sagen darf, was ich möchte, unabhängig von meiner Vorstellung von Höflichkeit, ich setze das zwar nur selten um, aber in dieser Situation fällt es mir leicht! Danke, Anna Pustekuchen Langstrumpf!

»Ehrlich gesagt wäre mir das ganz lieb.« Ich widme mich wieder meinem Kaffee, gieße etwas Milch hinein, drehe mich zu ihm um und lehne an der Arbeitsplatte auf der gegenüberliegenden Seite der Küche.

Just, als ich mich umdrehe, fragt er: »Hab ich was falsch gemacht?« Vermutlich hat er mir dabei in die Augen sehen wollen und daher geduldig mit der Frage gewartet, bis ich mich ihm wieder zuwenden würde. Denn genau das tut er nun, er hat den Kopf zur Seite geneigt und sieht mir direkt in die Augen. Mutig, denke ich, für jemanden, der so viel zu verbergen hat und lediglich 'ne Boxerbrief trägt.

Jetzt fühle ich mich provoziert. Mein Herz schlägt mir bis zum Hals. Entweder sage ich ihm, dass ich von seiner Freundin weiß, dann würde er mich für eine verrückte Stalkerin halten, oder ich gehe zu ihm und versuche, ihn zu küssen. Keine Ahnung, wie ich darauf komme, aber vermutlich bin ich verknallt und werde nur einmal den Mut dazu fassen.

Ich stelle meine Tasse ab und gehe auf ihn zu, bleibe viel zu dicht vor ihm stehen, sein Körper strahlt Wärme aus, ich schaue ihn an, und plötzlich küsst er mich. Wenn sich das alles nicht so gut, nicht so richtig anfühlen würde, würde ich ihm gern in die Zunge beißen, aber es fühlt sich gut und richtig an.

Der Kuss ist vorbei, meine Augen noch geschlossen, ich weiß, sobald ich sie öffne, wird es kompliziert. Und gerade will ich das noch genießen, komme mir dann aber dumm vor, weil er keinerlei Ambitionen macht, den Kuss fortzuführen, und schließlich öffne ich meine Augen dann doch und fühle mich wie ein kleines Mädchen, als er verschmitzt grinst, mich plötzlich ernst ansieht und fragt: »Soll ich wirklich gehen oder frühstücken wir noch zusammen?«

Trotz des ernsten Gesichtsausdrucks bin ich mir ziemlich sicher, dass die Frage eher rhetorisch gemeint war, und sein Lachen im Anschluss verrät ihn.

Ich bin noch immer total verwirrt, was ist mit seiner Freundin? Was soll das? Ich gewinne meine Fassung zurück und sage betont lässig: »Du kannst zum Bäcker gehen, während ich mich um die Eier kümmere!« Dabei finde mich ziemlich selbstbewusst.

»Wie bitte?« Er schaut mich an wie eine Autoritätsperson, seine Augenbrauen hochgezogen, als hätte ich etwas Unangemessenes gesagt.

Erst da wird mir bewusst, **was** ich gerade gesagt habe, mir wird heiß, vermutlich sieht man mir das auch an meinen Wangen an. Ich grinse unbeholfen mit leicht geöffnetem Mund. Jonas schmunzelt und lässt sich nichts weiter anmerken, er dreht sich um und zieht sich an.

Ich stehe noch einen Moment im Türrahmen der Küche, als er aus dem Wohnzimmer kommt und den Flur betritt, zeige ich in Richtung Tür und sage: »Der Bäcker ist direkt hier vorne, du musst nur über die Straße.«

Während Jonas beim Bäcker ist, keimen Frühlingsgefühle in mir auf, die Sonne scheint, die Vögel zwitschern und die ersten Narzissen zieren die Balkone meiner Nachbarinnen. Ich decke den Tisch, und während ich eben noch verunsichert war, bin ich mir nun sicher, dass ich zumindest an diesem Wochenende egoistisch sein darf, naiv sein darf. Mich verlieben darf, wenigstens bis Sonntagabend. Oder Montag.

Ich überlege bereits, was wir gleich noch machen könnten. Doch es kommt anders als geplant. Wie immer. Nach dem Frühstück verkündet Jonas, dass er noch zu einem Spiel seiner G-Jugend müsse und so langsam mal aufbrechen würde. Wir verabschieden uns, unbeholfen, unaufgeregt mit einer platonischen Umarmung. Kaum fällt die Tür ins Schloss, überkommen mich die Traurigkeit, der Frust, die Selbstzweifel, die Enttäuschung.

Was mache ich hier eigentlich? Was ist das für ein Leben? Noch immer warte ich auf die Fehlgeburt, meinen Sohn hole ich erst am Montag ab, jetzt sitze ich hier, allein. Vorhin habe ich Jonas geküsst, aber Jonas ist vergeben und hat mit Sicherheit kein Interesse an einer Alleinerziehenden. Und selbst wenn, ich habe nie Zeit, bin extrem unflexibel, daten wäre alle zwei Wochen drin, das war's. Aber so will ich doch nicht leben! Ich will ein »angemessenes« Leben für Lasse, für mich. Kein Doppelleben. Mit Jonas wäre es ein Doppelleben.

Und davon abgesehen, warum bin ich schon wieder verknallt? Vor knapp drei Monaten hat mich Tim geschwängert, vor gut einem Monat hat mein bester Freund um meine Hand angehalten, vor zwei Wochen habe ich mich von ihm getrennt. Und als wäre das nicht genug, muss ich mich schon wieder verlieben und sitze nun frustriert hier herum, weil ich das, was ich noch gar nicht hatte, auch nicht haben werde. Jonas.

Ich schreibe Andreas zurück.

Hey, lang ist's her. Zeit hätte ich.

Cool. 22 Uhr? Ich hol dich ab?

Klar. Schicke dir meinen Standort.

Ich freu mich.

Ich mich auch.

Planänderung. Statt Trübsal zu blasen und vor lauter Selbstmitleid mit Chips und Eis vor Netflix zu versacken, versacke ich lieber im Club mit meiner ersten großen Liebe. Ich meine, hey, so könnte eine Liebesgeschichte durchaus beginnen.

Vorab gönne ich mir aber doch noch Chips und Eis und Netflix, gegen Nachmittag laufe ich eine Runde. Mein Körper tut weh vom Auf-der-Couch-Liegen und außerdem plagt mich ein schlechtes Gewissen wegen der Chips und dem Eis.

Nach fünf Kilometern gebe ich auf und gehe zurück. Übermütig, wie ich bin, hatte ich mir die Zehn-Kilometer-Runde vorgenommen, die ich seit gut zwei Monaten nicht mehr gelaufen bin. Und während ich zurückgehe, von der Sonne geblendet werde und mich trotz der Fressorgie und der fehlenden Ausdauer wieder als unabhängige Frau fühle, denke ich darüber nach, ob mein Leben wirklich so schlecht ist, wie es sich heute Morgen angefühlt hat.

Manchmal macht mir meine Situation schwer zu schaffen, dann stelle ich mir vor, wie mein Leben wäre, wenn ich weiter an meiner Schauspielkarriere gearbeitet hätte. Vermutlich würde ich nun in Berlin wohnen, mich am Wochenende in hübschen Cafés aufhalten, zu Castings gehen. Schreiben und nebenbei als Barista arbeiten. Wenn ich mir das so vorstelle, liegt direkt eine Art romantischer Instagram-Filter auf den

Bildern in meinem Kopf, alles ist zartrosa, ein Hauch von Grün gemischt mit einem Sepia-Crema-Filter. Aber auch in diesem Leben hätte ich nach jeder Absage Selbstzweifel, würde mich nach Liebe und einer Familie sehnen.

Oder wenn ich nie auf die Schauspielschule gegangen wäre, dann wäre ich längst fertig mit meinem Studium, hätte in WGs gewohnt, würde mich an coole Partys erinnern und wäre mittlerweile sogar fertig mit dem Referendariat. Vermutlich hätte ich dann einen Freund, mit dem ich nach dem Beamtenstatus auf die Verhütung verzichtet hätte, um die ersten sechs Jahre meiner Lehrerkarriere in Elternzeit zu verbringen.

Hier erinnern die Bilder an den Ikea-Katalog, charmant-chaotisch, klare Farben, weiß, bunt, und Kiefernholz. Billyregale mit Büchern von Astrid Lindgren und an den Wänden Ölbilder, die ich gemalt habe.

Auch eine nette Vorstellung, aber nach sechs Jahren zu Hause fühlt man sich vermutlich sehr klein, abhängig und unsexy. Ich wäre frustriert, und meine Frustration würde sich in meiner Ehe bemerkbar machen. Meine Kinder wären eher nervig und mein Mann würde mich betrügen, und selbst, wenn er das nicht täte, würde ich es vermuten, und meine Eifersucht und mein Frust würden mich zu einer verbitterten Frau werden lassen.

Dann doch lieber so leben, wie es jetzt ist. Und als ich mich gerade an meinem Leben erfreuen möchte, stelle ich fest, wie abwertend ich doch bin.

Wieder zu Hause beginne ich mit einem Beautyprogramm aus früherer Zeit, nach der Dusche, inklusive Haarkur, lackiere ich meine Nägel, trage eine Maske auf, glätte meine Haare, schminke mich und singe zu meiner All-Time-Favorite-Playlist. Bei *Sand in my Shoes* komme ich so richtig in Fahrt. Ich will Jonas kurz schreiben, aber da fällt mir ein, dass ich seine Nummer nicht habe. Egal. Es klingelt.

Hui, Andreas erscheint überpünktlich! Ich öffne und er kommt die Treppen hoch. Jetzt bin ich doch aufgeregt, wie er wohl aussieht? Das Erste, was ich sehe, ist eine silberfarbene Bomberjacke. O Gott. Dann blickt er hoch, er wirkt schon jetzt sturzbetrunken. Er umarmt mich zur Begrüßung, hebt mich sogar hoch und wirbelt mich umher.

»Wow. Na, du bist ja noch hübscher geworden! Wir beide. Wer hätte das gedacht. Das ist wohl Schicksal. Oh, Marina.«

»Hey. Wow. Du hast dich verändert. Sollen wir los?«, stammele ich, unsicher, was ich sonst sagen soll. Aber er schenkt dem, was ich sage, kaum Beachtung. Im Gegenteil, er guckt mich glasig, verliebt und geil an, und ich streife fix meine Schuhe über, bevor er seinen Arm um mich legt und versucht, mich nach draußen zu begleiten – obwohl das Gegenteil der Fall ist.

Draußen wartet Dennis, ihn habe ich seit gut fünfzehn Jahren nicht mehr gesehen, damals war er ein kleiner Junge, jetzt sieht er aus wie ein Sunnyboy, nur das Grinsen ist gleich geblieben. Auch er scheint überrascht von meiner Optik. Er umarmt mich zu Begrüßung und flüstert mir ins Ohr: »Er ist total betrunken, er war so aufgeregt, er hat ne ganze Flasche Wodka intus. Versuch', nett zu sein, okay? Du bedeutest ihm noch immer sehr viel.« Als wir die Umarmung lösen, schaut er mich ernst an, es wirkt fast bedrohlich auf mich.

Wie schnell einem doch die Lust vergehen kann. Am liebsten würde ich zurück auf die Couch. Andreas hat sich total verändert, oder meine Perspektive hat sich geändert. Er riecht nach zu viel One Billion, das neue Modeparfüm, das Jean Paul Gaultier abgelöst hat, und sein lichtes Haar hat er mit Wachs, Gel und Haarspray fixiert. Hui, wie oberflächlich ich doch geworden bin!

Ich versuche jedenfalls, nett zu sein. Auch, als er meinen Eintritt mit einem Hundert-Euro-Schein bezahlt, und auch, als er an der Bar zwei Wodka Energy ext. Ich bin auch nett auf der Tanzfläche, als er mir viel zu nahe kommt, aber als er mich ansieht und sagt: »Ich liebe dich und ich hab dich immer geliebt!«, und mich küssen will, da nützt es weder ihm noch mir irgendwas, wenn ich nett wäre. Also sage ich ihm, dass er betrunken ist, ich nichts für ihn empfinde und mir jetzt ein Taxi nehmen werde.

Wie schnell man doch in altbekannte Muster zurückfällt, die Aufforderung zu Beginn, nein, bereits bei der Begrüßung habe ich mich unwohl gefühlt und keine Lust mehr auf den Abend gehabt. Ich wäre am liebsten direkt zu Hause geblieben, doch statt mir und meinem Bedürfnis zu vertrauen, habe ich mich gefügt und sogar getan, was ein eigentlich völlig Fremder mir aufgetragen hat, ohne es zu hinterfragen: Sei nett.

Ich überschreite meine Grenze regelmäßig selbst, damit sich andere wohl fühlen und ärgere mich dann darüber, wie wenig die Menschen auf mich achten, aber ich tue es ja selbst nicht. Doch, jetzt habe ich es getan! Und statt Scham empfinde ich fast so was wie Stolz.

Wie gut, dass direkt vorm Kühlschiff ein freies Taxi steht. Ich steige ein und nenne das Ziel, als ich plötzlich ein Ziehen im Unterleib bemerke. Ein bisschen so, als würde ich meine Tage bekommen. Zu Hause nehme ich eine Schmerztablette und lege mich ins Bett.

Am nächsten Morgen werde ich von einem leichten Druck im Bauch geweckt, ich stehe auf und gehe auf die Toilette. Der Druck wird größer, Schweißperlen sammeln sich auf meiner Stirn. Mir ist schwindelig und schlecht und plötzlich kommt ein dumpfer Schmerz hinzu. Ich presse. Ich weiß nicht, warum, aber scheinbar geht es los und ich möchte einfach, dass es schnell geht, dass es jetzt passiert., dass ich einfach alles rauspressen kann: die Wut, die Verzweiflung. Das Schwangerschaftsgewebe. Das andere Leben.

Im nächsten Moment merke ich, wie sich etwas tut, ein befremdliches Gefühl, wenn man sozusagen mit der Vagina sein

»großes Geschäft« erledigt. Dann kommt eine Menge Blut, begleitet von einem faustgroßen Blutklumpen, der stark an mutierte Rote Beete erinnert. In mir macht sich Erleichterung breit, sowohl physisch als auch psychisch, endlich kann ich abschließen. Ich stehe auf und wundere mich darüber, wie unaufgeregt so eine Fehlgeburt ist, ich stelle mich unter die Dusche und plötzlich kommt dieser dumpfe, sehr gewaltige und intensive Schmerz zurück und mir wird klar, das war erst der Anfang.

Ein Stechen gesellt sich hinzu und ich kann nicht anders, als mich hinzuhocken. Durch den Druck der Hocke wiederholt sich alles, diesmal ohne Pressen. Ich kann aber nicht aufstehen, ich schaffe es nicht bis zur Toilette. Die Dusche ist mittlerweile voller Blut, mir ist schwindelig, das warme Wasser rinnt an meinem Körper hinunter. Ich kann nicht mehr.

Plötzlich ist auch der Schub vorbei. Eigentlich soll ich meine Hebamme anrufen, aber ich möchte allein sein. Ich möchte mich mit einer Wärmflasche ins Bett legen und schlafen, bis es vorbei ist. Ich stehe langsam wieder auf, brause mich nochmals ab, trockne mich ab. Um die Dusche zu putzen, fehlt mir die Kraft und auch die Zeit. Denn die nächste Wehe macht sich bemerkbar – ich setze mich wieder auf die Toilette und schreibe Caro, einer Freundin aus Abizeiten. Ich hab sie ewig nicht gesehen, aber sie ist die Einzige, an die ich mich gerade wenden kann und will.

Sarah ist in Boston. Meine Mädelsclique hat mich verlassen. Thomas ist nicht mehr mein bester Freund, sondern mein Exverlobter. Meine Chefin Steffi ist zwar mehr als nur eine Bekanntschaft, aber auch keine so gute Freundin.

Caro weiß von nichts, aber macht sich sofort auf den Weg. Fuck. Der nächste Schub. Von wegen Erleichterung, jetzt bin ich sowohl psychisch als auch physisch komplett am Ende, und plötzlich bin ich einfach weg.

»Less to do, more to be.«

Lieblingssternenstaub

Irgendjemand hämmert wie wild an meine Tür, mein Kopf tut weh, ich liege auf dem Boden, alles ist voller Blut. Das ist bestimmt Caro, was ist passiert? Plötzlich gibt es einen Knall, die Tür geht auf, Caro findet mich im Bad, mein Anblick muss ziemlich schockierend sein. Drei Sanitäter sind hinter ihr. Ich werde auf eine Trage gelegt und direkt abtransportiert, Caro verspricht, gleich nachzukommen. Und dann erinnere ich mich erst wieder daran, wie ich im Krankenhauszimmer aufwache.

»Marina! Endlich! Wie geht es dir?« Caro strahlt mich an, sie sieht noch genauso aus wie damals. Ihre Haare sind zu einem Knoten gebunden, ihr Gesicht wird umspielt von zwei Haarsträhnen, die eher zufällig aus dem Haarknoten gerutscht sind. Ich bin überrascht, wie gut ihre Anwesenheit doch tut und frage mich, warum wir uns so lange nicht gesehen haben. Ich lächele sie an, bevor ich versuche, mich etwas aufzurichten und meinen Blick durch den Raum schweifen lasse.

»Was ist denn passiert?«, frage ich, noch immer leicht orientierungslos.

Sie gießt ein Glas Wasser ein und hält es mir hin, dankbar trinke ich einen Schluck, wie erfrischend so ein bisschen Wasser doch sein kann.

Sie holt Luft, als sei sie unsicher, ob sie mir die Antwort zumuten könnte, wartet sie etwas mit dem Sprechen, atmet nochmals aus und setzt erneut an: »Du hast wohl zu viel Blut verloren, zu schnell, zu unkontrolliert, dadurch hast du das Bewusstsein verloren, ich stand ewig vor deiner Tür und habe dann aus lauter Panik den Rettungswagen gerufen, und hier hast du wohl ’ne Transfusion bekommen und wurdest ausgeschabt.«

»Dann ist es jetzt endgültig vorbei?« Ich lasse mich erleichtert zurück ins Bett fallen.

Caro kneift die Augen zusammen, als verstehe sie nicht, was ich damit meine, sagt dann aber, mehr fragend als antwortend: »Ich denke, ja.«

Erst da wird mir bewusst, dass sie ja von all dem nichts wusste, ich richte mich wieder auf und erzähle ihr von Tim, der ungeplanten Schwangerschaft, der Trennung und auch, wie es dazu gekommen und wie es weitergegangen ist. Ich erzähle es langsam und vorsichtig, wende meinem Blick in den Momenten, die besonders schambehaftet sind, von ihr ab, aus Sorge, Verachtung in ihrem Gesicht wahrzunehmen. Als ich beim heutigen Tag angekommen bin, Jonas und auch Andreas habe ich ausgeklammert, sehe ich keine Spur von Verachtung, im Gegenteil, sie lächelt mir aufmunternd zu. »Ja, dann ist es jetzt endgültig vorbei!«

Ich weine.

»Wann kann ich nach Hause?«

Sie schaut betreten nach unten und antwortet zögerlich. »Die wollten dich bis morgen noch hierbehalten …«

Caro hat diese Art an sich, dass ich mich direkt verstanden fühle, als hätte sie bereits bei meiner Frage einmal komplett meine Perspektive eingenommen und gefühlt, wie wichtig es für mich ist, nach Hause zu kommen. Mich geborgen zu fühlen.

Gleichzeitig ist es mir auch unangenehm, sie so mitfühlend zu erleben, also sage ich: »Okay«, als würde mir das nicht so viel ausmachen, dann fällt mir ein, dass ich Lasse morgen wieder habe. »Hast du zufällig mein Handy?«

»Ja, warte. Ich hab Paul geschrieben, ich hoffe, das war okay? Er holt Lasse morgen noch mal vom Kindergarten ab.«

Ich atme erleichtert auf, sogar daran hat sie gedacht.

»Danke.«

Sie winkt ab, als wäre das keine große Sache und grinst mich an. »Lust auf 'nen Kaffee?«

»Ja!«

Sie steht auf. »Ich hol so einen Rollstuhl, okay?«

Ich schüttele den Kopf. »Das wird doch nicht nötig sein, oder?«

Doch bei dem Versuch aufzustehen, wird mir schwummerig.

»Ich hole fix einen! Ich wollte dich schon immer mal herumschieben!«, sagt sie lachend, bevor sie den Raum verlässt und kurze Zeit später mit einem Rollstuhl zurückkommt, den sie mir mit einer ausladenden Geste präsentiert, wie einen Thron.

Caro fährt mich in die Cafeteria. Wir reden über die Ereignisse der letzten Wochen, ich erkundige mich, wie es ihr so im letzten Jahr ergangen ist, und zum Abschied sage ich ihr, dass ich hoffe, dass sie in meiner neuen Staffel wieder zum Hauptcast gehört.

Als ich am Montag entlassen werde, laufe ich durch die Stadt nach Hause. Ich muss gut sechs Kilo verloren haben, ich fühle mich leicht und frei und bin dankbar. Nicht für die sechs Kilo, sondern dafür, dass mir nichts passiert ist. Das hätte auch ganz anders ausgehen können.

Als ich endlich zu Hause ankomme, fällt mir auf, dass ich gar keinen Schlüssel habe. Caro hat nur meine Tasche mitgenommen mit Kalender, Geld und Telefon. In dem Moment wünsche ich mir, mein Leben wäre wirklich eine Soap, denn im Fernsehen gibt es nur selten diese banalen Dinge wie »Tür aufschließen«, »auf die Toilette gehen«, »anschnallen« und so weiter. Da fällt mir mein Badezimmer ein. Auch das wäre vermutlich sauber, wenn sich die Hauptdarstellerin vom RTW abholen lässt.

Ach Mann, was mache ich denn nun? Während ich überlege, wem ich schreiben könnte, kommt meine Nachbarin raus, wir grüßen uns kurz, aber sie scheint in Eile und darüber bin ich ehrlich gesagt sehr froh. ich nutze die Gelegenheit und gehe rein. Als ich ins erste Obergeschoss gehe, wird mir klar, dass mein Problem nicht der Schlüssel ist, sondern das Schloss. Die Tür steht einen Spalt offen, scheinbar wurde der Zylinder beim Aufbrechen der Tür zerstört und nun schließt sie nicht richtig.

Nach einem kurzen Blick ins Bad entscheide ich mich für einen Ausflug zum Baumarkt, kaufe einen neuen Zylinder und kehre heim. Zuerst nehme ich mir die verstopfte Toilette vor, bevor ich mit den feuchten Hygienetüchern die Vorarbeit auf den Fliesen und in der Dusche leiste. Danach repariere ich die Tür, reinige das Bad noch mal gründlich und gehe anschließend duschen.

Ich lege mich gerade in mein Bett, als plötzlich das Telefon klingelt, mein Telefonbuch erkennt die Nummer nicht, ich gehe dennoch dran.

»Hallo?«

»Hey. Jonas hier.«

»Äh. Hi!« Woher hat er meine Nummer? Warum ruft er mich an? Das sind die ersten Gedanken, doch dann überwiegt die Freude die Irritation. Ich lächele und denke nur: »Hätte ich den Wunsch, dass mein Leben 'ne Soap ist, bloß nicht ausgesprochen.«

»Wie geht es dir?«

»Gut«, antworte ich knapp und freue mich darüber, dass es gesellschaftlich nicht nur geduldet, sondern tatsächlich auch erwünscht ist, auf die Frage nach der Befindlichkeit keine ausführliche und wahrheitsgemäße Antwort zu geben.

»Hast du schon in deinen Briefkasten geschaut?«, fragt er fast feierlich.

»Nein, warte.« Ich verlasse das Bett voller Neugier, nehme meinen Schlüssel, der auf der Kommode im Flur liegt, und laufe nach unten. Ich interpretiere Jonas' Schweigen als geduldiges Warten, als würde mich im Briefkasten eine ganz besondere Überraschung erwarten und als wolle er die Spannung nicht ruinieren.

Ich öffne den Briefkasten. Auf einer McDonald's-Tüte steht:

Lust auf Kaffee morgen um 15 Uhr? Ich hol dich ab.
Meld dich! Jonas

»Ähm. Wow. Warum?« Einerseits bin ich beeindruckt davon, dass er scheinbar noch mal zu mir gefahren ist, und auch davon, dass er den Weg gefunden hat. Andererseits ist da diese Anna Pustekuchen Langstrumpf.

Er wirkt eher unbeeindruckt und tut so, als sei nichts dabei gewesen. »Ich fand es nett mit dir. Und mir ist erst eingefallen, dass ich Steffi nach deiner Nummer fragen kann, als ich die Nachricht hinterlassen und mich gewundert habe, warum du dich nicht meldest. Dann fiel mir ein, dass ich meine Nummer nicht notiert habe. Egal. Also?«

»Okay«, sage ich mit vermutlich weniger Euphorie, als er sich erhofft hat. Doch ihn scheint das nicht zu stören, sondern er sagt nur: »Gut, ich fahre jetzt los. Bis gleich!«, und legt auf.

So geht nun also mein neues Leben los? Ich muss ihn dringend auf seine Freundin ansprechen. Ich wollte nur bis Sonntag in ihn verliebt sein, aber mir kam eben was dazwischen. Vielleicht war das auch ein Zeichen? Er ist gestern den Weg von Dortmund bis hierher gefahren, und das nur, um mich zu sehen. Wir sind nicht mal zusammen und schon tut er so etwas. Und während ich mir das alles schönrede, versuche ich, die andere, kleine, vernünftige Stimme zu überhören.

Als es klingelt, bleibt mein Herz kurz stehen. Wie immer, wenn es klingelt, doch diesmal gesellen sich noch Aufregung und Unsicherheit hinzu. Wie spreche ich es an? Wann spreche ich es an, wie begrüßen wir uns?

Ich drücke den Türöffner. Jonas kommt hoch und begrüßt mich mit einem Kuss. Wenigstens das Problem der Begrüßung hat sich erledigt. Ich bin so perplex, dass ich es einfach geschehen lasse.

»Kaffee?« Ich versuche, mir nichts von meiner Irritation anmerken zu lassen, und gehe schon mal vor Richtung Küche.

»Wie toll du bist!«

Seine Stimme ist so voller übertriebener Bewunderung, obwohl ich lediglich angeboten habe, wozu wir uns verabredet haben: Kaffee. Ich fühle mich verarscht und drehe mich zu ihm um. Er hat die Tür hinter sich geschlossen und strahlt mich an.

»Jonas, sag mal, ich will das hier nicht verkomplizieren oder so, aber was ist das hier?« Meine Augen funkeln böse, während ich versuche einigermaßen neutral zu klingen.

Er neigt seinen Kopf zu Seite und runzelt die Stirn. »Wie meinst du das?«

»Was sind deine Absichten, zum Beispiel?«, frage ich schnippisch und hebe meine Hand, als würde ich ihm die Wahrheit auf einem Tablett präsentieren.

»Meine Absichten?« Seine sonst so selbstgefällige Art ist verschwunden, er geht einen Schritt auf mich zu, bleibt dann aber stehen. Er betont das Wort »Absichten«, als wäre es vollkommen deplatziert. Egal, ich wiederhole mich gern, immerhin muss ich doch wissen, was er will.

»Ja, deine Absichten. Was willst du?«, frage ich eindringlich.

Nun macht er doch noch einen weiteren Schritt in meine Richtung, schaut mich liebevoll an und sagt: »Wenn ich ›dich‹ sage, wäre das okay?«

Ich bin genervt und lasse meine Schultern ernüchternd hängen, wie kann er seinen Beziehungsstatus vergessen?

»Jonas, dein Ernst?« Ich presse die Lippen aufeinander und rolle mit den Augen.

»Marina, was soll das?« Er wirkt verunsichert, zuckt mit den Schultern, als wüsste er wirklich nicht, worauf ich anspiele.

Dann macht er erneut einen Schritt auf mich zu und wiederholt: »Ja, ich will dich. Aber mir ist klar, dass du mich nicht willst. Ich könnte euch nichts bieten. Ich bin ein Schlunz, der im dritten Semester Sport studiert, keine Perspektiven hat und in Dortmund wohnt.« Er wirkt nun sehr verunsichert und blickt zu Boden.

»Jetzt bin ich verwirrt«, sage ich ehrlich, während ich ungläubig mit dem Kopf schüttele.

Er interpretiert meine Irritation anscheinend falsch, denn er wirkt erleichtert und kommt auf mich zu. »Ich auch! Seit Freitag, seit unserer ersten Begegnung, kann ich an nichts Anderes denken als an dich. Ich kenne dich kaum und dennoch fühlt es sich vertraut bei dir an. Ich habe keinerlei Hemmungen, mit dir über Dinge zu reden, die mich bewegen. Du siehst außerdem toll aus und verkörperst all das, was ich gerne hätte. Wie stark und unabhängig du bist. Ja, ich wäre gerne der Mann an deiner Seite. Ich hab mich verknallt. Sonst wäre ich sicher nicht auf gut Glück gestern hier vorbeigefahren.«

Er schaut mich direkt mit großen Augen an, während er all das sagt. Er wirkt aufrichtig und dennoch besorgt, und seine Sorge klingt nicht so, als beziehe sie sich darauf, dass ich anders empfinden könnte.

Ich spreche meine Gedanken aus. »Es klingt aber alles nicht so unbeschwert und frisch verliebt, wenn du das sagst.«

»Weil das auch alles Andere als unbeschwert ist.« Er zuckt erneut mit den Schultern und blickt auf die Kommode neben ihm.

»Jonas, mir geht es doch genauso wie dir, auch du gehst mir nicht aus dem Kopf«, sage ich sanft, er blickt auf und lächelt mich an. »Aber ich glaube wohl kaum, dass du Interesse an einer alleinstehenden Mama hast, die sich maximal alle zwei Wochen mit dir treffen kann. Und ich würde das alles gerne langsam angehen, aber ich kann das nicht. Ich habe keine Lust, mich auf etwas einzulassen, wobei von vornherein klar ist, dass das nichts wird. Oft genug wird es so oder so nichts, auch wenn man glaubt, dass man die große Liebe kennengelernt hat. Aber wenn man bereits am Anfang Zweifel hat, sollte man die Finger davon lassen!« Ich bin unsicher, ob Letzteres der Erklärung oder meiner Erinnerung dient. »Und … fuck. Verarsch mich nicht, was ist mit deiner Freundin?«, platzt es abschließend aus mir heraus.

Er reißt die Augen auf. »Woher weißt du …?«

Seine erschrockene Reaktion wirkt wie ein Schlag in die Magengrube, ich unterbreche ihn. »Es stimmt also?«

Er schüttelt vorsichtig mit dem Kopf. »Jein, sie ist im Ausland.« Jonas macht eine Pause und mustert mein wütendes Gesicht, als hoffte er, diese Info würde etwas an meiner Stimmung ändern, doch das tut sie nicht, also fährt er fort und erklärt: »Seit sieben Monaten schon, da konnten wir uns ja schlecht trennen.« Er zuckt mit den Schultern, vermutlich will er damit unterstreichen, dass er sich keiner Schuld bewusst ist.

»Ach, aber eine Trennung ist geplant?«, frage ich skeptisch und verschränke die Arme.

»Seit Freitag.«

Ich bin sprachlos.

Jonas kommt einen weiteren letzten Schritt auf mich zu, löst meine verschränkten Arme, indem er meine Hände in seine nimmt, und küsst mich, vorsichtig und zärtlich.

Ich bin noch immer etwas angespannt, aber als er mit seinen Händen nun meinen Hals und mein Gesicht ertastet, entspanne ich mich etwas. Die Art, wie er mich berührt, ist schön. Er fängt an, sich an mich zu schmiegen, und ich gebe mich ihm hin, ineinander verschlungen bewegen wir uns nun zur Couch, legen uns hin, er küsst mich, hält mich. Nicht mehr und nicht weniger.

»Was hältst du von Pizza?«, schlägt er plötzlich wie aus dem Nichts vor. Ich muss lachen und bin gleichzeitig erleichtert, dass er nicht, wie ich befürchtet hatte, versucht, mir noch näher zu kommen, um mit mir zu schlafen, sondern stattdessen Pizza präferiert.

»Beste Idee, die du hattest, seitdem ich dich kenne!«

Er bestellt Pizza über eine App, wir schauen »Sieben Leben« auf Netflix und am Ende tröstet er mich.

»Schläfst du heute bei mir?«, frage ich hoffnungsvoll.

»Ich würde gerne, aber Anna hat mir vorhin geschrieben, sie wollte mich überraschen, sie kam heute zurück. Ich schätze, ich muss da was klären.«

Seine Antwort versetzt mir direkt einen Stich. Ich ärgere mich über mich selbst, darüber, wie naiv ich war und bin. Die Stimmung ist direkt angespannt, ich setze mich auf und wende mich von ihm ab. »Ja, klar. Okay, dann solltest du vielleicht direkt fahren!«

»Hey, es tut mir leid! Ich schreibe dir danach!«, sagt er besänftigend, scheinbar hat meine Stimmlage mich und meine Verletztheit verraten, trotz der vermeintlich verständnisvollen Worte.

Er steht auf und greift wie selbstverständlich zu den leeren Pizzakartons.

»Ich mach das schon«, sage ich, als wollte ich ihn signalisieren, dass ich ihn nicht brauche. Weder für das Wegräumen der Kartons noch für mein Leben. Diesmal ignoriert er den Unterton und räumt die Kartons in die Küche. Ich stehe auf und bleibe im Türrahmen zum Flur stehen. Als er aus der Küche kommt, ist sein Kopf zu Boden geneigt und er schaut mich an wie ein geschlagener Hund.

»Na dann!« Ich ziehe die Augenbrauen hoch und presse die Lippen aufeinander.

Er nickt, geht zur Wohnungstür, ich folge ihm. Er öffnet sie, geht raus und dreht sich noch mal zu mir um. Meine Arme sind verschränkt. »Viel Erfolg.«

»Danke«, entgegnet er leise.

Das Klären dauert scheinbar länger als geplant. Jedenfalls habe ich jetzt fast zwei Wochen nichts mehr von ihm gehört und mir war es zu blöd, nachzufragen. Ich habs verbucht unter: »Du warst mal wieder zu naiv, Marina!«

Ich bin froh über den Alltag, der eine gute Ablenkung bietet, nach diesem Wochenende, diesem Jahresbeginn. Zum Glück habe ich an der Uni wenig zu tun. Die Ruhe vor dem Sturm sozusagen. Das Semester beginnt erst nächste Woche, sämtliche Vorbereitungen für die Seminare wurden bereits getroffen und ich habe, aus Mangel an Alternativen, nur wenige und sehr langweilige Veranstaltungen belegt.

Aktuell nutze ich die Arbeit eher als Strukturgeber. Ich fahre hin, quatsche mit meiner Chefin, trinke Kaffee, recherchiere halbherzig für die Masterarbeit, esse, hole Lasse ab, spiele mit ihm, bringe ihn ins Bett und schlafe selbst mit ein. Das nächste lassefreie Wochenende steht vor der Tür, allerdings startet am Montag das neue Semester, auf der Arbeit wird es somit wieder stressig, die Parkplatzsituation katastrophal, und da kann ich mir definitiv keinen erneuten Adrenalinrausch leisten. Daher habe ich mich am Samstag auch mit Caro zum Frühstück verabredet.

Freitag läuft wie geplant ruhig und gesittet ab, na ja, gesittet würde ich meinen Fresskick nicht nennen, aber ich habe immerhin niemandem geschrieben, und mit »niemandem« meine ich Jonas.

Am Samstag mache ich mich gegen halb neun Uhr auf den Weg nach Dortmund, ich habe eine ungefähre Vorstellung davon, wo sich das Café befindet, in dem sich Caro mit mir treffen will, aber die Einbahnstraßen und die grundsätzliche Verkehrsführung in der Großstadt machen mich nervös und unsicher, vor der Parkplatzsuche graut es mir am meisten. Ich frage Caro per WhatsApp, ob sie 'nen Tipp zum Parken hat, als Antwort kommt ein Standort und ich öffne ihn in Google Maps.

Als ich in die Zielstraße einbiege, sehe ich Caro, sie winkt mir aus einer freien Parkbucht zu. Ich atme erleichtert auf, ja, so ist sie. Ich parke, steige aus, wir begrüßen uns mit einer festen Umarmung. Mein Herz macht einen Sprung und ich freue mich über meinen neuen Hauptcast.

Wir gehen zum Ende der Straße, an der Ecke ist das Café, draußen stehen drei kleine Tische mit Lammfell auf den Stühlen und Fleecedecken, innen sehe ich überall kleine Details, Makramee-Kunst hängt an den Wänden, alte Fotos, Blumen, Windspiele. Auf jedem Tisch steht eine große Keksdose aus Glas, gefüllt mit verschiedenen Keksen.

»Wie schön der Laden hier ist!« Mein Blick schweift dabei weiter durch den Raum.

»Ja, und es gibt kostenlose Kekse!« Caro lacht und setzt sich an den Tisch in der Ecke.

Ich grinse sie an, während auch ich Platz nehme. »Und wie lustig, ein Café ›Wohnzimmer‹ zu nennen.«

»Wie geht es dir?« Caro hat ihre Arme auf den Tisch gestützt, sie lächelt nur zaghaft, es wirkt, als wollte sie dadurch signalisieren, dass es okay ist, falls es mir nicht gut geht. Ich fühle mich direkt geborgen und wohl. Diese Gewissheit zu haben, ausgehalten und nicht verurteilt zu werden.

Just in dem Moment, als ich gerade anfangen möchte, zu erzählen, kommt die Bedienung, wir bestellen zweimal Frühstück, und dann erzähle ich Caro von der ganzen Geschichte mit Jonas, von der Arbeit, meinen Prüfungen. Das Frühstück und zwei große Milchkaffees in Müslischalen werden währenddessen serviert.

Caro hört geduldig zu, sie hat sich mittlerweile auf ihrem Stuhl zurückgelehnt und nippt an ihrem riesigen Milchkaffee. Dank ihrer Mimik fühle ich mich verstanden, sie schaut im richtigen Moment erschrocken und reißt ihre Augen auf oder kneift die Augen zusammen und runzelt die Stirn oder lacht, aber eben in den Momenten, in denen auch ich lache.

Als ich fertig bin, entsteht eine kurze Pause. Sie stellt ihren Milchkaffee ab und grinst mich an. »Suchst du zufällig noch 'nen Job? Also, ich will dein Leben sicher nicht verkomplizieren, aber wir suchen 'ne Dozentin für Mathe und Deutsch. Außerdem würde ich dich gerne mit Sebastian verkuppeln. Sebastian ist mein Chef, das ist ein Guter, eine neue Frau täte ihm aber auch ganz gut. Er ist ein bisschen … na ja, steif… Aber ich glaube, du könntest das ändern.«

»Na, du verstehst ja was vom Kuppeln!«, sage ich trocken und muss dann direkt lachen. Abgesehen davon nehme ich ihren Versuch ohnehin nicht ernst und habe keinerlei Lust darauf, schon wieder einen neuen Namen zu etablieren.

»Ha-ha.« Übertrieben beleidigt betont sie beide Silben und wippt mit dem Kopf nach vorn. Dann schaut sie auf ihren Milchkaffee, ein Lächeln huscht kurz über ihr Gesicht, bevor sie hochschaut, mit übertrieben ernster Miene einen Arzt imitiert, der eine schlechte Nachricht überbringt. »Eigentlich würde ich dir raten, keinen Mann mehr in dein Leben zu lassen.« Dann lacht sie, zuckt mit den Schultern, ergänzt rasch: »Aber ich weiß es und du weißt es auch: Das funktioniert eh nicht!« Abschließend zwinkert sie mir zu.

Ich lache, dann hebe ich meinen Milchkaffee hoch, als würde ich auf sie anstoßen, und sage: »Touché!«

Plötzlich senkt sich ihr Blick und sie sagt, mit dieser Ärztestimme von gerade: »… auch wenn du durchaus eine Pause gebrauchen könntest!« Diesmal klingt sie allerdings nicht aufgesetzt.

Es versetzt mir direkt einen Stich, ja, sie hat ja recht. Dennoch ist Caro doch die, die immer Verständnis hat, jetzt scheinbar nicht, das war wohl zu viel, oder zu viel auf einmal, sie hat ja sozusagen meine Staffel gebingt, vor zwei Wochen die erste Hälfte am Stück und heute die zweite. Ich nicke, greife zu einem Brötchen und versuche, meine Verletztheit zu verstecken: »Ich hab's verstanden!«

»Tut mir leid. Ich wünsche dir so sehr Liebe. Du hättest ein Ankommen so sehr verdient, bei all deinen Anstrengungen.« Sie lässt nicht locker, ich spüre ihren Blick auf mir, während ich das Brötchen mit Butter bestreiche. Dann schaue ich hoch und versuche, so fröhlich, wie es mir gerade möglich ist, zu sagen: »Ernsthaft? Ich erzähle dir von Masterprüfungen und 'nem Mann und du bietest mir einen Job und einen anderen Mann an?« Puh, das klang in der Tat ganz fröhlich und ich muss nun wirklich lachen.

»Na ja ... Du wolltest, dass ich in deiner neuen Staffel zum Hauptcast werde, und ich würde gerne dazugehören. Wenn wir Kolleginnen wären, könnten wir das viel besser umsetzen.«

»Was ist das für ein Job?«, frage ich und drapiere ein paar der Tomaten auf meinem Käse.

»Früher hättest du erst nach dem Mann gefragt ...« Caro greift nun auch endlich nach einem Brötchen.

»Ha-ha!«, sage ich und muss dann tatsächlich lachen.

Caro streicht Frischkäse auf ihr Brötchen und winkt direkt ab, das Messer in der Hand, als sollte ich keine zu hohen Erwartungen haben. »Ach, es geht um die Vorbereitung auf die externe Prüfung.«

Ich bin verwirrt, runzle die Stirn und sage mit halbvollem Mund: »Okay, aber warum nicht an der Abendschule?« Dann schlucke ich den Rest des Bissens hinunter und ergänze die weiteren Möglichkeiten, die mir einfallen. »Oder am Berufskolleg? Oder in so einer Maßnahme?«

»Der Jugendliche ist halt psychisch krank. Er kann nicht auf die normale Schule, ist aber noch schulpflichtig und somit müssen wir eine Alternative anbieten« Caro beißt in ihr Frischkäse-Marmeladen-Brötchen und schaut mich erwartungsvoll mit aufgerissenen Augen an.

Ich bin noch immer irritiert. »Und das gilt dann, also wenn ich zu euch komme und ihn ›unterrichte‹?«

Caro nickt. »Du bist zwar noch nicht mit deinem Master fertig, aber bereits der Bachelorabschluss befähigt dich und erlaubt dir, zu unterrichten.«

»Ernsthaft?« Ich kann das kaum glauben und dennoch freue ich mich direkt. »Wie cool wäre das denn!«

»Ja!«, sagt sie sehr überzeugt, schüttelt den Kopf und schaut mich nun irritiert an. »Sag mal, warum weißt du das nicht?« Sie beißt erneut ins Brötchen.

»Na ja, also, wenn das so ist, dann frag ich mich, warum ich überhaupt noch meinen Master machen soll? Ich muss jetzt in Erziehungswissenschaft all das belegen, was ich im Bachelor nicht gewählt habe. Aus gutem Grund nicht gewählt habe.« Ich habe mich mittlerweile zurückgelehnt, aufs Essen kann ich mich ohnehin nicht mehr konzentrieren.

»Mir nutzt mein Master jedenfalls nichts«, sagt Caro kauend und ergänzt, als ihr Mund leer ist: »Du könntest doch alles machen, in den sozialen Bereich gehen zum Beispiel. Was ist mit der Werkstatt?«

Ich beuge mich nach vorn, es war also ein Missverständnis und ich kläre es auf. »Aber ich studiere doch keine Soziale Arbeit.«

Caro zuckt mit den Schultern und sagt: »Trotzdem, Pädagogen werden überall gesucht, und du bist Pädagogin mit akademischem Abschluss.« Dann schlägt sie die Eierschale auf dem Tisch auf und schneidet das Innere wenig akkurat auf die andere Brötchenhälfte.

Die Euphorie ebbt bei mir ab, richtig glauben kann ich das noch nicht. Immerhin kehrt der Appetit zurück. Ich schmiere mir nun auch Frischkäse und Marmelade auf die zweite Hälfte und zu Caro sage ich: »Ich werde mich mal informieren.«

»Ja, mach das! Am besten suchst du direkt nach Stellen!«, ermutigt sie mich, während sie versucht, das Eier-Massaker auf dem Brötchen unfallfrei zum Mund zu führen.

Als beide Brötchenhälften verputzt sind, bestellen wir noch zwei Milchkaffee.

»Wie geht es dir eigentlich?«, frage ich Caro neugierig.

Sie schaut nach oben und überlegt kurz. »Gut«, sagt sie, dann lacht sie und ergänzt: »Ich sollte aufhören, zu rauchen. Apropos, setzen wir uns mal kurz raus?«

»Klar, krieg ich auch eine?«, frage ich grinsend.

»Ha!«, ruft sie und zeigt auf mich, als hätte sie mich auf frischer Tat ertappt. Dann steht sie auf und sagt im Rausgehen: »Und ich wollte dich gerade fragen, wie du es geschafft hast, aufzuhören …«

Ich folge ihr nach draußen. Während sie an der Schachtel nestelt, halte ich meine Hand hin. »Ich hab aufgehört!«

Caro schüttelt den Kopf und lacht.

Ich erkläre ihr die Assoziationstheorie, wir gehen wieder rein, essen den Rest, trinken zu viel Kaffee und irgendwann verabschieden wir uns. Beflügelt von meinen neuen Zukunftsperspektiven schreibe ich Jonas und rede mir ein, dass ich mich, wenn er sich nicht meldet, mit Bewerbungen und Co. ablenken kann.

Ich hatte wirklich gehofft,
wir könnten mehr sein.

Was machst du heute?

Bier mit dir, bei mir?

Du Poetin, gerne! 20 Uhr?

Bis dann!

Hui. Mein Herz schlägt schneller, es ist verrückt. Zwei Wochen lang meldet er sich nicht, fährt zu seiner Freundin, und nun antwortet er unmittelbar und will vorbeischauen? Müsste ich nicht eigentlich sauer sein?

All das schwirrt mir durch den Kopf, als ich unter der Dusche stehe und meine Beine rasiere. Während ich mich eincreme, fällt mir auf, wie gut ich mich um meinen Körper kümmere, wenn ich ein Date habe. Sonst vernachlässige ich mich gern mal, verzichte auf die Haarkur, auf die durchblutungsfördernde Massage beim Eincremen und meist sogar komplett aufs Eincremen.

Ich habe noch reichlich Zeit und entscheide mich dafür, meine Haare an der Luft trocknen zu lassen. Dann gehe ich ins Schlafzimmer und überlege, was ich anziehen könnte. Es ist ja offensichtlich so ein »Alles oder Nichts«-Date. Entweder hat er es geklärt, wir fallen übereinander her und tada: Happy End! Oder aber, er hat es nicht geklärt, möchte aber auch kein Arsch sein und will mir die Botschaft persönlich überbringen.

In beiden Fällen benötige ich ein Outfit, in dem ich ziemlich gut aussehe, Speck an den Seiten darf gern kaschiert werden. Spricht also für High-Waist-Jeans oder die Chino mit Gummibund, na ja, oder die Haremshose.

Ich schaue jedes Kleidungsstück kurz an und versuche, mich reinzufühlen. Die Chino ist direkt raus, im Stehen und mit Jeansjacke sieht die richtig gut aus, aber im Sitzen wirken meine Oberschenkel dicker, als sie sind, und mein Bauch wölbt sich gern in dem High-Waist-Bund.

Die schwarze High-Waist-Jeans hingegen fühlt sich gut an, bis mir einfällt, dass sie ja an der Taille und am Bauch gern ein paar zarte Abdrücke hinterlässt. Und falls es dann doch zu mehr kommt, will ich ja gut aussehen.

Also bleibt nur die fluffige Haremshose, ja, die Beine wirken darin zwar nicht schlank, aber da sie so weit geschnitten ist, denkt man, es liegt an der Hose. Mit einem eng anliegendem Oberteil hat man sozusagen den Effekt von diesen Kleidern, die unten weit auslaufen und man schlanker wirkt, als man ist. Das Outfit steht.

Was noch? Ich habe zwar ausgiebig gefrühstückt, aber halte es für keine gute Idee, abends lediglich ein Bier zum Abendbrot zu mir zu nehmen. Also schaue ich in meine Vorratsschublade, das gute am Mamadasein ist, dass man immer was zu essen da hat, und wenn es Nudeln oder ein Pizzakit sind. Auch Snacks, Kekse und Nüsse habe ich immer im Haus.

Ich entscheide mich für eine Grundlage aus Nudeln mit Pesto, garniert mit Sonnenblumenkernen. Von meiner Nachbarin schnorre ich frisches Basilikum, natürlich sieht sie mir mein Grinsen an und fragt direkt, ob ich ein Date habe.

Ich grinse noch breiter. »Das weiß ich noch gar nicht!«

Sie kneift die Augen ungläubig zusammen. »Wie? Das weißt du noch gar nicht? Jetzt bin ich neugierig, komm, ich mach dir ’nen Kaffee und du erzählst mir fix, was da los ist.«

Zeit genug habe ich, es ist kurz vor sieben und vielleicht ist es auch ganz gut, mal mit jemandem darüber zu reden. Meine Nachbarin bekommt ja ohnehin immer einiges mit und wir quatschen selten weniger als zehn Minuten, wenn wir uns im Hausflur oder Garten begegnen.

Ich folge ihr in die Küche, ihre Kids schauen gerade mit dem Papa einen Disneyfilm im Wohnzimmer. »Oh, ich wollte euch aber nicht stören!«, sage ich nun leise.

Sie dreht sich um und winkt ab. »Weißt du, wie oft ich Arielle schon geschaut habe? So oft, dass ich fast aggressiv werde, wenn sie anfängt, zu singen. Ich glaube, die Kids freuen sich, dass ich nicht mehr dabeisitze und abwertend stöhne!« Sie lacht, während sie sich um den Milchschaum kümmert.

Ich lache mit und schüttele den Kopf über ihre Art. Sie ist die Fürsorge und Liebe in Person, doch wenn sie über ihr Mamadasein redet, erinnert sie mich immer ein bisschen an Martina Hill als Antimutter.

Ich habe inzwischen an ihrem Shabby-Chic-Küchentisch Platz genommen, sie stellt mir den Kaffee hin, reißt freudig die Augen auf. »Uuuund? Wie heißt er? Fährt er diesen olivgrünen Opel?«

Ich muss lachen. »Dich als Nachbarin zu haben, könnte auch unangenehm sein.« Ich zwinkere ihr zu. Sie versteht, wie ich es gemeint habe, lacht und setzt sich ebenfalls, stützt ihren Kopf auf ihre Hände und bittet: »Jetzt erzähl schon!«

»Also, ich mach's kurz. Ich hab ihn in Dortmund kennengelernt, er war mies drauf, meine Freundin hat sich in seinen Kumpel verknallt, also, die zwei kannten sich schon vorher, sie ist dann mit ihm zum Bierholen und ich war bei ihm. Spoiler, sie kam nie mit Bier zurück.«

Meine Nachbarin lacht und ermuntert mich, fortzufahren, ich trinke einen Schluck Kaffee und lasse den »Zwischenfall« außer Acht. »Wir haben dann ganz lange geredet, er hat mich mit der Bahn nach Hause gebracht und dabei seinen Arm um mich gelegt, das war schon irgendwie schön. Und als wir dann hier waren, ist er über Nacht geblieben und …«

Sie unterbricht mich und sagt gespielt erschrocken, indem sie geräuschvoll Luft einatmet und die Augen aufreißt: »Wann war das? Ich habe gar nichts gehört!«

Ich muss lachen und schüttele mit dem Kopf. »**Bei**, nicht **mit** mir!«

Sie grinst und freut sich scheinbar noch über ihren Witz.

»Jedenfalls habe ich dann am Morgen bei Facebook gesehen, dass er in einer Beziehung ist …«

Sie unterbricht mich erneut. »Was?«

Ich fahre unbeirrt fort und kürze die Geschichte etwas ab. »Ja, und als er wach wurde, haben wir uns geküsst. Ich hab ihn nach seiner Freundin gefragt, er meinte, sie sei lange im Ausland gewesen und er würde das mit ihr klären. Dann habe ich zwei Wochen lang nichts von ihm gehört, ihm vorhin geschrieben und nun kommt er gleich.« So schließe ich die Geschichte ab und trinke erneut einen Schluck Kaffee.

»Wie aufregend!« Sie strahlt mich an, steht auf, holt das Basilikum vom Balkon und kleine Cherrytomaten von der Arbeitsplatte. Dann legt sie beides vor mich hin. »Das klingt doch sehr vielversprechend!«

Ich bedanke mich und zucke dann mit den Schultern. »Na ja, zwei Wochen Funkstille wirken auf mich nicht so vielversprechend.«

Sie winkt ab. »Ja, mag sein, aber er würde ja jetzt nicht extra kommen, nur um dir zu sagen, dass er es sich doch anders überlegt hat!«

So, wie sie es sagt, scheint es keinen Zweifel daran zu geben, dass das Date kein Reinfall wird. Sie lächelt mir ermutigend zu und wir stehen auf. Sie drückt mich und ich sammle die Schätze auf, bevor ich wieder zurück in meine Wohnung gehe.

Es ist kurz vor acht und die Vorbereitungen fürs Date sind getroffen. Trotz der Zuversicht meiner Nachbarin rechne ich eigentlich fest mit einer Absage, keine Ahnung, wie verlässlich Jonas ist, aber alles wirkt irgendwie komisch. Und ich habe überhaupt keine Ahnung, wer er ist und welche Eigenschaften er so hat. Während mir das bewusst wird, frage ich mich, was ich eigentlich will.

In dem Moment geht die Türklingel und ich bin froh, dass ich mir keine Antwort auf meine selbstgestellte Frage mehr geben muss. Jonas ist tatsächlich gekommen. Er läuft schnell die Treppen hoch, verwaschene Jeans, T-Shirt. Auf den letzten Stufen verlangsamt er sein Tempo, schaut mich an, ich lächele, dann macht er einen letzten Schritt auf mich zu und küsst mich direkt und leidenschaftlich, seine Hände an meinem Gesicht, meinem Hals, dann hört er abrupt auf und schaut mich entschuldigend an.

»Tut mir leid, das musste sein. Ich hab dich vermisst.«

»Wow, okay. Ähm …« Ich will ihm Vorwürfe machen, sagen, er hätte mir schreiben können, aber ich bin zu perplex.

Er ignoriert meine Sprachlosigkeit und den verwirrten Gesichtsausdruck, läuft an mir vorbei in die Wohnung, als folge er dem Duft. In der Küche angekommen ruft er begeistert: »Hast du Nudeln mit Pesto gemacht? Geil! Ich liebe Pestonudeln!«

Ich schließe die Tür und folge ihm, noch immer etwas verwirrt. »Ja, hab ich, das hat man ja immer parat.«

O Gott, ich klinge wie Baby aus Dirty Dancing. »Ich habe eine Wassermelone getragen.«

Wir essen, dann setzen wir uns mit stilvollem Dosenbier auf meine Couch. Ich stelle keine Fragen und er gibt keine Antworten.

So läuft das eben. Wobei eine meiner Lieblingskinderbuchautorinnen, Sabine Bohlmann, in einem ihrer Bücher eine Figur damit beschreibt, dass sie diese Antworten ohne Fragen viel lieber mochte. Ich war begeistert und teilte dieses Zitat sogar auf Instagram.

Wir reden die ganze Nacht, machen da weiter, wo wir aufgehört haben, reden über die Zukunft, philosophieren über den Sinn des Lebens, diskutieren über Träume und Ziele. Über die Frequenz des »Postens« auf Facebook und woran man erkennt, ob es jemandem gut geht. Sprechen über den eigenen Frust und wie dieser das ganze Leben beeinflussen kann. Sprechen über Resilienz, über Bourdieu, über Horkheimer und Adorno.

Es ist, als würden wir uns schon ewig kennen, als gehörten wir zusammen und dann … dann schlafen wir miteinander. Vertraut, vorsichtig und doch hemmungslos. Mein vorgetäuschter Orgasmus ist vermutlich einer der besten meines Lebens, dennoch vorgetäuscht.

Also, ich mag Sex. Sex ist toll. Man kommt dem Anderen näher, als man es sonst tun würde. Vor allem, wenn Gefühle im Spiel sind, gibt es nichts Schöneres, als diese Nähe, die man ausschließlich beim Sex hat. Die Stimulation ist nebensächlich und in meinem Fall leider alles Andere als orgasmuswirksam. Doch viel zu oft habe ich die Erfahrung gemacht, dass, wenn ich ehrlich mit meiner Orgasmusschwäche umgehe, die Männer sich nur noch mehr angespornt fühlen, mich zu penetrieren. Und diese Art der Penetration fühlt sich genauso an, wie sie klingt. Pe-ne-tra-tion. Grausam.

Als wir am nächsten Morgen aufwachen, fragt Jonas, ob ich eine Gitarre habe, habe ich tatsächlich. Mein Papa hat sich vor einigen Jahren eine neue gekauft und zum Leidwesen meiner Nachbarinnen seine alte Lasse vermacht. Ich hole sie aus dem Kinderzimmer, überreiche sie ihm und er fängt direkt an, zu spielen. Das Lied kommt mir bekannt vor. Und als er singt, erkenne ich es. *Patient Love* von Passenger, ein trauriges Liebeslied, das davon handelt, dass er sie sehr liebt und auf sie wartet. Ich verstehe nicht, was er mir damit sagen will.

»Das ist traurig«, sage ich leise.

»Findest du?«, fragt er vollkommen ernsthaft, mit einem Lachen im Gesicht.

Ich schüttele kurz mit dem Kopf, mich irritiert seine Reaktion und ich unterstreiche meine Meinung zu dem Song. »Total!«

»Ich finde, es ist megaromantisch!«, sagt er, immer noch begeistert und strahlend.

»Aber …« Ich setze erneut an, er kennt doch den Text. Ich ziehe die Augenbrauen zusammen und sage erklärend: »Er wartet und sie weiß ihn nicht zu schätzen.«

»Genau, und seine Liebe wird mit jedem Tag mehr. Stell dir vor, sie wäre bei ihm geblieben, dann wäre der Whisky, den er im Song für sie aufbewahrt, längst leer. Vermutlich wäre sie mittlerweile frustriert und er würde sich nach Anderen umsehen und tja, die beiden wären halt eine von vielen gescheiterten Beziehungen. Aber sie ist nicht bei ihm geblieben und nun wartet er, liebt er und seine Liebe nimmt nicht ab, sie wird nur stärker.« Er sagt das voller Überzeugung.

»Okay, also muss man sich in deiner Welt entscheiden zwischen der starken, wahren Liebe, die man nicht ausleben kann, und der Liebe, die vorbeigeht?« So langsam dämmert es mir.

»Auf jeden Fall!« Er wirkt erleichtert und scheint sich zu freuen, dass ich ihn verstehe, fast so, als hätte ich ihm zugestimmt.

Er ist so überzeugt von seiner These, und dann wird mir auch klar, warum. Er bleibt bei seiner Freundin. Er hat es nicht geschafft, die Dinge zu klären und ich bin ein zu großes Risiko – in jeder Hinsicht. Wow.

Ich nehme all meinen Mut zusammen und versuche, ganz cool zu wirken, als ich sage: »Also nächstes Frühjahr dann wieder?«

Er strahlt und wirkt weiterhin, als sei er erleichtert, dass ich es verstehe, ihn verstehe.

»Gerne auch nach dem Sommer, wir sind vermutlich sechs Wochen in Polen. Wandern und Zelten. Keine Lust, aber gut … Ich meld mich danach, okay?«

»Klar.« Ich will es betont lässig sagen und ignoriere das Kribbeln in der Nase, das in der Regel der Vorbote für Tränen ist.

Dann legt er die Gitarre fort und küsst mich. »Du und ich. Das ist Liebe!«

Ich bin so irritiert und denke für einen kurzen Moment daran, dass das auch alles ein Aprilscherz sein könnte, das richtige Datum haben wir immerhin. Aber als er sich dann verabschiedet und mich fest an sich drückt, wird mir klar: Er meint das ernst.

Die Tür fällt ins Schloss. Ich gehe zurück zur Couch, zücke mein Smartphone. Auf dem Display erscheint direkt eine Nachricht von Caro.

> Komm doch morgen so gegen 13 Uhr mal vorbei. Ich hab Frühdienst und Sebastian löst mich ab. Also wegen des Jobs! LG Caro

Klassisches Beispiel dafür, wie gerecht das Leben ist. Na ja, was heißt gerecht, aber in meiner Welt ist und war es immer die übliche Berg- und Talfahrt. So banal manche Kalendersprüche auch sind, wahr sind sie dennoch – helfen nur eben in keiner Weise.

Jonas' Denkweise hat mich erschüttert, und ich bin erschrocken über mich und meine Reaktion. Wobei, eigentlich habe ich ja gar nicht reagiert. Und plötzlich schreibt mir Caro, entweder ist das ein Zeichen, dass ich mich lieber auf meine berufliche Zukunft konzentrieren soll, oder einfach ein Zeichen dafür, dass es jetzt wieder bergauf geht.

Ich mache das, was ich seit Kurzem am besten kann: Auf der Couch liegen, Netflix schauen und was essen. O Gott, wenn mich irgendjemand so sehen könnte. Lasse zum Beispiel. Er würde die Welt nicht mehr verstehen, denn in seiner Welt schaue ich nie Fernsehen, höchstens mal mit ihm. Und das stimmt auch. Fernsehen langweilt mich. Es lenkt vom Leben ab, vom Spielen, vom Lesen, vom Toben, vom Leben eben. Aber an freien Wochenenden ist niemand da zum Spielen und Toben. Lasse fehlt mir. Und mir fehlt eine Familie, Liebe, Zusammensein.

Parallel zur dänischen Serie bei Netflix tippe ich wahllos auf meinem Smartphone, öffne Apps – ohne Plan, und plötzlich wurde wie durch Geisterhand Tinder installiert. Die App erkennt mich wieder und schlägt mir mein altes Profil vor. Abgeschreckt von den Erinnerungen gehe ich zu meinem PC und suche nach meiner Buchidee »MidMomCrisis – Von Cinderella zu Tinderella«. Die finde ich nicht, aber ich finde einen Brief, einen Brief, der nie gesendet wurde, den ich geschrieben habe, um eine Geschichte zu dokumentieren, die Geschichte von mir und Philipp. Und als ich das so lese, schäme ich mich ein bisschen, für mich, meine Gefühle, meine Übertreibungen.

Und genau das ist vermutlich mein Problem. Anstatt einfach abzuwarten, ob und wie es weitergeht, habe ich gewisse

Vorstellungen im Kopf, und während Andere bei Tinder oberflächlich und gelangweilt nach rechts oder links wischen, male ich mir bereits aus, wie mein Leben mit dem Mann wohl sein wird. In weniger als einer Sekunde erschaffe ich eine eigene Persönlichkeitsanalyse anhand des Bildes. Sonnenbrille steht grundsätzlich für mangelnden Selbstwert. Zeigt er sich mit freiem Oberkörper, will er nur Sex. Ein Badezimmerselfie steht für »ungebildet«, und so weiter.

Falls jemand mal meinen Persönlichkeitstest besteht, überlege ich mir, was ich beim Match schreiben könnte und wann ich überhaupt Zeit für ein erstes Date hätte. Und ob passend oder nicht, ob Gefühle oder nicht, so forciere ich die Liebe – egal, ob sie da ist, kommt oder geht. Ich tue alles dafür, meine Pläne zu verwirklichen. Die Kontrolle zu behalten. Nur leider ist mein Plan ganz schön umfangreich und die Frage nach einer Ehe und Kindern beim ersten Date kann den Einen oder Anderen auch einfach abschrecken. Vermutlich war auch Phillipp abgeschreckt, befürchtete eine zu große Differenz zwischen meinen und seinen Gefühlen. Aber eigentlich war ich nur verzweifelt und unsicher, und je verzweifelter und unsicherer ich bin, desto stärker klammere ich mich an die Männer und das Gefühl, das man Liebe nennt.

Ich habe kürzlich erst ein Video von Lieblingssternenstaub auf Instagram zum Thema »Welcher Datingtyp bist du?« gesehen. Ich stöbere schnell auf ihrem Profil und finde direkt, wonach ich suche.

> Vorweg: Der Datingtyp sagt nicht unbedingt etwas über Dich als Partner oder Partnerin aus und umgekehrt. Nicht aus jedem Date wird eine Beziehung. Aus unterschiedlichen Gründen: Das Date lief mies, man findet einander doch nicht so anziehend (Humor, Hormone, Chemie ...)

Die Absichten unterscheiden sich, der eine sucht vielleicht eher Ablenkung nach einer Trennung, oder einfach nach ein bisschen Spaß.
Vielleicht ist dein Date aber auch zu sehr im Tindermodus: »Der nächste Match hat ja grundsätzlich das vermeintliche Potenzial, noch besser zu sein.«
Das Problem mit dem Onlinedating ist oft der vermeintliche Druck. Wir wissen beide, warum wir hier sind! Das hat man im Supermarkt an der Kasse nicht. Klar, beide wollen bezahlen, aber es ist aufregender, wenn man dort flirtet, weil man nichts über den Anderen weiß, seine Absichten nicht klar sind, und man fragt auch eher selten nach der Größe oder weiteren Bildern.
Außerdem passiert an der Kasse nicht ganz so oft ein Match wie bei Tinder. Man geht also mit dieser »echten« Begegnung nicht so leichtfertig um. Und spätestens beim ersten Date kennt man die Absichten genau, und jetzt können die verschiedenen Datingtypen zum Problem werden.
Der eher unverbindliche und kostenlose Datingtyp will erst einmal gucken. Warum etwas übers Knie brechen? Solange es nett ist und Spaß macht, schaut man eben, was passiert und wo es hingeht. Der erste Kuss ist schon lange kein Zeichen mehr für »Verbindlichkeit«, nicht mal der erste Sex. Beides bedeutet aber nicht, dass sich dann keine Verbindlichkeit mehr entwickeln kann.
Der Test-Abo-Typ ist da anders. Er hätte gern ein bisschen Verbindlichkeit, auch hier ist der erste Kuss nicht unbedingt der Beginn einer Beziehung, durchaus aber der Beginn einer gewissen Exklusivität. Dates/Schreiben mit anderen Menschen

sollte beidseitig eingestellt werden. Regelmäßige Treffen sind selbstverständlich, und auch gewisse Schreibrituale werden eingefordert. Eine Beziehung auf Probe.
Der Jahresabotyp ist sehr verbindlich, bis zum ersten Date läuft alles ähnlich ab, aber bereits dann stellt er sich vor, wie das Leben mit dem Anderen wohl wäre. In welcher Stadt man dann zusammen lebt. Ob man gleiche Pläne und Ziele hat. Auch Vergleiche mit Expartnern werden angestellt. Hat man dann eine passende Illusion erschaffen, schließt man beim ersten Kuss ein ganz verbindliches Jahresabo ab.
Treffen nun zwei unterschiedliche Typen aufeinander, kann es schnell zu Überforderung kommen. Man schließt von sich auf Andere, wartet, ist gefrustet oder fühlt sich eingeengt, weil man doch gar nicht so weit ist. Und schreibt nicht zurück.
Fazit: Manche Menschen brauchen Sicherheit, um sich so zu zeigen, wie sie sind. Andere sind einfach, wie sie sind. Manche Menschen brauchen Illusionen und Andere sind eher realistisch. Für viele hat Liebe die oberste Priorität, die Einen wollen lieben – egal wen – und die Anderen warten, bis sich Liebe entwickelt.
Am Ende kommt es aber immer, wie es kommen soll.

Ich bekenne mich, obwohl ich bereits beim Lesen darüber lachen musste, zum Jahresabotyp, und in mir breitet sich, trotz des zuversichtlichen Fazits, Panik aus. Deswegen überfordere ich Männer so oft. Sie glauben, ich habe bereits die Ehe mit ihnen geplant. Gut, habe ich ja oft auch, aber jedem Vollidioten müsste doch klar sein, dass man das a) nicht planen kann und b) es doch auch gar nicht so ernst gemeint ist. Also, in dem Moment schon. Aber eben auch ausschließlich in dem Moment. Woher soll ich denn wissen, was morgen ist?

Ich mache Musik an, passend zum Brief kommt mir Element of Crime in den Sinn. »Du hast die Wahl«, tönt es aus meinen Boxen, und während Sven Regener der Frau, die er liebt, verzweifelt und leidend ein Ultimatum nach dem anderen stellt, wird mir plötzlich bewusst, dass ich bisher immer so geliebt habe wie Herr Regener diese Frau, die er besingt.

Er braucht die Frau, für den Sommer, für sein Leben. »Brauchen« ist ja ganz nett ab und an, aber was, wenn gerade andere Dinge im Leben Priorität haben und man den Anderen nicht mehr **braucht**? Wäre es nicht viel schöner, sich bewusst für den Anderen zu entscheiden – nicht, weil man muss, sondern, weil man kann? Den Anderen zu wollen, anstatt ihn zu brauchen? Ich will damit nicht sagen, dass es doof ist, wenn man gebraucht wird, oder dass man Schwäche zeigt, wenn man jemanden braucht. Nein. Manchmal brauchen wir Dinge, manchmal brauchen wir Hilfe und manchmal brauchen wir Menschen. Aber eine Liebesbeziehung sollte nicht darauf aufgebaut sein, dass man einander braucht. Vor allem: Wofür? Wofür braucht ein Mann eine Frau?

Der Brief jedenfalls hat mich nun abgeschreckt und ich deaktiviere mein Profil bei Tinder schnell wieder.

Wie gern würde ich jemanden kennenlernen, den ich nicht brauche, sondern jemanden, den ich will. Jemanden, der mein Leben bunter, intensiver, schöner unbeschwerter und leichter macht. Aber eben niemanden, der mein Leben bunt, intensiv, schön, unbeschwert und leicht macht.

Und plötzlich wird mir klar, was mir fehlt. Es ist eben nicht der Mann, der fehlt. Mir fehlt meine eigene Zuversicht, auch Selbstbewusstsein, und vielleicht habe ich zu viel Angst vor Unabhängigkeit. Ich weiß es nicht. Aber vermutlich habe ich mich kaum weiterentwickelt, noch immer scheine ich zu glauben, nur als »Freundin von …« einen Wert zu haben.

Ich muss mich vielleicht einfach von der Reue und der Enttäuschung wegen der Dinge, die waren, lösen, und mehr Mut für die Dinge aufbringen, die kommen. Weniger Erwartungen an mich, mein Leben oder zukünftige Partner. Einfach mal loslassen, Dinge geschehen lassen.

Ohne Mann lebe ich meist in der Vergangenheit, mit Mann eher in der Zukunft. Ich schmiede Pläne, freue mich auf das, was kommt, träume – und das so exzessiv, als könnte ich die triste Gegenwart nicht ertragen, als könnte ich den Mann nicht ertragen ohne all die Projektionen, Hoffnungen und Erwartungen, als könnte ich mich selbst nicht ertragen, wie ich bin. Ständig brauche ich Versprechungen, Pläne, Sicherheit. Kontrolle.

Und natürlich kann man planen, natürlich soll man träumen und selbstverständlich braucht man Ziele. Aber alles in Maßen und alles mit einer gewissen Flexibilität – sonst ist man irgendwann nur noch verbittert, frustriert und gelangweilt von der tristen Gegenwart, den verpassten Chancen, den unerfüllten Plänen, den zerplatzten Träumen und unerreichten Zielen. Und wenn es ein Ziel im Leben gibt, das es zu erreichen gilt, dann ist es Zufriedenheit. Mit diesen Gedanken schlafe ich ein …

»Zwischen dem Wissen, genug zu sein, und dem Gefühl, genug zu sein, liegt der Irrglaube, etwas dafür tun zu müssen.«

Lieblingssternenstaub

Froh über meine Flexibilität stehe ich am nächsten Morgen auf und erledige den Wocheneinkauf. Heute muss, oder besser gesagt, darf, ich dringend zum dm. Der dm-Markt ist für mich eine kleine Wellness-Insel im Alltag, wobei es weniger um das tatsächliche Anwenden der Produkte geht. Bereits der Kauf sorgt für ein gesteigertes Wohlbefinden. Mein Badezimmer kann ein Lied davon singen. Wie oft schon stand ich in der Abteilung mit den Bodylotions und habe mich für die teuerste Creme mit diesen ganzen leeren Versprechungen entschieden: »*Straffere Haut. Zarte Haut. Der Umfang wird reduziert. Und das alles* klinisch, wissenschaftlich im Test mit acht bereits sehr schlanken und beeinflussten Frauen erwiesen. *Das Wort »alles« bezieht sich lediglich auf die Zartheit der Haut nach dem Gebrauch der Creme über 52 Wochen.*«

Die Creme, gepaart mit dem Herzwärmer-Tee, den BIO-Chips, der Seelenstreichler-Fairtrade-Schokolade, der Antifaltencreme, den Cellulite-Wickeln, der Pure-Nature-Haarpflegeserie (Neu aus Hollywood!) und den Diätsnickers: Man ist praktisch an der Kasse bereits ein neuer Mensch. Sobald man die Ware einpackt, sich freut, weil sich der Fünffach-Payback-Coupon mal wieder so richtig gelohnt hat, sind bereits die ersten Zentimeter am Oberschenkel geschmolzen. Die Haut gestrafft, sowohl im Gesicht als auch am Gesäß, und der ganze Stoffwechsel läuft auf Hochtouren, allein beim Gedanken an das gesunde BIO-Zeug. Ich liebe dm und fühle mich wundervoll, von innen und außen. Genau die idealen Voraussetzungen für mein Vorstellungsgespräch um dreizehn Uhr. Nachdem ich alles in die Wohnung getragen und zu den anderen unbenutzten Pflegeprodukten gelegt habe, setze ich mich noch kurz an den Schreibtisch und schreibe einen Lebenslauf. Hiervon habe ich leider keine Ahnung, da ich bisher ausschließlich Schauspiel-Vitas geschrieben habe. Also fange ich an, online zu recherchieren, aber so richtig hübsche Vorlagen finde ich keine. Ich versuche, eine Mischung aus Vita und Lebenslauf zu kreieren, und versetze mich in potenzielle ArbeitgeberInnen hinein. Das Ergebnis ist formal eine Katastrophe, weil man nichts findet, wo man es erwartet, und dennoch bin ich überzeugt davon, dass ich den für mich passenden Lebenslauf geschrieben habe. Caro hat nichts davon gesagt, dass ich irgendwelche Unterlagen mitbringen soll, und viel mehr als mein Bachelor-Zeugnis und diesen Lebenslauf habe ich sowieso nicht, ich packe beides ein, bevor ich zu der Jugendhilfeeinrichtung fahre.

Als ich vor der Tür stehe, bin ich bereits von den drei Klingelschildern überfordert. Auf der unteren Klingel stehen zwei Nachnamen, auf der mittleren steht Kunterbunt und ganz oben steht Dachgeschoss. Ich schreibe Caro.

Ich bin da! Machst du auf?

Keine Antwort. Also arbeite ich mich von unten nach oben vor. Ein schriller Ton ertönt. Dann nichts. Ich merke, wie aufgeregt ich nun doch bin, immerhin kann dieser Job meinen Absprung von der Uni in die reale Welt bedeuten. Ich werde nervös und mein Herz schlägt bis zum Hals. Caro hat noch immer nicht geantwortet. Ich drücke auf die mittlere Klingel. Ich höre, wie jemand den Hausflur betritt. Dann Schritte auf der Treppe, und plötzlich wird mir geöffnet. Ein ziemlich breiter Typ steht vor mir, er schaut mich fragend und von oben herab an. Letzteres lässt sich aufgrund des Größenunterschiedes vielleicht nicht vermeiden.

»Ja?«

»Hi. Ich wollte zu Caro«, sage ich etwas verunsichert und frage mich, ob ich überhaupt vor der richtigen Tür stehe. Das Haus, ein großes Dreifamilienhaus, wirkt so gar nicht wie ein Institut.

Doch dann lächelt er. »Ach, du bist hier wegen der Nachhilfe?«

Nachhilfe klingt so gar nicht nach neuem Job, sondern eher nach … na ja, Nachhilfe eben. Aber vermutlich meint er genau das, wovon auch Caro gesprochen hat.

»Ja, der Job als Dozentin.« Ich möchte meine Tätigkeit zumindest für mich etwas aufwerten.

Er macht eine einladende Handbewegung und nickt. »Ja, sorry, komm rein, ist gerade etwas stressig hier.«

»Oh. Okay, soll ich vielleicht …« Ich zucke mit den Schultern und will gerade anbieten, dass ich an einem anderen Tag wiederkommen kann.

Er winkt direkt ab. »Nein, alles gut, komm rein.«

Er tritt einen Schritt nach hinten, hält die Tür auf. Ich gehe in den Flur, stolpere ein wenig über die Fußmatte, die der Konsistenz eines Handtuchs gleicht, und fühle mich wie ein Trottel.

Der Typ bückt sich direkt und zieht die Matte glatt. Wie spießig, denke ich. Er sieht gar nicht so spießig aus, recht viele Tätowierungen an den Armen und Beinen, extrem breitschultrig und mit einer größeren Brust gesegnet als ich. Seine abgeschnittene Cargohose wird von verschiedenen Aufnähern geziert.

Er deutet nach oben und ich gehe die Treppe hoch. Ich hasse es, auf der Treppe vor jemandem laufen zu müssen. Einerseits weiß ich nicht, wie weit ich gehen muss, und andererseits kann man mir dann die ganze Zeit auf den Arsch gucken. Wobei ich ihn nicht so einschätze, als würde er jemals einer Frau auf den Arsch gucken. Oben steht eine Tür einen Spalt offen.

»Hier?«, frage ich, deute auf die Tür und bleibe stehen.

»Ja.« Er geht vor, öffnet die Tür und deutet direkt links auf das Zimmer. »Du kannst gerne schon mal reingehen, ich koche fix Kaffee.«

»Okay.«

Das Büro sieht aus wie ein Jugendzimmer: bunte Wände, eine Couch mit Ikea-Überwurf, ein Schreibtisch mit PC und ein großes Expedit-Regal mit Gesellschaftsspielen, DVDs und schwarzen Kisten. Schlicht und funktional.

»Milch? Zucker?«, ruft er aus der Küche.

»Milch, danke«, rufe ich zurück.

Er bringt ein Tetra Pak Milch ins Büro, bevor er zurück in die Küche geht. Ich betrachte derweil die DVD-Sammlung.

Als er erneut den Raum betritt, reicht er mir eine Tasse und deutet auf die Couch.

»Setz dich.«

»Danke.«

Er nimmt am Schreibtisch Platz. »Also, was hat Caro denn erzählt?«

Ich muss kurz schmunzeln, denn wenn ich ihm sagen würde, was Caro erzählt hat, würde ihm vermutlich alles aus dem Gesicht fallen.

»Du meinst, wegen der Stelle?«, frage ich dann wohl doch sehr selbstoffenbarend.

Er runzelt die Stirn. »Ja, was sonst?«

Er wirkt sehr irritiert, fast absichtlich irritiert. Er schüttelt den Kopf und neigt diesen dann zur Seite. O Mann, wie ich so was hasse, dieses gespielte Unverständnis. Aber vielleicht hat er einfach keinen Humor und will auch keinen haben.

Also beantworte ich seine eigentliche Frage relativ sachlich. »Sie hat lediglich gesagt, dass es um die Vorbereitung auf die externe Prüfung geht, alles aber maximal flexibel gestaltet werden soll.«

Nun nickt er zufrieden. »Das ist korrekt, deine Aufgabe wird es sein, dem Jugendlichen ein Lernangebot in Mathe, Englisch und Deutsch zu unterbreiten.« Er mustert mich nun kurz und ergänzt: »Es muss auch keine direkte Vorbereitung auf die Prüfung sein, sondern eher ein leichtes Rantasten und Schauen, was überhaupt möglich ist.«

Ich ignoriere diese leichte Abwertung, die ich mir vielleicht durch das Gemustertwerden und seine Ergänzung eingebildet habe. »Okay, das klingt so, als sei der Jugendliche selbst die größere Herausforderung.«

»Ja.« Er zuckt mit den Schultern und ergänzt dann, als hätte mir das doch von vornherein klar sein können: »Selbstverständlich, sonst könnte er ja zur Abendschule gehen.«

Wow, ist er arrogant!

Ich atme tief ein und aus, um mir meine Antipathie nicht anmerken zu lassen, und begebe mich auf die Hierarchiestufe unter ihm, indem ich frage: »Gut, und muss ich irgendwas beachten? Also, sollte ich irgendwas auf keinen Fall tun?«

Ihm scheint meine Reaktion nicht nur aufzufallen, sondern auch zu gefallen, denn er spielt seine Chef-Rolle nun voll aus. »Du machst deinen Job. Und falls es Probleme geben sollte, der Jugendliche sich verweigert oder komplett zumacht, dann sind wir da, um ihn aufzufangen. Du bist die Dozentin und wir leisten die pädagogisch-therapeutische Arbeit.«

Okay. Ähm. Weiß er eigentlich, was ich studiere? Ich bin keine Therapeutin, aber Pädagogin mit Leib und Seele, und wenn ich von Pädagogin spreche, dann meine ich nicht Lehrerin. Ich fühle mich irgendwie runtergestuft, okay, hab ich ja selbst für gesorgt. Vielleicht war das nicht seine Absicht. Vielleicht will er auch nur einen guten Eindruck machen. Und um ehrlich zu sein, ist seine Art auch irgendwie ganz schön sexy, er scheint sehr von sich überzeugt und fängt beim Jugendlichen das auf, was ich falsch mache. Puh. Warum stehe ich eigentlich auf den Typ Mann, der mir signalisiert: »Ich stehe über dir oder habe kein Interesse an dir!«

Egal, ich habe mir vorgenommen, die neue Woche erfrischt, motiviert und engagiert zu starten. Mein dm-Einkauf hat hierfür die idealen Voraussetzungen geschaffen.

»Wie sieht es denn zeitlich bei dir aus?«, fragt er nun.

»Na ja, im Vormittagsbereich bin ich recht flexibel, ich studiere und kann mir meine Zeit frei einteilen. Nachmittags ist es eher schlecht, wegen meines Sohnes!« Ich bin unsicher und fühle mich direkt doof, als wäre mein Sohn ein Defizit für diesen Job.

Doch statt Ablehnung breitet sich nun etwas Warmherziges in seinem Gesicht aus, er lächelt. »Wie alt?«

»Fünf. Er wird im Sommer eingeschult.« Nun lächele ich zurück und auf einmal wirkt er etwas lebendiger, menschlicher, dieser große, muskulöse, schöne, arrogante Mann. Um nicht auf falsche Gedanken zu kommen, konzentriere ich mich auf das Arrogante, denn Caros Idee, uns zu verkuppeln, ist scheinbar wenig durchdacht. Einerseits ist er überhaupt nicht mein Typ Mann (vom ablehnenden Verhalten mal abgesehen) und andererseits spielt er in einer ganz anderen Liga.

»Schönes Alter! Hast du noch mehr Kinder?«

»Nein, nur ihn. Und mir graut es ehrlich gesagt vor der Einschulung«, entgegne ich ehrlich.

Er hebt fragend die Augenbrauen. »Warum?«

»Er ist einfach noch nicht so weit, er ist sehr verspielt, unkonzentriert und seine Feinmotorik lässt zu wünschen übrig.«

»Immerhin, du als Pädagogin kannst ja durchaus noch das Eine oder Andere auffangen.« Er scheint zuversichtlich und zwinkert mir am Ende sogar zu.

Das schmeichelt mir. Immerhin. Ich lächle. »Womit wir wieder beim Thema sind.«

Er schüttelt kurz mit dem Kopf, als sortiere er sich. »Ach ja, genau!«

Wir besprechen die nächsten Termine und verabschieden uns. Erst da fällt mir auf, dass wir uns gar nicht richtig mit Namen und allem vorgestellt haben, und überhaupt lief dieses angebliche Vorstellungsgespräch überhaupt nicht so ab, wie es sonst üblich wäre. Nun muss ich lachen. Es ist doch erstaunlich, wie ich scheinbar immer nach einem Haken suche, fast so, als wollte ich mich davor beschützen, enttäuscht zu werden, und daher bereite ich mich mental immer schon aufs Schlimmste vor. Weil mir das heute recht schnell bewusst wird, kann ich die negativen Gedanken schnell zur Seite schieben und mache Raum für die guten Gefühle in mir. Ich fühle mich erleichtert und ein wenig beflügelt. Vielleicht liegt es an der Sonne, die mich blendet, am neuen Job oder einfach an der Jahreszeit: Frühling, Neuanfang für alles. Gleichzeitig schwingt ein bisschen Wehmut mit: Wie schnell die Zeit vergeht!

Ich erinnere mich noch an die Eingewöhnung im Kindergarten, als wäre es gestern gewesen. Lasse mit seinen, langen, lockigen, blonden Haaren. Er war ein kleiner Sonnenschein und nicht nur die ErzieherInnen fanden ihn süß, auch die älteren Mädchen spielten gerne mit ihm, kümmerten sich um ihn und halfen ihm.

Ich glaube, meine Umgangsart mit ihm war für viele eine ganz ungewohnte Art der Erziehung und des Mamaseins. Frei nach Reinhard Meys Lied »Kleiner Kamerad« begleitete ich Lasse bei seiner Art, die Welt zu entdecken. Wir hatten keinen Zeitdruck, dank meines Studiums und weil er mein einziges Kind war, konnte ich mich voll und ganz auf seine Bedürfnisse konzentrieren. Wenn er auf dem Weg zum Auto auf der Wiese eine Biene sah, ließ ich ihn die Biene beobachten. Wenn uns auf dem Weg zum Lidl eine Ameise begegnete, folgten wir ihr bis zum Ameisenhaufen und ließen uns dort nieder. Bei Regen liefen wir raus und tanzten, um anschließend in Pfützen zu angeln. Wir sammelten Steine,

Federn, Blumen und knibbelten Baumharz vom Kirschbaum im Gemeinschaftsgarten. Wenn Lasse Zöpfe tragen wollte, machte ich ihm Zöpfe, wenn er kämpfen wollte, kämpften wir. Wir bauten Buden, schliefen im Gummiboot, spielten, lachten.

Ich habe ihm mehr Bücher vorgelesen, als ich vor seiner Geburt selbst gelesen hatte. Manchmal haben wir im Anschluss an ein Buch die Geschichte nachgespielt. Wie oft ich versucht habe, ihn als Hänsel zu essen, wie oft er mich als Gretel in den Ofen geschubst hat. Ich muss schmunzeln, und dann macht sich erneut diese Melancholie breit. Ich denke an Trauer und Freude aus dem Film »Alles steht Kopf!«, und vermutlich fasst Trauer gerade wieder wahllos Erinnerungskugeln an und färbt sie blau.

Wir zwei sind ein unschlagbares Team. Lasse spricht sehr undeutlich, obwohl wir viel reden und lesen. Ich verstehe trotzdem immer, was er möchte – meist muss er es nicht einmal sagen. Und vielleicht ist genau diese Sache das Problem. Seine Einschulung bereitet mir Bauchschmerzen, nein, nicht, weil ich ihn nicht loslassen will, vielmehr, weil ich mir Sorgen mache. Er ist noch keine sechs, er wird, dank Stichtag, einer der Jüngsten in seiner Klasse sein. Er ist weder in der Lage, seinen Namen zu schreiben, geschweige denn, den Stift korrekt zu halten oder sich für eine angemessene Zeitspanne zu konzentrieren.

Außerdem sucht er ständig und überall nach Aufmerksamkeit, er macht Quatsch, zappelt herum und seine Trotzphase ist weniger eine Phase als eine Grundhaltung.

Er ist noch nicht so weit, das ist mir klar, dem Gesundheitsamt und auch der Schule. Aber leider haben wir keine Wahl.

Ich parke vor dem Kindergarten. Und renne wie jeden Tag ganz schnell zur Tür. Die Kinder spielen draußen, es ist wild, laut und bunt. Lasse entdeckt mich zuerst und läuft mit voller Wucht gegen mich.

»MAAAAMAAAA!«

Er erzählt direkt von seinem Wochenende, schnell wird klar, er redet nicht über sich, sondern über die Filme, die er beim Papa gesehen hat. Und auch, wenn mich das für gewöhnlich eher nervt, freue ich mich heute über diesen Redefluss. Wie begeistert er erzählen kann, wie detailgetreu.

Janine fängt mich an der Tür beim Rausgehen ab.

»Hey! Wann treffen wir uns mal wieder? Momentan ist es superstressig, mit all den Terminen.« Dabei atmet sie einmal laut aus, bevor sie abwinkt. »Wem sag ich das. Wie ist es denn Ostern bei euch?«

Ich lächele mit zusammengepressten Lippen und antworte: »Ostern ist bei uns nichts geplant.« Da ich mich aber nicht allein mit ihr und Leon treffen möchte, weil ich mich von ihr oft abgewertet und unverstanden fühle, frage ich rasch: »Hast du Claudia und Nicole schon gefragt?«

»Mach ich gleich! So, jetzt muss ich aber zu Leon!« Sie verabschiedet sich.

»Okay, dann schreib mal in die Gruppe!«, rufe ich ihr hinterher.

»Mach ich!« Sie dreht sich nochmal um und winkt uns zu.

Einerseits haben wir uns so lange nicht gesehen und ich würde gern erzählen, wie es mir geht, was alles passiert ist. Claudia weiß von der Fehlgeburt und ich habe sie gebeten, sämtlichen Menschen, die von der Schwangerschaft gewusst haben, von der Fehlgeburt in Kenntnis zu setzen und alle darum zu bitten, so zu tun, als wäre nichts passiert.

Janine weiß es also auch und sie hat sich daran gehalten – es kam nicht mal ein mitleidiger Blick oder eine Andeutung, wobei ich ihr zutrauen würde, dass sie es vergessen hat. Andererseits ist da auch diese Angst. Angst, bewertet, abgewertet zu werden. Anfang Januar war ich noch frisch verliebt – schwanger. Und jetzt? Ich hatte keine Lust auf Fragen nach Einzelheiten und dem Warum. Aber mir war klar, einfach vom Hier und Jetzt zu erzählen und all die schambehafteten Aspekte wegzulassen, wäre nicht drin.

Der Unterschied zwischen Neugierde und Interesse wird in solchen Situationen ganz deutlich. Ein guter Zuhörer ist interessiert, stellt keine Fragen – sondern hört einfach nur zu. Ein guter Zuhörer bewertet und vor allem entwertet die Geschichte, die Aussagen nicht. Ein guter Zuhörer lenkt nicht auf sich und sagt: »Kenne ich, bei mir war das …«. Ein guter Zuhörer ist einfach nur da und stellt vielleicht auch mal eine offene Frage, eine Frage, dessen Antwort er noch nicht glaubt, zu kennen. Ein guter Zuhörer fragt, wie man sich gefühlt hat, und erlaubt einem, selbst zu explorieren. Ein guter Zuhörer hilft beim Verstehen. Ja, ein guter Zuhörer ist wie Momo. Momo ist nicht neugierig, Momo ist interessiert. Janine hingegen ist nicht wie Momo.

Und genau deswegen will ich abwarten, ob auch Claudia Zeit haben, da sein wird.

»Die Sehnsucht nach Liebe lässt sich nicht mit Selbstliebe stillen!«

Lieblingssternenstaub

*I*m Auto ist es kurz ruhig, Lasse schaut aus dem Fenster und fragt plötzlich: »Wie war es in der Uni, Mama?«

Dabei wirkt er wie ein Erwachsener, der Konversation betreiben möchte. Ich bin jedes Mal aufs Neue überrascht, wenn Lasse mich fragt, wie es mir geht oder wie etwas war. Damit hat er erst kürzlich angefangen und es zeigt mir, dass ich nicht in jeder Hinsicht als Mutter versagt habe. Ich habe vermutlich in keiner Hinsicht versagt, aber doch fällt es mir schwer, die kleinen Defizite, die Lasse laut standardisiertem Beobachtungsbogen hat, nicht persönlich zu nehmen.

Ich lächle kurz in seine Richtung, nun schaut er mich neugierig an, als würde ich ihm gleich ein Geheimnis verraten. »Ich war heute nicht in der Uni, ich habe einen Job gesucht und ab sofort unterrichte ich einen Jungen«, erkläre ich ihm so kindgerecht wie möglich.

Dann zieht er seine hellen Augenbrauen kraus und macht 'nen Schmollmund. »Kannst du mich nicht auch unterrichten?«

Er ist so niedlich, wenn er schmollt, ich verkneife mir ein Lachen, konzentriere mich auf die Straße und sage sanft: »Das geht leider nicht.«

Ich bin überrascht, dass er die Antwort akzeptiert, denn er sagt nun deutlich weniger schmollend: »Schade«, und fragt dann erschrocken: »Gehst du dann jetzt nicht mehr zur Uni?«

Veränderungen sind nicht so sein Ding, es liegt auf der Hand, warum, immerhin war seine erste Veränderung in viel zu jungen Jahren die Trennung seiner Eltern, die er einfach hinnehmen musste, ohne sie zu verstehen oder überhaupt die kognitiven Fähigkeiten gehabt zu haben, mit denen er hätte nachfragen können, um es zu verstehen.

Ich beruhige ihn. »Doch, auch noch. Aber ich kann ein bisschen mehr Geld verdienen und bald dann ganz arbeiten gehen.«

Das scheint ihn zu überzeugen: »Können wir dann ein neues Auto kaufen?«, fragt er aufgeregt.

»Wir kaufen ein neues Auto, wenn das hier kaputt ist, okay?«, biete ich ihm an.

Da er keine Ahnung hat, wie lange das wohl noch dauert, gibt er sich mit der, aus seiner Sicht, positiven Antwort zufrieden. »Okay. So eins, wie Papa hat?«

Paul ist einerseits beruflich auf sein Auto angewiesen und legt andererseits großen Wert auf Statussymbole, daher fährt er so einen schwarzen Porsche-SUV. Ich habe keine Ahnung, ob das wirklich ein SUV ist, aber sein Kfz, wie er es nennt, ist im Vergleich zu meinem ein Schiff. Und so viel Ahnung von Autos habe ich immerhin, dass ich weiß, dass ein Porsche vermutlich so teuer ist wie vier meiner Jahresbruttogehälter, oder noch teurer. Also sage ich: »Vermutlich nicht«, und lenke dann gekonnt vom Thema ab. »Mit wem hast du heute im Kindergarten gespielt?«

»Mit allen aus meiner Gruppe. Wir haben heute nämlich im Sitzkreis ein neues Spiel gespielt, mit einem Marienkäfer.« Er lacht, als würde er sich gerade wieder im Sitzkreis befinden.

»Wie ging das Spiel?«, frage ich, während wir den Ring erreichen.

Er lacht noch immer und antwortet dann schulterzuckend: »Weiß ich nicht mehr. Aber irgendwas mit Pärchen, und dann habe ich gesagt, dass die jetzt ein Baby bekommen.«

Ich schüttele kurz den Kopf und lache mit. »Ein Baby?«

»Ja! Und die Erzieherin hat gelacht, weil wenn eine Marienkäferfrau und ein Marienkäfermann zusammen sind, machen die ein Marienkäferchenbaby«, erklärt er mir mit einer hohen Stimme, vermutlich stellt er sich gerade ein kleines, winziges Marienkäferbaby vor.

»Ui, ein Marienkäferchenbaby!!!«, reagiere ich mit einer ebenfalls sehr hohen Stimme.

»Kriegen wir auch noch mal ein Baby, Mama?« Die hohe Stimme ist der Vorfreude gewichen.

O Mann, seine Assoziationsketten, ich möchte seine Vorfreude ungern im Keim ersticken, aber gleichzeitig ploppt die Erinnerung an die Fehlgeburt auf, ich bin froh, dass er davon nichts mitbekommen hat, dennoch habe ich durchaus einen leisen unerfüllten Kinderwunsch, beziehungsweise einen unerfüllten Familienwunsch, den ich ja erst kürzlich versucht habe, mir zu erfüllen, zweimal, und sowohl mit Tim als auch Thomas bin ich kläglich gescheitert. Ich setze den Blinker.

»Na, dafür bräuchte ich doch einen Menschenmann.«

Er zögert. »Kann ich das nicht sein?«

Unsicher, wie ich ihm erklären soll, dass das nicht geht, ohne seine Gefühle zu verletzen und einfach »Nein« zu sagen, entscheide ich mich für die Wahrheit, auf die Gefahr hin, zeitnah einen Anruf vom Kindergarten zu erhalten und damit konfrontiert zu werden, dass Lasse Inzest machen will, aber nicht darf. »Das geht nicht, wenn man mit seiner Mama ein Baby machen würde, dann wäre das Inzest.«

»Was ist so schlimm an Inzest?«

Ich hatte gehofft, er würde es dabei beruhen lassen, dabei hätte ich durchaus ahnen können, dass er nachfragt. »Das Baby hätte dann vielleicht drei Arme …« Was Besseres fällt mir nicht ein.

»Aber das wäre doch praktisch!«, ruft er nun und scheint schon alle Vorteile, die ein dritter Arm mit sich bringt, im Kopf durchzugehen.

»Ach, Lasse …«, sage ich mit einem Seufzer und halte vor der roten Ampel.

»Ach, Mama!«, äfft er mich nun nach.

»Ich freu mich voll auf den neuen Job!« Nun versuche ich erneut, das Thema zu wechseln.

»Warum?«

Es hat funktioniert, ich bin erleichtert und erkläre es ihm. »Weil ich nicht mehr die bin, die lernen muss, sondern die, die etwas beibringen kann, und ich verdiene Geld damit. So richtige, echte Arbeit.«

Während ich das ausspreche, ärgere ich mich. Es ist doch verrückt, ich als alleinerziehende Frau werde, selbst nach dem Studium, vermutlich für die nächsten zehn Jahre nicht in Vollzeit arbeiten gehen können, was bedeutet, ich werde selbst mit 'nem guten Job nur anteilig in meine Rente investieren können und eben auch nicht so viel verdienen, als dass ich groß was sparen oder in eine private Rentenversicherung einzahlen könnte, weil mit echter, richtiger Arbeit ausschließlich Lohnarbeit gemeint ist. Care-Arbeit allerdings nicht. Und obwohl mir das bewusst ist und ich die Ungerechtigkeit sehe, übernehme ich diese Formulierung.

Lasse unterbricht meine Gedanken. »Mama, kann ich gleich zu Hause noch was gucken?«

Ich bin erleichtert, dass er diesem letzten Satz nicht so viel Beachtung geschenkt hat.

»Ja klar!« Ich nicke und biege in unsere Straße ein.

Als ich geparkt habe und den Motor abstelle, kehrt die Vorfreude auf meinen Job zurück. »Ach, Lasse, tut mir leid, aber kann ich noch was sagen?« Ich wende mich ihm zu.

Er reißt seine Augen ganz weit auf. »Mama, du kannst mir immer alles sagen, du musst dich nicht entschuldigen.«

Ich schmelze dahin und lächele ihn an. »Ich bin so aufgeregt und freue mich so, auf den Sommer, den neuen Job und unser Leben.«

Er strahlt und ergänzt: »Ja, und ich freue mich auf Ninjago!«

Ich lache.

Am nächsten Morgen kuschele ich mich, wie jeden Tag, noch mal mit dem ersten Kaffee ins Bett. Lasse rückt sofort ein Stückchen näher und legt eins seiner Beine angewinkelt auf meinen Bauch, während er zufrieden schmatzt. Ich checke mein Smartphone, eine Facebook-Erinnerung, zwei neue Anfragen bei Instagram, dreiundvierzig Nachrichten in der Familiengruppe und ein Kalenderhinweis: »Erster Kuss von Phillipp«. O Mann, verrücktes Leben, in dem man sich solche Daten in den Google-Kalender schreibt. Mein verrücktes Leben.

In der Familiengruppe erwartet mich eine Fotoschlacht vom Ausflug auf den Mittelaltermarkt, wir waren nicht dabei. Wir sind selten dabei, ich bin selten dabei. Es ist grundsätzlich schwierig, einen Termin zu finden, an dem alle Zeit haben, und Lasse und ich sind, wenn überhaupt, nur alle zwei Wochen in der Lage, einen Ausflug mitzumachen. Oft wird unsere Absage dann damit kommentiert, was denn so schwer daran sei, es möglich zu machen.

Ich ignoriere diese Kommentare immer. Ich will mich nicht beschweren. Ich finde unser Leben gut, so, wie es ist. Es ist anders. Ich als Alleinerziehende habe eben ganz andere Freiheiten als die Paare, die »echten« Familien – aber eben nicht mehr, sondern andere.

Meine Geschwister, die ebenfalls Eltern sind, könnten durchaus auch alle zwei Wochen was mit ihren Freundinnen oder Kumpels machen. Sie könnten sich sogar unter der Woche zum ungestörten Mädelsabend oder in der Kneipe treffen. Sie könnten ohne Babysitter oder großen Aufwand zwei- bis dreimal pro Woche Sport machen. Die Zeit haben sie. Sie können täglich in Ruhe duschen, und wenn sie krank sind, können sie unabhängig vom Wochentag auch mal 'nen Nachmittag im Bett verbringen. Das Gleiche gilt für deren Ehepartner. Das alles ist nur eine Frage der Absprache.

Ich muss, kann oder darf das alles auf die zwei lassefreien Wochenenden legen und kann mich dann komprimiert um

Sport, Genesung, Freunde, Partys und eben mein Leben abseits des Mamadaseins kümmern. Aber ich habe oft das Gefühl, es werden nur diese zwei Wochenenden gesehen, wie gut ich es doch habe, wie viele Freiheiten, wie glücklich ich mich schätzen könne, oder teilweise sagen sie auch, dass ich doch nicht so übertreiben solle und es ja durchaus kein Problem sein dürfte, mal auf eines der zwei Wochenenden ohne Lasse zu verzichten, um an den Ausflügen teilzunehmen. Immerhin haben meine Geschwister ja nie kinderfrei und mal Zeit für sich.

Letzteres unterstelle ich vielleicht einfach, vermutlich denken sie gar nicht so über mich. Vielleicht mache ich mir diesen Vorwurf nur selbst, setze mich selbst unter Druck und projiziere diesen auf meine Geschwister. Ich wäre gern dabei, meine Schwester ist so eine tolle Mama, die Geduld in Person. Es ist immer eine Freude, sie im Umgang mit ihren Kids zu beobachten. Liebevoll, aber mit der nötigen Strenge, wenn sie Mist bauen. Der Unterschied zwischen einer guten und einer lieben Mama: Die Liebe erlaubt alles. Die Gute eben nicht. Sie ist die gute Mama, hält die Trotz- und Wutanfälle geduldig aus und ist konsequent, es gibt Regeln und diese geben ihren Kindern Halt und Geborgenheit. Außerdem bastelt und näht sie viel, bezieht ihre Kinder mit ein und ich erwische mich oft bei dem Gedanken, wenn ich ihren WhatsApp-Status anschaue, wie schön es gewesen wäre, die Kindheit gehabt zu haben, die sie ihren Kindern bietet. Scheinbar mit Leichtigkeit schmeißt sie ihren Haushalt und den Teilzeitjob. Und ihre Ehe ist beneidenswert. Manchmal giften sie sich an, während Besuch da ist, doch klären es meist rasch, indem irgendeiner der beiden 'nen Witz reißt. Dann lachen beide, entschuldigen sich liebevoll beieinander und es wirkt nicht aufgesetzt. Es gibt ja auch Paare, bei denen man nie irgendwas mitbekommt, und anstatt zu denken, dass sie ein sehr harmonisches Leben führen, frage ich mich eher, wie sie wohl interagieren, wenn gerade niemand zuschaut. Bei meiner Schwester ist das eben anders.

Mein Bruder und seine Frau sind zusammen, seit sie sechzehn sind, für beide war und ist es die erste Beziehung, sie haben mittlerweile vier Kinder, und wenn sie irgendwo hinkommen, ist direkt Bullerbü-Stimmung. Die vier sind auch beste Freunde und verabschieden sich meist rasch nach draußen und hecken irgendwas aus. Mein Bruder ist mittlerweile ein ziemlich erfolgreicher Unternehmer, oft am Telefon, aber nie unangenehm. Anstatt es auf stumm zu schalten, geht er zwar dran, wenn es klingelt, aber sagt in neun von zehn Anrufen, dass er gerade mit seiner Familie unterwegs ist und er sich später drum kümmert. Seine Frau ist Heilpraktikerin, mittlerweile in eigener Praxis in der Souterrain-Wohnung ihres Hauses. Ihr Garten erinnert an einen Zen-Garten, mit Steinskulpturen, Brunnen und exotischen Pflanzen.

Ich bewundere meine Geschwister. Beide auf ihre Art, wie unterschiedlich wir alle doch sind. Nur mich, mich bewundere ich nicht. Ich bin die Gestrauchelte. Vielleicht ist es genau deswegen keine Option, mal ein Papawochenende auszusetzen. Weil ich mich permanent mit ihnen vergleiche und immer das Gefühl habe, schlechter abzuschneiden.

Meine Schwester sagt mir regelmäßig, wie sehr sie mich bewundert, mich und meine Art, durchs Leben zu gehen, wie mutig ich doch sei, angefangen bei der Schauspielausbildung, bis hin zum Studium mit Kind.

Doch alles, was ich höre, ist: »Wie naiv du doch bist, war doch klar, dass die Schauspielausbildung 'ne dumme Idee war, und ist ja klar, dass Lasse Defizite in der Feinmotorik hat, du hast ja kaum Zeit wegen des Studiums, mal mit ihm zu basteln, ihn zu fördern!«

Auch mein Bruder signalisiert mir oft, wie stolz er auf mich ist und redet mit mir über berufliche oder auch private Probleme, er kommt ab und zu abends vorbei, wenn Lasse schon schläft. Ich fühle mich dabei immer total gut, weil er mir auf Augenhöhe begegnet, obwohl ich mich eher so fühle, als stünde ich weit unter ihm. Ich liebe die Abende mit ihm, nicht nur wegen der Gespräche, sondern auch sein Humor, intelligent, charmant, trocken, bringt mich regelmäßig zum Lachen, bis ich Bauchweh habe.

Dennoch, geballtes Mehrgenerationen-Familien-Leben und dann auch noch ohne Lasse schreckt mich eher ab. Und Lasse ist gern bei Paul, außerdem brauche ich diese wenige Zeit einfach für mich. Vielleicht auch deswegen, weil ich sie nie wirklich für mich nutze, sondern immer nur neue Probleme an den Wochenenden schaffe.

Jetzt muss ich lachen. Letztendlich ist es ja nicht nur dieser Zeitaspekt. Als Alleinerziehende ist man eben mehr oder weniger allein für die Erziehung und alles, was dazugehört, verantwortlich. Ich meine, angefangen beim Unterhalt, dieser deckt weder die Hälfte der Kosten, noch zahlt jemand für meine Rente, und dann ist da noch die Tatsache, dass ich gar nicht voll arbeiten gehen kann und es hierfür eben in keinerlei Hinsicht einen gerechtfertigten Ausgleich gibt. Abgesehen von der Steuerklasse 2 und dem Kindergeld.

Aber es ist nicht nur eine finanzielle und zeitliche Einschränkung, es fehlt nicht nur der Mann, der sich um den TÜV, Reparaturen oder den Getränkeeinkauf kümmert, oder eben ein Mann, der Lasse mal nimmt, damit ich in Ruhe duschen kann – sondern eben auch der Papa. Der Papa zum Austauschen, zum Glückteilen, zum Überlegen, zum Absprechen, zum Planen. Ein Papa, der im Zoo mit seinem Sohn spielt, ihm die Welt erklärt. Statt einen Freund, der Lasse auf die Schultern nimmt, um mir – seiner Mama – zu imponieren. Ein Papa, der Lasse mit denselben, liebevollen Elternaugen sieht, wie ich es tue. Mit dem ich über Lasses vermeintliche Defizite reden kann, überlegen kann, ob man ihn auf ADS testen lässt, wie bei der Schuleingangsuntersuchung angedeutet. Einen Papa, der am Weihnachtsabend zusieht, wie die Augen leuchten, der zu Ostern die Eiersuche mit der Kamera dokumentiert und ähnlich begeistert von all den Floskeln ist, den Fähigkeiten, die Lasse immer mal wieder ausspricht – lernt. Das fehlt eben auch, und genau das kann kein Mann, sei er noch so liebevoll, ausgleichen. Und dafür kann weder der Opa noch ein Babysitter sorgen.

Aber zurück zum Thema, nach zwölf Tagen mit Lasse ohne Pause merke ich, wie angespannt ich bin, schneller gereizt, schneller genervt, und das überträgt sich viel zu schnell auf den kleinen Rabauken. Ich brauche diese Auszeiten. Ich genieße diese Auszeiten. Aber genau deswegen bin ich häufig außen vor. Während immer alle mit ihren Angetrauten und ihren Kindern bei den familieninternen Events auflaufen, bin ich nur jedes zweite oder dritte Mal dabei. Und diese Fotos versetzen mir oft einen kleinen Stich.

Ich schreibe in unsere Mutti-WhatsApp-Gruppe und frage, ob es in der Woche nach Ostern passt mit einem Mutti-Revival-Treffen – ist ja schon ne Weile her. Mein erster Kaffee ist leer und so langsam ist es sieben Uhr, ich mache einen zweiten Kaffee und decke den Tisch, ziehe mich an, lege die Klamotten für Lasse raus und wecke ihn behutsam, ich flüstere in sein Ohr, ich kraule seinen Rücken, ich küsse seine Wangen.

Das erste Mal, wenn er morgens – ganz kurz – seine Augen aufschlägt, lässt mein Herz jeden Tag aufs Neue überschwappen. Danach wird er kurzfristig ein unausstehlicher Morgenmuffel, aber dieser erste Augenaufschlag, der ist entzückend. Ja, »entzückend« scheint mir ein angemessenes Attribut. Ich habe dabei immer verschiedene Texte und Melodien der Lieder von Reinhard Mey von dem Album »Mein Apfelbaum« im Kopf.

Während er sich unbeholfen aus dem Bett quält, schmiere ich bereits das erste Brot, wir sind – wie immer – spät dran, und auch, wenn es so nicht stimmt (ich könnte ihn früher wecken und konsequenter sein) so rechtfertige ich dieses erste Brot, **von mir geschmiert**, damit, dass wir noch weniger Zeit hätten, wenn er es sich selbst schmieren müsste.

Und hier haben wir womöglich den Kern des Problems schon gefunden. Ich will nicht sagen, ich habe Angst vor den Diskussionen und dem Frust, den er vor allem morgens nach kürzester Zeit empfindet, aber mir fehlen hierfür oft die Nerven.

Ein Teufelskreis: So schmiere ich ihm das Brot, er gewöhnt sich genau daran, ist bei der ersten Aufforderung, etwas selbst zu tun, frustriert, und sieht nicht ein, warum. Bei ihm würde es doch viel länger dauern. So viel zum Thema, Kinder sind kooperative Wesen und streben nach Selbstständigkeit. Natürlich tun sie das und ich habe, was die Frustrationstoleranz (sowohl meine als auch seine) angeht, ebenso wie bei der Förderung der Impulskontrolle versagt. Auch wenn ich es nicht wahrhaben will, in der Hinsicht bin ich tatsächlich überfordert mit der Erziehung. Aber immerhin: Einsicht ist der erste Weg zur Besserung.

Lasse kommt verschlafen in die Küche geschlurft. Klar, ohne Socken, die habe er nicht gefunden. Auch wie immer. Mittlerweile ist es 7:17 Uhr, Zeit für den dritten und letzten Kaffee. Ich laufe in sein Zimmer, hole die Socken – so viel zum Thema Frustrationstoleranz und Einsicht – und weise Lasse darauf hin, dass er jeden Morgen die Wahl hat zwischen einem ruhigen, ausgiebigen Frühstück oder bis zur letzten Minute im Bett liegen. Er brummt vor sich hin und quetscht sich zähneknirschend ein »Danke« raus, als ich ihm die Socken reiche.

Je mehr Minuten verstreichen, umso redseliger wird er, und ich ärgere mich wieder oder weiter über mich selbst, dass ich ihn nicht einfach früher aus dem Bett schmeiße, denn dann müsste ich seinen Redefluss, der langsam zu einem Redeschwall wird, nicht abbrechen. »Ah, okay. Cool. Ja, aber leider haben wir keine Zeit mehr. Flitzt du schnell ins Bad zum Zähnchenputzen?«, sage ich liebevoll und dennoch bestimmt, während ich in Richtung Bad deute.

Lasse verschränkt die Arme, und wenn er groß genug wäre und seine Füße bis auf den Boden reichen würden, würde er vermutlich laut aufstampfen, so wie er aussieht. »Mama, ich bin kein Baby, ich habe Zähne!«

Ich atme ein und weiß, dass ich nun sehr bestimmt sein muss, ein Lächeln meinerseits würde ihm nur signalisieren, dass sich eine Diskussion lohnt. »Egal, mach einfach, wir haben keine Zeit«, sage ich scharf.

Scheinbar war ich nicht bestimmt genug, denn er probiert es dennoch, wenn auch vorsichtig. »Wir können auch einfach keine Zähne putzen …« Dabei zuckt er mit den Schultern.

Ich ziehe die Augenbrauen hoch und gucke ihn ernst an. »Lasse, los!«

Er steht auf, geht wie ein Faultier in den Flur, bleibt direkt vor der Badezimmertür stehen und dreht sich um. »Ich warte auf dich!«

Aaaargh! Mann! Er sieht so niedlich aus und seine Idee ist ja durchaus ganz nett gemeint, dennoch beherrsche ich mich, lächle ihn nicht an und sage: »Nein, ich räume den Tisch ab!«

Er verschränkt wieder seine Arme und sagt vorwurfsvoll: »Du musst dir aber auch noch Zähne putzen.«

Ich blicke auf die Uhr und direkt beschleunigt sich mein Puls. »Ja, aber ich brauche auch nicht so lange …«

Er unterbricht mich und sieht mich an, als hätte ich etwas furchtbar Dummes gesagt, dann lacht er und schüttelt mit dem Kopf. »Hä? Man muss doch drei Minuten putzen. Drei Minuten sind egal, ob du schnell putzt oder langsam, das sind immer drei Minuten.«

»Lasse!« Jetzt werde ich noch energischer und muss mich gleichzeitig zusammenreißen, damit ich nicht loslache. Ob die Dame der Schuleingangsuntersuchung bei diesem Verhalten wohl noch immer empfehlen würde, mal den ADS- inklusive IQ-Test zu veranlassen?

Er tut nun auch so, als sei er gestresst und habe es eilig, er tippelt auf der Stelle auf und ab. »Ja, komm!«

»Lasse, du brauchst aber länger fürs Zahnpastadraufmachen und … Ach, was red ich, los!«

Widerwillig dreht er sich um und poltert ins Bad.

Ist es vielleicht auch das? Als er kleiner war, habe ich ihm immer alles geduldig erklärt, wir hatten alle Zeit der Welt, er hat auf jedes Warum eine Antwort bekommen, eine ausführliche, kindgerechte. Ich wollte einen mündigen, kritischen und klugen kleinen Menschen heranziehen, keinen Lemming, der einfach tut, was man ihm sagt. Tja, aber das scheint der Preis zu sein, ich habe einen diskussionsfreudigen Sturkopf, der nur dann etwas tut, wenn er versteht, warum, und es ihm logisch erscheint – in seiner Welt.

Als ich das Badezimmer betrete, hat er mir bereits Zahnpasta auf die Zahnbürste gemacht und, o Wunder, zum ersten Mal in seinem Leben die Zahnpastatube geschlossen, nachdem er sie benutzt hat. Okay, vielleicht funktioniert meine Erziehung doch.

Er schaut mich an, nimmt seine Zahnbürste aus dem Mund und erklärt: »Weil wir doch keine Zeit haben, hab ich deine Zahnbürste auch schon mal vorbereitet.« Dann schaut er schuldbewusst nach unten. »Leider mit meiner Zahnpasta, aber ist nicht schlimm, oder?«

Vielleicht funktioniert meine Erziehung langsamer, hoffentlich ist sie dennoch nachhaltig. Während ich versuche, mir das Ganze irgendwie schönzureden, kommt mir mein neuer Job in den Sinn und eine Aussicht auf die echte Arbeitswelt. Seit Caro mir gesagt hat, mein Abschluss reiche vollkommen, hatte ich keine Zeit, nach Stellen zu gucken.

Wobei, wenn ich ehrlich bin, lag es weniger an Zeitmangel, sondern viel eher daran, dass es keine Priorität hatte. Viele beklagen sich über fehlende Zeit (ich gehöre auch dazu), aber eigentlich ist es nicht die Zeit, die fehlt, sondern die Organisation und eben die Priorität, die manche Dinge einfach nicht haben. Bevor ich Lasse hatte, habe ich deutlich weniger am

Tag geschafft, ich bin nicht so organisiert gewesen, einfach, weil es nicht nötig gewesen ist. Das sehe ich auch an meinen ganzen Kommilitonen, die teilweise weniger Kurse als ich belegen, nicht nebenbei arbeiten – geschweige denn ein Kindergartenkind betreuen müssen – und es dennoch nicht schaffen, die Hausarbeiten fristgerecht abzugeben oder pünktlich zu Kursen zu erscheinen.

Und wenn ich jetzt sage, dass ich es in den letzten vier Tagen nicht geschafft habe, weil ich keine Zeit hatte, ist das schier gelogen. Wenn mir jemand nämlich fünfzig Euro fürs Suchen nach passenden Stellen gegeben hätte, hätte ich mich unmittelbar am Samstag dran gesetzt. Aber gut, es sei mir verziehen. Jetzt hingegen, mit dem neuen Job, dem dubiosen Ende mit Jonas und der Erkenntnis, dass ich nachhaltig erziehe, fühle ich mich hochmotiviert, die Vorlesung über Theorien der Sozialisation gleich für die Stellensuche zu nutzen. O wow, was haben die Menschen eigentlich gemacht, als es kein Smartphone gab?

Mittlerweile sitzen wir im Auto, wie immer kommen wir so gerade eben noch pünktlich im Kindergarten an. Lasse will mal wieder nicht reingehen, alle sind schon da. Das ist das Doofe daran, wenn man als Letztes kommt, die ersten Spielgruppen und Paare haben sich gebildet und nun steht er verloren im Eingangsbereich. Claudia erkennt die Situation, begrüßt erst mich und fragt Lasse dann, ob er nicht heute Lust habe, in der Küche zu helfen, beim Osterlämmchenbacken. Und während er dankbar nickt und sich dabei verschüchtert auf die Unterlippe beißt, nehme ich mir fest vor, morgen alles irgendwie früher zu machen.

Auf dem Weg zur Uni schweifen meine Gedanken immer mal wieder ab, ich versuche, mir vorzustellen, wie unser Leben wohl sein wird, mein Leben, und frage mich, wann ich mich zum letzten Mal so leicht und unbeschwert gefühlt habe wie jetzt gerade – ohne dass ein Mann der Grund dafür war. Aber mir fällt kein einziger Moment ein.

Auf dem Uniparkplatz angekommen werde ich an den Semesterbeginn erinnert, kein Parkplatz weit und breit, und die Vorlesung startet in zehn Minuten. Na toll. Nach zwei Runden gebe ich auf und parke etwas außerhalb, zur Vorlesung hätte ich es eh nicht pünktlich geschafft und wirklich relevant ist es auch nicht mehr. Stattdessen gibt's gleich einen **guten** Kaffee und ich starte mit der Suche nach einem Job, der zu meinem neuen Leben viel besser passt als dieses Studentenimage.

Im Coffeeshop treffe ich auf Fabian. Fabian arbeitet auch bei mir am Lehrstuhl, wir teilen uns ein Büro, er war aber ein halbes Jahr in den USA und sollte eigentlich erst in zwei Wochen zurückkommen.

»Hey!!!!« Ich tippe ihm auf die Schulter und strahle ihn an.

Fabian erschrickt kurz, dreht sich um und als er mich sieht, erhellt sich seine Miene. »Marina, hi!«

»Was machst du hier?«

»Kaffee holen«, sagt er dann nüchtern und schaut mich an, als sei ich blöd.

»Haha«, sage ich und muss dann wirklich lachen, bevor ich nochmals nachhake. »Ernsthaft, Warum bist du schon zurück?« Ich ziehe die Augenbrauen hoch. »So klammheimlich?«

Nun schaut er angestrengt auf die Kaffeetafel. »Die Frage ist wohl eher, wo warst du auf meiner Welcome-back-Büroparty?« Dann dreht er sich zu mir um und zieht die Augenbrauen hoch.

Ich erschrecke kurz und überlege, wann ich zuletzt meine Mails gecheckt habe. »Es gab 'ne Welcome-back-Büroparty?«

Nun lacht er laut auf, freut sich, dass er es endlich auch mal geschafft hat, mich mit **seinem** Sarkasmus zu verunsichern und beschwichtigt mich. »Nee, eben nicht, du warst ja nicht da.«

Ich lasse mich davon nicht beirren, denn durch seine Ablenkungsversuche interessiert es mich nun noch mehr. »Du wolltest doch erst nach Spring Break kommen?!«

Fabian wirkt genervt, nicht wie sonst von der langen Schlange im Coffeeshop, sondern von mir. »Du bist wie ein Terrier!«

Mit diesen Worten richtet er seinen Blick wieder gen Kasse. Ich stelle mich vor ihn, schaue ihn mit großen Augen an und warte, dass er mir den Grund nennt.

Er verdreht die Augen und sagt dann: »Okay, ja, also, ich hab nie so richtig Anschluss gefunden und fand die Vorstellung, alleine in der Studentenbude zu hocken, während alle Anderen auf Partys oder in Miami sind, ziemlich öde …«

Jetzt tut es mir leid, dass ich ihn gedrängt habe.

Wir sind endlich dran, ich bestelle zwei Caramel Macchiato und zahle für ihn mit. Als wir zwei Meter weiter vor der Ausgabe warten, lege ich kurz meine Hand auf seinen Arm. »O nein, ich dachte das hätte sich geändert, durch diese Lisa.«

»Ach, Marina, in deiner Welt dreht sich alles nur um das Eine …« Fabian zuckt mit den Schultern und versucht, meinem Blick weiterhin auszuweichen.

»Hä?« Jetzt fühle ich mich angegriffen.

»Nicht Sex«, ergänzt Fabian rasch.

»Och, auch …« Froh darüber, nicht abgewertet worden zu sein, muss ich gleich selbst dafür sorgen und lache ihn versöhnend an.

»Too much information. Ich meinte die Liebe!«, erklärt Fabian nun und auch seine Stimmung wirkt wieder etwas fröhlicher.

»Hui, sprichst jetzt aber ganz schön gut Englisch, was?« Begeistert von meinem Konter lache ich selbst.

»Charmant wie eh und je!«

Die Kaffees sind fertig, wir nehmen je einen Becher und gehen raus.

»Was hab ich verpasst?«, fragt Fabian nun und nimmt einen Schluck Kaffee zu sich.

Ich zucke mit den Schultern. »Kommt drauf an, willst du die lange oder die kurze Version?« Dann trinke ich ebenfalls einen Schluck.

»Erst mal die kurze.«

»Na, dann nichts.« Ich grinse. Und das ist nicht einmal groß gelogen.

Er runzelt seine Stirn. »Wie jetzt?«

»Es ist – zumindest bei mir – ne Menge passiert, aber alles wurde irgendwie annulliert in den letzten Wochen!«

»Okay … Rauchst du noch?«, fragt er nun recht nüchtern, als hätte ihn meine Antwort tatsächlich zufriedengestellt.

»Nein!« Ich mustere ihn, als er vorm GA-Gebäude stehen bleibt, und kneife die Augen zusammen. »Und du doch auch nicht mehr?«

Er nickt mir zu. »Stimmt.« Dann zuckt er schuldbewusst mit den Schultern und erklärt: »Aber ich habe mir aus Versehen welche gekauft. Die Gewohnheit.« Fabian grinst, zieht die Schachtel aus der Jacke hervor und hält sie mir grinsend unter die Nase. »Rauchst du eine mit mir?«

Ich muss lachen. »Klar!«

Fabian erzählt von Amerika, aber bald schon redet er nur vom aktuellen Projekt. Ich kann es ihm nicht verübeln, es klingt wirklich spannend. Ganz platt formuliert: Warum lernt man aus Fehlern nachhaltiger, als wenn einem die Lösung präsentiert wird beim Lernen? Wird mehr Vorwissen aktiviert? Was geschieht im Kopf? Wie kann man das testen? Schon bald sind Fabian und ich in einer hitzigen Diskussion.

Auf dem Heimweg im Auto – ein toller und erholsamer Ort, wenn man Mama ist – denke ich, wie so oft in diesen Tagen, über mein Leben nach und meine nahe Zukunft. Manchmal sind es nur kleine Dinge, kleine Zeichen, die einen komplett aus der Bahn werfen und über den nächsten sehr bedeutenden Schritt bestimmen können. Will ich wirklich weg von der Uni? Als ich zu studieren begann, ging ich darin voll auf. Ich fühlte mich wie zu Hause, bekam direkt den Job am Lehrstuhl und genoss sämtliche Diskussionen, die in den verschiedenen Vorlesungen und Seminaren aufkeimten. Es gab so viel zu lernen, so viel zu verstehen, und je mehr man wusste, desto mehr wollte man lernen und sich damit beschäftigen. Also, mir ging das jedenfalls so. Kurz vor meiner Bachelorarbeit hatte ich mir fest vorgenommen, zu promovieren und eine Professur anzustreben. Nicht wegen des Prestiges, vielmehr, weil ich glaubte, dann einen Beruf zu haben, in dem ich voll und ganz aufgehen, mich entfalten könnte. Aber natürlich war das lediglich ein Traum, kein konkretes Ziel. Dennoch war der Plan, diesen Traum zu verfolgen und abzuwarten, wo ich am Ende landen würde. Bereits nach der Bachelorarbeit hatte ich offensichtlich jegliche Motivation verloren. Vielleicht lag es an der unfreiwilligen Themenwahl?

Aber jetzt, heute … Ich habe mich so glücklich gefühlt im Gespräch mit Fabian. Habe kein einziges Mal an die Stellensuche gedacht, oder daran, wie gut es wäre, wenn … Ich bin einfach im Hier und Jetzt gewesen.

Ich parke vor dem Kindergarten und nehme mir vor, meine Gefühle erst mal weiter zu beobachten, bevor ich irgendeine tiefgreifende Entscheidung treffe.

Lasse kommt gemeinsam mit Fynn auf mich zugelaufen.

»Kann Fynn heute mit zu uuuuns?«

Ich entdecke Fynns Mama hinter den beiden, sie zuckt etwas ratlos mit den Schultern.

»Was hat denn Fynns Mama gesagt?«

»Sie hat gesagt, er darf!«

»Okay, na dann …!«

»Hi, Sophie!« Ich begrüße Fynns Mama. »Ist das wirklich okay für dich? Jetzt, wo du eh hier bist?«

»Klar, gerne, dann kann ich in Ruhe einkaufen und muss mir nicht die ganze Zeit Fynns Gejammer anhören!« Sie lächelt Fynn liebevoll zu.

Mütter, eine kuriose Spezies. Wenn man Müttern zuhört, könnte man meinen, sie hassen es, Mama zu sein, sie hassen ihre Kinder, sie hassen ihren Tagesablauf, den Dreck und die Arbeit, die Kinder machen, und eigentlich sind sie nur gern Mama, sobald die Kinder schlafen oder woanders sind. Und gleichzeitig lieben sie ihre Kinder – über alles – und verspüren bereits im Supermarkt ein bisschen Wehmut, nun so ganz ohne Kind den Chip in den Einkaufswagen zu stecken.

Zu Hause verziehen sich Fynn und Lasse direkt in Lasses Zimmer. Ich mache mir erst mal einen Kaffee und blicke aufs Smartphone. Zwei Nachrichten. Eine von Fabian, meinem Kollegen, und eine von Sebastian, dem Typ von der Jugendeinrichtung. Vielleicht liegt es an der Kombination oder daran, was beide gerade stellvertretend repräsentieren. Mein Herz macht einen Sprung, ich bin aufgeregt und freue mich und weiß gar nicht, wem oder was diese Freude gebührt.

Die Nachricht von Sebastian wird zuerst angezeigt, ob ich morgen spontan Zeit hätte.

Klar, passt! Danke noch mal!

Sebastian ist direkt online. Er *schreibt …* Ich warte.

Hi. Ich bin Birgit. Ich trage es in den Kalender ein. Ist unser Diensthandy.

Direkt macht sich eine kleine, kaum merkbare Enttäuschung breit. Vielleicht ein Zeichen? Ein Zeichen dafür, dass ich doch noch nicht so weit bin?

Ich öffne Fabians Nachricht.

Hi. Ich hab mit Alice gesprochen und gefragt, ob du deine Stunden nicht ab sofort in meinem Projekt machen könntest, sie meinte, wenn du mit Chrissy 'ne Übergabe machst, sei das kein Ding. Ich würde mich freuen!

»Mamaaaa. Was sollen wir machen? Uns ist langweilig!« Lasse kommt ins Wohnzimmer gelaufen, dicht gefolgt von Fynn.

Das sind die Schattenseiten der Playdates, einerseits ist man nicht Alleinunterhalterin, andererseits hat man rasch zwei Kids mit unterschiedlichen Interessen, denen man gerecht werden muss. Wobei beides ein Phänomen der heutigen Zeit zu sein scheint. Ich zumindest habe als Kind selten meinen Eltern gegenüber Langeweile geäußert und selbst wenn, hätte das nichts geändert. Ich erinnere mich an viele Momente, in denen ich allein in meinem Zimmer, mit meinen Geschwistern oder draußen gespielt habe. Vielleicht ist es auch kein Phänomen der heutigen Zeit. Vielleicht nur wieder etwas, weswegen ich mir zu viele Gedanken mache und wofür ich mich verantwortlich fühle, um Lasse die bestmögliche Kindheit zu bieten, so auch jetzt. Also schlage ich den beiden etwas vor. »Geht doch raus, aufs Trampolin. Soll ich euch ein paar Luftballons runterschmeißen?« Ich sage es voller Euphorie, in der Hoffnung, dass ich sie mit meiner Begeisterung anstecken kann.

Doch die zwei gucken sich nur unschlüssig an und schütteln langsam mit dem Kopf.

Ich presse die Lippen aufeinander und denke nach. »Dann spielt doch Fußball!« Ich strahle die Jungs an.

»Fynn findet Fußball doch doof!«, empört sich Lasse, als müsste ich das wissen.

Langsam gehen mir die Ideen aus. »Okay, hm, Seifenblasen draußen?« Ich ziehe meine Augenbrauen hoch und überlege, wo unser Seifenblasenvorrat ist.

Lasse rollt mit den Augen. »Können wir nicht was gucken?«

Ach, daher weht der Wind. »Nein!«, sage ich bestimmt.

Er stampft mit dem Fuß auf und nörgelt. »Aber wir wissen nicht, was wir machen sollen.«

»Dann langweilt euch einfach ein bisschen«, schlage ich vor.

»Ach Mann, Mama!«, ärgert sich Lasse über meinen nicht sonderlich konstruktiven Vorschlag.

Ich setze direkt noch einen drauf: »Wir können auch ein Spiel spielen …?«

Lasse mag Brettspiele so überhaupt gar nicht. Was ich persönlich sehr bedauere, denn ich liebe Brettspiele, sehr sogar. Daher haben wir sämtliche Junior-Varianten der altbekannten Klassiker: Monopoly Junior, Cluedo Junior, Spiel des Lebens Junior, aber ohne einen zusätzlichen Anreiz, wie beispielsweise Kekse, langweilt er sich lieber, anstatt mit mir zu spielen.

Erwartungsgemäß funkelt er mich wütend an. »Nein!«

»Fynn, worauf hast du denn Lust?«, frage ich das Besucherkind. Vielleicht spielt er ja 'ne Runde Cluedo mit mir, denke ich und muss direkt darüber schmunzeln.

Fynn, knetet seine Lippen mit seinen Fingern. »Ähm … Vielleicht Kekse?« Er zieht seine Schultern hoch und reißt seine Augen weit auf.

Wie niedlich diese kleinen Menschen sind.

»Gute Idee, dann lauft doch fix in den Edeka und kauft ein paar Kekse!« Mir ist bewusst, dass das nicht damit gemeint war, aber dann sind sie wenigstens kurzfristig beschäftigt, und so, wie Fynn mich anstarrt, scheint das sogar ein Abenteuer zu sein. »Alleine?«

»Ja klar, ihr seid doch schon groß!«, sage ich ermutigend.

Lasse geht seit ein paar Wochenenden morgens zum Bäcker und kauft dort Brötchen, allein. Im Edeka direkt nebenan war er bisher noch nicht, aber noch findet er es spannend, »allein« einkaufen zu gehen, und Fynn scheint es auch ganz gut zu finden, wobei er aktuell skeptisch ist, ob die beiden das hinkriegen.

Als Lasse und Fynn angezogen sowie mit Geld versorgt sind und sich auf den Weg machen, widme ich mich wieder meiner Nachricht. Fabian hat ernsthaft bei unserer Professorin gefragt, ob ich mit an seinem Projekt arbeiten kann? Ich fühle mich geschmeichelt, zumal er bereits promoviert und ich noch im Master bin und aktuell nicht mal weiß, ob ich den beenden soll.

O Mann, mein Leben ist 'ne Soap. Zumindest kommt es mir schon wieder so vor. Jetzt würde ich gern eine rauchen. Stattdessen mache ich mir einen Kaffee, setze mich auf die Couch und schreibe ihm zurück.

Wie cool. Spannend. Danke. Morgen werde ich allerdings nicht an der Uni sein, hab 'nen neuen Job und morgen meinen ersten Tag, nichts Großes, gebe nur ein bisschen Nachhilfe!

Jetzt war ich ein halbes Jahr nicht da und du guckst dich gleich nach was anderem um.

Flirtet er mit mir? Fabian ist fünf Jahre jünger als ich, ich kenne ihn jetzt seit gut drei Jahren und es hat durchaus Phasen gegeben, in denen er keine Freundin hatte … Wobei, ich hatte ja meistens jemanden an meiner Seite.

Ich werde rot. Mann. Direkt macht sich Unmut in mir breit und ich weiß nicht mal genau, warum. Aber während mein Leben heute Morgen voller Chancen war, fühlt es sich nun so an, als würde sich doch wieder alles nur um die Liebe, die Männer drehen.

Enttäuscht davon, dass es nicht Sebastian war, der geschrieben hat, wird Fabian innerhalb von weniger als sechs Stunden vom Kollegen zum potenziellen Partner. Was ist denn bloß los mit mir? Immerhin bin ich morgen nicht an der Uni, und auf

Sebastian werde ich wohl auch nicht stoßen. Vielleicht sollte ich mich doch mal der Jobsuche widmen, die Gefahr, mich dabei zu verlieben, scheint recht gering, und vielleicht finde ich mich zur Abwechslung mal selbst, statt immer nur das vermeintlich passende Gegenstück.

Wie lustig. Ich suche und suche und suche nach meiner anderen Hälfte und weiß nicht mal, wie ich selbst aussehe. Es ergibt Sinn, dass dann erst mal jedes Puzzleteil passt, aber früher oder später wird klar: Egal, wie sehr ich mich versuche, anzupassen, es klappt nicht. Eigentlich traurig. Hat das was mit Selbstliebe zu tun? Brauche ich Liebe von außen, um mich selbst zu lieben?

Ich öffne Instagram und das Profil von @Lieblingssternenstaub, immerhin schreibt sie vor allem zur Selbstliebe. Ich finde einen Podcast mit der Überschrift »Das Selbstliebe-Dilemma«, genau das, was ich gerade brauche, eigentlich lese ich lieber, als zu hören, doch ihr Podcast ist transkribiert.

> Das Selbstliebe-Dilemma – Intro
> Was ist anders bei diesem Guide? Na ja, ich habe selbst noch keinen einzigen Selbstliebewegweiser gelesen. Aber »Selbstliebe lernen auf Instagram«, das macht mich manchmal echt wütend.
> Da stehen dann vermeintliche Tipps, wie man sich selbst lieben lernt. Zum Beispiel »Spazierengehen« oder eine schöne Kerze anzünden.
> Ähm? What?
> In all diesen Tipps und Hacks werden kaum Schritte zur Selbstliebe abgebildet, sondern Dinge erklärt, die Menschen tun, wenn sie sich selbst lieben.
> Oh, Du willst Dich selbst akzeptieren? Dann zünde 'ne Kerze an.
> »Mit oder ohne Duft?«, wird manchmal noch gefragt.

Und dann? Dann brennt wenigstens 'ne Kerze, während ich an mir zweifele ...
So läuft das aber nicht. Ich weiß nicht, was Du tust, womit Du anfängst, wenn Du Dich selbst liebst.
Ich kenne aber die notwendigen Bedingungen und stelle sie – so weit asynchron und digital möglich – zur Verfügung.
Selbstliebe. Tolles Wort. Als ich jung war, warf man mir oft vor, ich sei »selbstverliebt«, es war abwertend gemeint. Ich drängte mich wohl gerne in den Mittelpunkt. Schade, dass ich trotzdem nie gesehen wurde. Noch bedauernswerter, dass ich Selbstliebe erst Jahre später erfahren durfte.
Was genau bedeutet Selbstliebe? Ist Selbstliebe nicht gleichzusetzen mit Egoismus? Nein, ein Egoist ist so weit von Selbstliebe entfernt wie der kleine Prinz von den großen Leuten.
Ein Egoist glaubt, es sei nicht genug für alle da, also nimmt er, was er kriegen kann. Ein Egoist fühlt oder fühlte sich oft benachteiligt, er wurde nicht gesehen und nicht gehört und hat aufgrund dessen eine unstillbare Gier entwickelt, er findet kein Maß. Er ist nur auf sich bedacht, denn er hat scheinbar gelernt, dass auf andere Menschen kein Verlass ist. Eigentlich furchtbar traurig. In einem Egoisten schlummert ein verletztes, bedürftiges Kind, das nicht weiß, was es braucht, und sich erst mal alles nimmt. Ohne Rücksicht auf Andere. Die sind ja selbst schuld, wenn sie nicht zugreifen. Und das ist bereits ein erstes Schlagwort: Schuld. Ein Egoist ist so unzufrieden, unsicher und gibt sich selbst die Schuld für seine Bedürftigkeit vergangener Tage. Diese Schuld muss kompensiert werden, durch Masse, durch Egoismus. Zu viele

Enttäuschungen, zu wenige korrigierende Erfahrungen.
Und was ist dann jetzt Selbstliebe?
Jemand, der sich selbst liebt, kennt seine Bedürfnisse. Er stillt diese. Er nimmt, was er braucht, und gibt, was er kann. Denn er weiß, die Welt dreht sich nicht nur um ihn. Es gibt Bedürftigkeit. Ungerechtigkeit. Ungleichheit. Es gibt Schwäche. Und es gibt Erfahrungen, die einen zweifeln lassen, an sich selbst. Doch jemand, der sich selbst liebt, kennt nicht nur seine Bedürfnisse, er kennt auch seine Schwächen, seine Themen und seine Schattenseiten und nimmt diese an, statt sich zu verurteilen. Er kennt auch seine Grenzen und passt auf sich auf. Er kennt sich. Er will nicht werden. Er ist.
Nun gesellen sich zu der Schuld noch Schlagworte wie Akzeptanz, Bedürfnisse, Grenzen, Schattenseiten. Und das Gefühl der Enttäuschung sowie korrigierende Erfahrungen. Auch die ach so bequeme Komfortzone gehört irgendwie zur Selbstliebe. Sowie die Erwartungen an und von Anderen und die Erwartungen an Dich selbst.
Der Unterschied zwischen dem Wissen, »genug zu sein«, und dem Gefühl, genug zu sein, ist der Irrglaube, etwas dafür tun zu müssen.
Aber eins nach dem anderen. Denn jemand, der sich selbst verachtet, für den ist Selbstliebe ein Schlag ins Gesicht.
Und diese Weisheiten: Du musst Dich selbst lieben, bevor Du Andere lieben kannst, ist schlichtweg falsch, anmaßend und fatal. Die Fake News der Postkarten und Kalendersprüche. Selbstliebe ist keine Grundvoraussetzung für Liebe. Weder, um Liebe zu geben, noch, um Liebe zu empfangen. Du

bist liebenswert, auch wenn Du Dich selbst nicht liebst. Und wenn Du es irgendwann geschafft hast, Dich selbst zu lieben, kannst Du Dich dennoch nach Liebe sehnen. Selbstliebe ist weder eine Bedingung noch ein Ersatz für Liebe.

Du musst Dich nicht selbst lieben, Du darfst. Du bist frei, Dich selbst zu lieben, liebst Du Dich selbst, bist Du frei.
»Ja, aber WIE?«
Das ist die wohl häufigste Frage, die in meiner Praxis gestellt wird. Zu Beginn hat sich die Ratlosigkeit der Menschen und Paare immer mal wieder in mir breitgemacht.
Es liegt auf der Hand, dass ich die Antwort auf die Frage nach dem »Wie?« auch nicht kenne.
Zumindest nicht in der gewünscht-konkreten Form.
Denn eigentlich fragt kaum jemand »Wie?«, um dann eine Handlungsanweisung zu bekommen, vielmehr geht es darum, wie man es schafft, sich auf den Lösungsweg, den man eigentlich schon kennt, zu begeben.
»Wie kann ich abnehmen?« – »Kaloriendefizit!«
»Wie kann ich den Anderen verstehen?« – »Zuhören.«
»Wie kann ich mich selbst lieben? – »Lerne Dich kennen und akzeptiere Dich.«
Der Weg führt durch das vertiefte, also emotionale Verstehen: Habe ich etwas verstanden, kann ich es annehmen, akzeptieren, und wenn ich etwas akzeptiert habe, kann ich etwas verändern.
Es hört auf, sobald Du loslässt.
Ein Weg, zu verstehen, geht über die Frage nach dem »Warum?«: Statt sich permanent abzuwerten und unter Druck zu setzen, lieber mal überlegen, fühlen,

> warum man an diesem und anderem
> unerwünschtem Verhalten festhält.
> Essen sorgt vielleicht kurzfristig für Wohlbefinden. Habe ich eine Alternative, damit ich mich wohlfühle? Falls nicht, sollte ich erst einmal nach einer Alternative suchen, bevor ich mir eine der wenigen Freuden in meinem Leben vorenthalte. Und erst im zweiten Schritt konzentriere ich mich darauf, was anders wäre, wenn ich es schaffen könnte, das unerwünschte Verhalten loszuwerden.
>
> Ich gehe liebevoll mit mir um, sorge für eine Alternative und sorge für eine Motivation. Statt mich abzuwerten und unter Druck zu setzen.
> Wenn ich dann noch etwas Geduld mit mir habe, wird es leichter ... Und vielleicht erkenne ich auch einfach, dass ich es gar nicht bin, die es nervt, sondern dass mir von außen suggeriert wird, ich müsse etwas ändern ... Und dann darf ich auch einfach mit gutem Vorbild vorangehen und sagen: »Ich bin schon ganz gut, wie ich bin, ich verstehe, warum ich manchmal nicht so handeln kann, wie ich möchte, und vergebe mir.«
> Wenn Du magst, begleite ich Dich mit diesem Podcast zumindest zu Beginn Deiner Reise zu Dir selbst.

Mir geht es ähnlich wie bei den Posts, ob ich es richtig verstanden habe, weiß ich gar nicht. Es klingt alles so schlüssig und logisch, übertragen auf meine Situation, sollte ich meine Sehnsucht nach Liebe verstehen, um sie dann zu akzeptieren. Aber haben nicht alle Menschen diese Sehnsucht nach Liebe in sich? Ist das nicht sogar ein Grundbedürfnis? *»Ich verstehe, warum ich manchmal nicht so handeln kann, wie ich möchte, und* *vergebe mir.«* Eigentlich eine sehr schöne und beruhigende Antwort, ein warmes Gefühl macht sich in mir breit. Plötzlich fallen mir die Jungs ein! Wo bleiben sie eigentlich?

Ich schaue vom Balkon hinunter, von beiden bisher keine Spur. Wie lange sind sie denn jetzt schon weg? Ich ziehe mich an und gehe nach unten. Es wird ja nichts passiert sein, oder? O Mann. Sind die zwei wohl doch noch zu jung, um allein über den Zebrastreifen und den Parkplatz zu gehen? Meine Schritte werden schneller, schließlich renne ich. Bisher keine Sirene oder Ähnliches. Das beruhigt mich. Oder haben sie was geklaut? Reichte das Geld nicht?

Endlich, ich habe den Edeka erreicht. Keine Spur von den beiden. Ich gehe rein, laufe durch die Gänge. Rufe nach Lasse, nach Fynn. Vielleicht sind sie auf dem Spielplatz, denke ich. Ich gehe raus. Ich muss ziemlich verstört aussehen. Ich laufe wieder über die Straße, schaue auf den Spielplatz, da sind Mütter mit Kindern, aber von den beiden: keine Spur. Hä? Ich blicke nochmal zum Edeka und da entdecke ich sie. Sie sitzen beim Bäcker nebenan, ich bin erleichtert und wütend. Ich laufe auf die beiden zu. Jetzt haben auch sie mich entdeckt und kommen raus.

Lasse strahlt, Fynn hat ein schlechtes Gewissen. In der Hand hält er 'ne Tüte Flips, Fynn hat 'ne Tüte Kekse in der Hand.

Ich schüttele den Kopf und funkele beide an. »Ich dachte, ihr kommt sofort zurück?«

»Ja, wollten wir auch gleich«, sagt Lasse empört. »Aber wir hatten so viel Geld übrig und dann konnten wir noch Chips kaufen und die wollten wir vorher essen.«

»Beim Bäcker?« Ich kneife meine Augen zusammen und schüttele nur weiter mit dem Kopf.

»Wo sonst?« Lasse scheint meine Reaktion so gar nicht zu verstehen. Er steht da, mit den Flips, gelbe Krümel auf dem Pullover, auf seiner Jackentasche prangt ein großer dunkler Fleck. Es tropft. »Warum tropft deine Jackentasche?«

»Hä?« Lasse schaut zu seiner Jackentasche, als er den Fleck sieht, atmet er auf. »Oh! Da ist Eis drin. Das hat nur weniger als einen Euro gekostet.« Er strahlt mich an und wirkt so glücklich. »Wir sind immer wieder rein und egal, was wir gekauft haben, wir haben immer wieder Geld zurück bekommen!«, freut er sich.

Klar, ohne großartigen Bezug zu Zahlen und Mengen war sein erster Einkauf wie ein Lottogewinn. Das Geld wurde immer mehr. Wenn ich versuche mich, in die zwei hineinzuversetzen, kann ich gut nachvollziehen, was sie sich dabei gedacht haben. Innerlich muss ich lachen, ich bin fast ein wenig stolz. Ich hätte mich das sicherlich nicht getraut. Aber dennoch kann ich ihnen das nicht durchgehen lassen.

»Lasse, ihr hattet die Erlaubnis, Kekse zu kaufen, das Restgeld war nicht für euch bestimmt. Und dann habt ihr fünf Euro für Süßkram und Chips ausgegeben, das geht nicht. Das ist sozusagen klauen, Lasse.« Ich ziehe meine Augenbrauen hoch.

»Lasse hat gesagt, wir dürfen!«, ruft Fynn, alle Schuld von sich weisend.

O weh, wie ich es verurteile, wenn Menschen keinerlei Einsicht zeigen. Während wir zurück nach Hause laufen, erkläre ich beiden, dass die Aktion Mist war und dass man erst mal alles machen kann, auch Mist bauen, aber dann muss man wenigstens dazu stehen, ehrlich sein und mit den Konsequenzen leben.

»Was sind Konsequetschen?« Lasse schaut mich an und bleibt stehen.

»Das kann eine Belohnung oder Strafe sein, es ist einfach das, was passiert, wenn man etwas gemacht hat. Wenn du bald in der Schule viel lernst und aufpasst, ist die Konsequenz, dass du ein guter Schüler bist. Wenn du Mist baust, ist die Konsequenz, dass es Ärger gibt. Eine Konsequenz könnte es sein, dass ich Fynn jetzt abholen lasse.«

Lasse stampft mit dem Fuß auf. »Aber Mama!«

Ich gehe auf Lasse zu, beuge mich zu ihm herunter und erkläre sanft: »Mir ist doch nur wichtig, dass ihr versteht, was daran nicht okay war. Ich hab mir Sorgen gemacht und ich möchte euch vertrauen. Ihr kommt schon bald in die Schule und ich dachte, ihr seid groß genug, um zu zweit ein Paket Kekse zu kaufen.«

Ich zucke mit den Schultern. Der sanfte Ton hat seinen Ärger scheinbar neutralisiert. Denn nun strahlt er übers ganze Gesicht.

»Mama, wir haben ja auch Kekse gekauft, wir sind nicht nur groß genug, sondern waren auch so klug, noch Eis und Chips zu kaufen.« Nun hebt er die verklebte Tüte hoch, wie einen Pokal, oder so, als wolle er damit unterstreichen, wie groß und klug die Aktion doch gewesen ist.

Ich atme tief ein und aus. »Ja, Lasse, aber von meinem Geld. Nicht von deinem«, sage ich streng und presse die Lippen aufeinander.

Nun kommt Lasse zu mir gelaufen und umarmt mich. »Mama, ich kann dir das Geld ja wiedergeben, das wäre dann ja auch eine Konsequenz, oder? Dann muss Fynn noch nicht gehen.«

Ich lächele. »Okay, dann kommt mit, deine Jacke müssen wir waschen und das Eis ist wohl geschmolzen.«

Fynn, der bisher sehr schweigsam war, ruft nun: »Ist nicht schlimm, wir hatten beide schon eins!« Dabei nickt er mir zu, als wolle er mich besänftigen.

Abends liege ich im Bett und lese mir nochmals den Beitrag von Lieblingssternenstaub durch, während der Kassettenspieler die letzten Töne von sich gibt und Lasse bereits schläft.

Vergebe dir selbst. Was muss ich mir schon vergeben? Vollkommener Quatsch. Doch dann fallen mir die Beziehungen und Männergeschichten ein, auch Lasses Defizite kommen mir in den Sinn, und überhaupt gebe ich mir für vieles und an vielem die Schuld.

Akzeptanz und Vergebung. Hui. Das ist gar nicht so leicht. Um Verzeihung zu bitten, ohne das Verhalten zu ändern, ist wertlos, das versuche ich Lasse regelmäßig zu erklären und es war auch in früheren Beziehungen immer wieder Thema. Aber wenn man eben blockiert ist? Wenn man sein Verhalten doch nicht ändern kann, oder nicht weiß, wie … Das Warum kenne ich ja. In meinem Kopf ist ein Knoten und mit diesem Knoten schlafe auch ich ein.

Nachdem ich Lasse am nächsten Morgen im Kindergarten abgeliefert habe, fahre ich zur Einrichtung. Ich bin nicht mehr ganz so enthusiastisch wie zu Beginn der Woche, aber dennoch ein bisschen aufgeregt. Heute soll ich den Jugendlichen kennenlernen und das Treffen wird dann wohl darüber entscheiden, ob ich tatsächlich den Job habe.

Ich klingle und zu meiner Überraschung öffnet Sebastian mir wieder die Tür.

»Hey! Schön, dich zu sehen!« Er strahlt mich an.

»Hi!« Ich erröte ein wenig, es ist nur eine Floskel, aber Sebastian scheint mir nicht der Typ für Floskeln zu sein.

Ich folge ihm nach oben.

»Kaffee?«, fragt er mich an der Schwelle zur Tür.

Ich grinse. »Gerne!« Dann hänge ich meine Jacke an der Garderobe auf, während er in, vermutlich, die Küche, geht und sagt: »Caro meinte, du trinkst den Kaffee wie ich …«

Ich muss direkt lachen und frage mich dann, was Caro wohl noch so gesagt hat?

»Ich mag Kaffee, keinen Tee«, erwidere ich auf Sebastians Andeutung und zwinkere ihm zu, denn mir ist direkt klar, was Caro damit meint. Aus ihrer Sicht mache ich den Kaffee grundsätzlich zu stark.

Er lacht etwas unsicher und verschüttet ein bisschen Milch, während er sich nochmal versichert: »Mist. Und mit Milch, oder?«

»Ja, genau!« Heute wirkt Sebastian direkt **menschlicher**. Das gefällt mir irgendwie, diese Unsicherheit, das Plempern, ich fühle mich direkt auf Augenhöhe – da ist es wieder, mein negatives Selbstbild.

Sebastian reicht mir die Tasse, bittet mich, am Küchentisch Platz zu nehmen, und sagt dann: »Marius schläft noch …«

Ich bin irritiert, runzele ungläubig die Stirn und kneife die Augen zusammen. Sebastian zuckt nur kurz mit einer Schulter. »Ja, wir hatten ihn geweckt, also ich. Letztendlich gehört das eben auch dazu. Es scheitert oft an so banalen Dingen wie am Aufstehen. Ich habe ihm vorhin auch gesagt, dass du gleich hier sein …«

Plötzlich kommt ein kleiner, dicker Junge in die Küche. Er setzt sich kommentarlos an den Tisch und sagt dann angriffslustig: »Du bist aber nicht dabei, oder?«

Das galt offensichtlich Sebastian, dem es sichtlich unangenehm ist, wie der Junge mit ihm redet. Sebastian wirft mir einen genervten und gleichzeitig aufmunternden Blick zu, dann sagt er ruhig und freundlich: »Es ist dein Unterricht, Marius, schön, dich zu sehen!« Damit verlässt er die Küche.

»Hi! Marina.« Ich lächele und strecke dem Jungen meine Hand entgegen.

Er meidet den Blickkontakt und sagt in der gleichen angriffslustigen und scharfen Betonung: »Ich weiß.«

Ich nehme meine Hand zurück und lasse mich nicht entmutigen, ich ziehe meine Augenbrauen nach oben, lächle und frage: »Und? Lust?«

»Worauf?«, fragt er nicht mehr ganz so scharf, aber auch nicht sonderlich interessiert. Er presst genervt die Lippen zusammen und starrt nach vorn, Richtung Tür. Er sitzt am Kopfende und ich neben ihm, über Eck.

»Das frag ich dich«, sage ich fröhlich und spiele ihm damit den Ball zurück.

Marius atmet kurz ein, um dann sehr lange und übertrieben genervt die Luft aus seinem Mund strömen zu lassen, er schließt ab mit einem weiterhin genervten »Boah«.

Ich lasse mich nicht beirren, immerhin ist er heute ja doch noch runtergekommen und wollte mich scheinbar kennenlernen. Ich muss also nur irgendwie einen Zugang zu ihm finden.

»Ich habe gehört, dass wir komplett frei sind. Ich bin für alles offen. Was macht dir Spaß?«

Nun zuckt er mit den Schultern. Sein Blick ist noch immer starr zur Tür gerichtet. »Nichts.«

»Cool!«, sage ich begeistert und meine das auch so. Das scheint ihn so sehr zu irritieren, dass er mich nun doch kurz anschaut, um sich zu vergewissern, ob ich das ernst meine. Ich lächele ihn begeistert an. Er wendet den Blick von mir ab und sagt nur, als fühle er sich nicht ernst genommen: »Ha-ha-ha.«

»Ich würde mich freuen, wenn ich mal nichts tun könnte!« Ich zucke mit den Schultern und ergänze dann grinsend: »Und wenn ich ab sofort dafür bezahlt werde, umso besser!«

»Machst du dich lustig über mich?« Er neigt seinen Kopf leicht nach unten und schaut mich dann an. Seine Kopfhaltung wirkt fast bedrohlich – vielleicht aus Schutz? Immerhin schaut er mich nun an. Ich deute das als einen Fortschritt. »Höchstens über mich selbst.« Dann lächele ich ihn wieder an.

»Also?« Marius verdreht die Augen und presst die Lippen aufeinander.

»Also was?« Ich verstehe gar nicht, worauf er sich bezieht.

Er atmet genervt ein und aus. »Ja, willst du nicht mal die Sachen auspacken, die du mitgebracht hast?« Er verdreht die Augen erneut. Frei nach dem Motto, warum er sich mit so 'ner Verrückten und so 'nem Scheiß beschäftigen muss und vor allem, warum **er** sich jetzt um alles kümmern muss.

Ich zucke mit den Schultern. »Ich habe keine Sachen mitgebracht«, sage ich ehrlich und werde kurz unsicher, ob ich etwas hätte mitbringen sollen.

Marius legt plötzlich seinen Kopf auf den Tisch. »Was machen wir denn dann?«

»Geht es nicht erst mal ums Kennenlernen?« Ich habe mich wieder gefangen und versuche, mich nicht von ihm beirren zu lassen.

»Warum?«, nuschelt er in seinen Arm.

Ich zucke mit den Schultern. »Na, um zu gucken, ob du mit mir arbeiten kannst?!« Nun schaue ich auf seine zerzausten Haare am Hinterkopf.

Dann hebt er den Kopf langsam hoch und dreht ihn zu mir. »Seit wann interessiert hier irgendwen meine Meinung?«

»Spätestens seit heute!« Ich bin erleichtert und lächele zum ersten Mal, ohne mich dafür anzustrengen.

»Ich mag Fortnite«, sagt er, bevor er seinen Kopf wieder mit abgewandtem Gesicht auf seine Arme legt.

»Cool. Ich kann Zahnseide und den Losertanz!«, sage ich begeistert und bin froh, dass ich durch die Kids meines Bruders zumindest ein bisschen Ahnung von dem Spiel habe. Dann stehe ich auf und mache den Zahnseide-Tanz.

Marius hebt den Kopf. Dann richtet er sich ganz auf. »Jeder kann Zahnseide!«

Vielleicht bilde ich es mir ein, aber es sieht so aus, als müsste er sich sein Lachen verkneifen.

»Okay, zeig!«, fordere ich ihn auf.

Und dieser kleine, runde Junge steht tatsächlich auf und tanzt.

Ich bin froh, dass ich zumindest ein paar Fortnite-Geschichten kenne, und wir kommen ins Gespräch, er erklärt mir viel und nach zweieinhalb Stunden haben wir einen kleinen Lernplan erstellt, ganz unbeabsichtigt und frei. Marius verschwindet wieder nach oben und ich klopfe bei Sebastian.

»Lief es gut?«, fragt er und schaut nicht nur vom Bildschirm hoch, sondern wendet sich mir mit dem Drehstuhl zu und sieht mich ernsthaft interessiert an.

»Ich glaube, ja«, sage ich vorsichtig. »Der Anfang war etwas zäh und schwerfällig, aber jetzt haben wir uns Englisch vorgenommen, damit Marius sich bei Fortnite unterhalten kann. Und in Deutsch widmen wir uns dem ›Fänger im Roggen‹«, sage ich, zucke mit den Schultern und ergänze, als Sebastian mich mit einer Mischung aus Skepsis und Ungläubigkeit mustert: »Er hat das vorgeschlagen – beides!«

Dann lächelt er mich an und nickt anerkennend mit dem Kopf, während seine Lippen so eine Art Duckface bilden. Zufrieden sagt er: »Ich denke das auch, so lange war Marius bisher mit kaum jemanden in Kontakt.«

Ich lächele dankbar und freue mich über das Kompliment. Als ich nach meiner Jacke greife, sagt Sebastian: »Hast du noch einen Moment?«

»Klar.« Immerhin kann ich Lasse ohnehin erst um zwei abholen.

»Vielleicht trinken wir noch einen Kaffee und machen deine Stunden voll«, bietet er an.

Ich bin unsicher, wie er das meint, lächele also weiterhin und folge ihm in die Küche.

»Suchst du zufällig noch einen anderen Job? Ich suche noch jemanden für eine ähnliche Einrichtung wie hier, aber als Sozialpädagogin.« Währenddessen setzt er frischen Kaffee auf. »Ich bin unsicher, ob du den Fachkraftstatus besitzt?«

»Ja, durch Caro weiß ich, dass ich das wohl tue.« Weil das jetzt jedoch nicht so überzeugt klingt, ergänze ich rasch: »Ich hab Erziehungswissenschaft studiert.«

»Suchst du denn? Caro meinte, du studierst noch …?«, fragt Sebastian im Umdrehen und setzt sich mir gegenüber hin.

»Ja, ich bin unsicher.« Ich fühle mich sehr geschmeichelt. »Ich bin jetzt im Master, weiß aber nicht, ob ich den beenden soll und was mir das bringt«, sage ich fast fragend und zucke mit den Schultern.

Er grinst. »Zumal du im sozialen Bereich meist nach Tätigkeit und nicht nach Abschluss bezahlt wirst.«

»Ist das so?« Das ist definitiv noch 'ne Information, die ich bisher nicht hatte und die dafür spricht, den Master nicht zu beenden.

»Hier bei uns ist das jedenfalls so.«

»Okay, gut zu wissen«, sage ich kopfnickend.

»Kannst du dir ja überlegen, es würde vermutlich erst nach den Sommerferien losgehen, die Einrichtung ist noch im Aufbau, aktuell muss viel organisiert und koordiniert werden und gute Fachkräfte sind schwer zu kriegen, wäre cool, wenn du Interesse hast!«

Er scheint aufrichtig interessiert an mir als Fachkraft zu sein, denn seiner Ausführung entnehme ich keinerlei Verzweiflung, sondern durchaus hohen Anspruch.

»Ja, ich überlege es mir, wir sehen uns ja jetzt öfter.« Ich zwinkere ihm zu und werde direkt rot, weil es wie ein Flirtversuch wirken könnte.

Er scheint es ähnlich zu deuten, lacht kurz und unsicher. »Ach ja, stimmt!« Dann schaut er mich direkt an. »Find ich gut.«

Schon wieder fühle ich mich ein bisschen … ertappt? Vielleicht, weil Sebastian eben einfach kein Mann der Kategorie »Potenzieller Partner« ist und seine Flirtversuche daher so … überraschend kommen.

Der Kaffee ist fertig, er stellt mir Milch und einen Becher mit Kaffee hin. Ich bin froh, dass ich mich kurz mit der Milch beschäftigen kann. Denn ich weiß nicht, was ich sagen soll.

Ihm scheint es ähnlich zu gehen. Ich verschließe die Milch, trinke einen Schluck Kaffee und just in dem Moment hebt auch er seinen Kaffeebecher und trinkt. Da wir uns gegenübersitzen, ist es schwer, sich nicht anzuschauen. Mein Herz schlägt ein bisschen schneller. Ich stelle die Kaffeetasse zeitgleich mit ihm ab. Unsere Körpersprache spricht für Sympathie. Dann muss ich kurz über den Gedanken lachen. Er legt den Kopf schief, kneift die Augen leicht zusammen, grinst und fragt: »Was?«

Ich lache erneut und winke kopfschüttelnd ab. Plötzlich hören wir, wie sich die Haustür öffnet und wieder schließt, bevor Caro im Türrahmen erscheint, sie schaut erst Sebastian und dann mich an, grinst zufrieden und erkundigt sich, wie es war. Sebastian steht auf, als wolle er uns ein bisschen Zweisamkeit gönnen. Ich berichte Caro von Marius und als ich fertig bin, flüstert sie: »Und wie lief es mit Basti?«, während sie mit ihrem Kopf kurz in Richtung Flur deutet.

Ich muss lachen, schüttele mit dem Kopf und entgegne im gleichen Flüsterton: »Jetzt ist der Zeitpunkt gekommen, an dem ich mich wohl verabschieden sollte!«

Sie lacht zufrieden und deutet meine Reaktion offensichtlich als Erfolg ihrer Kupplungsstrategie.

Nach der Verabschiedung stelle ich fest, dass ich noch gut zwei Stunden habe, bevor ich Lasse abholen kann, und entscheide mich, eine Runde laufen zu gehen. Als ich gerade loswill, schreibt mein Papa, ob er morgen mit Lasse zur Knickerkirmes könne und wenn Lasse Lust habe, er auch gerne bei ihm schlafen könne. Lasse liebt seinen Opa über alles und er ist der Einzige, neben seinem Papa, bei dem er übernachtet, gern übernachtet. Ich freue mich also direkt über einen freien Freitagabend. Und laufe beflügelt von dem Gedanken los.

»Wenn ich wütend bin,
dann habe ich keine Ordnung im Kopf.«

Fin-Michel Geihsen

Während ich Chrissy, der neuen studentischen Hilfskraft am Lehrstuhl, die Exceltabellen zeige, ihr meine Recherche für das Genderprojekt unserer Professorin präsentiere, ihr erkläre, was es bei den Klausurfragen der A2-Studierenden zu beachten gibt, und sie in meine Aufgaben beim gekoppelten Einführungsseminar einweise, sitzt Fabian auf seinem Stuhl und beobachtet uns hinter seinem Bildschirm immer wieder. Irgendwann unterbricht er uns und fragt: »Guter Kaffee?« Ich frage Chrissy, ob sie erst mal ohne mich klar kommt, und sie nickt. Wir gehen raus in den Gang, mir fällt ein, dass ich mein Geld liegen lassen habe, und gehe noch mal zurück ins Büro.

Als ich reinkomme, mustert Chrissy mich und sagt zaghaft: »Marina …?«

»Ja?«

»Sag mal, also geht mich ja nichts an, aber ich bin ja neu hier am Lehrstuhl und so, aber seid ihr ein Paar?« Chrissy kaut auf ihrer Unterlippe.

Ich schüttele mit dem Kopf. »Wer?«

»Du und Fabian.« Sie hält gespannt die Luft an.

Ich muss lachen. »Nein … Warum?«, frage ich und erschrecke kurz, weil sie ja vielleicht in ihn verknallt sein könnte. Immerhin sitzt sie mit uns im Büro und ich war ab und zu mal nicht vor Ort.

Sie atmet erleichtert aus. »Ach, nur so, ich hatte mich das gefragt und war in der Lehrstuhlbesprechung so irritiert, als jemand Fabian aufzog als ewiger Single, und da dachte ich, ich frag mal.«

»Ach so.« Ich schmunzele und kann es kaum erwarten, Fabian damit aufzuziehen.

»Woher hast du deinen Ruf als ewiger Single?«, sage ich, als ich zu ihm gehe. Er hat vor den Fahrstühlen auf mich gewartet.

Fabian fühlt sich fast angegriffen und fragt abwehrend: »Wie kommst du dadrauf?«

Ich grinse einfach weiter, statt seine Frage zu beantworten, sage ich: »Chrissy hat mich gerade gefragt, ob wir zusammen sind.«

»Und?« Nun grinst er und fragt, als sei er selbst neugierig auf die Antwort: »Was hast du gesagt?«

Ich lache. »Flirtest du mir mir?«

»Wer könnte es mir verübeln?« Fabian zuckt mit den Schultern und betritt den Fahrstuhl.

Ich versuche, mir nicht anmerken zu lassen, wie sehr ich mich über seine Aussage freue, rolle übertrieben mit den Augen und folge ihm mit den Worten: »Ich könnte deine Mutter sein, Fabian.«

Jetzt lacht er. »Zwischen einer Mutter und einer MILF liegen dann aber doch gut fünfzehn Jahre!«

Ich bin sprachlos und kann nicht glauben, was er gerade gesagt hat. Ich starre ihn nur fassungslos mit geöffnetem Mund an und bin froh, dass er meine Sprachlosigkeit nicht ausnutzt, um noch einen drauf zusetzen. Im Gegenteil.

Er blickt schuldbewusst nach unten. »Entschuldige, das ging zu weit.«

Der Fahrstuhl hält. Wir steigen aus.

So langsam gewinne ich meine Sprache zurück. »So so, ich bin also eine ›mother you'd like to fuck‹?«

Er geht vor und hält mir die Glastür auf. »Touché, als Entschuldigung lade ich dich ein, was nimmst du?«

Ich gehe selbstbewusst durch die Tür, sein Friedensangebot ignorierend und sage nur trocken: »Du hast die Frage nicht beantwortet?«

Er grinst mich von der Seite an. »Flirtest du jetzt mit mir?«

Ich zucke mit den Schultern. »Schlimm?«

»Im Gegenteil, es ehrt mich«, sagt er sachlich, ohne dabei zu grinsen. Wir verlassen das Gebäude und er ergänzt, als habe er nochmal darüber nachgedacht, inwiefern es tatsächlich eine Ehre ist, wenn ich mit ihm flirte: »Wobei, flirtest du nicht mit so ziemlich jedem Lebewesen?«

Autsch. Das tut weh, vermutlich, weil es wahr ist. Und dann denke ich plötzlich an den Podcast von Lieblingssternenstaub: »Verstehe dich und vergebe dir, dass du nicht immer so handelst, wie du gerne möchtest«. Der Gedanke dauert fast zu lange für 'ne schlagfertige Antwort, ich versuche es dennoch und sage nur, um zu unterstreichen, dass er jetzt wirklich etwas gutzumachen hat: »Ich nehm den Caramel Macchiato!«

Er widerspricht nicht. Wir betreten den Coffeeshop und da wir mitten in der Vorlesungszeit dort ankommen, herrscht gähnende Leere. Er bestellt zwei Caramel Macchiato, wir warten schweigend. Ausgestattet mit zwei großen Bechern stellen wir uns kurze Zeit später an die Mauer vorm GA-Gebäude, er holt Zigaretten aus der Tasche, nimmt zwei raus und reicht mir eine.

»… bevor du wieder anfängst.«

»Du hast es verstanden!« Ich strahle ihn an.

»Klar!« Er winkt ab, als wäre das ja nun wirklich keine große Sache.

»Was machst du heute noch?«, frage ich ihn.

»Ich habe keine Pläne.«

»Es ist Freitag«, sage ich mit Nachdruck und tue dabei so, als sei es unbegreiflich, dass jemand, der keine Kinder hat und Mitte zwanzig ist, keine Pläne für Freitagabend hat.

»Was machst du denn heute noch?«, fragt er bewusst provokant und grinst mich an, als würde er bereits ahnen, dass ich ihn fragen möchte, ob er den Abend mit mir verbringen will. Bin ich so durchschaubar?

»Das habe ich dich doch gerade gefragt«, erwidere ich, und da fällt mir ein, dass er mir ja bereits eine Antwort gegeben hat, ich fühle mich doof und bereite mich innerlich drauf vor, dass er mich damit konfrontiert.

Doch das Gegenteil ist der Fall. »Was ist mit Lasse?«

»Der ist mit Opa zur Kirmes und schläft wohl auch da«, versuche ich, betont nüchtern und sachlich zu sagen, um mir nicht noch mehr in die Karten schauen zu lassen.

»Na dann, lass uns was trinken gehen!«, schlägt Fabian vor, als wäre nichts dabei.

Ich lächele erleichtert. »Gerne.«

Im Büro stellt Chrissy noch ein paar Fragen, kopiert sich Dateien und verabschiedet sich dann. Ich geselle mich zu Fabian an seinen Schreibtisch und er zeigt mir einen ersten Entwurf seiner Theorie, wir diskutieren wieder, und das Ergebnis, in Form einer aussagekräftigen Grafik, kann sich sehen lassen. Gegen halb sechs machen auch wir Feierabend.

»Wo hast du geparkt?« Er hat gerade seinen PC heruntergefahren und greift nun zur Jacke.

»Mist, gar nicht drüber nachgedacht, aber wir sind ja beide mit dem Auto. Ich kann ja schlecht was trinken und dann zurück nach Unna.« Direkt flaut die Vorfreude auf ein Bier mit Fabian etwas ab.

»Ach, stimmt.« Dann holt er Luft und sagt, während er in seiner Jacke kramt, ganz nebenbei: »Also, du könntest bei mir schlafen …« Er schaut mich an, es wirkt so, als wolle er sichergehen, dass ich ihm keine Hintergedanken unterstelle.

Um möglichst rasch aus dieser Situation rauszukommen, lache ich und korrigiere: »Du meinst, bei deinen Eltern?«

Auch er lacht erleichtert auf, vermutlich hat er doch Hintergedanken, und wehrt ab: »Ey, ich hab ne ganze Etage für mich.«

»Du hast ’nen ausgebauten Dachboden«, ziehe ich ihn erneut auf.

»Mit Bad«, ergänzt er und zieht seine Augenbrauen hoch, als wollte er fragen, ob das reicht.

»Okay, überzeugt!« Ich schmunzele.

Wir gehen raus, er schließt ab.

Im Fahrstuhl fragt er plötzlich, ganz nebenbei, während er den Knopf drückt: »Kriegt man dich immer so leicht rum?«

»Warst du schon immer ein Mann?«, frage ich, als würde ich die Antwort tatsächlich nicht kennen, als er gerade Luft holt und was sagen will, füge ich rasch hinzu: »Und wenn ich Mann sage, meine ich Arsch!«

Dann lacht er nur selbstgefällig, zuckt mit den Schultern und erwidert: »Dafür, dass du so ein schlechtes Bild von Männern hast, verhältst du dich ihnen gegenüber ganz schön nett.«

Ich ignoriere die ziemlich offensichtliche Abwertung meines Liebeslebens und sage nur schulterzuckend: »Na ja, irgendwann muss ja ein Guter dabei sein.«

Der Fahrstuhl hält, wir steigen aus, erneut hält er mir die Glastür zum Ausgang auf. »Du suchst also weiter?«

Ich lächele ihn an und korrigiere: »Wie sagt man so schön, diesmal lasse ich mich finden.«

»Oh. Na, dann gucken wir doch mal, wer dich heute findet!« Er deutet nach rechts. Ich schaue erschrocken in die Richtung. »Da habe ich geparkt!« Fabian lacht.

Ich werde rot. »Ich stehe hier vorne!«, sage ich und nicke mit meinem Kopf geradeaus.

»Okay, ich fahre vor!«

Ich laufe zu meinem Auto, steige ein, lasse den Motor an, entscheide mich gegen Musik und fahre los. Wie konnte das passieren? Warum flirten wir auf einmal? Besser gesagt, warum flirtet er mit mir? Er hat recht, ich lasse keinen Flirt aus, nie, nicht mal mit der Bäckereifachverkäuferin. Und auch, wenn sich alles in mir wehrt und ich mir fest vorgenommen habe, diesmal nichts zu überstürzen, weder theoretisch noch in der Praxis, frage ich mich, wie eine Beziehung mit Fabian wohl wäre. Wir verbringen ohnehin viel Zeit miteinander und hätten sogar jedes zweite Wochenende Zweisamkeit ohne Uni und Arbeit. Er ist wahnsinnig intelligent, gebildet, und die Diskussionen mit ihm sind so wohltuend für Kopf und Geist. Er ist noch total jung, vielleicht würde er dann zu Hause aus- und bei uns einziehen. Natürlich nicht so schnell, aber wir haben es ja nicht eilig. Lasse würde ihn mögen.

Fabian parkt in einer Auffahrt, ich bin von der Spießigkeit und der Idylle etwas überrascht. Ich hoffe, dass seine Eltern nicht zu Hause sind, und parke am Straßenrand. Ich steige aus, Fabian wartet vor seinem Auto, just in dem Moment öffnet sich die Haustür, er dreht sich um. Eine Frau, vielleicht Mitte vierzig, gekleidet wie Mitte sechzig, mit einer blumigen Schürze erscheint auf der Türschwelle.

»Fabian, wo warst du so lange? Dein Essen steht in der Mikrowelle. Wir haben auf dich gewartet, aber dein Bruder meinte, wir sollen ohne dich essen. Deine Schwester war auch hier …«

Ich habe die Straße überquert und bin mittlerweile bei Fabian angekommen. Die Frau lächelt verunsichert und sagt, diesmal deutlich freundlicher und ruhiger: »Oh, du hast Besuch mitgebracht. Entschuldige – hallo, ich bin Fabians Mutter.«

»Skurrile Situation«, denke ich. Ich fühle mich direkt zehn Jahre jünger, wie damals, als es für mich noch üblich war, dass die Eltern der Freunde zu Hause waren, weil man eben zusammengewohnt hat. Aber ich finde es auch spannend, Fabian mal so ganz anders zu erleben. An der Uni ist er durchaus »The Brain« und gleichzeitig eher der zurückhaltende, dennoch lustige Tollpatsch.

Hier wirkt er nun eher wie mein großer Bruder, dessen Pubertät mich damals schockierte, weil er von unseren Eltern nur noch genervt war, während ich beide noch vergötterte.

»Ich bin Marina – eine Arbeitskollegin«, sage ich höflich und lächele Fabians Mutter an.

»Sie sind Marina?«, fragt sie nun lächelnd, dann schaut sie mit hochgezogenen Augenbrauen ihren Sohn an und hebt etwas hilflos ihre Arme, bevor sie sich in Richtung Tür dreht.

Was hatte Fabian denn von mir erzählt? Und inwiefern weiche ich von der Vorstellung, die seine Mutter von mir hat, wohl ab?

»Stefan, kommst du mal, Marina ist hier«, ruft sie in Richtung Tür.

»Mutter, wir wollten nur die Autos parken und zu Sascha rüber«, sagt Fabian und verdreht die Augen.

In dem Moment erscheint ein Jugendlicher in der Tür, nickt kurz in meine Richtung und begrüßt mich mit »Hey, Marina!«, bevor er sich Fabian zuwendet und anerkennend sagt: »Haste aber nicht zu viel versprochen!« Dann verschwindet er wieder nach drinnen.

Fabian ist diese Situation sichtlich unangenehm, während ich dieses, ja, man könnte fast sagen, *Schauspiel,* sehr genieße. So, so. Fabian hat scheinbar einiges von mir erzählt und scheinbar nur Positives. Ich grinse.

»Wollen Sie nicht reinkommen?« Fabians Mutter winkt uns rein, verschwindet im Haus und erzählt weiter, wir folgen ihr, Fabian zuckt entschuldigend mit den Schultern. »Fabian hat Sie schon mehrfach erwähnt. Sie arbeiten mit ihm an dem neuen Projekt, nicht wahr? Promovieren Sie auch gerade?«

»Nein, ich bin noch im Master«, antworte ich verlegen.

»Jetzt kommt doch erst mal rein«, wiederholt sie aus der Küche, obwohl wir schon mitten im Esszimmer stehen, das an die große Diele grenzt. »Soll ich einen Kaffee aufsetzen?«, fragt sie, während sie bereits Kaffeepulver in die Filtertüte füllt.

Das Haus hat einen alten Steinboden, ausgelegt mit einem riesigen Perserteppich. Es riecht ein wenig wie bei meiner Oma. Das Wohnzimmer besitzt eine Glastür, man sieht den alten antiken Wandschrank, auf dem Samtsessel liegt ein verziertes Kissen mit Goldrand, ein altmodisches Kuscheltier, das schon Fabians Mutter als Kind gehört haben muss, ziert die Sitzfläche. Der Fernseher, eine alte Röhre, ist eingeschaltet. Auf dem Teppichboden liegt ein weiterer Teppich, dieser vermutlich zur Zierde. Kaffeegeruch erfüllt den Raum. Auf dem Esstisch liegen eine gelesene Tageszeitung und eine runde kleine Tischdecke in der Mitte.

Die Mutter legt die Zeitung zur Seite und deckt den Tisch mit altem Porzellan, sogar ein trockener Kuchen wird in die Mitte gestellt. Alles erinnert mich an die gute Stube meiner Oma. Hier scheint das Leben noch in Ordnung zu sein. Auf den schweren Fenstersimsen aus Stein stehen Kakteen in unterschiedlichen Größen und Formen. Und während ich mich umsehe, wird es Fabian zu viel.

»Mutter, wir wollen direkt rüber, okay?«, giftet er seine Mutter an, vermutlich, weil er schon oft mit Freundlichkeit gescheitert ist und heute auch noch hinzukommt, dass er sich blamiert fühlt.

»Aber ich habe doch extra gedeckt«, erklärt die Mutter und ignoriert Fabians giftigen Ton.

»Darum habe ich dich nicht gebeten!«, fährt er sie harsch an.

Mir ist es unangenehm. »Fabian, Kaffee geht immer!« Ich schaue ihn an und lege meine Hand beschwichtigend auf seinen Arm. Mir tut seine Mutter leid. Ja, ich wäre auch lieber direkt zu seinem Kumpel rüber, wobei, ich dachte ja eher, dass wir zu zweit ein Bier trinken, egal. Irgendwie wirkt Fabians Mutter auf mich, als hätte sie nur auf die Rückkehr ihres Sohnes gewartet, um mit ihm zu reden, ihm zuzuhören und vom Tag zu erzählen. Ich frage mich, wie ich wohl bin, wenn Lasse in Fabians Alter ist. Fabians Bruder hat sich wohl in sein Zimmer zurückgezogen.

Wir setzen uns an den Esstisch. Seine Mutter stellt mir Fragen, ich antworte. Als ich erzähle, dass ich einen Sohn habe, ist die Mutter überrascht, wenn nicht sogar schockiert, und ich frage mich, was Fabian noch so von mir erzählt hat. Als Fabian von seinem Projekt anfängt, schaltet die Mutter sichtlich ab.

Gegen sieben brechen wir auf zu Sascha.

»Wer ist Sascha?«, frage ich, als wir draußen sind.

»Ein Freund, er wohnt direkt die Straße runter, er macht heute 'ne kleine Party.«

»So, so! So viel zu ›Ich habe keine Pläne‹!« Ich lache.

Fabian scheint es nichts auszumachen, dass ich ihn dabei ertappt habe, wie er gelogen hat, er zuckt nur mit den Schultern und grinst. Vermutlich ist das für ihn immer noch angenehmer als die Begegnung mit seiner Mutter. Ich belasse es dabei, rufe kurz meinen Papa an und telefoniere auch mit Lasse. Beim Auflegen überkommt mich ein bisschen Sorge und auch etwas Wehmut. Ich hätte auch kein Problem damit, heute mit Lasse einen Kinoabend zu machen. Die letzten Wochen waren aufregend genug und die Mutter von Fabian hat mich etwas auf den Boden der Tatsachen zurückgeholt. Egal. Jetzt liege ich eben nicht mit meinem »Nochkindergartenkind« auf der Couch, sondern laufe durch die Siedlung auf dem Weg zu Fabians Kumpel.

Schon aus der Entfernung hört man laute Musik, die Tür steht auf, wir gehen rein. Die Stimmung ist fröhlich, ausgelassen. Keine zwei Minuten vergehen, bis mir plötzlich Gras angeboten wird, ich lehne dankend ab und drehe mich zu Fabian um, doch ich sehe ihn nicht. Ich schaue etwas verloren in die Menge und fühle mich unwohl. Dann sehe ich Fabian mit zwei Flaschen Bier an so einer Art Theke. Ich gehe zu ihm, er redet gerade mit 'ner Schwarzhaarigen, die sich mir direkt vorstellt. »Hi. Ich bin Jess. Du bist Marina? Fabian hat mir schon viel von dir erzählt.« Während sie das sagt, schaut sie Fabian an. Sie ist groß, schlank, etwas verrückt und mindestens fünf Jahre jünger als ich, klar, sie ist wohl in Fabians Alter.

Ein teddybärartiger Kerl und gesellt sich zu uns. Er grinst mich an und sagt: »Hi! Zu wem gehörst du? Bitte sag, du bist alleine hier!«

Es ist so plump, dass ich direkt lachen muss und gleichzeitig wird mir etwas unwohl: Ausgerechnet **er** flirtet mit mir?

»Ich gehöre zu Fabian!«, sage ich und lasse bewusst offen, ob wir zusammen sind. Teddy macht ein bedröppeltes Gesicht, während Jess, die Schwarzhaarige, erschrickt und meinen Plan durchkreuzt, indem sie fragt: »Ach, seid ihr zusammen?«

Plötzlich steht Fabian neben mir und schüttelt schnell den Kopf. »Nein, wir sind nur Kollegen!«

Ach, auf einmal? Ich lächle gezwungen in die Runde. Ob es wegen dieser Jess ist, frage ich mich.

Die Party war eigentlich nur ein Vorglühen, um später nach Bochum in die Innenstadt zu fahren. Ganz so hatte ich mir mein platonisches Kneipendate nicht vorgestellt. Vorsorglich habe ich mir das eine Bier auf der Party gut eingeteilt, damit ich womöglich doch noch nach Hause fahren kann. Als klar wird, dass es sich dabei lediglich um den Beginn der Nacht handelt, ärgere ich mich, denn alle Anderen haben genau den richtigen Pegel für die Disco. Sagt man das eigentlich noch? Disco?

Die Gruppe ist kleiner geworden, doch leider hat sie sich um die **falschen** Leute reduziert. Jess und Teddy sind immer noch dabei und belagern uns.

Als wir endlich drin sind, hält mir jemand ein Bier vors Gesicht. Es ist Jonas. Einerseits werde ich wütend, aufs Leben, aufs Karma, aufs Schicksal, auf Jonas, und andererseits freue ich mich darüber, dass ich mich nicht mehr so deplatziert und unerwünscht fühle. Wir gehen kurz vor die Tür, reden.

»Schön, dich zu sehen, was für ne Überraschung!«, sagt Jonas.

»Ja, schön, dich zu sehen. Wie geht es dir?«

»Nicht so gut, zu Hause ist mal wieder Stress … Aber gut, ist ja nichts Neues!«

»Boah, Jonas, dein Ernst? Ich dachte wirklich, dass das mit uns was werden könnte, ich war total verknallt und konnte es kaum glauben … Und leider wurde meine Vorahnung ja dann bestätigt. Und nun besitzt du echt die Frechheit, mir zu erzählen, wie ätzend es mit deiner Freundin läuft?«

Jonas schaut mich ungläubig an. »Was ist denn jetzt mit dir los?«

Auf einmal kommt Fabian dazu, er ist total betrunken. Wie schnell ging das denn bitte?

»Marina, ich liebe dich!«, säuselt er.

»Marina?«, wiederholt Jonas ungläubig meinen Namen, während er fast herablassend auf Fabian schaut, dann funkelt er mich wütend an. »Du machst mir hier 'ne Szene, während dein Typ im Laden trinkt? Wie schnell ging das denn bitte?« Das Funkeln weicht der Arroganz, fast triumphierend fährt er fort: »Ich liege ja scheinbar nicht so verkehrt damit, dass wahre Liebe nur auf Distanz funktioniert, oder?«

»Fabian, setz dich mal hierhin!« Ich wende mich kurz Fabian zu, der so sehr hin- und herschwankt, dass er fast umkippt. Als Fabian sitzt, funkele ich Jonas mit zusammengekniffenen Augen an und sagte wütend: »Er ist nicht mein Freund!«

»Noch nicht!«, ruft Fabian da, der seinen Oberkörper scheinbar mit letzter Kraft kurz aufgerichtet hat, um diese scheinbar wichtige Ergänzung anzuführen, bevor er wieder in sich zusammensackt.

Jess kommt raus, setzt sich neben ihn, während Jonas den Kopf schüttelt, kurz seine Hand hebt, sie wieder fallen lässt und geht. Es wirkte fast so, als wolle er noch irgendwas sagen, doch vermutlich hat er eingesehen, dass seine Ausführung von gerade ziemlich daneben gewesen ist und er hier und jetzt ohnehin keinen guten Eindruck mehr hinterlassen kann.

Ich stoße nur fassungslos Luft aus, schüttele meinen Kopf, bevor ich mich zu Fabian und Jess umdrehe. Sie hat ihren Arm um Fabian gelegt, der scheinbar nichts mehr mitbekommt. Sie sieht mich an und fragt, vermeintlich interessiert: »Dein Ex?«, dann schaut sie in Jonas' Richtung und ergänzt: »Ganz schön alt.«

»Na ja, mein Alter eben«, sage ich nur zickig und versuche gar nicht, meine Antipathie zu verstecken.

Sie ignoriert den garstigen Ton in meiner Stimme und sagt unbeirrt: »Ah, deswegen!«

Was soll das denn heißen? *Deswegen.* Deswegen sehe ich so alt aus? Deswegen bin ich nicht mit Fabian zusammen? Deswegen bin ich nicht so cool, schlank oder hübsch wie sie? Ich würde ihr am liebsten die Augen auskratzen. Stattdessen sage ich: »Ich organisiere mal ein Taxi für Fabian und mich!«

»Ja, können wir uns ja teilen, einer sollte sich um den armen Kerl kümmern, ich setze mich dann nach hinten, zu ihm. Ich weiß ja, wo er wohnt.«

Ich wende mich von ihr ab und verdrehe die Augen, was wollte sie mir damit bitte mitteilen?

Ich google nach 'nem Taxiunternehmen, als plötzlich ein Auto herangefahren kommt und direkt vor uns hält.

Die Scheibe geht runter. »Taxi?«

»Ja!«, sage ich erleichtert.

Dann kommt Teddy aus dem Laden, er will auch mit. Im Taxi erklärt Jess, sie wohne zwar in Bochum, aber das sei ein Umweg, ob sie nicht mit zu uns könne. Der Teddy hält das für eine gute Idee und nennt Fabians Adresse als Ziel. Ich bin zu müde und zu irritiert vom Leben, als dass ich widersprechen könnte.

Am nächsten Morgen ist der Frühstückstisch tatsächlich für vier Personen gedeckt. Fabian ist einigermaßen fit, Jess fragt, ob er sie gleich nach Hause bringen könne, er sagt, dass das klargehe, und sein Kumpel wohne eh nicht weit weg. Ich hätte Fabian gern gefragt, ob er sich noch an den gestrigen Abend erinnern könne, daran, was er gesagt hat, aber das will ich lieber nicht in dieser Runde tun.

Unmittelbar nach dem Frühstück verabschiede ich mich, bedanke mich bei der Mutter fürs Frühstück und fahre zu meinem Papa, um Lasse dort in Empfang zu nehmen. Auf dem Weg dorthin versuche ich, den Abend Revue passieren zu lassen, doch schnell stellt sich ein Cognitive Overload ein. Zu viele Eindrücke. Jonas' Mutter, unser Flirten, das Liebesgeständnis. Jess. Jonas. Diese Party. Der Club. Das Frühstück.

Endlich bei meinem Papa angekommen, sehe ich Lasse schon am Fenster. Er lacht und verschwindet sofort, als er mein Auto sieht. Dann geht die Tür auf und er rennt mir entgegen. Er erzählt von den Karussells, zeigt mir einen Lippenstiftlutscher und gibt mir ein Lebkuchenherz: »Ohne dich kein mich!«

»Ich bin unsicher, ob er das versteht, wir haben ein paar gelesen und hierfür hat er sich dann entschieden!«, erklärt mein Papa und schaut dann liebevoll in Lasses Richtung.

»Danke!« Meine Lippen formen unwillkürlich ein Lächeln.

»Wie war es gestern?«, fragt mein Papa. »Kaffee?«

»Gerne. Es war total verrückt …« Ich atme einmal tief ein und aus.

»Erzähl«, fordert er mich neugierig auf.

Lasse verschwindet wieder auf die Couch, wo er irgendwelche Karten sortiert und anschaut. Und während ich meinem Papa einen Schwank aus meinem Leben erzähle, unterbricht er mich und meint: »Fabian? Muss ich mir den Namen merken?«

Ich ärgere mich, versuche aber, darüberzustehen. Ich hab es verdient, stimmt schon. Zum Glück wird Lasse irgendwann ungeduldig und will nach Hause.

Als wir im Auto sitzen, fragt er: »Was machen wir heute?«

»Sollen wir gleich mal mit dem Rad zum Teich und schauen, ob es schon Kaulquappen gibt?«, schlage ich vor.

»Au ja!«, lacht Lasse und klatscht wie ein Kleinkind vor Freude in die Hände.

Zu Hause angekommen, packen wir eine Kelle, eine Tupperdose, eine Flasche und Kekse in den Fahrradkorb und fahren los. Der Weg ist nicht weit, aber weit genug für Proviant – zumindest für einen Fünfjährigen. Am Teich angekommen, erklärt Lasse mir, wie man angelt, welche Fische da im Wasser sind, und ich bin erstaunt darüber, wie aufmerksam er seinem Papa beim gemeinsamen Angeln scheinbar zuhört. Dann sucht er nach der schleimigen Grütze, in der sich die Kaulquappen befinden.

Schon bald wird er fündig. Wir füllen das Wasser und den Laich in die Tupperdose und noch etwas Wasser in die Flasche. Dann laufen wir noch einmal um den Teich herum. Lasse fragt, ob wir wohl Brombeeren finden, und sucht die Sträucher ab, jedoch ohne Erfolg.

Auf dem Rückweg machen wir noch einen kleinen Umweg zum Lieblingsbäcker, holen uns ein Stück Himmelskuchen, und zu Hause füllen wir die Kaulquappen in ein kleines Aquarium mit Pumpe und Steinen. Wir füttern etwas hartgekochtes Eiweiß durch ein Sieb und beobachten die vielen winzigen Babys beim Essen. Danach spielen wir ein Spiel, essen den Kuchen ganz feierlich und Lasse fragt, ob wir heute einen Kinoabend machen könnten. Klar. Wir basteln Tüten aus Papier, verzieren diese und machen Popcorn im Kochtopf. Danach setzen wir uns mit Kuschelhose und Bettdecke auf die Couch und schauen Police Academy. Für Kinder eher ungeeignet, aber den sexistischen Humor versteht er eh noch nicht und mit dem albernen Humor trifft man bei einem Fastschulkind voll ins Schwarze.

Während der Film läuft, schreibt Fabian.

Hey, sorry, ich war total betrunken. Hab ich was Dummes gemacht? Du warst so schnell weg?

Du hast mir deine Liebe gestanden.

Das tut mir leid.

Was? Das Geständnis? ;-)

Keine Ahnung. Ich war betrunken.
Da ist man ja immer etwas neben der Spur.
Können wir das einfach vergessen?

Klar.

Was machst du?

Police Academy schauen.

Großartig. Ich glaube, dein Sohn
hat die beste Mama der Welt.
Ich hoffe, er weiß dich zu schätzen!

Ja, das tut er. <3

Was macht ihr morgen?

Bisher haben wir nichts geplant,
auch mal ganz schön. Was machst du?

Nichts geplant. Sollen wir ins Kino?

Ich schaue zu Lasse. Es schmeichelt mir, ich denke an meine Zukunftsfantasie und hätte gern eingewilligt. Gleichzeitig fühlt sich diese Konversation so widersprüchlich an. So hoffnungslos. So …

Unbehagen macht sich breit. Lasse, mein kleiner, lieber, guter Lasse. Sollte ich dir nicht ein gutes Vorbild sein? Auch, oder vor allem in Sachen Liebe? Was tue ich denn hier?

Andererseits, hätte mich eine Freundin gefragt, hätte ich sofort zugesagt. War es für Lasse nicht egal? Außerdem sprach Fabian vom Kino. Aber was, wenn ich Lasse wieder jemanden vorstelle, er ihn mag und dieser Jemand dann nie wiederkommt? Bin ich zu egoistisch? Andererseits stelle ich Lasse ja nicht jeden x-beliebigen Kerl vor. Und Fabian ist nun mal ein Kollege.

Doofe Idee?

Vielleicht etwas überstürzt?

Was? Dass ich mit meiner guten Kollegin
und ihrem Sohn ins Kino möchte?

Du weißt, was ich meine …

Als ich dir meine Liebe gestanden habe,
war das nicht ernst gemeint, Marina.
Keine Ahnung, warum ich das gesagt habe.
Vielleicht wollte ich auch nur Jess loswerden.

Warum hast du nicht zugeschlagen?

Weil sie nicht mein Typ ist und ich keine Freundin will. Ich will mich gerade auf meine Promotion konzentrieren und mich nicht ablenken lassen.

Ah, okay. Aber warum dann Kino?

Keine Ahnung. Sonntag eben. Mir war nicht klar, dass es für dich nach 'nem Date klingt.

Also wäre es kein Date geworden?

Nein. Sonst hätte ich dich gefragt, wann du Zeit hast und nicht, was ihr morgen macht.

Okay. Egal. Lass uns Kino verschieben. Wir sehen uns am Montag!

Bis Montag. Schlaft gut.

Ich schlafe noch während des Films ein, als ich aufwache, ist Lasse hellwach und schaut eine Kinderserie auf Netflix.

»Kann ich heute die ganze Nacht wach bleiben?«, fragt er aufgeregt und strahlt mich an, er wirkt fast so, als sei er sehr stolz auf sich, weil er eine so gute Idee hatte.

»Klar, wenn ich schlafen darf«, sage ich recht gelassen, weil ich mir sicher bin, dass er in weniger als zwanzig Minuten auch einschlafen wird, ich bin auch noch halb am Schlafen.

»Aber nicht im Bettchen!«, sagt Lasse, fast drohend.

So langsam komme ich zu mir und bin genervt, weil ich befürchte, dass ich doch nicht so rasch wieder einschlafen werde. »Lasse, was willst du denn ohne mich machen?«

»Nichts, deswegen sollst du ja auch hierbleiben und ich gucke, bis Netflix alle ist«, sagt er selbstzufrieden.

Es sei ihm gegönnt. »Okay, aber ich mache das große Licht aus, ja?«

»Na gut«, sagt er gönnerhaft, als würde er mir ausnahmsweise etwas erlauben, was eigentlich nicht okay ist. Als ich mich wieder auf die Couch kuschele, streichelt er meinen Kopf und sagt liebevoll: »Du kannst ruhig wieder schlafen, Mama!«

Fünf Minuten später fallen auch ihm die Augen zu, und als ich auf der Couch keine Ruhe mehr finde, trage ich ihn rüber ins Bett.

Am nächsten Morgen sind wir beide ganz schön fertig. Wie gut, dass Sonntag ist. Es klopft. Schlaftrunken schlurfe ich in den Flur, es ist meine liebe Nachbarin, sie hat Waldorfbrötchen gebacken und dachte, sie erspart uns so den Weg zum Bäcker.

Während Lasse noch im Bett kuschelt, mache ich einen Kaffee und decke den Tisch, bevor ich mich wieder zu ihm geselle. Denn vor dem dritten Kaffee verlasse ich das Bett eigentlich nur zum Kaffeeholen.

Gegen zehn Uhr wird gefrühstückt und im Anschluss gehen wir raus in den großen Garten. Während Lasse mit seinem Fahrrad immer wieder um die drei großen Häuser fährt, überlege ich bei jeder Pflanze, ob daraus wohl mal was Schönes wächst oder ob das Unkraut ist. Den Unterschied habe ich irgendwie nie so richtig verstanden. Löwenzahn und Pusteblumen sind ja total hübsch und machen Spaß, aber

Unkraut? Was ist eigentlich mit diesen großen Kleeblättern? Und warum sehen die Stockrosen zunächst tatsächlich wie Unkraut aus?

Es dauert nicht lange und auch die anderen Nachbarskinder kommen nach draußen, einige fahren Fahrrad oder versuchen, die Fahrräder mit ihren Rollern zu überholen. Irgendwann spielen sie Fußball und wollen, dass ich mit dabei bin. Noch werde ich als Erste gewählt, dem Niveau von Fünf- bis Achtjährigen bin ich durchaus gewachsen. Vor allem bei unseren Regeln: »Wer holt, der hat«, »Der, der auf dem Boden liegt, bekommt einen Freistoß« und wenn ich »drüber« sage, dann ist der Ball auch drüber.

Vor dem mittleren Haus, in dem wir wohnen, erstreckt sich eine große, längliche Wiese mit einer Mauer, die Tore bestehen aus jeweils zwei Steinen. Dank Mauer und Haus kann man hervorragend über Bande spielen. Das Prinzip haben noch nicht alle durchschaut, und insbesondere Lasse, der Jüngste, powert sich voll aus, weil er immer kreuz und quer dem Ball hinterherläuft.

Zum Mittagessen gibt es Fischstäbchen, Spinat und Kartoffeln, und während ich die Kartoffeln schäle, kämpfen die Jungs auf dem Trampolin. Mir fällt auf, dass ich schon lange nicht mehr auf mein Smartphone geschaut habe, und finde es dann im Bett. Erwartungsvoll drücke ich auf den Home-Button und hoffe auf Nachrichten – von wem auch immer. Aber so verrückt es sich auch anfühlt, ich habe tatsächlich keine Benachrichtigung, nicht mal eine nervige Mitteilung irgendeiner installierten App. Plötzlich klingelt es Sturm. Ich laufe zur Tür und Lasse steht – ohne Schuhe und stinksauer – davor.

»Ich spiele nie wieder mit denen!«, schnauft er wütend und rennt direkt an mir vorbei ins Wohnzimmer, schmeißt sich auf die Couch und boxt auf die Kissen.

»Was ist passiert?«, frage ich besorgt und setze mich neben ihm auf die Couch.

»Die waren voll gemein«, sagt er etwas ruhiger und hört auf, die Kissen zu boxen. »Wir haben gekämpft und dann hat Noah mich voll geboxt!« Er demonstriert die Wucht des Schlages, indem er mit aller Kraft wieder gegen ein Kissen boxt. »Aber so richtig!« Dann schaut er mich wütend und ein bisschen hilflos an.

Ich kenne diese Streitereien und ich unterstelle Lasse, dass er gerade arg übertreibt. Darum frage ich vorsichtig: »Macht man das nicht beim Kämpfen?« Ich presse meine Lippen aufeinander, sehe ihn an und hoffe auf Einsicht.

»Ja, aber nicht so doll, nur weil ich aus Versehen auf ihn draufgehüpft bin.« Er fühlt sich voll im Recht und funkelt mich böse an.

Ich muss mir das Lachen verkneifen, denn eigentlich hat er ja gerade selbst gesagt, wie es dazu gekommen ist. Doch scheinbar erkennt er den Zusammenhang nicht. »Dann vielleicht deswegen?«

Jetzt reißt er die Augen auf und schaut mich an, als sei ich geisteskrank. »Ja, aber das war ja aus Versehen!«, sagt er, betont jede Silbe und zieht sie unnötig in die Länge.

Ich bleibe geduldig. »Aber vielleicht war Noah in dem Moment so wütend und es war so eine Art Reflex.«

Nun wendet Lasse sich von mir ab, dreht sich auf den Bauch und sagt enttäuscht: »Ja, klar, immer nimmst du Noah in Schutz. Sag doch, dass du lieber ihn als Sohn haben willst.«

Ich lege meine Hand auf seinen Rücken, woraufhin er anfängt, hin und her zu wackeln, um meine Hand abzuschütteln.

Dann beuge ich mich mit meinem Gesicht zu ihm hinunter und sage sanft: »Ach Mann, Lasse. Das will ich doch gar nicht. Aber Noah tut dir weh und du bestrafst dich jetzt selbst, weil du nach oben kommst und Noah spielt jetzt unten weiter.«

Er dreht seinen Kopf zur anderen Seite, boxt auf die Couch und sagt: »Ja, aber ich will ja auch nicht mehr spielen!« Dann dreht er sich um, richtet sich auf und fragt: »Weißt du, wie weh das tat?«

Ich breite meine Arme aus: »Komm her!«

Ich nehme ihn in den Arm und bin unsicher, wie ich hätte reagieren sollen. Nach dem Essen gehen wir in sein Zimmer, er findet die alte Holzeisenbahn, und während er die Schienen aneinanderbaut, baue ich mit Duplosteinen Tunnel, wo die Bahn dann durchfahren kann.

Als mir einfällt, dass wir kein Brot mehr für morgen früh haben, da wir ja dank der Brötchen nicht beim Bäcker waren, überrede ich Lasse zu einer kleinen Radtour zum Lieblingsbäcker. Ihm fällt es schon jetzt so schwer, Dinge zu erledigen, auf die er keine Lust hat, und plötzlich dringt die Sorge bezüglich der bevorstehenden Einschulung wieder zu mir durch, ich nehme mir vor, später noch mal mit ihm schreiben zu üben. Doch statt Schreiben gibt es Kuchen und freies Spiel im Zimmer. Immerhin ist heute Sonntag.

Abends fragt Lasse, ob er heute direkt bei mir schlafen kann. Klar, kann er. Während ich später neben ihm liege und darauf warte, dass ich noch mal aufstehen kann, öffne ich mal wieder Instagram. Wie passend. Lieblingssternenstaub hat tatsächlich auch Posts für Eltern.

> **»Warum ist mein Kind so sturr und macht es sich damit selbst so schwer?«**

Ich ignoriere den Rechtschreibfehler, nein, ich ignoriere ihn nicht, aber irgendwie wird sie mir dadurch noch sympathischer.

> Ben ist wütend, traurig und enttäuscht.

Jetzt wird es gruselig, es ist praktisch unsere heutige und immer wiederkehrende Situation:

Er kommt nach Hause und braucht vor allem eins: Verständnis, Trost und Liebe.
Seine Mama möchte, dass es ihrem Sohn gut geht, sie weiß aus Erfahrung, dass er vermutlich gleich schon wieder draußen mitspielt, und möchte diesen Prozess beschleunigen. Es bricht ihr das Herz, ihren Sohn so traurig zu sehen, sie weiß ja, wie so etwas immer wieder abläuft, und fragt sich, warum er so stur ist. Auch weiß sie, dass er in einer solchen Dynamik nicht nur das Opfer ist und reagiert entsprechend, denn er steht sich ja dadurch selbst im Weg, das möchte sie nicht auch noch verstärken. Indem sie nun versucht, ihm all das zu erklären, und ihm sagt, wie er sich verhalten soll, fühlt Ben sich unverstanden. Er hat das Gefühl, selbst schuld zu sein, wird kleingemacht und artikuliert das Ganze ja auch, als er ihr vorwirft, dass sie die anderen Jungs lieber mag als ihn.
Er kam nach Hause, um Trost zu bekommen, und sitzt nun allein in seinem Zimmer. Keiner versteht ihn. Mama ist sauer auf ihn und er hat keine Freunde mehr.
Anstatt Kinder aufzufordern, nicht mehr traurig zu sein, sollten wir versuchen, sie zu verstehen. Das erfordert auch, dass wir diese Traurigkeit mit aushalten und ernst nehmen, anstatt unsere Kinder schnell wieder fröhlich sehen zu wollen.
Sie aufzufordern, sich doch erst mal zu beruhigen, ist, wenn man mal drüber nachdenkt, lachhaft. Wie denn? Hat dir diese Aufforderung, »nicht mehr zu fühlen«, jemals geholfen?
Die Themen unserer Kinder wirken oft so banal: »Ich wollte den grünen Becher!« – »Die lassen mich nicht mitspielen!« – »Ich wollte den Knopf drücken!«

> Anstatt ihnen nur »gut zuzureden« (Trost), ist es wichtig, ihnen zu helfen, sich selbst zu verstehen (Mitgefühl und Empathie). Für die Kinder sind das doch die Erfahrungen, aus denen sie fürs Leben lernen!
> »Du bist total wütend, ich bin sicher, dafür gibt es einen guten Grund, magst Du mir erzählen, was passiert ist?«
> »Du bist enttäuscht, ja, das wäre ich auch.«
> »Komm her, wir machen es uns jetzt gemütlich, das hast Du nicht verdient, dass die Dich so behandeln!«
> »Es war gut, dass Du gegangen bist! Ich bin stolz auf Dich, dass du so für Dich selbst sorgen kannst!«

Ich speichere mir diesen Post ab und entscheide mich dann doch gegen das nochmalige Aufstehen, stattdessen kuschele ich mich an Lasse und schlafe dann selbst rasch ein.

»Bist Du frei? Oder hast Du Angst, die Freiheit zu verlieren?«

Lieblingssternenstaub

»Ich hab nichts zum Anziehen«, jammere ich, während Lasse langsam die Augen öffnet.

»Doch, Hosen, Pullover, guck doch in den Schrank!«, erwidert er müde.

Genervt von meinem Kleiderschrank lasse ich die Schultern hängen. »Ja, aber nichts Hübsches!«

»Das stimmt«, murmelt er und dreht sich noch mal in die Decke ein. Sofort stürze ich mich auf ihn und kitzle ihn. Er lacht.

Danach widme ich mich wieder meinem Schrank. Meine drei Lieblingsoutfits sind scheinbar im Wäschekorb und der Rest sieht fies aus, entspricht nicht meiner Stimmung oder, schlimmer noch, zieht mich bereits bei der Anprobe runter. Zu eng und alles quillt raus, oder zu weit und lässt mich wie 'nen »Mumpen« aussehen: halb Mensch, halb Klumpen. Ja, lustige Bezeichnung, aber nicht, wenn es um das eigene Spiegelbild geht. Es ist schon verrückt, wie sehr die Stimmung alles beeinflussen kann. Fühlte ich mich neulich nicht absolut glücklich? War ich nicht rundum zufrieden mit mir? Was ist passiert? Ach ja. Das Leben.

Irgendwie hab ich wenig Lust, heute zur Uni zu fahren. Das mit Fabian ist kompliziert. Warum gesteht er mir erst seine Liebe, um mir dann 'nen Korb zu geben? Er will aktuell keine Freundin. Was denn jetzt? Es nervt mich. Er nervt mich. Meine Figur nervt mich. Alles nervt mich.

Als ich nach zwei Stunden die Klinke der Bürotür nach unten drücke und mit dem Kopf gegen die Tür stoße, weil ich mir sicher war, dass offen ist, bin ich irgendwie enttäuscht. Fabian ist nicht da. Ich schließe auf und finde alles noch genauso vor, wie wir es am Freitag verlassen haben. Komisch. Ich schaue auf mein Smartphone – keine Nachricht.

Ich schalte den PC an, setze mich an den Schreibtisch und fühle mich wie der kleine Tiger in dem Buch »Post für den Tiger«, als er sehnsüchtig auf den Brief vom kleinen Bären wartet und nichts tun kann, weil er wieder so einsam war, und als der Bär dann abends mit dem Brief kommt, ist es zu spät. Ich blicke wieder auf mein Smartphone. Nichts. Ich starte die Lidl-App und scanne die Produkte, packe ein paar Dinge in den Warenkorb und beende die App noch vorm Bestellvorgang. Der PC ist längst hochgefahren. Ich spiele eine Runde Clash Royale, lege das Smartphone erst zur Seite, als alle Truhenplätze voll sind, und logge mich ein. Dann schaue ich aus dem Fenster auf den tristen, grauen Campus. Auf die Studierenden, die total gestresst von Vorlesung zur Vorlesung laufen, den Abi-Stress noch in den Knochen, und die sich ständig selbst hinterfragen und nicht zu schätzen wissen, wie gut sie es haben. Dann denke ich an mich selbst und fühle mich ertappt. Ich weiß es ja offensichtlich auch nicht zu schätzen. Vor nicht allzu langer Zeit war ich so glücklich über meinen neuen Job, über Fabians Rückkehr und die Projektarbeit. Vor nicht allzu langer Zeit? Was red ich? Letzte Woche!

Ich blicke auf den PC, ich wurde wieder abgemeldet. Wie kann das sein? Also nicht die Abmeldung, sondern die Tatsache, wie sehr und wie schnell die Stimmung kippen kann. Wir beschweren uns so oft über die Umstände, dabei sind es nicht die Umstände, sondern unser Umgang damit. Unsere eigene Bewertung.

Ich logge mich wieder ein, starte das Mailprogramm und siehe da, im Unipostfach ist tatsächlich eine Nachricht von

Fabian, ihm sei sein Handy beim Einsteigen ins Auto rausgefallen und dann hat er es überfahren, daher verspäte er sich nun, weil er zunächst einen Smartphonedoktor aufsuchen möchte und sich darauf freut, mit mir später einen guten Kaffee zu trinken.

Da war er. *Der Brief.* Nun fühle ich mich wie der kleine Tiger, der durch die Stube tanzt, als der Hase mit den schnellen Schuhen dem Brief überreicht. Denn plötzlich war alles gut. Die philosophischen Fragen, warum so kleine Aspekte einen so vermeintlich großen Einfluss auf unsere Stimmung haben, warum mich Fabians Nichtanwesenheit so aus der Bahn wirft. Alles egal. Ich beantworte die Anfragen der Studierenden, beginne mit dem Einrichten eines Moodle-Kurses und lese, beziehungsweise überfliege, einige relevante Texte, erstelle eine Bibliografie (für so etwas fehlt Fabian meist die Geduld) inklusive kleiner Zusammenfassungen. Nach vier Stunden kommt Fabian ins Büro und bewundert meine Arbeit.

»Wie großartig, ich wusste schon, warum ich dich für das Projekt wollte!«

»Weil du mich liebst, liegt ja auf der Hand!«, sage ich schulterzuckend und schaue ihn unschuldig an.

Er lacht. »Nee, weil du dir nicht zu schade für die Drecksarbeit bist!«

»Vielen Dank, Kaffee geht wieder auf dich!«, entgegne ich.

Fabian guckt mich kurz an, um sich zu vergewissern, ob ich tatsächlich beleidigt bin oder ob alles gut ist. Ich frage mich, ob das 'ne Masche ist oder ob er einfach wirklich keine Erfahrungen mit Frauen hat. Ich muss mir eingestehen, dass ich Letzteres eigentlich ganz angenehm fände.

»Sag mal, ist das jetzt voll indiskret, wenn ich frage, was mit dir und Tim passiert ist?«, fragt er, während er sich an seinen PC gegenüber setzt.

Ich schaue ihn mit zusammengekniffenen Augen an. »Wie kommst du denn dadrauf?«

»Vielleicht, weil du gerade eben von Liebe gesprochen hast? Als du zum letzten Mal von Liebe gesprochen hast, bezog sich das auf Tim. Er ist doch auch bei dir eingezogen? Und ich frag mich einfach, was passiert ist.« Er beantwortet mir die Frage ehrlich und geduldig anhand von Logik. Keine Spur von Eifersucht, Abwertung oder Ähnlichem.

»Stimmt, du hast ja nur den Anfang mitbekommen …«

Er schaut kurz nach oben und führt nachdenklich aus, was er noch weiß. »Ja, du hattest ihn im Club kennengelernt, oder? Und irgendwie hab ich im Kopf, dass er so toll mit Lasse war und dann direkt bei dir eingezogen ist … Ich bin in die USA und komme zurück und du tust so, als wenn das einfach nicht passiert ist.«

Ich seufze kurz. Eigentlich habe ich keine Lust, darüber zu reden, aber mir fällt kein angemessener Grund ein, der ihn davon überzeugen könnte, dass es irrelevant ist, was aus Tim und mir geworden ist. Ich ordne kurz meine Gedanken und greife dann auf, was er gesagt hat. »Ja, Tim war auch total toll mit Lasse und mit mir.« Wie kriege ich denn jetzt die Kurve, ohne als komplett naives Mädchen dazustehen? »Ich weiß es gar nicht genau«, sage ich, um Zeit zu schinden, und überlege dann, ob ich etwas weiter ausholen soll, damit er versteht, warum ich Tim sofort habe bei mir einziehen lassen. Denn darüber habe ich schon oft nachgedacht. Angestoßen durch diesen Post zum Selbstliebe-Dilemma: »Verstehen ist der Schlüssel zur Akzeptanz, wenn du dich verstehst, kannst du auch akzeptieren, wenn du mal nicht so handelst, wie du gerne möchtest, und dir verzeihen.«

Also sage ich ehrlich: »Ich glaube, als ich ihn kennenlernte, war ich noch so enttäuscht davon, wie das mit Phillipp gelaufen ist und überhaupt, diese Tinder-Phase tat mir nicht gut. Du erinnerst dich?«

»Leider ja«, sagt er fast zynisch und presst seine Lippen aufeinander.

»Ach Mann, ich höre einfach auf.« Ich verschränke die Arme vor der Brust.

»Nein. Tut mir leid!« Fabian hebt unschuldig seine Hände, lächelt mich an. Ich seufze, lege den Kopf schief und erwidere sein Lächeln. Er nimmt seine Hände wieder runter und sagt: »Also, Tinder.«

Ich schüttele den Kopf und schaue nach unten. »Ich war so sehr fokussiert darauf, irgendwen zu finden, mich zu verlieben, und hab die Dinge dann so sehr forciert und mich reingesteigert, dass die Männer sich überhaupt nicht um mich bemühen mussten. All diese peinlichen Momente, wenn ich dann nach dem ersten oder zweiten Date oder beim Chatten das Wort ›Beziehung‹ in welcher Konstellation auch immer in den Mund genommen habe, da waren sie sofort irritiert und perplex und gaben mir alle das Gefühl, ich sei komplett naiv und dumm, als würden sie sich auf eine Frau mit Kind einlassen … So irgendwie. Und dann war ich abends auf dieser Party und da stand dann dieser ziemlich heiße Kerl und schaute verloren in die Menge. Wir sahen uns an, lächelten uns zu und ich sprach ihn an. Als ich ihm erzählte, ich habe einen Sohn, war er total erfreut und hat mich angestrahlt, so, als hätte ich etwas ganz Besonderes zu bieten. Er hatte an dem Abend nichts getrunken, wir redeten und redeten und am Ende fuhr er mich nach Hause. Er war sehr höflich, wir tranken noch 'nen Kaffee und redeten weiter. Er bat mich irgendwann um meine Nummer, und zehn Minuten nach dem Abschied bekam ich die Nachricht, dass er mich gerne wiedersehen würde. Und zum ersten Mal seit Langem hatte ich das Gefühl, dass mich da jemand sehr schätzt und auch mein Leben schätzt und sich nicht davon abschrecken lässt, dass ich bereits Mama bin, sondern das sehr attraktiv findet. Ja. So. Und dann ging es alles ganz schnell, er zog bei mir ein. Du bist in die USA geflogen, hast das ja noch belächelt. Und das ärgert mich am meisten. Das mal wieder alle recht hatten!«

»Aber was ist denn dann passiert?«

»Er war toll im Umgang mit Lasse und im Umgang mit mir, aber irgendwann hörte er damit auf, und ich kann nicht mal genau sagen, warum. Während er zu Beginn immer voll gerne mit Lasse Fußball gespielt hat, war er plötzlich total müde. Zu Beginn hat er selbstverständlich mit uns das Wochenende verbracht, später war er eigentlich nur unterwegs, kam nachts betrunken nach Hause und wollte am nächsten Tag nicht vor Nachmittag geweckt werden. Unter der Woche blieb er immer länger beim Training oder bei der Arbeit, ich konnte mich überhaupt nicht auf ihn verlassen. Er machte so ›sein‹ Ding und ich war irgendwie die Hausfrau, die für ihn wusch, einkaufte, kochte und halt die Wohnung am Laufen hielt. Gespräche wie zu Beginn waren kaum mehr möglich. Oft fühlte er sich neben mir dumm, klein und wollte lieber den Abend vor dem TV verbringen. Und ich weiß gar nicht, warum, wann und wie. Ich habe keine Ahnung, wie ich das hätte abwenden können und welche Verantwortung ich da hatte. Aber ich wollte vermutlich so sehr diese intakte Familie – ohne zu wissen, was das eigentlich bedeutet. Ich möchte Lasse nicht alleine aufziehen und ich möchte gerne noch mal ein Baby bekommen, aber da ich selbst kaum ein Vorbild dafür habe, wie Familie funktioniert, übertreibe ich dann wohl. Dann werde ich zur tollen Hausfrau, brauche keine Hilfe beim Kochen, die Wohnung glänzt und wenn der Mann nach Hause kommt, kann er gerne mit dem Kind spielen, damit ich in Ruhe die Wäsche mache. Juhu. Das ist dann einfach so passiert und keiner hat es richtig gemerkt, zufrieden waren wir aber beide nicht. Und dann verkündet er mir plötzlich, er fährt jetzt nach Norwegen, alleine, über meinen Geburtstag, über Weihnachten … und das hat mich richtig getroffen. Er lässt mich einfach alleine … Na ja … und den Rest der Geschichte erspare ich dir.«

»Und weißt du mittlerweile, wie eine Familie oder Beziehung aussehen soll?«

Ich fühle mich ertappt. »Ich bin ehrlich gesagt nicht sicher, ob ich das gerade für mich so überhaupt will.«

»Ja, das ergibt Sinn.« Er nickt nachdenklich mit dem Kopf, während er auf seinen Bildschirm schaut. »Kaffee?«, fragt er dann fröhlich.

Ich nicke und lächele mit zusammengepressten Lippen. Auf dem Weg dorthin schweigen wir beide.

Angekommen im Coffeeshop bestellt Fabian für mich mit, reicht mir kommentarlos den Kaffee und plötzlich wirkt alles angespannt und schwer. Zu gern wüsste ich, was er jetzt denkt. Warum er gefragt hat. Ich habe ihm gerade so viel gezeigt, mich geöffnet und irgendwie finde ich, hätte er das kommentieren können, oder da sein können. Stattdessen fragt er, ob ich denn mittlerweile wisse, wie eine Beziehung aussehen soll. Ich fühle mich abgewertet und schäme mich.

Als wir den Coffeeshop verlassen haben und wieder Richtung Uni laufen, streckt Fabian kurz seine Hand zu mir aus, um mich zu stoppen, ich bleibe stehen und wende mich ihm direkt zu.

»Marina, wegen dem ›Ich liebe dich‹, ich habe das wirklich nicht so gemeint, okay? Ich finde dich stark. Du bist eine tolle Frau und eine tolle Kollegin, aber nicht mehr. Ich find es irgendwie wichtig, das einmal auszusprechen.«

Ich fühle mich nun noch mehr vor den Kopf gestoßen, einerseits ertappt und andererseits total empört, glaubt er allen Ernstes, ich würde das wollen? Aber eigentlich ist es eher die Frage, woher er das weiß, dass ich darüber nachgedacht habe. Und auf einmal wirkt mein junger Arbeitskollege so reif, so erfahren und so männlich, und mein Jagdtrieb ist geweckt …

»Ja, das finde ich auch sehr, sehr, sehr erleichternd«, sage ich übertrieben und füge, etwas sarkastisch, hinzu: »Kann ja schnell zu Missverständnissen kommen!«

Er lässt sich von meinem Sarkasmus nicht beirren, sondern sagt ernst: »Genau, und ich bin froh, dass es dir geht wie mir. Ich möchte mich gerade auch einfach auf die Uni konzentrieren – mich nicht von einer Beziehung ablenken lassen. Und ich genieße das sehr, mit dir zu flirten und so. Ich habe Sorge, dass mein vermeintliches Liebesgeständnis irgendwie zwischen uns steht und du glaubst, dass ich dich nur rumkriegen will oder so.«

Jetzt bin ich wieder irritiert. Macht er sich nun Sorgen um sein Image? Oder um mich? Oder darum, was ich denken könnte? Oder hat er einfach Angst, einen Korb zu kriegen, und rudert daher zurück? Immerhin hat er ja bereits einen Korb bekommen.

»Entspann dich, Fabian, es ist alles gut.«

»Okay. Cool. Danke. Ich find es echt gut, dass wir das geklärt haben.« Er hebt seinen Kaffeebecher, also wolle er mit mir darauf anstoßen. Ich grinse kopfschüttelnd und erhebe auch meinen Becher.

Dann schaut er Richtung Parkplatz und fragt: »Du musst gleich schon los, oder?«

»Ja. Aber ich hab eh noch meine Tasche oben, komme also noch mal mit hoch.«

Auf dem Weg nach oben schweigen wir. Ich würde gern etwas sagen und frage mich, ob mein Schweigen jetzt doch irgendwie enttäuscht und unangenehm wirkt. Gleichzeitig frage ich mich, ob das nicht auch für ihn gilt.

»Hast du Lust auf Autokino am Wochenende?«

Ich muss lachen. »Klar, Autokino, wie gut, dass du mir gerade versichert hast, dass du mich nicht nur rumkriegen willst.«

Fabian muss nun auch lachen. Jetzt haben wir wohl doch ein Date. Ich packe meine Tasche und verabschiede mich.

»Bis Donnerstag!«

»Bist du vorher gar nicht da?«

»Nein, sorry, hatte ich doch gesagt, wegen des anderen Jobs, aber am Freitag mache ich dafür länger!«

»Wann wollen wir denn ins Kino?«

»Keine Ahnung, Samstag?«

»Gut. Und was machen wir dann Freitag?«

Ich muss lachen. Ernsthaft? Dafür, dass wir gerade entschieden haben, dass wir nicht daten wollen, flirten und daten wir aktuell ganz schön häufig. Aber mir soll es recht sein. Ich zwinkere ihm unbeholfen zu, er lacht und ruft: »Bis Donnerstag!«

Am Freitag fällt es mir mal wieder extrem schwer, mich für ein Outfit zu entscheiden. Fabian hat deutlich gesagt, dass er keine Beziehung möchte, und gleichzeitig haben wir heute ein Date. Entweder ist er wirklich naiv oder, ja, oder was eigentlich? Vielleicht spielen Gefühle wie Liebe und Verliebtsein auch einfach keine so große Rolle? Oder er ist eben einfach ein absoluter Kopfmensch?

Am Morgen haben wir Lehrstuhlbesprechung, Fabian und ich berichten vom aktuellen Stand der Dinge und unsere Professorin fragt, ob Fabian sich schon dafür entschieden habe, welches Format er bei der Konferenz in London einreichen wolle. Ich bin voll irritiert, denn ich wusste gar nicht, dass das tatsächlich eine Option ist, also eine realistische. Aktuell haben wir ja tatsächlich nur Theorien, noch vollkommen ohne irgendwelche empirischen Untersuchungen. Fabian erklärt ihr kurz unsere Tabelle und bekommt daraufhin das Okay für ein Long-Paper, das bei Abstufung immer noch 'nen Vortrag beinhalten würde oder wenigstens eine Poster-Session. Plötzlich widmet sie sich mir und empfiehlt mir, schon mal einen Antrag an die Gleichstellungsbeauftragte der Uni zu stellen, da der Lehrstuhl für mich als Co-Autorin und eben nur studentische Hilfskraft keine Reisekosten übernehmen könne.

WHAT? Ich bin vollkommen perplex und weiß nicht, was das jetzt bedeutet. Scheinbar merkt man mir meine Irritation an und meine Chefin bittet mich, im Anschluss zu ihr zu kommen. Ich bin davon ausgegangen, heute geküsst zu werden, aber dass ich die Option habe, aufgrund meiner intellektuellen Fähigkeiten nach London zu fliegen, löst ein ähnliches Kribbeln im Bauch aus.

Als ich später mit zwei guten Kaffees vor der Bürotür meiner Professorin warte, schaue ich mir Fabians Bild an. Ich muss schmunzeln, denn ich weiß mittlerweile, dass er auf dem Bild keine Hose trägt, sondern einfach oben in seinem Zimmer ein Jackett übergeworfen hat, um dann mit dem Smartphone ein Porträt aufzunehmen, weil das Licht so gut war und die Haare so gut lagen.

Die Tür geht auf, eine Kollegin kommt etwas niedergeschlagen raus. Wie immer nach einer Feedbackschleife unserer Professorin. Ich gehe rein, stelle ihr den Kaffee hin und sie grinst mich an.

»Hast du dir eigentlich schon Gedanken darüber gemacht, was du nach deinem Master machen willst?«

»Um ehrlich zu sein, frage ich mich gerade, ob ich den Master noch machen möchte …!«

Sie lacht und nimmt mich wohl nicht ernst. »Marina, ich würde das wirklich schön finden, wenn das klappt. Ich schätze, für ein Long-Paper wird es nicht reichen, dafür fehlt euch die Empirie, aber euren Ansatz finde ich extrem spannend.«

»Na ja, ich bin ja lediglich studentische Hilfskraft.«

»Hast du denn schon mal überlegt, an der Uni, hier am Lehrstuhl zu bleiben? Ich sitze gerade an einem Antrag für ein neues Projekt vom Land. Es geht um die Frage, wie sinnvoll ›Schreiben nach Gehör‹ aus lerntheoretischer und entwicklungspsychologischer Sicht ist. Denn unglücklicherweise hat sich bisher nur die Motivationsforschung damit beschäftigt, mittlerweile liegt es jedoch auf der Hand, dass die Kinder, die so Schreiben gelernt haben, diese falsche Schreibweise zwar wegtrainieren, jedoch nicht löschen können, und ich kann mir gut vorstellen, dass du das spannend finden könntest. Es wäre erstmal nur eine Fünfzig-Prozent-Stelle und der Lehrstuhl könnte dich mit zusätzlich zwanzig Prozent beschäftigen. Ich dachte an das Einführungsseminar?«

»Bietest du mir gerade eine Promotionsstelle an?«

»Ja. Und das ist nicht meine Art. Für gewöhnlich kommen die Studierenden zu mir, fragen und bewerben sich und schreiben dann selber den Antrag für die Finanzierung.«

»Ich weiß nicht, was ich sagen soll …«

»Vielleicht denkst du mal darüber nach. Mit deiner Masterarbeit müsstest du allerdings zeitnah anfangen.«

»Ja, ich bin dran.«

»Okay. Danke für den Kaffee!«

»Ja, klar.«

Ich stehe auf und fühle mich wahnsinnig geehrt und gleichzeitig komplett überfordert. Will ich hier an der Uni bleiben? Ich bin ja tatsächlich schon jetzt hin- und hergerissen. Aber nach dem Master noch mal vier Jahre? Und dann? Die Arbeitszeiten, der Arbeitsweg …

»Und, gab es Ärger?« Fabian sieht mir offenbar direkt an, dass etwas nicht stimmt.

»Sie hat mir indirekt 'ne Promotionsstelle angeboten«, sage ich perplex und völlig emotionslos.

Fabian reißt die Augen auf und beugt sich ungläubig nach vorn. »Nicht wahr!«

»Doch«, sage ich nüchtern und schulterzuckend, während ich mich auf meinen Stuhl fallen lasse.

»Glückwunsch, warum dann so … betrübt?«

Ich seufze, bevor ich sage: »Weil ich zuletzt irgendwie die Nase voll hatte von der Uni, ich will arbeiten.« Ich zucke mit den Schultern. Dann wird mir bewusst, dass ich soeben ja auch *seinen* Job abgewertet habe und ergänze, nicht sonderlich überzeugt: »Klar, Studium, Promotion, alles cool. Auch unser Projekt hat mich voll angefixt, aber was dann?«

Ich schaue ihn fragend und mit großen Augen an. Er hebt nur kurz seine Hände, als habe er sich da selbst noch keine Gedanken drüber gemacht, und schüttelt langsam den Kopf, als spiele es irgendwie keine Rolle. Dann frage ich, fast vorwurfsvoll: »Wie lange darf man danach an der Uni bleiben – ohne Ratsstelle oder Professur?«

»Marina, eins nach dem anderen …«, sagt er ruhig, steht auf und kommt auf mich zu. Mein Herz bleibt kurz stehen. Wir waren und sind bisher nie groß körperlich geworden, also, was beispielsweise 'ne Umarmung zur Begrüßung angeht oder so. Er bleibt dicht vor mir stehen, soll ich jetzt auch aufstehen? Ich schaue nach oben, in sein Gesicht, da er aber so dicht vor mir steht und relativ groß ist, ist das irgendwie schwer. Dann legt er seine Hand auf meine Schulter, schaut auf mich herab und sagt: »Vielleicht lässt du das erst einmal sacken und überlegst, worauf du heute Abend Lust hast?!«

Seine Hand verschwindet von meiner Schulter und er setzt sich wieder auf seinen Drehstuhl. Er wirkt nun selbst etwas angespannt, er lächelt nicht mehr, starrt auf seinen Bildschirm und spielt mit einem Kugelschreiber in seiner Hand.

Kuriose Situation, und die einzige logische Erklärung für sein Verhalten scheint die zu sein, dass er einfach echt unbeholfen mit Frauen ist – egal, ob nun freundschaftlich oder in 'ner Beziehung. Dieser Gedanke und überhaupt seine Geste gerade lenken mich etwas ab. Ich grinse in Fabians Richtung und sage: »Autokino?«

Er schaut mich mit zusammengekniffenen Augen an. »Ich dachte, das machen wir morgen?«

Ich grinse noch mehr und sage nasal und mit französischem Akzent: »Da ich ja hier in unserer Arbeitsgemeinschaft für die Organisation zuständig bin, habe ich Karten gebucht, morgen ist es schon ausverkauft.«

»Ernsthaft? Wie geil!!!« Er freut sich und fragt lachend: »Soll das ein polnischer Akzent sein?«

Mein Plan ist aufgegangen, mehr wollte ich gar nicht. Ich lache auch und sage: »Non, français, wer fährt?«

Fabian schüttelt nur den Kopf, aber sein Lächeln verrät ihn, auch diese Albernheit scheint ihm zu gefallen. Auf die Frage, wer fährt, antwortet er mit: »Ich. Definitiv.«

Ich lache und versuche, ihn böse anzufunkeln: »Ey! So schlimm bin ich auch nicht.«

Wir machen früh Feierabend und fahren zeitig Richtung Essen. Im Auto herrscht plötzlich eine ungewohnte Stille. Mein Kopf ist voll und in meinem Bauch rumoren die Schmetterlinge: Promotion, Fabian. Ich stelle mir vor, wie er bei uns einzieht, klar, es ist unsinnig, nach Unna zu ziehen, wenn man in Bochum arbeitet. Einerseits. Andererseits, wir haben den gleichen Arbeitsweg und dann ja auch ähnliche Arbeitszeiten. Lasse wird begeistert von Fabian sein. Ich male mir aus, wie wir heiraten und ein gemeinsames Kind bekommen …

»Du bist so still. Woran denkst du?«

Erwischt. Ich mache das immer! Es ist grausam. Kann ich nicht einmal, nur ein-fucking-mal, das »Jetzt« genießen? Immer muss alles durchgeplant sein, noch bevor etwas beginnt – obwohl ich doch am allerbesten wissen müsste, dass es immer anders kommt, als man denkt. Hör einfach auf, Marina. Versuch, dich auf das Jetzt und das Heute zu konzentrieren.

»Ach, nichts … wobei … Seit deinem ›Ich liebe Dich‹ bin ich etwas verwirrt, um ehrlich zu sein. Und um noch ehrlicher zu sein … Ich befürchte, das hat mehr in mir ausgelöst, als ich zugeben will. Nach Tim und der Sache mit …« Mir fällt ein, dass ich Thomas komplett verschwiegen hatte. »Na ja, ich dachte einfach, mir würde es guttun, mich stärker auf meine ›Karriere‹ zu konzentrieren. Und als du letztens meintest, dass auch du gerade nicht den Wunsch nach einer Beziehung hast, dachte ich, dass es wohl Sinn macht, so als Freunde – rein platonisch. Aber …«

Fabian schweigt und im nächsten Moment werden wir geblitzt. Ich gestehe ihm meine Gefühle und zack, jemand macht ein Foto. Er ignoriert das einfach, schweigt und verkennt die Ironie der Situation, ich jedoch muss lachen und das tut auch ziemlich gut. Einerseits wünschte ich, er würde einfach etwas sagen. Andererseits bin ich erleichtert, meine Gedanken und Gefühle losgeworden zu sein, und daher entscheide ich mich dafür, nicht weiter zu bohren, sondern einfach die Stille auszuhalten.

Endlich sind wir in Essen, Fabian parkt **vor** dem Autokino. Ich schaue ihn irritiert an, denn wir müssten ja eigentlich in das Kino reinfahren und nicht davor parken. Er steigt aus. Kommt zur Beifahrerseite und macht die Tür auf.

Ich schüttele den Kopf, schnalle mich ab und steige dann auch aus. »Fabian, was …?«

Er macht einen weiteren Schritt auf mich zu, bleibt viel zu nah vor mir stehen, schaut mir in die Augen, dann nimmt er mein Gesicht in seine Hände und küsst mich. In dem Moment bin ich so überrascht und werde von so vielen unterschiedlichen Gefühlen überwältigt, dass meine Augen feucht werden. Angekommen. Neuanfang. Fabian und Marina.

*»Eine Liebesbeziehung dient nicht dazu,
dem Leben einen Sinn zu geben.
Sie braucht selbst einen.«*

Lieblingssternenstaub

Nach dem Film fahren wir gemeinsam zu mir. Ich bin so was von verliebt und verknallt, ich kann keinen klaren Gedanken fassen. Bereits auf der Rückfahrt male ich mir aus, wie wir gleich übereinander herfallen. Und das macht mir einerseits Angst, andererseits kann ich es nicht abwarten, nach Hause zu kommen. Allerdings spricht all das, was nach dem Kuss und auf der Rückfahrt passiert, nicht wirklich für ein »Übereinanderherfallen«.

Und selbstverständlich kommt erneut alles anders. Bei mir angekommen wirkt Fabian irgendwie angespannt. Ich interpretiere diese Anspannung so, als würde es bereuen, mich geküsst zu haben, will es aber nicht weiter thematisieren.

»Willst du was trinken?«, frage ich und will dabei so normal wie möglich wirken.

»Klar, gerne, hast du Bier?« Die Art, wie er lächelt, verrät, dass er definitiv nicht so cool ist, wie er gerne wirken würde.

»Jupp. Rauchen?«, sage ich schulterzuckend.

»Ich bin dabei!«, sagt er und lächelt zaghaft mit aufeinandergepressten Lippen.

Wir gehen raus auf den Balkon, trinken Bier und rauchen.

»Sollen wir gleich Stromberg gucken?«, frage ich. Die ganze Situation ist so unangenehm, zum Glück gibt's Netflix. Eine lustige Serie erscheint mir gerade deutlich angebrachter, als weiter schweigend hier zu sitzen oder gar irgendwas Romantisches zu schauen.

»Super Idee!«, antwortet Fabian erleichtert. Er wirkt überfordert, meidet Blickkontakt und nestelt nervös an der Bierflasche.

Vollkommen bescheuerte Idee, aber vermutlich das Einzige, was die Stimmung etwas auflockern kann.

Nach sechs Folgen schlafe ich auf der Couch ein, Fabian wohl auch. Am nächsten Morgen werde ich jedenfalls auf der Couch neben ihm wach. Viel zu früh natürlich. Es fühlt sich komisch an, neben ihm zu liegen. Ich bin unsicher, was das gestern war und sollte.

Nach dem Kuss stiegen wir wieder ein, fuhren auf unseren Platz, kauften Popcorn und Cola, schauten den Film, und während ich, rein zufällig, immer wieder versuchte, Körperkontakt herzustellen, wirkte Fabian etwas unbeholfen, entweder bewusst, weil er unsicher war, oder unbewusst, weil er einfach keine Ahnung vom Umgang mit Frauen hat.

Und nun bin ich noch immer nicht schlauer und weiß nicht, ob ich mich an ihn kuscheln, ihn schlafen lassen oder ihm einen Kaffee anbieten sollte. Im Zweifel lautet die Antwort ja immer Kaffee, es sei denn, es ist nach sechzehn Uhr, dann lautet sie Bier.

Als ich ihn mit dem Kaffee wecke, lächelt er müde, bedankt sich, stellt die Tasse aber direkt auf den Boden und schläft weiter. Gott, bin ich froh, dass wir bei mir sind und nicht bei ihm.

Ich ziehe mich an und nehme meinen Kaffee mit an den Schreibtisch, dort checke ich zunächst meine Mails.

Guten Morgen, Marina,
ich habe deine Doku gerade gelesen. Alles gut.
Das kannst du in meinen Augen so rausschicken.
Und noch mal danke für deine Tätigkeit hier.

Wie schon besprochen, profitiert Marius sehr davon, deutlich mehr als bei bisherigen Unterrichtsangeboten!!!
Alles Gute für die Feiertage, Sebastian

Hey Sebastian, super! Vielen Dank fürs Drüberschauen. Habe gestern auch noch mal mit Klaus telefoniert und ihm jetzt alles geschickt. Und ich habe zu danken, dafür, dass ich das machen darf. ;-) Mir gefällt es wirklich sehr bei euch und ich bin gespannt, wie es mit Marius weitergeht.
Liebe Grüße an alle und dir bzw. euch auch schöne Feiertage!

Plötzlich fühlt sich das hier alles komisch an. Ich fühle mich wie zwischen zwei Welten. Fabian und das Leben an der Uni vs. das »echte« Leben mit Geldverdienen und Familie. Und mit Familie meine ich gar nicht »Familie mit Sebastian«, sondern einfach nur diesen Unterschied. Das Dilemma, das mich seit Freitag irgendwie begleitet. Bei dem Gedanken an Fabian wird mir mulmig. Ich bin plötzlich unsicher, ob es mein Ego war, was da gestern aus mir gesprochen hat. Konnte ich einfach nur nicht mit diesem Korb leben, dass er keine Beziehung mit mir wollte?

Meine Gedanken werden unterbrochen von Fabian, der süß grunzend aufsteht. Ich gehe zu ihm.

»Kaffee?«

Er zieht mich zu sich, küsst mich und murmelt: »Kuscheln?«

Ich lächele und lege mich zu ihm, er umarmt mich, schmiegt sich eng an mich und ich spüre seine Erektion an meinem Po. Ich werfe all meine Zweifel über Bord, drehe mich zu ihm um, küsse ihn, fange an, ihn zu streicheln. Ziehe erst ihn aus und dann mich, wir liegen nackt nebeneinander, ineinander verschlungen. Dann beugt er sich über mich und fragt: »Darf ich?!«

Ich stöhne nur ein leises »Ja« und als er gerade in mich eindringen möchte, sage ich erschrocken: »Warte!«, stehe auf und hole ein Kondom aus der Nachttischschublade im Schlafzimmer.

Zurück auf der Couch, sieht er mich fragend und unsicher an. Ich winke mit dem Kondom, Erleichterung macht sich breit, bevor er kurz ernst wird und sich entschuldigt: »Oh, sorry, ich dachte, du …«

Ich unterbreche ihn mit einem Kuss, als ich das Kondom überziehen will, nimmt er es mir aus der Hand und fummelt unbeholfen damit rum. Als wäre er damit etwas überfordert. Mich überkommt direkt leise Sorge, dass diese Unterbrechung seine Erektion schmälern könnte. Doch dem ist nicht so, er strahlt mich fast ein wenig stolz an, als das Kondom richtig sitzt, dann drückt er mich sanft zur Seite, legt sich erneut auf mich. Er dringt in mich ein, kommt unmittelbar danach oder währenddessen und sagt: »Wow!«

Ich muss lachen und küsse ihn, er dreht sich erst verschämt zur Seite, bevor er aufsteht, um das Kondom zu entsorgen, und sich wieder anzieht. Er wirkt plötzlich abweisend.

»Es tut mir leid, ich wollte …« Er hebt entschuldigend seine Hände, dreht sich zur Seite und zieht nun auch das Shirt wieder an.

Jetzt wird mir klar, dass er mein Lachen anders gedeutet hat, als es gemeint war.

Fabian hat sich wieder auf die Couch gesetzt, ich sehe ihn nur im Profil, er schaut nach unten und gesteht mir: »Ich war noch nie mit einer Frau zusammen.«

»Was meinst du?« Ich stehe voll auf dem Schlauch.

»Ich hatte noch nie Sex.« Er schaut mich dabei kurz an und noch bevor ich reagiere, schaut er wieder nach unten.

»Ernsthaft?« Sicher keine angemessene Reaktion, wenn das stimmen sollte, aber – WTF, das kann doch nicht stimmen!

Er ist immerhin Mitte zwanzig! Ich bin so irritiert und schaue ihn nur fassungslos an.

Er hebt seinen Blick erneut, sieht mich an und fragt, leise und schambehaftet: »Warum sollte ich diesbezüglich lügen?«, dann zuckt er mit den Schultern und senkt seinen Kopf wieder.

Ich ziehe mir mein Tanktop und das Höschen an, immerhin ist er bereits vollständig bekleidet und ich noch komplett nackt. Dann setze ich mich wieder neben ihn, ich finde es nicht schlimm, dennoch verstehe ich es nicht, anstatt ihn zu besänftigen, bohre ich weiter: »Aber was war mit …«

Er unterbricht mich, und sagt plötzlich relativ überzeugt davon: »Ist ja jetzt auch keine große Sache«, dann greift er nach dem kalten Kaffee und nippt.

»Wie alt bist du noch mal?«, necke ich ihn und küsse ihn auf seine Wange.

Anstatt beleidigt zu sein, stellt er den Kaffee ab und kneift mir in die Seite. »Willst du mich jetzt damit aufziehen?« Er lacht und küsst mich.

»Nein, ich bin nur verunsichert«, sage ich ehrlich, das erste Mal ist ja schon was Besonderes und ich hätte das vermutlich gern vorab gewusst, denn so hatte er sich das vielleicht nicht vorgestellt. Also sage ich etwas zögerlich: »Ich … es tut **mir** leid?!«

Jetzt muss er lachen. »Marina, es muss dir nicht leid tun.« Er blickt mich liebevoll an. »Der Grund, warum ich bisher keinen Sex hatte, war nicht, weil ich mich aufsparen wollte. Es hat sich bisher einfach nicht ergeben. Meine letzte Freundin war auch noch Jungfrau und ich bin wohl einfach nicht der Typ Mann, der das forciert, ich respektiere das und bin vielleicht einfach etwas unerfahren, was Frauen betrifft. Schlimm?« Er schaut mich mit hochgezogenen Augenbrauen an.

»Nein. Nicht schlimm, ich finde das eigentlich ganz attraktiv.« Ich küsse ihn auf die Stirn.

Den restlichen Tag verbringen wir trotz Sonnenschein auf der Couch, schauen Serien auf Netflix, bestellen uns ’ne Pizza und kuscheln. Ich spüre, wie sich mein Aktionsmodus immer mal wieder zu Wort meldet, versuche aber, diesen zu unterdrücken.

Am nächsten Morgen bringt Fabian mich zu meinem Auto nach Bochum und als wir uns verabschieden, freue ich mich auf meinen »freien« Tag. Ich komme zu Hause an, beseitige alle Spuren, ziehe meine Laufschuhe an und laufe zu meiner »All-Time-Favorite«-Playlist.

Als das Lied *Zeit zu leben* von Klaus Hoffmann kommt, werden meine Augen feucht. »Kein Ring, kein Gold, kein Leid, es wird Zeit zu leben …« Ich frage mich, was das bedeutet, und in der aktuellen Situation macht mich meine Interpretation eher wütend. Klaus hat leicht reden. Zu bedauern, dass man ein Haus gebaut, geheiratet, gearbeitet und Kinder bekommen hat, statt einfach zu leben, weil ja eh nichts bleibt. Das lässt sich leicht bereuen, er hatte ja immerhin alles. Und als würde sich das ausschließen?! Warum denn entweder leben oder der gesellschaftlichen, spießig angehauchten Norm entsprechen? Ehe wird ja oft gleichgesetzt mit Langeweile. Aber ich will daran glauben, ich will an die Liebe glauben. Ich will glauben, dass ALLES möglich ist. Leben nicht trotz, sondern einfach mit Ring. Ja, vielleicht bin ich naiv. Vielleicht ist es einfach ein Ideal eines Mädchentraums, das mal bearbeitet werden müsste. Andererseits, ich lebe ja. Vermutlich mehr als manch Anderer. Aber warum ständig dieses Streben nach Veränderung? Streben nach Glück? Streben nach Kontrolle? Streben nach Liebe und Anerkennung?

Mittlerweile bin ich auf dem Rückweg und überlege, was ich gleich noch tun könnte. Eigentlich war es auch mal ganz schön, so einen Tag auf der Couch zu verbringen. Eigentlich.

Zwischen Fabian und mir verändert sich kaum etwas, in der Uni sind wir weiterhin ein unzertrennliches Team, nur dass die Vermutung des Lehrstuhls mittlerweile eben stimmt. Wir schreiben ein Long-Paper und werden tatsächlich zur Konferenz eingeladen, mit einem Short-Paper und einem Vortrag. Ich stelle einen entsprechenden Antrag, sodass auch meine Reisekosten bezahlt werden.

Im Juni fliegen wir dann gemeinsam für sieben Tage zur Konferenz. Unsere Beziehung verändert sich übrigens auch nicht, wir verbringen jedes zweite Wochenende gemeinsam bei mir vor dem Fernseher, im Kino oder in Restaurants und nutzen die Zeit an der Uni, um gemeinsam über unsere Theorie zu fachsimpeln. Meine Masterarbeit nimmt langsam Formen an, allerdings gefallen mir weder das Thema noch die Fragestellung und vor allem die vorhandenen Daten so gar nicht. Auch meine Professorin wirkt enttäuscht, sie findet das Thema ziemlich spannend, aber eben nicht das, was ich daraus mache.

Aber jetzt sind wir zusammen in London. Die Uni, in der die Konferenz stattfindet, ist wahnsinnig groß und ich fühle mich ein bisschen wie bei Harry Potter. Unser Vortrag ist direkt für den ersten Tag vorgesehen, Fabian ist so aufgeregt und geht ihn immer wieder durch, obwohl er es schon ziemlich gut draufhat. Als wir endlich den Raum gefunden haben, sitzen bereits erste Interessierte in den Reihen. Fabian prüft noch mal die Technik und ich setze mich in die erste Reihe.

Nachdem Fabian fertig ist und es sogar Applaus gibt, bin ich ziemlich stolz auf ihn; gleichzeitig macht sich noch ein anderes Gefühl breit. Ein Gefühl von: und jetzt?

Plötzlich winkt er mich zu sich, ich bin kurz irritiert, aber verstehe dann: Die Fragerunde beginnt und da bin ich als Co-Autorin eben auch gefragt. Die Fragen sind alle sehr wohlwollend und nett.

Im Anschluss machen wir Feierabend, auch wenn wir eigentlich netzwerken sollten, aber das haben wir uns verdient.

Wir schlendern über den Campus, der einer kleinen Innenstadt gleicht, kaufen uns zwei Sandwiches, Chips mit Hähnchengeschmack gibt's als Beilage, und setzen uns an einen Brunnen mit irgendeiner neumodernen Skulptur.

»Findest du nicht auch, wie verrückt es ist, dass die Sandwiches hier wirklich gut schmecken und eben nicht wie labberiges Toast mit Quatsch? Verrückt, oder? Wobei, wäre ja auch furchtbar sonst, die haben ja keine Alternative, so wie wir!«, fachsimpelt Fabian.

»Bist du eigentlich glücklich?«, frage ich, während er erneut in sein Sandwich beißt.

Er schaut mich mit leicht geöffnetem und vollem Mund an, bevor er kaut, runterschluckt und fragt: »Wie meinst du das?«

Sein ernster Blick macht mich etwas nervös. Vermutlich hat er eine Ahnung, wie und was ich meine. Doch dann lächelt er und ergänzt, bevor er wieder in sein Sandwich beißt: »Also ich bin heilfroh, dass der Vortrag geschafft ist!«

Unsicher, ob er eine Ahnung davon hat, was ich eigentlich meine, atme ich einmal tief ein und formuliere dann etwas konkreter: »Ich meinte eher so bezogen auf uns.«

Er zuckt mit den Schultern, nickt, während er noch kaut, und als der Mund leer ist, fragt er: »Ja, warum fragst du?«

Okay, puh. Ihm scheint es also nicht so zu gehen wie mir. Direkt überkommen mich Schamgefühle und Unbehagen, ich vermeide Blickkontakt und schaue nach vorn auf den Park, während ich meine Gedanken sortiere. Dann sage ich: »Ich weiß nicht, ich habe einfach so das Gefühl, wir plätschern so dahin. Eigentlich hat sich ja nichts verändert, außer, dass wir jetzt auch ab und zu miteinander schlafen.«

»Ich verstehe dich nicht. Das ist doch was Gutes? Oder nicht?« Dann reißt er die Chips auf und hält mir die Tüte vor die Nase, ich winke ab und er fährt fort: »Wir streiten nicht, wir sind beste Freunde und Arbeitskollegen, haben es gemeinsam hierhin geschafft und lieben uns. Was fehlt dir denn?«

Gute Frage. Wenn ich das wüsste. Ach, Scheiße! Es wäre irgendwie angenehmer gewesen, wenn er meine Gefühle und Gedanken teilen würde. Aber das Gegenteil ist offensichtlich der Fall, schlimmer noch, er ahnt nicht mal etwas, sondern wirkt sehr zufrieden, wie er da so neben mir seine Chips isst.

»Keine Ahnung. Du hast ja recht mit dem, was du sagst, aber mir reicht das irgendwie nicht, Lasse wird beispielsweise komplett ausgeblendet und ich habe das Gefühl, ich führe zwei Leben. Mit dir bin ich die junge Studentin, ab und zu gehen wir auf Partys, an den Wochenende gucken wir Serien. Und sobald ich die Uni am Nachmittag verlasse, bin ich Mama.« Plötzlich merke ich, wie mir die Tränen kommen, ich unterdrücke sie und ergänze: »Alleinerziehend.«

Fabian fühlt sich angegriffen. Er hat meine Traurigkeit anscheinend nicht rausgehört, oder er will sich nicht schuldig fühlen, denn er sagt nur ziemlich verständnislos und hart: »Aber dir war es doch wichtig, das mit Lasse zu trennen?!«

Die Härte in seiner Stimme verwandelt meine Traurigkeit in Wut. »Schon, aber er gehört doch dazu!«, entgegne ich vorwurfsvoll.

Fabian schaut mich nun direkt an, hebt seine Arme hilflos in die Luft und sagt leise: »Ich habe doch nur respektiert, was du mir suggeriert hast.«

Ja, er hat recht. Und dennoch fühle ich mich ungerecht behandelt. Ich weiß doch auch nicht, was richtig ist! Und plötzlich wird mir bewusst, was mir fehlt. Ein Beschützer. Jemand, der auf mich aufpasst. Ein starker Mann, der mich auffängt. Für mich da ist. Und Fabian ist so … auf Augenhöhe?

Der Gedanke ist mir unangenehm, so wahr er sich auch anfühlt. Fabian respektiert mich und meine Bedürfnisse und fordert gleichzeitig die seinen ein. Während ich nur selten mal einen Wunsch oder ein Bedürfnis äußere. Ja, so schön diese Wochenenden auch sind, gleichzeitig habe ich mich oft gelangweilt, mich nutzlos gefühlt, aber auch selten Alternativvorschläge gemacht. Doch. Doch, einmal. Ich wollte joggen gehen, mit ihm. Er meinte, er habe keine Lust, ich könne aber gern allein laufen. Danach stritten wir uns, ich war verletzt. Ich hatte das Gefühl, meine Bedürfnisse seien ihm nicht wichtig, ich würde zu viel verlangen und fühlte mich unverstanden. Danach habe ich mich nicht mehr getraut, etwas in diese oder eine andere Richtung auszusprechen, weil ich keine Last darstellen will.

Ach Mann! All das geht mir durch den Kopf, während er mich eindringlich mustert, als würde er versuchen, meine Gedanken zu lesen. Ich schüttele zaghaft den Kopf. »Jetzt braucht er auch nicht mehr damit anfangen!«, denke ich, sage aber: »Das war auch kein Vorwurf.«

»Und jetzt?« Er zuckt mit den Schultern, es wirkt fast wie Resignation. Was mich darin bestätigt, dass ich es wohl beenden sollte. Vielleicht tue ich ihm Unrecht, ganz bestimmt sogar, aber er versucht ja nicht einmal, konstruktive Lösungen anzubieten, geschweige denn, Emotionen zu zeigen, die mir das Gefühl geben, dass ich ihm wichtig bin.

»Ich bin einfach nicht sicher, ob das hier das ist, was ich möchte …«, stelle ich zaghaft meine Gedanken zur Verfügung.

»Okay, vielleicht hast du ja recht«, erwidert Fabian nüchtern.

»Das klingt jetzt sehr gefasst«, höre ich mich ziemlich hart sagen. Es ist ja genau das, was ich denke, zumindest ein Teil davon, aber ich versuche meist, die Dinge etwas blumiger, etwas behutsamer zu formulieren. Aber vermutlich bin ich einfach verletzt und versuche durch meinen Angriff, eine Reaktion zu provozieren, die mich darin bestätigt, dass es so das Beste ist. Eine Reaktion, mit der ich mich nicht so schlecht fühlen muss, so schuldig. So … zu viel.

»Na ja, vielleicht sind unsere Leben eben nicht kompatibel. Mir gefällt oder gefiel unsere Beziehung genau so, wie sie war. Aber ich respektiere es, dass du es offenbar anders siehst.«

Ich habe erreicht, was ich wollte, und dennoch habe ich den Impuls, ihn zu hauen. Ich fühle mich nicht erleichtert, wie ich angenommen hatte, sondern mich macht seine sachliche, nüchterne Art nur wütend. Es verletzt mich. Ich denke an *Against all Odds* von Phil Collins, müsste er nicht eigentlich so reagieren, wie Phil?

Warum scheint es für ihn nur so etwas zu sein, was halt schade ist, aber was er eben respektieren muss? Er zeigt sogar größere Emotionen, wenn er am Dönertag zu spät in der Mensa ist und auf die Nudelbar zurückgreifen muss.

»Tut mir leid«, sage ich schulterzuckend und meine es nicht einmal ernst.

Er schweigt, dann lacht er in sich rein und sagt nur: »Hätte ich wissen müssen, dass du dich irgendwann trennst.«

»Wie meinst du das?«, frage ich ehrlich irritiert.

»Marina, machen wir uns nichts vor. Dir kann es doch keiner recht machen …« Dann zündet er sich eine Zigarette an – ohne mir eine anzubieten. Mir kullern erste Tränen die Wangen runter.

Das tut weh. Also liegt es an mir? Offensichtlich. Und so sitzen wir noch eine Weile schweigend auf den Steinstufen des alten Universitätsgebäudes, in dem die Konferenz stattfindet. Irgendwann fragt Fabian mich versöhnlich, ob ich eigentlich auch noch Hunger habe, und wir beschließen, etwas essen zu gehen, eigentlich ist alles genau wie vorher. Abends fragt er mich, ob wir dennoch in einem Bett schlafen oder ob er die Couch in dem Airbnb nutzen soll. Ich sage, dass das albern sei, und fühle mich dann doch unwohl neben ihm.

Und so endet auch dieses Kapitel.

»Mama, weißt Du, wonach Du riechst? Nach zu Hause!«

Fin-Michel Geihsen

Die Trennung von Fabian ist gleichzeitig eine Trennung von meiner Uni-Karriere. Und ich bin gar nicht sicher, in welcher Kausalität das steht. Aber während der kurzen Zeit mit ihm habe ich sozusagen einen Vorgeschmack auf die wissenschaftliche Karriere an der Uni bekommen, und das war nicht das, was ich wollte. Was nutzt mir Prestige, wenn mir Leben fehlt? Und vermutlich tue ich all den Wissenschaftlern unrecht, wenn ich den Satz so stehen lasse, aber vielleicht bin ich doch eher für die sogenannte »Hausfrauenpädagogik« geschaffen. Vielleicht liegt es an den Schwerpunkten meines Lehrstuhls, vielleicht tue ich der Universität Unrecht, vielleicht werde ich meine Exmatrikulation irgendwann bereuen.

Aber an diesem Tag kurz vor den Sommerferien fühlt es sich richtig an. Endlich habe ich einen Grund, meine Bewerbungsunterlagen zu finalisieren, ich verschicke Initiativbewerbungen und bekomme binnen weniger Tage acht Rückmeldungen. Zwei Absagen, drei Einladungen zum Kennenlerngespräch und drei Angebote als Honorarkraft. Das bestätigt mich in meinem Vorhaben.

Ich verkünde meine Entscheidung in der Lehrstuhlbesprechung. Die Reaktionen sind durchweg negativ: von Enttäuschung über Mitleid bis hin zu absolutem Unverständnis. Insbesondere meine Professorin ist wohl so gekränkt, dass sie gar nicht erst versucht, mich umzustimmen. Völlig zurecht. Sowohl die Kränkung als auch die ausbleibenden Versuche, mich umzustimmen. Immerhin hat sie mir vor ein paar Monaten eine Promotionsstelle angeboten, über die ich nie wieder ein Wort verloren habe, meine Reise nach London ist anteilig vom Lehrstuhl bezahlt worden und alles, was von mir gekommen ist, sind ein gebrochenes Doktorandenherz und miese Entwürfe meiner Masterthesis über ihr Herzensthema.

Bereits nach einer Woche bin ich ersetzt, mein Studierendenausweis ist eingezogen worden, und ich bin einfach nur erleichtert. Mir ist nie bewusst gewesen, wie groß der Druck am Lehrstuhl tatsächlich ist.

Mein erstes Vorstellungsgespräch läuft ziemlich gut, ich bekomme den Job und kann mir das Startdatum aussuchen, mit Blick auf die Ferien unterschreibe ich den Vertrag zum 1. August, sodass ich drei Wochen Sommerferien gewährleisten kann.

Ich freue mich auf die Quality Time, drei Wochen Ferien – ohne Kindergarten, ohne Stress, ohne Termine. Nur Lasse und ich. Spontan buche ich für die zweite Woche ein kleines Mobilheim in Holland mit vielen kindgerechten Ausflugszielen. Dem Pfannkuchenhaus im Stile von Hänsel und Gretel, dem Delfinarium, einem Dinopark und Spielstrand.

Außerdem haben wir unsere Oase direkt vor der Tür, meine Nachbarin stellt wie jedes Jahr einen großen Pool auf, wir haben die Fußballwiese und das Gemeinschaftstrampolin. Zusätzlich plane ich einen Ausflug in den Münsteraner Zoo, in den Freizeitpark Schloss Beck und nach Fort Fun.

Ich bin mir sicher, das werden mit Abstand die schönsten Ferien. Und endlich behalte ich auch mal recht. Meine Schwester und auch mein Bruder schließen sich uns bei einigen Ausflügen an. Wir machen sogar ein gemeinsames Sommerfest, meine Familie, meine Nachbarin und ihre Familie und noch ein paar NachbarInnen aus den Häusern in der Umgebung gesellen sich dazu. Der Mann meiner Nachbarin grillt, sie selbst hat kiloweise Stockbrotteig vorbereitet, ich mache Wraps und habe verschiedenes Grillgut vom Bauern organisiert, meine Schwester bringt drei verschiedene Salate mit und mein Bruder sponsert allerhand Getränke, die er günstig beim Kunden abgestaubt hat.

Mehr und mehr kommt mir der Gedanke, dass man gewisse Dinge durchaus selbst in der Hand hat, nämlich all das, was unmittelbar mit einem selbst zu tun hat. Nur auf die Zeit, da habe ich leider keinen Einfluss, der 1. August naht und mit ihm drei Wochen ohne Lasse und mein erster Arbeitstag.

Nachdem Lasse und ich uns am Sonntag verabschiedet haben, sitze ich hilflos, leer, verloren in meiner Wohnung und weine. Ich weiß gar nicht genau, warum, aber meine Traurigkeit und Leere sind ungewohnt groß. Es geht nicht nur um Lasse und den Abschied, es geht um so viel mehr. Um mein Leben.

Ich will mich ablenken, mit meiner Playlist, das erste Lied ertönt, und sofort schluchze ich so richtig. Dumme Idee. Meine Playlist ist melancholisch und traurig, und die Lieder, die mich sonst aufmuntern und zum Mitsingen anregen, verfehlen ihre Wirkung.

Ich pausiere die Musik und beschließe, mich mit einer Serie abzulenken. Ich finde eine dänische Serie über drei Patchworkfamilien, in denen nichts so richtig rundläuft, ständig wird gestritten, es gibt Probleme, Eifersucht und Dilemmata auf verschiedenen Ebenen, und während ich mich noch frage, warum das der Unterhaltung von irgendwem dienen soll, gibt meine Verfassung mir die Antwort.

Mein Leben ist schon gut, gut so, wie es ist. Ich meistere mein Leben auch ziemlich gut. Morgen beginne ich einen neuen Job. Und auf einmal überkommen mich Demut und Dankbarkeit. Welche alleinerziehende Studienabbrecherin hat bitte das Glück, unmittelbar einen Job zu finden, der kompatibel mit den Betreuungszeiten ist und es ihr gleichzeitig ermöglicht, erst nach den Ferien einzusteigen? Und wie viele Alleinerziehende haben eben nicht das Glück, dass sich der jeweilige Papa auch so zuverlässig um das Kind kümmert und selbstverständlich drei Wochen Ferien am Stück abdeckt?

»Die emotionale Tiefe wird durchs Teilen der Abgründe erzeugt.«

Lieblingssternenstaub

Montag, mein erster Arbeitstag. Ich habe keine Ahnung, was ich anziehen soll, klar, beim Vorstellungsgespräch habe ich mir ein Jackett angezogen und dort mit der Geschäftsführerin gesessen, die sogar ein Kostüm getragen hat. Aber mich aufzubrezeln, erscheint mir unangemessen für 'ne Maßnahme zu Arbeitsmarktintegration junger Flüchtlinge. Außerdem möchte ich mich wenigstens im Outfit wohlfühlen. Ich probiere sämtliche Kombinationen durch und entscheide mich für die schwarze High-Waist-Jeans, ein graues, eng anliegendes Longsleeve und dazu ein Jeanshemd. Sportlich, aber auch nicht zu lässig. Dann blicke ich zufrieden in den Spiegel und lache über mich selbst, ich sehe aus wie immer, aber aus mir unerklärlichen Gründen musste ich dennoch vorher sämtliche Blusen und Hosen durchprobieren, die bereits seit 'nem Jahr ungetragen im Schrank hängen – hätte ich mir auch sparen können.

Ich bin furchtbar aufgeregt und bereits nach zwei Stunden vollkommen überfordert: ein Dokumentationsprogramm, das das Gegenteil von intuitiv ist, ein Qualitätsmanagement-System, das leider nicht für Qualität, sondern Frust und somit auch eher miese Arbeitsleistung sorgt, unmotivierte Deutschlehrer, dafür aber hochmotivierte junge Geflüchtete, die offensichtlich noch kein Wort Deutsch sprechen. Meine Arbeitskollegin ist etwas jünger als ich, total nett und hilfsbereit, aber je öfter sie mir etwas erklärt, desto inkompetenter fühle ich mich.

Mein erster Arbeitstag fällt auf den Maßnahmenbeginn, wir teilen die jungen Menschen auf, gleichen die Daten im System ab und versuchen, einen ersten groben Lebenslauf zu erstellen. Gleichzeitig müssen Ziele formuliert und Schritte besprochen werden. Voraussetzung für diese Maßnahme ist ein entsprechendes Sprachniveau, aber es sei üblich, dass weder die Agentur für Arbeit noch die Träger der Maßnahmen sich an die Absprachen hielten.

Nachdem mir Faouzeh auf meine Fragen nach seinen Daten lediglich ein Lächeln und Kopfnicken schenkt, spare ich uns beiden die Frage nach den Zielen. Leider läuft es bei den anderen Teilnehmern ähnlich ab. Hier ist also einiges zu tun. Nach Feierabend habe ich noch zwei Stunden Zeit, bevor ich wieder zu Sebastian in die Einrichtung fahre. Ich entscheide mich spontan dazu, laufen zu gehen.

Nach den ersten fünfhundert Metern haben sowohl mein Herz als auch meine Beine den richtigen Rhythmus gefunden und es fühlt sich ein bisschen an wie tanzen oder fliegen. Ich denke über mein Leben nach, wie immer, wenn ich laufe, über Fabian, die Uni, meinen neuen Job, und plötzlich macht sich der Gedanke breit, dass ich jetzt wohl wirklich erwachsen bin. Ich bin Mutter, ich habe mein Studium abgeschlossen und einen richtigen Job. So ist das also? Irgendwie befremdlich, der Gedanke. Warum eigentlich? Mal abgesehen von Peter Pan und Pippi Langstrumpf – was ist eigentlich so schlimm daran, »erwachsen« zu sein? Anstatt das Erwachsensein zu verteufeln, sollte ich es vielleicht so ausfüllen, dass ich es nicht mehr verteufeln muss? Ich habe einen Knoten im Kopf, mal wieder.

Unter der Dusche gleiche ich meinen Wasserhaushalt aus, indem ich bestimmt ein Drittel des Wassers trinke. Ich liebe warmes Leitungswasser. Frage mich jedoch jedes Mal, ob es womöglich gesundheitsschädlich sein könnte. Andererseits ist Leitungswasser ja ziemlich gesund laut diversen Untersuchungen. Aber das Leitungswasser aus der Dusche? Macht das einen Unterschied? Geschmacklich schon, liegt aber vielleicht an der Temperatur? Ich schmunzle über mich und meine Gedanken und stelle das Wasser ab.

Beim Eincremen und Anziehen denke ich an Sebastian und hoffe, dass er da sein wird, und schon während ich das denke, werde ich rot. Ich schäme mich, mal wieder, für mich selbst. Was ist denn bitte los? Ich habe Fabian vor ungefähr vier Wochen verlassen, nachdem wir nicht mal ein Vierteljahr zusammen gewesen sind, und denke schon an den nächsten Mann, dem ich das Herz brechen könnte. Auf einmal klingelt mein Telefon, die Nummer wird zwar angezeigt, aber es erscheint kein Name.

»Hallo?«

»Hey, Sebastian hier, sorry, ich rufe vom Privathandy an, wegen gleich, ich muss leider absagen, Marius hat sich entschieden, nicht mehr weiterzumachen. Das kann nach drei Wochen Ferien zu Hause schon mal passieren. Vielleicht ändert er seine Meinung ja noch.«

»Oh …«, sage ich niedergeschlagen.

»Ja, total schade …«

»Ja, das find ich auch … Also, das wars dann jetzt erst einmal?«

»Du kannst die Dokus ja noch fertig machen, und wenn du magst, kannst du gleich dennoch für ein Evaluationsgepräch vorbeikommen?«

»Äh … ja klar, gerne, hab ja offensichtlich Zeit!«, sage ich und bemühe mich, mir meine Enttäuschung nicht anmerken zu lassen.

»Sehr schön. Dann bis gleich!«

Ich lege auf und könnte direkt losheulen. Da habe ich die Uni geschmissen, dachte, die Welt stünde mir offen, und dann das. Dieser Honorarjob war zwar zunächst wie ein Bonus. Allerdings verdiene ich in meinem Job tatsächlich weniger, als ich zuvor mit BAföG und der Lehrstuhlstelle raushatte. Das ist vermutlich mein Karma. Wie schnell das manchmal wirkt.

Ich mache mich weiter fertig, ziehe mich an und fahre zur Einrichtung. Sebastian ist gerade im Hof und schneidet Kartons klein. Wie erwachsen er ist, denke ich.

Ich erinnere mich noch daran, wie unser Papa immer die Krise bekommen hat, wenn wir ein Tetra Pak nicht ordentlich gefaltet haben oder Kartons im Ganzen in die Abstellkammer gelegt haben. Früher gab es ja noch keine Papiertonnen und die gelben Säcke waren jetzt auch nicht so praktisch. Seitdem ich erwachsen bin, oder sagen wir, selbst für die Entsorgung meines Mülls zuständig bin, lebe ich diese Anarchie voll aus. Allerdings bin ich auch verwöhnt von der Gelben und Blauen Tonne, die selbst mit ungefalteten Tetra Paks und unzerkleinerten Kartons nie voll werden.

»Hi«, begrüßt mich Sebastian und schaut fast erschrocken hoch, als hätte ich ihn bei irgendwas erwischt. Dann ergänzt er deutlich entspannter und ruhiger: »Ich bin heute eigentlich nicht im Dienst, wir können also auch gern was essen gehen und reden.«

Ich bin überrascht. »Klar, gerne!«

»Wie kam es eigentlich, dass du heute Nachmittag Zeit hast? Was macht Lasse?«

Ich schmelze dahin. Wie aufmerksam, dass er daran gedacht und sich sogar Gedanken darüber gemacht hat. »Ferien, er ist beim Papa für die drei Wochen«, erwidere ich mit einem Lächeln.

»Ach, cool!«, sagt Sebastian feierlich und strahlt mich an. Klar, alleinerziehend und so.

Ich erwidere seinen Enthusiasmus allerdings nicht, sondern sage ehrlich, wie es mir damit geht. »Na ja … Ich hatte heute meinen ersten Arbeitstag. Und es fühlt sich schon komisch an, wenn man nach Hause kommt und da ist dann keiner …« Ich erröte etwas, einerseits, weil ich überrascht bin von meiner Offenheit, andererseits, weil es durchaus wie ’ne Aufforderung klingen könnte. Um es nicht noch schlimmer zu machen, breche ich mitten im Satz ab.

»Was ist aus deinem Freund geworden?«, fragt er plötzlich, betont beiläufig.

»Welcher Freund?« Natürlich weiß ich, wen er meint, aber frage mich auch, woher er überhaupt davon wusste.

Er interpretiert meine Antwort anders, als sie gemeint war, hebt seine Hand kurz und schüttelt verlegen den Kopf. »Oh, wie unangenehm. Ich wollte nicht, ich …« Dann bricht er ab, schaut mich direkt an und fragt: »Wirkt es so, als wollte ich mit dir flirten? Das war und ist nicht meine Absicht. Caro meinte nur, du hättest einen Freund.«

Jetzt muss ich lachen. »Alles gut. Wie kommt es denn, dass Marius nicht mehr will?«, lenke ich rasch ab, bevor Fabian ungewollt zum Thema wird.

»Erzähl ich dir gleich in Ruhe. Sollen wir direkt los? Wir könnten nach Dortmund?«

»Äh …« Ich zögere kurz, weil es ja auch vollkommen okay und angemessen gewesen wäre, das kurz bei ihm zu besprechen. Stattdessen hatte er »essen gehen« vorgeschlagen und nun will er extra nach Dortmund fahren? Statt einfach kurz in die Stadt zu gehen? »Ja klar!«, sage ich dennoch. Ich habe ohnehin nichts weiter vor und absolut nichts gegen ein bisschen Gesellschaft.

»Gut!« Er deutet auf sein Auto und sagt: »Dann steig ein!«

Als wir nebeneinander im Auto sitzen, sind wir uns so nah wie nie zuvor. Das ist einerseits befremdlich und dennoch irgendwie schön und aufregend.

Scheinbar aus Gewohnheit hat er direkt sein Smartphone mit dem Radio verbunden und Musik angemacht. Daher fällt es nicht weiter auf, dass wir den ganzen Weg über schweigen.

Er parkt an den Berufsschulen, wir überqueren den Ring und halten dann vor einem veganen Imbiss. Ich schaue etwas überfordert auf die Tafel über der Theke, er bestellt direkt eine der verschiedenen Falafel. Ich mache mir gar nicht die Mühe, zu verstehen, wo genau die Unterschiede der Füllungen und Soßen sind, und bestelle das Gleiche.

»Gute Wahl!«, kommentiert er, zahlt für uns beide und steuert zielgerichtet auf einen Eckplatz zu.

Nachdem Sebastian mir von Marius' aktuellem Zustand erzählt hat, essen wir die Falafel. Etwas unbeholfen halte ich die Rolle in der Hand, bei mir fällt irgendwie alles raus und die Soße tropft nicht nur den Teller, sondern auch den Tisch voll. Mir ist es sichtlich unangenehm, er zuckt nur mit den Schultern und es wirkt fast so, als würde er es forcieren, dass seine plötzlich auch auseinanderfällt und tropft.

Dann machen wir uns auf den Rückweg. Im Auto startet er direkt seine Playlist. Ich kenne, wie schon auf der Hinfahrt, kein einziges Lied. Alles ziemlich rockig, diesmal konzentriere ich mich auf den Text: Der Typ singt davon, dass alle ihn verlassen und geht davon aus, dass sie es wohl auch tun wird.

»Wie traurig, von wem ist das?«, frage ich.

Er macht die Musik etwas leiser: »Das? Das ist jetzt von The Gaslight Anthem, *Great Expectations*. Findest du es traurig?«

»Ja! Voll! ›Jeder verlässt mich, warum sollte es bei dir anders sein?‹ «, gebe ich den Text in meinen eigenen Worten wieder.

Er lacht und sagt nur: »Vielleicht, weil ich einer von den Guten bin?«

Ich halte die Luft an und schaue ihn mit großen Augen vom Beifahrersitz an.

Er schaut kurz in meine Richtung, konzentriert sich dann wieder auf die Straße und sagt: »Sorry, bereits als ich es ausgesprochen habe, war mir klar, dass es absolut unangemessen ist. Aber gleichzeitig kam mir diese Antwort irgendwie in den Sinn. Es tut mir leid, ich wollte nicht grenzüberschreitend sein!« Erneut blickt er in meine Richtung: »Es tut mir aufrichtig leid.«

Ich bin verwirrt und sprachlos und auch … Ich weiß es gar nicht genau. Ich bin doch sonst diejenige, die mit jedem flirtet, er hingegen wirkt nicht wie der Typ Mann, der mit jedem flirtet. Geschweige denn überhaupt mit irgendwem.

Klar, diese Einladung zum Essen war durchaus etwas **übertrieben** für den Anlass, gleichzeitig haben wir tatsächlich ausschließlich über Marius gesprochen. Es gab keinerlei persönliche Themen, Annäherungsversuche oder Ähnliches. Und vermutlich bin ich deswegen so irritiert. Bei jedem anderen Mann hätte ich zurückgeflirtet, irgendwas Schlagfertiges geantwortet, doch bei ihm war und ist es irgendwie anders, und ich kann gar nicht sagen, woran das liegt. Ich sage einfach: »Schon gut! Also echt. Alles gut. Ich hatte nur nicht mit so was gerechnet.«

»Was meinst du mit ›sowas‹?«, fragt er neugierig und es wirkt so, als wüsste er es wirklich nicht. Das verunsichert mich noch mehr. Ich fühle mich irgendwie doof und klein. Wenn ich nun antworte: »Na ja, dass du mit mir flirtest!«, könnte er es abstreiten und sagen, dass er das doch gar nicht getan habe.

Auf einmal ertönen langsame, fröhliche Takte aus den Boxen. Es klingt so anders als die anderen Songs, die erste Zeile verstehe ich nicht, in der zweiten wertet sich der Sänger irgendwie selbst ab, weil er unfähig ist zu lieben, statt Sebastian zu antworten, deute ich auf sein Autoradio und sage: »Ich würde ja auch das Lied kommentieren und fragen, von wem das ist, aber ich habe etwas Sorge, wie du dann wohl reagierst.« Ich lächele am Ende erleichtert, froh über die Alternative zur Antwort und dankbar für den neuen Song schaue ich ihn an.

»*Bad Art & Weirdo Ideas* von Quiet Slang, eigentlich Beach Slang, aber das sind die ruhigen Varianten ihrer Punksongs«, klärt er mich auf.

Punk? Ich lebe offensichtlich hinterm Mond, Punker sind in meiner Welt die Jugendlichen mit bunten Haaren, die am Bahnhof um Geld betteln. Ich teile diesen Gedanken jedoch nicht und frage auch nicht weiter nach, sondern genieße dieses traurig-melancholische Lied, das so voller Emotionen ist, und werde es definitiv meiner Playlist hinzufügen.

Nach drei weiteren Songs, sind wir wieder zurück in Unna, er biegt in seine Straße ab, fährt auf den Hof, parkt, schaut mich an und sagt: »Danke. Das war ein sehr netter Nachmittag.«

»Ja, das fand ich auch!« Ich lächele ihn an und sage dann salopp: »Vielleicht sieht man sich ja mal, im Rewe oder so.«

»Sehr unwahrscheinlich«, sagt Sebastian daraufhin. Ich fühle mich direkt abgelehnt und zurückgewiesen, Sebastian scheint das zu merken und erklärt sich: »Ich gehe nur in den Edeka, ich hasse Supermärkte, in denen ich mich nicht auskenne.«

Ich atme erleichtert auf und lächle ihn an. Er nickt, schnallt sich ab und steigt aus, genau wie ich.

Ich fahre nachdenklich nach Hause. Zu Hause angekommen leuchtet mein Smartphone auf.

Wäre es schlimm, wenn ich heute doch versucht habe, mit dir zu flirten, und dass das mit dem Evaluationsgespräch nur ein Vorwand war?

In meinem Gesicht macht sich ein fettes Grinsen breit, dennoch reagiere ich vermeintlich unbeholfen ahnungslos.

Wie meinst du das?

Ich hab mich nicht getraut, dich um ein Date zu bitten.

Dafür, dass du dich das bisher nicht getraut hast, bist du jetzt ganz schön offen und mutig!

Findest du?

Voll!

Ich dachte, mutig wäre es, wenn ich dich frage, was du heute noch machst?!

Ich starre auf mein Display. Das ist doch unmöglich Sebastian. Ich tippe und lösche und tippe und lösche. Er ist die ganze Zeit online und ich werde rot, weil er mein *»schreibt …«* ja sieht und ihm klar sein wird, wenn ich nur einen Satz schreibe, dass ich lange dafür gebraucht habe. Ich versuche, mir ein wenig seinen Mut zu eigen zu machen und sende die Nachricht ab.

Mich für das Essen revanchieren. Ich könnte dir ein Bier anbieten?

Jetzt?

Ja.

Nach siebzehn Minuten klingelt es an meiner Tür, ich habe nur schnell die Klamotten vom Morgen in den Schrank gestopft und noch mal Zähne geputzt. Mein Herz rutscht mir fast in die Hose. Ich traue mich kaum, die Wohnungstür zu öffnen, nachdem ich den Summer betätigt habe, weil ich nicht weiß, wie ich ihn begrüßen soll. Also stehe ich wohl eine Sekunde zu lang vor der Tür, denn nun klopft er. Mir bleibt nichts übrig, ich halte die Luft an, drücke die Klinke nach unten und öffne. »Hey!« Ich strahle ihn einfach an, trete einen Schritt zurück und öffne die Tür ganz.

»Hallo. Tollen Vorgarten hast du!«, sagt er und betritt die Wohnung.

Ich bin unsicher, ob er das ernst meint, mein Vorgarten gehört ja zum Haus und ich habe angeboten, mich darum zu kümmern, nicht, weil ich darin sonderlich gut bin, sondern, weil es Spaß macht. Ich habe ihm mal nebenbei davon erzählt. Einerseits: Wie aufmerksam, dass er sich das anscheinend gemerkt hat. Und andererseits sieht mein Vorgarten alles andere als schön aus. Es ist wie mit dem Singen, nur weil es mir Freude bereitet, heißt es noch lange nicht, dass ich das kann. Mein Opa meinte schon früher zu mir: »Marinchen, manche singen Lieder, du singst leider – genau wie ich!« Als Kind habe ich mich lange gefragt, was *Leider* wohl sind.

»Willst du was trinken?«, frage ich ihn, während ich bereits in Richtung Küche laufe.

Er folgt mir. »Gerne, was hast du da?«

»Schorle, Wasser, Kaffee, Bier, Tee«, zähle ich auf, er lehnt lässig am Türrahmen.

»Bier klingt gut, aber nicht alleine. Was trinkst du denn?«

Ich nicke. »Okay, Bier!«

Ich hole zwei Flaschen und überreiche eine an Sebastian. Etwas unbeholfen stehen wir nun in der Küche, also frage ich: »Willst du 'ne Führung?«, um irgendwie etwas »Programm« zu bieten. Klar, ich hätte ihn auch auf die Couch bitten können, aber dort hätten wir uns dann unterhalten müssen und ich habe keine Ahnung, was ich sagen oder ihn fragen soll.

»Klar!«, sagt er begeistert, tritt einen Schritt zurück in den Flur, sodass ich vorgehen kann.

Sebastian schaut sich ganz genau um, ihm fällt jedes Detail auf, er kommentiert oder lächelt. Vor allem die Fotos, die überall an den Wänden in Form von Kalendern, Collagen oder einfach eingerahmt hängen, scheinen ihn zu faszinieren. Auf einmal deutet er auf ein Bild von mir und Thomas. Es stammt aus unserer Anfangszeit, schwarz-weiß, ich schaue theatralisch nach oben ins Scheinwerferlicht, barfuß, mit einem Unterrock und Tanktop bekleidet, während er übertrieben genervt seinen Kopf auf meiner Schulter platziert hat. Ich muss immer schmunzeln, wenn ich das Bild sehe. Ich, die junge Frau mit den großen Visionen und er, der – egal, wie verrückt meine Idee sein mag – widerwillig mitmacht, jedoch nicht, ohne mich vorher halbherzig darauf hinzuweisen, dass vermutlich jeder scheitern würde, aber wenn es jemanden gibt, der es schafft, dann mich.

»Das ist Thomas, mein aktuell ehemals bester Freund«, sage ich und zucke mit den Schultern.

»Aktuell ehemals? Ist das ne gängige Formulierung?« Sebastian grinst mich an.

»Na ja, wir haben derzeit kaum Kontakt, das finde ich schade.« Und in dem Moment merke ich, dass ich es wirklich sehr schade finde.

Vom Flur gelangt man in jedes Zimmer. Zwischen Wohn- und Arbeitszimmer befindet sich eine alte Schiebetür, die ich meist geöffnet habe. Lasse liebt es, im Kreis zu laufen und fangen zu spielen, man läuft vom Flur ins Wohnzimmer, dann ins Arbeitszimmer und wieder in den Flur. Wir haben diesen Rundgang nun fast beendet, gegenüber vom Arbeitszimmer befindet sich mein Schlafzimmer. Mein Lieblingsraum, der alte Parkettboden, weiße Möbel und diese rosafarbenen, leicht verschwommenen Traumbilder von Ikea an den Wänden, eine filigrane goldene Girlande, mit roséfarbenen Mini-Wimpeln und goldenen Klammern zum Anheften von Fotos hängt über dem großen weißen Doppelbett, ein weißes Bücherregal mit farbig sortierten Romanen und Kinderbüchern steht in einer Ecke. Neben dem Bett liegt jeweils ein Lammfell, zu Dekozwecken. »Was für ein schönes Schlafzimmer!«, sagt Sebastian. Vollkommen begeistert vom riesigen Bett setzt er sich direkt drauf.

»Lieblingsraum!«, sage ich und merke, dass ich mich direkt unwohl fühle, dennoch setze ich mich neben ihn.

»Bleiben wir hier?«, fragt Sebastian und schaut mich unsicher von der Seite an.

»Warum nicht?«, sage ich betont cool, um zu verbergen, wie sehr ich es bereue, dass ich mich neben ihn gesetzt habe, weil ich sein Hinsetzen scheinbar falsch gedeutet habe.

»Okay.« Er rutscht nun nach hinten, sitzt ganz auf dem Bett und lehnt sich an die Wand. »So, jetzt erzähl doch mal, warum meintest du letztens, das Wort ›Frauenpower‹ sei unangemessen?«

Ich setze mich im Schneidersitz ans Fußende, ihm gegenüber, die unbequemere Variante, aber würde ich zu ihm rutschen, könnte er das missverstehen. Ich bin kurz irritiert und lache dann über seine Frage, als ich weiß, welche Situation er meint, und führe es aus, ich erkläre ihm, dass es das Wort »Männerpower« nicht gibt und es sich so mit vielen Begriffen verhalte, die Frauen vermeintlich aufwerten sollen, und genau aus dem Grund so abwertend sind. Sebastian findet die Thematik spannend, und ich hole mein Smartphone hervor, setze mich nun doch neben ihn und zeige ihm den Account von Mirja, die als @Seitenverkehrt auf Instagram ist. Wir lachen über ihre Beiträge, die Stimmung ist nun deutlich entspannter. Trotz dieses vermeintlich »heiklen« Themas für ein erstes Date.

Als das Bier leer ist, steht er auf, bringt beide Flaschen in die Küche, bleibt dann vorm Schlafzimmer im Flur stehen und sagt: »Ich werd dann mal.«

Damit habe ich irgendwie nicht gerechnet und frage mich, was ich wohl falsch gemacht habe. Es ist gerade mal neun Uhr. Ich stehe auf, er öffnet direkt die Wohnungstür, tritt raus in den Hausflur und winkt zum Abschied. Er **winkt**! Ich bin so perplex, winke ihm ebenfalls mit einem »Tschüss« zu und schließe direkt die Tür, ohne ihm nachzusehen.

Ich lege mich ins Bett und kann nicht einschlafen, ich versuche, das Date zu reflektieren, mir kommt wieder der Vorgarten in den Sinn, wollte er charmant sein, um mich rumzukriegen? Die Tatsache, dass er sich aufs Bett gesetzt hat, spricht irgendwie dafür. Wie gut kenne ich ihn eigentlich? Allerdings hat er keinerlei Annäherungen gemacht, was hatte das also zu bedeuten? Während ich so meinen Gedanken hinterherhänge, fühle ich mich von Minute zu Minute schlechter.

Hey. Es war echt schön heute. Ich muss zugeben, ich war ziemlich nervös. Tut mir leid, dass ich mich beim Abschied so doof angestellt habe, ich hoffe, du hast das nicht persönlich genommen?

Und von jetzt auf gleich schwinden meine Sorgen dahin. Ich grinse und bin hellwach.

Immerhin keine High Five ;-)

Die Nachricht wird sofort als gelesen markiert. Ich überlege, ob ich noch ergänzen sollte, dass ich es auch schön fand, entscheide mich aber dagegen, als ich sehe, dass er *schreibt …*

:-D

Vielleicht wiederholen wir das, jeder hat 'ne zweite Chance verdient!

Ich fühle mich unglaublich witzig und schlagfertig. Was so ein kleines Zeichen von »Schwäche« bei Anderen doch auslösen kann. Unmittelbar nach dem Abschied fühlte ich mich dumm, klein und unterlegen. Kaum schreibt er, dass er nervös war, fühle ich mich direkt aufgewertet.

Wie meinst du das?

Wegen des Abschieds ... ;-)

Das antworte ich ihm, doch mein kurzfristig zurückgewonnenes Selbstbewusstsein erfährt durch seine Frage einen leichten Rückschlag. Wenn jemand meinen Humor nicht versteht, fühle ich mich direkt abgewertet. Doch dann blinkt mein Smartphone erneut.

:-D Sehr gerne! Hast du Pläne für die restliche Woche?
Immerhin will kinderfreie Zeit ja genutzt werden.

Nee, ich habe bisher nichts vor.
Ich würde dir ja morgen anbieten, aber das könnte komisch wirken, oder?

Ich spreche ehrlich aus, was ich denke. Irgendwie habe ich nun doch das Gefühl, mich nicht verstellen zu müssen.

Auf mich wirkt es nicht komisch. Ich habe Frühdienst, 18 Uhr? Bei dir?

Oder will er mich doch nur fürs Bett? Warum schlägt er direkt ein Treffen bei mir vor? Wir könnten ja auch essen gehen oder so. Nun werde ich doch müde, vermutlich vom Denken und Fühlen. Es ist wie 'ne Achterbahnfahrt, sowohl, was mein

Selbstbewusstsein, als auch, was seine Absichten angeht. Ich schreibe etwas widerwillig zurück.

Gerne.

Und hinterfrage direkt, ob ich mich wirklich nicht verstellen muss oder ob ich lediglich den Gedanken schön finde, das mal nicht tun zu müssen, bevor ich einschlafe.

Der zweite Tag bei meinem neuen Job läuft ähnlich chaotisch und frustrierend wie der erste: Überforderung auf meiner Seite und auch auf der Seite der Teilnehmenden. Als ich zum ersten Mal auf die Uhr schaue, ist es nicht mal zwölf, ich fühle mich aber bereits wie sechzehn Uhr, und schon setzen die ersten Zweifel ein, ob es wirklich so eine gute Idee war, diesen Weg einzuschlagen. Den Weg weg von der Universität.

Als ich am Nachmittag zu Hause bin, setze ich mich erst mal auf meinen Balkon, trinke einen Kaffee und habe das Gefühl, noch ewig Zeit zu haben, bevor ich mich und meine Wohnung fertig machen muss. Es ist doch erstaunlich, wie viel Unordnung man auch ohne Kind innerhalb eines Tages verursachen kann.

Noch bevor der Kaffee leer ist, stehe ich auf und mache eine erste Maschine Wäsche an, nehme die trockene Wäsche von der Leine. Beim Einsortieren sehe ich das Chaos von gestern, als ich mich nicht entscheiden konnte, was ich anziehen sollte, denn ich habe einfach alle Klamotten ungefaltet in den Schrank zurückgestopft. Ich nehme den gesamten Kleiderhaufen und schmeiße ihn aufs Bett, sortiere, falte, hänge die Blusen auf den Bügel und erschrecke, als ich plötzlich auf den Radiowecker schaue: 16:54 Uhr. Ich habe noch eine Stunde Zeit, muss noch einkaufen, duschen wäre auch nicht verkehrt, und was ich anziehen soll, weiß ich trotz jetzt farblicher Sortierung meiner Klamotten immer noch nicht.

Ich beginne mit dem Nervigsten: Einkaufen, ich hole 'ne Tüte Fertigsalat, dazu Tomaten, Gurken und diverse Konserven, das lässt sich gleich alles zusammenschütten, dazu 'n Baguette und fertig ist das Abendessen. Zurück zu Hause schütte ich den Salat direkt in eine Schüssel, mache mir einen Kaffee, und auf dem Weg zur Dusche fällt mir die Wäsche ein. Ich gehe zurück in die Küche, wo die Waschmaschine steht, zwei Minuten braucht sie noch. Also schneide ich die Gurke schon mal in Stücke und überlege, was ich anziehen könnte. Dann fällt mir ein, dass ich duschen wollte, als ich mich gerade entkleidet habe, denke ich an den Kaffee und die Wäsche. Nun hänge ich nackt Wäsche auf, trinke den Kaffee währenddessen, als ich fertig bin, gehe ich zurück in die Küche, sehe, dass die Tomaten noch nicht geschnitten sind, 17:38 Uhr, Mist. Duschen hat Priorität.

Während ich unter der Dusche stehe, lache ich über mich selbst und meine Angewohnheit, tausend Dinge gleichzeitig tun zu wollen, ich dusche, so schnell, als wäre Lasse da, und entscheide mich gegen eine frische Intimrasur, ein bisschen aus Trotz und Schutz. Es klingt paradox, ich mag meine Körperbehaarung so gar nicht, bin aber oft zu faul, mich jedes Mal zu rasieren. Für mich steht fest, ich möchte nicht mit Sebastian ins Bett. Also noch nicht. Nicht heute. Dann würde das Ganze direkt einen faden Beigeschmack bekommen, und das will ich vermeiden, also schütze ich mich, indem ich meine eigene Abwertung der Körperbehaarung als Keuschheitsgürtel instrumentalisiere. Ob andere Menschen auch so ticken?

17:43 Uhr. Ich entscheide mich für die luftige Haremshose mit Gummizug und engem Oberteil, meine schwarze Jeans ist oben aktuell etwas zu eng, sodass ich hier eher ein weiteres Shirt oder so anziehen müsste, und irgendwie würde ich schon gern Dekolleté zeigen. Andererseits sitzen wir später vermutlich auf der Couch, eine enge, hochgeschnittene Jeans in Kombi mit 'nem weiten T-Shirt wäre vielleicht von Vorteil.

17:46 Uhr. Es wird die Haremshose, allein schon, weil das Oberteil hier feststeht und mir so schnell kein T-Shirt eingefallen ist. Meine Haare binde ich zu 'nem Dutt zusammen, sie innerhalb von zehn Minuten trockenzuföhnen ist eh utopisch. Zurück in die Küche, Tomaten rein, Konserven rein, alles mischen. Schnell die Dinge vom Boden in irgendwelche Schränke stopfen – und da sehe ich auch schon, wie Sebastian vorfährt. Mein Herz macht direkt einen Sprung.

Ich gehe nochmal ins Bad, ein wenig Mascara und Deo, Letzteres hätte ich beinahe vergessen. Dann schaue ich mich noch mal im großen Spiegel im Schlafzimmer an und lächele mir zu. Es klingelt. Ich öffne und stelle mich wie gewohnt in den Türrahmen.

Sebastian lächelt mich an, als er mich sieht. Seine Schritte werden etwas langsamer und bei den letzten beiden Stufen gleitet sein Blick nach unten, er wirkt dadurch etwas unsicher, aber vielleicht wollte er auch nur vermeiden, dass er stolpert. Als er unmittelbar vor mir steht, blickt er mich direkt an, das Lächeln ist verschwunden. Er macht einen Schritt auf mich zu, legt einen Arm um meine Taille und fasst mit der anderen Hand vorsichtig meinen Hals an, bevor er sich fast wie in Zeitlupe zu mir herunterbeugt und mich küsst.

Und ich hab vergessen, mir die Zähne zu putzen! Doch neben diesem Gedanken ist da noch etwas anderes in mir, ein melancholisch-freudiges Gefühl, ein Gefühl von Geborgenheit. Von Glück.

Da ist er wieder, dieser Kuss-Moment. Man kann nicht aufhören, einerseits, weil es so schön ist, und andererseits, weil man ja auch gar nicht weiß, was man danach sagen soll. Also machen wir weiter, direkt im Wohnungseingang, und als wir dann doch kurz eine Pause einlegen, muss ich über diese skurrile Wendung in meiner Serie lachen und sage dann einfach: »War die Begrüßung jetzt der Ausgleich für den miesen Abschied gestern?«

Er lacht, zieht mich wieder zu sich und küsst mich erneut.

Dieser zweite Kuss ist nochmal deutlich intensiver, ich werde sogar feucht, ärgere mich über meinen Keuschheitsgürtel und als wir voneinander ablassen, sage ich, ohne groß nachzudenken: »Das wars jetzt! Du und ich.«

Sebastian lächelt, und allein die Tatsache, dass ihn meine Geschwindigkeit nicht überfordert oder gar abschreckt, gibt mir ein Gefühl von Bestätigung und Erleichterung, er meint es ernst und verfolgt keine niederen Absichten.

Wir gehen rein, setzen uns auf die Couch und reden.

»Ist dir eigentlich bewusst, dass ich mich in dem Moment in dich verliebt habe, als du vor meiner Tür standest?«, sagt er plötzlich.

Ich schüttele kurz mit dem Kopf, weil ich nicht glauben kann, was er da sagt. »Das ist nicht dein Ernst, oder?«

»Doch. Und ich weiß noch, dass ich direkt danach dachte, du seist 'ne Nummer zu groß für mich. Ich mit meiner zerrissenen kurzen Hose, dem Punkshirt, und dann stolperst du über die Uraltfußmatte und ich hab mich direkt geschämt, weil ich dachte, ich werde niemals von dir so wahrgenommen, wie ich es mir wünschen würde.«

Ich muss lachen. An die Fußmatte erinnere ich mich auch noch und finde es ziemlich verrückt, dass wir uns beide geschämt haben. »Ich hab dich gesehen und dachte nur: KRASS. Was ein Typ. Entweder erzählst du mir gerade Quatsch oder du hast, aus mir unerklärlichen Gründen, tatsächlich keine Ahnung davon, wie du auf Frauen wirkst. Ich dachte nämlich, dass du eh in einer ganz anderen Liga spielst. Und als ich über die Fußmatte gestolpert bin, war MIR das furchtbar unangenehm, nicht mal gehen kann sie.«

Jetzt lacht er.

»Wie kann es sein, dass dir deine Wirkung auf Frauen nicht bewusst ist?«, frage ich neugierig.

Er presst seine Lippen zusammen, als würde er die Antwort auch spannend finden, bewegen sich seine Augen nachdenklich hin und her, bevor er dann mit den Schultern zuckt und sagt:»Vermutlich zu wenig Kontakt zu Frauen?!«

Ich finde es erstaunlich, dass er keinerlei Anstalten macht, mir zu widersprechen, ich würde so ein Kompliment direkt ablehnen und eher so was sagen wie: »Welche Wirkung meinst du?«, doch er kann das Kompliment annehmen, überhaupt reagiert er, wenn ich darüber nachdenke, nie vorhersehbar. Er wirkte auf mich ja zunächst arrogant und alles andere als flirty oder gar verliebt. Dann der spontane Ausflug nach Dortmund. Die Musik. Sein abrupter Abschied und die Entschuldigung per WhatsApp. Der Kuss gerade eben.

»Inwiefern?«, frage ich nach, vielleicht ist es langsam an der Zeit, dass ich etwas über ihn erfahre.

»Na ja, ich hatte bisher zwei Beziehungen, meine erste große Liebe, da war ich siebzehn. Dann war da noch meine Frau.«

In dem Moment merke ich, wie mir ein kleiner Stich versetzt wird.

»Und nach unserer Trennung vor zwei Jahren habe ich noch mal was mit meiner ersten großen Liebe angefangen, vermutlich, weil ich einsam war und dachte, ich könne da noch mal anknüpfen. Das war aber offensichtlich nicht der Fall. Ansonsten bin ich eben sehr an die Einrichtung gebunden, wir haben ja kaum Nachtdienste, macht ja wenig Sinn, ich bin ja eh immer da. Na ja, der Nachteil, nun muss ich eben auch immer da sein. Ich arbeite außerdem oft am Nachmittag, und wenn ich nicht arbeite, mache ich Reparaturen am Haus oder jogge durch den Bornekamp.«

Ich hätte viel früher damit anfangen sollen, ihn wirklich kennenzulernen. Denn was er erzählt, klingt sympathisch und ziemlich attraktiv, kein Draufgänger, kein Arschloch, handwerklich begabt und gleichzeitig im sozialen Bereich als

Führungskraft tätig. Die Tatsache, dass er bereits verheiratet war, so weh es auch tat, das zu hören, spricht eben auch dafür, dass er sich nicht vor Verbindlichkeit scheut, das Joggen haben wir außerdem gemeinsam. Dennoch klang seine Antwort ein wenig ernüchtert, fast unzufrieden, und ich hake nach. »Klingt fast so, als wärst du nicht ganz zufrieden oder als wäre es dir unangenehm, mir das zu erzählen?«

»Jein. Ist einfach so, dass ich eben keine Gelegenheit habe, Frauen kennenzulernen, und das erklärt vermutlich auch, warum ich mich eben nicht als so attraktiv oder cool wahrnehme. Ich gehe selten mal raus und habe aufgrund des Schichtdienstes und der Nachtdienste ja kaum Gelegenheit, Freunde zu treffen, sondern bin umgeben von psychisch labilen Jugendlichen und jungen Arbeitskolleginnen, die regelmäßig von coolen Partys und Konzerten berichten.«

»Also hast du dich nur deswegen in mich verliebt, weil ich eine **Frau** bin und du diese nicht oft siehst?« Ich lache, weil ich mich selbst so witzig finde.

Sebastian ist etwas verlegen, dann aber erleichtert, weil ich lache.«Nein, so war das jetzt auch nicht gemeint.«

»Alles gut, das war auch eher ein Spaß!«

»Und wie kommt es, dass du dich für so 'nen einsamen Kauz wie mich interessierst? Bin ich sozusagen auch der erste Mann, den du seit Langem gesehen hast?«

Bam. Das sitzt. Ich könnte jetzt natürlich die Wahrheit sagen, wobei, was ist denn die Wahrheit? Dass ich ständig jemanden an meiner Seite habe? Dass ich permanent aktiv suche? Ich könnte natürlich auch ausweichend-charmant antworten, was mir an ihm besonders gefallen hat beim Kennenlernen und bisher im weiteren Verlauf, darum geht es ja letztendlich. Scheinbar habe ich nicht bedacht, dass ich im echten Leben eine wirklich miese Schauspielerin bin. Mir stehen zwar meine Gedanken nicht auf der Stirn, meine Gefühle sind mir dafür aber ins Gesicht geschrieben.

»Alles okay?« Er wendet sich mir mit seinem ganzen Köper zu und beugt sich in meine Richtung. »Hab ich was Doofes gesagt?«, fragt er, als ich ihn direkt anschaue.

»Nein …« Ich schlucke, lächle und versuche, meine entgleisten Gesichtszüge wieder in die richtige Bahn zu lenken. »Alles gut. Ich musste gerade nur an was denken«, sage ich und schüttele mit dem Kopf.

»Deinen Ex?«, fragt er zaghaft und beißt sich dann auf die Unterlippe.

Jetzt muss ich wieder lachen, diesmal unverkrampft, und antworte sehr ehrlich: »Nein, an den nicht. Magst du eigentlich was trinken?«

Froh darüber, dass mir diese Höflichkeitsfloskel eingefallen ist, stehe ich auf, Sebastian direkt mit.

»Gerne! Was hast du da?«

Als Sebastian und ich, mit Bier bewaffnet, wieder auf der Couch sitzen, schweigen wir einen Moment. Und ich stelle fest, dass es mir gar nicht unangenehm ist, im Gegenteil.

»Du hast recht viele Bücher«, bemerkt Sebastian nebenbei. »Welches ist dein Lieblingsbuch?«

»Schwierig. Lange Zeit war es ›Wie ein einziger Tag‹ von Nicholas Sparks, aber er hat irgendwann nachgelassen, und ich glaube, die letzten Bücher von ihm wurden mir noch zu Geburtstagen geschenkt, aber die habe ich nicht mal angefangen. Irgendwie hat auch dieses Buch dadurch an Wert verloren. Besonders angetan war ich von den Büchern von Carlos Ruiz Zafón, vor allem hat mich überrascht, wie sehr mich seine Romane gefesselt haben, obwohl sie nicht wirklich meinem bevorzugten Genre entsprechen. Ich bin mal, nur wegen ihm, nach Barcelona geflogen. Allein. Von Kerstin Gier war ich auch überrascht. Normalerweise mache ich um die Tischauslagen mit solchen Aufstellern wie ›Von Frauen für Frauen‹ oder ›Urlaubslektüre‹ immer einen großen Bogen. Ich finde solche Hinweise eher abschreckend. Aber nachdem ich eins gelesen hatte, musste ich alle von ihr lesen und habe eigentlich durchgelacht, manchmal geweint. Letzteres allerdings oft, weil ich so lachen musste. Boah, Lieblingsbuch. Dann hab ich wohl kein ultimatives Lieblingsbuch mehr. Hast du ein Lieblingsbuch?«

Sebastian antwortet nicht direkt, sondern er mustert mich noch einen Moment lang, als ließe er gerade meinen Redeschwall Revue passieren und als hätte ihm dieser sehr gefallen. Vielleicht bilde ich mir das nur ein. Aber selbst wenn, es schmeichelt mir dennoch.

»Ich habe kein Lieblingsbuch, lese meist auf Empfehlung und brauche oft recht lange dafür, ein Buch zu beenden.«

»Zwei Bücher, die man echt gut weglesen kann, weil man sie nicht weglegen möchte, sind ›Gut gegen Nordwind‹ von Daniel Glattauer und ›Der Hundertjährige, der aus dem Fenster stieg und verschwand‹, beide habe ich leider zu oft verliehen und sie befinden sich somit nicht mehr in meinem Besitz.«

»Okay, merk ich mir!«

Dann nimmt er meine Bierflasche und stellt sie zusammen mit seiner auf die Truhe neben meiner Couch, bevor er mich langsam zu sich zieht und noch mal küsst. Diesmal wirkt der Kuss nicht wie ein erster, sondern so wahnsinnig sanft, vertraut, nicht ganz so fordernd wie zur Begrüßung, und ich seufze, leider mit Ton. Sebastian scheint das sehr amüsant zu finden, ich merke sein Grinsen, während er mich küsst, und ich wiederhole: »Ich meine das ernst. Das war es jetzt!«

Wir legen uns auf die Couch, er hält mich von hinten und mein Kopf liegt auf seinem überdimensional großen Bizeps.

Ich muss wohl irgendwann eingeschlafen sein. Als ich wach werde, ist Sebastian verschwunden, ich schlurfe müde und selig in mein Bett und schlafe direkt weiter.

Am nächsten Morgen muss ich mich erstmal sortieren, war das ein Traum? Nein. Welcher Tag ist heute? Es fühlt sich an wie Samstag, dabei ist ja erst Mittwoch und mein dritter

Arbeitstag. Mist. Arbeit. Wie spät ist es? Direkt bin ich hellwach, um dann beruhigt festzustellen, dass es erst sechs Uhr morgens ist. Beim Blick auf mein Smartphone habe ich eine Nachricht von Sebastian und eine kommt von Stefan, unserem Theater-Intendanten. Ich lese die Nachricht von Sebastian zuerst.

> Der Nachtdienst, sorry, hab's fast selbst verschlafen, aber um Mitternacht muss ich zu Hause sein. Ich kann mein Glück gar nicht fassen.
> Wann sehe ich Dich wieder?

Ich lächle und will irgendwas antworten mit Dornröschen, schlafen, Märchen, dass auch ich mein Glück nicht fassen kann und dass ich direkt heute könnte … Ich könnte ihn fragen, ob er auch Rosen im Garten hat. Wird er aber vermutlich nicht verstehen, ohne dass ich Dornröschen erwähne. Am Ende schreibe ich dann eine fast zu sachliche Nachricht – in meiner Welt.

> Kein Ding. So schnell wie möglich!

Ich füge noch 'nen Kusssmiley hinzu.

> Ich bin heute im Dienst.

Und während ich mich frage, ob das nun eine Einladung oder eine Absage ist, wird oben in kursiv »*schreibt …*« eingeblendet. Also stehe ich auf, mache mir erst mal einen Kaffee und höre die Nachricht von Stefan ab.

Er fragt mich, ob ich im neuen Stück mitmachen möchte, der Haken: die Proben laufen bereits, Mieke ist kurzfristig abgesprungen und es handle sich um die Rolle der Katharina in »Der Widerspenstigen Zähmung«. Ich strahle wie ein Honigkuchenpferd übers ganze Gesicht. Wie cool! Endlich wieder Theater spielen!!!! Immerhin habe ich nun drei Wochen ohne Lasse, das bedeutet, reichlich Zeit fürs Proben.

Dann fällt mir Thomas ein. Thomas, mein aktuell ehemals bester Freund. Ob er wohl auch dabei ist? Erneut macht mein Herz einen Sprung. Ich freue mich direkt darauf, ihm von meinem Leben zu berichten, der Uni, dem neuen Job. Sebastian.

Doch plötzlich wird mir schlagartig bewusst, dass ich das ja verbockt habe. Es wird nie wieder diese Freundschaft sein, wie sie mal war. Die zwölf Jahre, mit ihm als Freund an meiner Seite, habe ich geopfert, weil ich ungewollt schwanger und verzweifelt war. Der Kloß im Hals wird immer größer. Wie egoistisch ich doch war und bin. Selbst jetzt, heute, ich denke nur an mich, daran, ihm von meinem Leben zu berichten – ohne auch nur einmal darüber nachzudenken, wie es ihm wohl geht.

Ich atme einmal tief ein und aus. Ich weiß ja gar nicht, ob er wirklich dabei ist. Und sage dann spontan zu, schreibe gleichzeitig meinen Papa an und frage, ob er an den Aufführungstagen Lasse betreuen könne.

Du kannst gerne zum Abendbrot
kommen, wenn du Lust und Zeit hast.

Das kommt in dem Moment von Sebastian. Dafür, dass er gut neun Minuten getippt hat, recht wenig Text. Und gleichzeitig bemerke ich, dass ich es weder peinlich, noch unangenehm, sondern eher sehr schmeichelhaft finde, dass jemand neun Minuten lang hin und her überlegt, was er mir denn nun schreiben soll.

Mein Vater antwortet.

Kein Problem. Wann kann ich mir das Stück
denn dann ansehen? Es freut mich,

dass du wieder Theater spielen kannst.
So etwas unterstütze ich immer gerne.

Ich würde ihm gern direkt von Sebastian erzählen, aber ich tue es nicht, obwohl ich diesmal wirklich davon überzeugt bin, den Mann fürs Leben gefunden zu haben. War ich es vorher eigentlich nicht? Also bei den anderen Männern? Egal. Jedenfalls tue ich es deswegen nicht, weil ich es gerne noch allein genießen möchte. Zumindest rede ich mir das ein.

Ich trinke einen Schluck von meinem Kaffee. Gerade bin ich zu faul, noch mal nach den Spielterminen zu schauen. Stattdessen frage ich Sebastian, ob ich den Salat, der eigentlich für gestern vorgesehen war, mitbringen darf, bevor ich endgültig mein Bett verlasse und mich auf den Weg zur Arbeit mache.

»Zwei Dinge, in dessen Häufigkeit und Ausführung sich Paare selten einige sind: Sex & Haushalt.«

Lieblingssternenstaub

»Ich würde mich ja gerne aufspielen und Stefan fragen, ob er von allen guten Geistern verlassen ist. Aber ich weiß, genau wie er, dass dir die Rolle praktisch auf den Leib geschnitten ist und, denn so viel Charme hast du nicht verdient, wir vermutlich niemanden gefunden hätten, der so kurzfristig einspringen kann.«

So begrüßt mich Thomas im Theater. Mein Herz macht einen Sprung, ich freue mich sehr, ihn zu sehen, fast hätte ich geantwortet: »Unser Jahr, was?«, aber zum Glück beiße ich mir noch rechtzeitig auf die Lippen, weil das vermutlich mehr als taktlos gewesen wäre. Stattdessen sage ich: »Mir war nicht klar, dass du mitspielst. Schön, dich zu sehen!«

Ich bin außerdem sehr erleichtert, er wirkt fröhlich und sein vermeintlicher Groll sehr ironisch.

Nun lacht er, etwas zu laut und zu sehr. »Hat Stefan dir das nicht gesagt? Hast du das Skript denn noch nicht?«

Ich kneife fragend meine Augen zusammen. »Nein …?« Dann schaue ich ihn mit großen Augen erwartungsvoll an.

»Okay, also, hmmm … Wie sage ich es dir nun am schonendsten?« Thomas grinst und zuckt mit den Schultern, dann presst er seine Lippen aufeinander und schaut nach oben, er tippt mit seinem Finger auf sein Kinn, bevor er mich anschaut und plötzlich so redet, als würde er einem kleinen Kind eine komplizierte Sache erklären. »Also, ich spiele Petruchio!« Dabei deutet er mit einer großen Geste auf sich selbst. »Und ich, also er, Petruchio, erklärt Katharina, also dir, gleich zu Beginn, dass er sie heiraten wird, und tut es dann auch irgendwann!« Nun zuckt er mit den Schultern und ergänzt ganz nebenbei: »Gegen ihren Willen und auch gegen deinen, wie ich ja leider schmerzhaft erfahren musste.«

Seine Theatralik und der Inhalt bringen mich so zum Lachen, dass ich seine Formulierung mit »schmerzhaft« gut ignorieren kann.

Thomas sieht mich belustigt an und schüttelt den Kopf. »Ich glaube, selbst **mir** wäre es zu blöd gewesen, wenn ich ein Buch über uns schreiben würde, ausgerechnet dieses Stück rauszusuchen. Aber gut. Ist kein Buch. Ist das Leben. Und letztendlich führt Stefan Regie – eigentlich eher selten in meinem Leben, aber in diesem Stück wohl schon.«

Dann zieht er die Augenbrauen hoch, beendet seine kurze Inhaltsangabe und sieht mich herausfordernd an.

»Ich … hui … wie unangemessen ist es, dass ich lache?«

»Seit wann interessiert es dich, ob etwas unangemessen ist?«, sagt er nun, ohne dass sein Ton seine Meinung dazu verrät.

Also sage ich nur: »Touché!«

»Sollen wir noch eine rauchen, bevor wir heiraten?«

»Klar. Immer!«, sage ich. Ich habe mich mittlerweile etwas gefangen.

Wir gehen raus auf die Feuertreppe. Er reicht mir eine Zigarette.

»Findest du es gar nicht skurril?«

Dann muss ich wieder lachen. »Doch. Sehr. Willkommen im Hauptcast meiner Serie!«, und unterstreiche meine Worte, indem ich meine Arme ausbreite und einen Knicks mache.

»Jetzt verstehe ich, warum du lieber ein Netflix Original wärst. Hörst du manchmal den Lindenstraßen-Jingle, wenn du abends im Bett liegst?«

Jetzt muss ich wieder lachen. »Ich summe ihn sogar manchmal laut in ganz brisanten Cliffhanger-Situationen, in der

Hoffnung, dass auch ich ne Woche Sendepause bekomme – zum Durchatmen. Hilft aber nichts.«

Er zündet seine Zigarette an, hält mir das Feuerzeug hin und fragt: »Und? Kenn ich ihn?«

»Wen?«, antworte ich direkt und zünde meine Zigarette an, froh darüber, dass ich Thomas nicht in die Augen schauen muss.

»Deinen neuen Freund …«, sagt er, zieht erneut an der Zigarette und bläst den Rauch langsam nach oben in die Luft.

Meine Stimmung ist nun ein bisschen getrübt, aber gut, verheimlichen wäre keine Option, irgendwann vor der Premiere hätte ich es ihm ohnehin erzählen müssen. Direkt wird mir flau im Magen, weil ich auch Sebastian nun von Thomas und der ganzen Geschichte erzählen muss. Bisher habe ich ihn ja nur als meinen aktuell ehemals besten Freund vorgestellt, jedoch nicht als meinen Exverlobten.

Ich will noch etwas Zeit schinden und frage Thomas: »Woher weißt du …?«

Er unterbricht mich. »Ich weiß gar nichts, aber ich kenne dich.« Dabei zieht er die Augenbrauen hoch. »Also …?«

Nun denke ich wieder an Sebastian, diesmal an den Kuss, und sofort macht sich dieses breite verliebte Grinsen in meinem Gesicht breit, so gern ich das auch unterdrücken würde, es geht nicht.

»Sebastian, geschieden, aus Unna«, versuche ich, so sachlich und knapp wie möglich seine Frage zu beantworten.

Thomas nickt. »Wie alt?«

»Dein Jahrgang!« Ich betone es so, als sei immerhin das etwas Positives.

Er bemerkt es und erwidert: »Guter Jahrgang. Bist du glücklich?« Er schaut mich an, wie ich da verliebt grinsend vor ihm stehe und beantwortet sich die Frage selbst. »Dumme Frage, natürlich bist du glücklich.« Er wendet sich von mir ab und drückt seine Zigarette aus.

»Ach, Thomas, Mann, es tut mir leid«, sage ich aufrichtig. Das tut es mir wirklich.

»Das sagtest du schon – mehrfach.« Er gibt mir irgendwie nicht das Gefühl, nach dem ich mich sehne. Vergebung. Jetzt denke ich an diesen Post von Lieblingssternenstaub, ich war schon lange nicht mehr auf Instagram, klar, mir ging es ja auch gut, was meine These unterstreicht.

»Ich …«, setze ich an, doch führe es nicht weiter aus. Das, wonach ich suche, Vergebung, muss ich mir selbst geben.

»Es ist okay. Ich bin drüber hinweg, vielleicht fehlte mir damals auch einfach diese krasse Trennung. Ich hab es verstanden. Ich war nie das für dich, was du für mich warst.« Er bleibt in der Tür stehen, wartet, bis ich auch meine Zigarette ausgedrückt und im Ascher entsorgt habe. Als ich mich umdrehe, treffen sich unsere Blicke und er korrigiert seinen letzten Satz. »Das, was du für mich **bist**.«

Ich möchte widersprechen, aber besinne mich darauf, dass es ihm vermutlich nur kurz schmeichelt und dann zurückwirft, also sage ich nur zustimmend: »Vielleicht …! Rein?«

Er nickt mit dem Kopf in Richtung Theaterbühne und sagt: »Wird Zeit.«

Alle können bereits ihren Text. Klar. Ich lese immer wieder meinen Text und versuche, dennoch flüssig zu spielen. In den Szenen mit Thomas gelingt mir das überraschend gut. Den ersten Schlagabtausch kriegen wir nach wenigen Versuchen sehr authentisch hin. Es macht Spaß. Es ist witzig. Es ist schön. Leicht. Unkompliziert. Und nach dem kurzen Schock darüber, dass ausgerechnet wir in diesem Jahr gleich mehrfach heiraten werden, freue ich mich über diese Begegnung. Ich hab ihn vermisst, meinen aktuell ehemals besten Freund, und bin gespannt, wie es weitergeht.

Nach der Probe fahre ich zu Sebastian, es ist schon spät, aber er war eh bis zehn im Dienst und es war klar, dass ich es vor elf sicherlich nicht schaffen würde. Ich erzähle ihm direkt von der Begegnung mit Thomas – als mir wieder klar wird, dass ich vermutlich unsere ganze Geschichte erzählen muss, ist es zu spät, aufzuhören. Also erzähle ich ihm nicht nur von heute, sondern auch vom Frühjahr dieses Jahres, und auch vom Sommer vor zwölf Jahren und der Zeit dazwischen. Dabei versuche ich, Thomas etwas schlechter und trotteliger wirken zu lassen, als er ist, fühle mich dabei nicht sonderlich wohl, aber habe eben auch das Gefühl, dass ich auf Sebastian Rücksicht nehmen muss. Und, um ganz ehrlich zu sein, vor allem aus Schutz, aus Angst davor, dass Sebastian eifersüchtig wird und es nicht gutheißt, dass ich mit Thomas Theater spiele, und dieses Stück, was mich kürzlich noch so glücklich gemacht hat, nicht mehr genießen zu können.

Als ich fertig bin, schaut Sebastian mich schweigend an. Etwas zu lange für meinen Geschmack, direkt habe ich ein schlechtes Gewissen.

»Wow. Das klingt, ähm, ich weiß gar nicht, was ich sagen soll. Aber ich vertraue dir, weißt du, und ich freue mich für dich. Du wirkst jedenfalls sehr glücklich auf mich.«

»Das bin ich auch«, sage ich erleichtert und bin durchaus überrascht von seiner sehr selbstlosen Reaktion.

Dann schaut er mir direkt in die Augen. »Er tut mir jedoch etwas leid. Ich kann verstehen, dass er dich nicht vergessen kann. Ich würde es vermutlich auch nicht können.« Währenddessen kommt er mit seinem Gesicht immer näher.

»Musst du ja auch nicht!«, antworte ich und küsse ihn.

Er erwidert den Kuss, diesmal nicht nur mit seinen Lippen, er zieht mich auf seinen Schoß und wandert vorsichtig mit seinen Händen unter mein T-Shirt. Ich halte die Luft an. Unser Beziehungsstatus war bereits vor dem ersten Sex fix. Plötzlich kommt ein ziemlich schräger Gedanke: »Bitte lass ihn im Bett keine Katastrophe sein.« O Gott, vielleicht hat er einen Mikropenis. Insbesondere der letzte Gedanke sorgt dafür, dass ich lachen muss, ausgerechnet in dem Moment, in dem er mein

Shirt ausziehen will. »Kitzelig?«, fragt er leicht verunsichert. Jetzt muss ich noch mehr lachen, ich denke nur an den Mikropenis und freue mich darauf, ihm davon in ferner Zukunft zu berichten. Sebastian scheint nun noch verunsicherter zu sein. Ich sitze halbnackt auf seinem Schoß, kurz vor unserem ersten Mal, und lache. Die Stimmung ist ruiniert, so viel steht fest.

»Ähm … Marina, alles okay?«, sagt er und hört direkt auf, mich zu berühren.

»Ja!«, sage ich lachend. »Ich hatte nur so 'nen doofen Gedanken!« Dann muss ich wieder lachen. O Mann. Insbesondere sein ernstes Gesicht macht es mir nicht leichter, ein bisschen wie ein Lachanfall in der Kirche. Früher im Gottesdienst durfte ich nie meinen Bruder oder meine Schwester anschauen, weil wir dann alle gelacht hätten und nicht mehr hätten aufhören können. Einmal hat unser Papa uns sogar aufgefordert, dass wir gehen sollten, weil wir uns nicht mehr eingekriegt haben. Wie schön, dass ich gedanklich vom Mikropenis zum Gottesdienst überleite. Und lache erneut.

»Magst du den mit mir teilen?« Sebastian hat eine Augenbraue hochgezogen, er wirkt fast wie ein Lehrer, der jemanden dabei erwischt, wie er einen kleinen Zettel liest, der vorher durch die Reihen gewandert ist, und sagt: »Willst du uns vielleicht teilhaben lassen?«

Zum Glück ist Sebastian kein Lehrer, sondern mein Freund. Bei dem Gedanken beruhige ich mich etwas. Und solange er keinen Mikropenis hat, findet er es bestimmt auch lustig.

»Auf deine Verantwortung!«, sage ich, und versuche, mich bis zur Pointe zusammenzureißen.

»Okay …«, sagt er langgezogen, presst die Lippen aufeinander und wirkt fast genervt.

Ich lasse mich davon nicht beirren. »Ich dachte gerade, dass ich hoffe, dass du keinen Mikropenis–« Ich schaffe es nur bis zu diesem Wort, bevor ich mich nicht mehr halten kann, mich kringele vor Lachen, von seinem Schoß kippe und zwischen den Grunzgeräuschen, presse ich noch »hast!« heraus.

Mein Bauch tut weh und meine Augen tränen. Ich versuche, mich wieder aufzurichten, und blicke Sebastian an. Er findet das offensichtlich nicht so lustig wie ich. Er schaut irritiert, vielleicht sogar etwas abwertend und fragt sehr ernst: »Wie kommst du dadrauf?« Irgendwie entwickelt es sich jetzt gerade von einer skurrilen in eine echt unangenehme Situation.

Ich erröte etwas, unterdrücke den nächsten Lachflash und sage einfach nur ehrlich: »Ich dachte halt, dass wir ja bisher noch gar nicht intim geworden sind und dann dachte ich, du bist so perfekt, vielleicht gibt's 'nen Haken im Bett?« Mittlerweile habe ich mich gänzlich beruhigt und gefasst. Und eigentlich steckt da ja durchaus das Kompliment drin, dass es mit ihm zu schön ist, um wahr zu sein.

Doch das scheint er irgendwie nicht mitbekommen zu haben, er starrt mit zusammengekniffenen Augen, nachdenklich nach vorn und sagt, ohne mich anzusehen, ziemlich verständnislos: »Und da dachtest du als Erstes an einen Mikropenis?«

»Ja?!«, sage ich kleinlaut und zucke mit den Schultern. O Mann. Jetzt fühle ich mich wieder wie ein kleines Mädchen. Wie eine Tochter, die ihren Papa enttäuscht hat, weil er mehr erwartet hat. Vielleicht hat Sebastian das auch? Vielleicht hat er ein ganz anderes Bild von mir im Kopf und nun lernt auch er mich langsam kennen. Und im Gegensatz zu mir scheint ihm nicht zu gefallen, was er da kennenlernt.

»Hast du Erfahrung mit Mikropenissen?«, fragt er plötzlich.

»Nein!!!« O Gott. Die Mehrzahl von Mikropenis klingt so oder so schon lustig, wenn sie dann auch noch todernst ausgesprochen wird! Ich kann nicht mehr. Ich muss schon wieder lachen. Sebastian hingegen ist recht ernst und scheint die Situation ganz anders zu bewerten als ich. »Ich ziehe mich dann vielleicht wieder an?«, frage ich nun etwas unbeholfen. Denn so halbnackt neben ihm zu sitzen, ist weder sonderlich vorteilhaft noch der Situation angemessen.

»Okay. Ich habe keinen Mikropenis. Also, um deine Frage zu beantworten.«

Er ist noch immer sehr ernst.

Und ich reiße mich etwas zusammen und sage: »Das ist schön!«

»Ja«, sagt auch er und stößt dabei viel Luft aus, ich deute es als Erleichterung und diese wiederum deute ich so, dass er es jetzt doch nicht komplett doof fand. Bestimmt kann er in ein paar Wochen, oder Jahren, auch drüber lachen. Heute wohl nicht mehr.

Die Stimmung ist ruiniert und er fragt: »Sollen wir schlafen?«

Ich nicke. »Gerne!«

Sebastian schläft direkt ein, ich liege noch einen Moment wach neben ihm und frage mich, wie gut ich ihn eigentlich kenne.

»Ein Samenkorn kann nicht nach seinen Wurzeln suchen.«

Lieblingssternenstaub

Es ist doch verrückt, ich habe Marina so oft verloren und so oft wiedergefunden. Nein, mich hat es nicht überrascht, dass sie einen Freund hat, davon bin ich ausgegangen, und als Stefan mir gesagt hat, er würde Marina fragen, habe ich mich einerseits gefreut und andererseits habe ich es doch etwas taktlos gefunden. Scheinbar nimmt keiner meine Gefühle für Marina ernst, vielleicht bin ich auch der Einzige, der sie nicht ernst nimmt.

Marina war und ist die Liebe meines Lebens, und ich hoffe einfach, dass sie glücklich wird, findet, wonach sie sucht. Lange Zeit habe ich geglaubt, genau zu wissen, was sie sucht, doch so langsam wird mir bewusst, dass ich mit meiner Vermutung falschgelegen habe. Ich habe gedacht, sie sucht nach der Liebe ihres Lebens, einem Mann, mit dem sie endlich eine Familie gründen könnte, eine Familie, die unabhängig von Vorbildern und Traditionen erschaffen und geprägt werden könnte. Ich habe geglaubt, sie braucht einfach noch Zeit. Erfahrungen. Andere Männer, und ich müsste mich lediglich gedulden. Da sein.

Allerdings habe ich ihr Verhalten nie hinterfragt. Ich habe auch nur selten versucht, Erklärungen zu finden. Meine Erklärung ist immer nur die gewesen, dass Marina eben ist, wie sie ist. Ich habe mir gern eingebildet, ich sei der Einzige, der sie auch mal ohne dieses imposante Schloss kennenlernen darf, das sie um sich herum aufgebaut hat. Und natürlich habe ich Versuche angestellt, mir zu erklären, woher das Schloss kommt, aber ich bin nie auf die Idee gekommen, darüber nachzudenken, warum sie an diesem Schloss festhält, und was sie braucht, um es endlich loszulassen. Marina hingegen ist sich dessen vermutlich nie bewusst gewesen und hat sich daher weder die eine noch die andere Frage gestellt.

Und als sie sich von mir getrennt hat, ist mir klar geworden, dass Marinas Wunsch eben nicht die eigene Familie ist. Ihr Wunsch ist es vermutlich, Frieden mit der ihren zu schließen. Frieden mit sich selbst zu schließen.

Wir spielten dieses Stück ab, küssten uns auf der Bühne und ich lernte ihren neuen Freund kennen. Ein netter Kerl. Ich mochte ihn nicht. Aber ich verstand, was Marina an ihm fand, und sie schien glücklich. Das bestätigte sich im Verlauf der letzten Monate. Wir hielten nach der Dernière Kontakt, ich kam sie immer mal wieder besuchen und oft schwärmte sie von Sebastian. Erzählte von den Wochenenden, den Ausflügen, den Urlauben. Eines Abends sagte sie, sie wolle nun ein Buch schreiben. Über sich und ihre Beziehungen, bisher habe sie nur das Ende, aber bereits Ideen für den Plot, sie las mir dieses Ende vor:

»Facebook-Erinnerung, ›Warten auf drei gute Lieder mit Thomas #BFF‹, heute ist mein Geburtstag, Sebastian hat mir gerade Kaffee ans Bett gebracht. Ich darf nicht aufstehen, Lasse und er decken gerade den Tisch, wobei es eher danach klingt, als würden sie die Küche zerstören. Lasse geht jetzt in die dritte Klasse, er hat aufgeholt und ist einer der Besten, außer in Religion. Er kann mit den Geschichten der Bibel nicht viel anfangen. Kürzlich sprachen sie über die Schöpfungsgeschichte. ›Es gab nichts Böses auf der Welt. Die Menschen und die Tiere brauchten sich vor nichts zu fürchten‹, woraufhin Lasse nur salopp anmerkte: ›Ja klar. Und Haie haben da auch keine Fische gegessen, oder was?‹

Wir wohnen immer noch zu zweit in unserer hübschen großen Wohnung und eigentlich ist nicht viel Spektakuläres passiert. Ich arbeite mittlerweile im ambulanten Dienst. Ich bin glücklich, zufrieden. Uns geht es gut.

Über Ostern wollen wir Sarah in den USA besuchen. Mal schauen, ob Sebastian seine Flugangst tatsächlich überwinden kann.

Natürlich fehlt uns der Alltag immer mal wieder. Also der gemeinsame Alltag. Aber das Schöne am Alltag, er geht so schnell vorbei … Wir schaffen uns immer wieder kleine Inseln für uns ***und*** *kleine Familieninseln. Zugegeben, so habe ich mir mein Leben nicht vorgestellt. Einerseits. Andererseits habe ich oft von der Parallelwelt geträumt. In einer Welt wollte ich Hausfrau und Mutter sein, mich um den Garten kümmern, Essen kochen, backen, spielen, dekorieren. Und in der anderen erfolgreich in meinem Beruf sein, Geld verdienen, Neues lernen, Kaffee trinken …*

Ich habe lange gebraucht, um das zu sehen, was hier jeden Tag unmittelbar vor meiner Nase geschieht. Aber ich habe genau das bekommen, was ich immer wollte.

Heute an meinem Geburtstag werde ich als Mama und Frau gefeiert, gleich gibt es Frühstück mit Lasse und meinem Mann im Esszimmer, danach fahren wir zum Lichterfest ins Schloß Beck inklusive Eislaufen auf dem See. Heute Abend steigt 'ne Party im Kühlschiff, wir tanzen, bis die Pizzeria schließt, und morgen Nachmittag, wenn wir ausgeschlafen haben, genießen wir ein stressfreies Weihnachtsfest. Lasse ist bei seinem Papa, unser familiäres Weihnachtsfest startet am ersten Weihnachtsfeiertag bei ihm. Dort wird es laut und chaotisch. So wie es an Weihnachten eben sein muss. Ich bin nicht mehr außen vor. Im Gegenteil. Ich war auch nie außen vor. Ich war immer der Mittelpunkt, weil ich doch all das hatte, was man eigentlich gar nicht haben konnte.«

Und auch, wenn ich ihr das so sehr glauben und wünschen wollte, so klang das einfach nicht nach ihr. Das war nicht sie. Aber vielleicht war es auch nur nicht sie, wie ich sie sehe, immer gesehen habe und immer sehen wollte.

Ich hab sie jedenfalls danach gefragt, warum ihr Ziel anscheinend ist, dass sie im Mittelpunkt steht. Damit habe ich sie wohl verletzt. Mal wieder. Sie wusste jedenfalls keine Antwort darauf und wurde ziemlich verletzend mir gegenüber.

*»Ich sage dem Menschen nicht,
was der Kopf schon weiß,
sondern helfe, dass das Herz begreift.«*

Lieblingssternenstaub

Sebastian und ich sind mittlerweile knapp über ein Jahr zusammen. Es mag komisch klingen, aber diese vergangenen Monate waren so anders als mein Leben zuvor. Keine unrealistischen Cliffhanger, dennoch aufregend und spannend.

Zu seinem Geburtstag schenkte ich ihm ein verlängertes Wochenende in Barcelona. Ich zeigte ihm die Stadt, wir lagen am Strand, ich las ihm »Der Schatten des Windes« vor, und ähnlich wie bei mir damals weckte das Buch in ihm die Lust, sich auf die Spuren von Daniel Sempere zu begeben.

Als wir abends in einer All-You-Can-Eat-Tapas-Bar aßen, ich definitiv keinen Bissen mehr runterbekam, sagte ich: »Ich platze gleich, ich schaffe das nicht mehr!«

Er antwortete: »Ich bin immer da, wenn du etwas nicht schaffst!«, und aß meine Reste.

Wir saßen so viele Abende bei ihm auf der Couch, tranken Wein. Ich weiß nicht, warum, aber ich fand den Gedanken oder das Bild, bei trockenem Rotwein über das Leben zu philosophieren oder ein Buch zu lesen, schon immer sehr attraktiv. Das Problem: meine Geschmacksknospen. Es gab zunächst nur zwei Weine, die ich mochte: Viala Sweet und Dolce Frasca. Also mischte ich meinen Wein immer mit Traubensaft, später mit Wasser und irgendwann konnte ich auch dem trockenen

Primitivo etwas abgewinnen – ein etwas teurerer Wein (im Verhältnis zu Viala Sweet), allerdings fand ich den Namen jetzt nicht so toll. Wir hatten die Idee, an die Mosel zu fahren, und ich sagte, ich würde buchen. Als ich dann endlich eine kleine Ferienwohnung fand, direkt Aktivitäten raussuchte und ihm davon berichtete, fiel uns auf, dass die Lorelei, denn genau dort hatte ich eine Unterkunft gebucht, im Rhein liegt. Oh well. Wir hatten dennoch ein schönes Wochenende mit Weinprobe und Wandern und ließen den Abend direkt am Rhein ausklingen: mit Baguette, Käse und Wein.

Unter der Woche sahen wir uns leider kaum, aber unsere Leben waren bunt und erfüllt genug, sodass wir vor allem unsere kleinen Inseln am Wochenende teilten.

Ich wechselte meinen Job, recht zeitnah, nachdem ich ihn begonnen hatte, fing bei einem Jugendhilfeträger als Sozialpädagogische Fachkraft an und betreute Familien, die aufgrund ihrer sozialen, finanziellen und/oder psychischen Situation überfordert mit ihren Kindern waren. Sebastian war hier mein steter Supervisor. Er wurde nicht müde, sich meine Fälle anzuhören, und war dabei so geduldig, hörte mir zu und half mir auf ganz verrückte Weise, zu eigenen Erkenntnissen zu gelangen und Wege zu finden, die Familien besser zu unterstützen.

Mit ihm an meiner Seite kehrte Ruhe in mein Leben ein, Ruhe und Geborgenheit. Sicherheit.

Ich lernte Linda kennen. Linda ist eine Mutter aus der Schule meines Sohnes. Eines Abends saßen Sebastian und ich mit 'nem Pizzakarton auf den Stufen vor Schnückel in Unna, als sie uns sah, mich erkannte und meinte: »Wie sympathisch. Endlich eine Mutter ganz nach meinem Geschmack!« Daraus entstand eine Freundschaft, wie ich sie zuvor nicht gekannt hatte.

Mein Leben war perfekt. Ich war glücklich. Doch das Leben ist ein ständiges Auf und Ab, wie mir dann gezeigt wurde.

Es begann damit, dass erst die Familie unter uns und kurze Zeit später die Familie neben uns auszog. Lasse verlor innerhalb von zwei Monaten seine drei besten Freunde und ich zwei Freundinnen: meine Nachbarinnen. Es war so still im Haus und im Garten. Immerhin freundeten sich Lindas Sohn und Lasse rasch an, nachdem Linda und ich uns häufiger verabredet hatten, aber da wir in anderen Ecken wohnten, bedurfte es immer einer Planung, die oft nicht so leicht und spontan gelang.

Es gab viele Tage und Abende, an denen ich mich verlassen fühlte. Diese Wahlfamilie in unserem Haus hatte mich verlassen und mein Leben war nicht mehr so bunt und erfüllt.

Zurück ins Heute. Lasse sitzt gerade noch an seinen Hausaufgaben, ich trinke einen Kaffee und lese ein Buch. Anfangs habe ich immer neben ihm gesessen, als Unterstützung, doch habe bald gemerkt, dass sich die Hausaufgaben immer ewig hingezogen haben und er durch meine reine Anwesenheit vermutlich das Gefühl bekommen hatte, er schaffe es eh nicht allein. Das Thema Schule ist leider, genau wie befürchtet, eine Herausforderung, vielleicht mehr für mich als für ihn. Er hat es nicht leicht, ist immer der Letzte, schaut lieber aus dem Fenster statt an die Tafel.

Seine Lehrerin und ich sind schnell beim »Du« gewesen, in der ersten Woche saß ich direkt zwei Mal mit ihr zusammen. Im Kern ging und geht es immer darum, ob ich ihn nicht mal testen lassen wolle, auf ADS oder Autismus. Lange habe ich mich dadurch persönlich angegriffen gefühlt, irgendwann habe ich verstanden, dass sie es nur gut meint und mittlerweile weiß ich, woran es liegt. Es liegt tatsächlich an mir.

Ich bin eben Alleinerziehende, ich kann mich allein und frei um mein Leben kümmern und Entscheidungen treffen. Ich ärgere mich nicht über banale Dinge im Haushalt, denn auch den schmeiße ich allein. Ich muss keine Diskussion darüber führen, wer, wann und wie die Spülmaschine nicht ausgeräumt oder den Teller obendrauf abgestellt hat, und ich bin einfach da, wenn Lasse mich braucht, ich habe ja keine anderen Verpflichtungen, wenn er zu Hause ist. Keinen Mann, keine weiteren Kinder, und auch der Haushalt kann eben gemacht werden, wenn ich Zeit habe, daher gibt es bei uns zu Hause kaum Frust. Kein: »Warte, jetzt erzählt deine Schwester gerade etwas!« – »Du bleibst am Tisch sitzen, bis dein Bruder fertig ist!« – »Klärt das untereinander!« – »Ich kann dir jetzt nicht helfen/nicht mit dir spielen!«. Was einerseits natürlich schön klingt, denn Frust ist nie schön, andererseits hat Lasse bis zur Einschulung kaum Frustrationstoleranz entwickeln können.

Natürlich hatte auch er Momente, in denen er im Supermarkt ausrastete, weil er nicht seinen Willen bekam. Aber seine Frustrationstoleranz wurde vermutlich nicht so erlernt, wie es in einer Familie mit Eltern oder Geschwistern der Fall gewesen wäre. Hinzu kommt, dass er auch hier in der Nachbarschaft immer der Jüngste war und ist. Wenn ein Vierjähriger beim Fußball schummelt, reagiert ein Neunjähriger eben nicht wie ein Kleinkind, sondern lässt ihm den Vortritt. Und auch, wenn er bei seinem Papa ist, dreht sich das Wochenende voll um ihn, Paul hat Lasse ja nicht so oft und ist dann durchgehend für ihn da, und ich unterstelle, dass es da noch seltener zu Frust kommt als bei mir. Will er von Papa im Supermarkt ein Ü-Ei, bekommt er vermutlich gleich zwei.

Jetzt geht Lasse seit einem Jahr in die Schule, und wenn er dort überfordert ist, gibt er auf. Meldet er sich und wird nicht drangenommen, ärgert er sich und hört auf, sich zu beteiligen. Schafft er etwas nicht, macht er es halt zu Hause mit seiner

Mama. Er hat seltener die Möglichkeit, an seinem Frust zu wachsen, Strategien zu entwickeln, damit umzugehen. Ihm fehlt es an Ehrgeiz und an Zuversicht. An den Glauben seiner eigenen Selbstwirksamkeit. Und als mir das mehr und mehr bewusst geworden ist, habe ich versucht, öfter mal Frustmomente einzubauen, wie eben auch jetzt gerade.

»Mama, kannst du mir helfen?«, hat er wie jeden Tag gesagt. Und ich habe geantwortet: »Wenn du eine konkrete Frage hast, dann stell sie, ich möchte jetzt ein Buch lesen!« Er hat, wie immer geantwortet: »Ich weiß nicht, was ich machen soll!«, woraufhin ich ihm gesagt habe, dass alles in der Aufgabe stehe und er diese lesen solle. Drei Fliegen mit einer Klappe: Er ist kurz gefrustet und hat die Chance, seine Frustrationstoleranz zu steigern, Selbstvertrauen zu erlangen, und kann am Ende stolz auf sich sein. Ich habe, trotz seiner Anwesenheit, die Möglichkeit, in Ruhe zu lesen. Und Nummer drei: Ich erfülle eine Vorbildfunktion, denn er bekommt gezeigt, wie schön und wichtig es ist, sich Zeit für sich zu nehmen, und er sieht auch, wie ich sie fülle, mit Lesen.

Nun strahlt er. »Mama, ich bin fertig, willst du kontrollieren? Aber ich habe alle Ergebnisse unten gefunden, also ist das bestimmt richtig!« Mein Plan scheint aufgegangen zu sein.

»Dann brauche ich auch nicht kontrollieren. Gut gemacht! Und ganz alleine!« Ich lächele ihn an.

Er strahlt weiter. »Ja! War auch einfach!«

»Räumst du dann alles ein? Dann können wir gleich los!«, sage ich rasch und mache ein Knick in die Seite meines Buches.

»Können wir dein Handy mitnehmen und Pokémon Go spielen?«, fragt er, während er alles in seinen Tornister stopft.

»Klar!«

Wir laufen los, Lasse navigiert uns mit dem Smartphone. Zunächst empfand ich das Spiel als total bescheuert, bis ich feststellen musste, dass wir noch nie so oft und so viel gelaufen sind, wie wir es derzeit tun. An einer Kirche ist ein Pokéstop, und während Lasse tut, was er tun muss (so richtig verstehe ich diese Stops und Arenen nämlich nicht), entdecke ich ein »Zu Verkaufen«-Schild an einem freistehenden kleinen Haus mit großem Garten und Terrasse, und plötzlich macht sich in mir ein warmes Gefühl breit. Dieses Haus ist mir schon oft aufgefallen, der kleine verwunschene Vorgarten, die naturbelassende Treppe aus großen Steinen. Ich überlege, ob es wohl in Ordnung ist, hochzugehen und durch die Fenster zu schauen. Das Haus wirkt bereits unbewohnt.

In dem Moment kommt Lasse zu mir: »Mama! Guck mal, den hab ich gerade gefangen!!!« Er hält mir das Display vor die Nase. Ich achte auf die WPs, wofür auch immer die stehen, aber je mehr, desto besser, hat Lasse mir erklärt.

»Wow, und der hat über tausend!«

»Ja, mein fast bestes Pokémon und pink, das gefällt dir doch bestimmt auch, oder?« Er schaut mich mit großen Augen an und lächelt, als habe er mir einen Gefallen damit getan.

Ich muss schmunzeln, bin aber gedanklich noch bei diesem Haus. »Gibst du mir mal kurz das Telefon?«

»Ja, warte …!«

Ich gehe die Treppen hoch.

»Mama!!! Was machst du da?«, ruft Lasse erschrocken.

»Das Haus steht zum Verkauf, ich würde gerne mal reinschauen!«, rufe ich ihm zu.

»Das darf man doch nicht, oder?« Er wurde immer leiser bei der Frage, als hätte er Sorge, wir könnten erwischt werden und richtig Ärger bekommen, wenn uns jemand sieht.

»Doch, ich denke schon«, rufe ich ihm in normaler Lautstärke zu, während ich versuche, etwas von innen zu sehen.

»Aber wenn einer kommt, dann ruf ich dich, okay?«

Ich muss lachen. »Lasse, das sind fünf Stufen und ich schaue nur durch das Fenster, ich will hier nicht einbrechen.«

Ich kann mir nicht erklären, woher er diese Angst hat, etwas vermeintlich Verbotenes zu tun. Vielleicht von seinem Papa, der es immer lustig fand, »Ducken!!!« zu rufen, sobald irgendwo Polizei zu sehen war? Vielleicht macht er das bei Lasse ja auch. Es ist irgendwie ein komisches Gefühl, wenn man sich beim eigenen Kind fragt, ob das Verhalten wohl vom Papa kommt. Erst da wird mir bewusst, wie wenig ich von Lasses anderem Leben beim Papa so mitbekomme. Doch bevor sich die Wehmut ausbreitet, beruhige ich mich selbst damit, dass ich ja ganz offensichtlich in der Lage bin mir so etwas herzuleiten, außerdem ist sein Papa ja auch kein Fremder. Vielleicht sollten wir mal öfter in den Austausch gehen?

Zurück zum Haus: Ich schaue durchs Fenster und mir gefällt, was ich sehe: Parkettboden, helle Räume, weiße Türzargen, hohe Decken. Lasse kommt zu mir, schaut auch rein und gibt mir das Smartphone.

»Da unten ist ein QR-Code, wenn wir den scannen, sehen wir vielleicht Fotos von innen«, sage ich und deute auf das Schild, das im Vorgarten steckt.

»Was ist denn ein Quercode?«

»Ich zeig's dir!«

Wir gehen zu dem Schild, ich öffne die Kamera, und wie von Zauberhand öffnet sich eine PDF mit Bildern und einem erstaunlich niedrigen Preis: 240.000 Euro für 160 Quadratmeter inklusive Souterrainwohnung mit eigenem Eingang. Ich habe zuvor nie darüber nachgedacht, umzuziehen, geschweige denn, mit Sebastian zusammenzuziehen, aber dieses Haus ist mein Haus. Unser Haus. Das ist ein Zeichen! Ein **richtiges** Zeichen!

Plötzlich bin ich total aufgeregt, fühle mich fast wie frisch verliebt. Lasse und ich laufen noch ein paar Kilometer durch den Bornekamp, holen uns Kuchen und Eis bei Höltermann, unserem Lieblingsbäcker, bevor wir uns auf den Rückweg nach Hause begeben. Satt vom Kuchen verzichten wir aufs Abendbrot, ich bringe ihn ins Bett, wir lesen, reden und ich hoffe, er schläft gleich tief und fest. Denn heute Abend kommt Thomas zu uns, also zu mir, und ich hoffe, dass Lasse nicht wach wird, wenn ich aufstehe, sobald er eingeschlafen ist.

Machst du auf?

Das ist mein Stichwort, wie in Zeitlupe setze ich erst den einen Fuß auf den Boden, dann löse ich mich langsam aus Lasses Umarmung, halte inne, halte die Luft an, drehe mich in Richtung Bettkante, stütze mich mit der linken Hand ab und kullere unsanft aus dem Bett. Fuck. Ich unterdrücke mein Lachen, bewege mich nicht, höre ein zufriedenes Schmatzen und stehe vom Boden auf, bevor ich langsam auf Zehenspitzen aus dem Schlafzimmer tänzele. Ich drücke den Summer, und erst als die Tür unten wieder ins Schloss gefallen ist, öffne ich oben, Thomas steht bereits davor.

»Hey!«, flüstert er.

»Hi!«, flüstere ich zurück.

Wir gehen leise ins Wohnzimmer und nach nur zwei Minuten flüstern wir nicht mehr. Alles ist gut. Lasse schläft. Ich mache uns beiden einen Kaffee und fange sofort an, von dem Haus zu erzählen. Thomas freut sich mit mir und ich bin erleichtert, dass er das tut. Ich frage mich manchmal, ob er noch an ein Happy End von uns glaubt, ob er nur deswegen noch mit mir befreundet ist, und in solchen Situationen fühle ich mich erleichtert, denn ein Hauskauf mit einem anderen Mann wäre ja auch für Thomas noch mal ein relativ deutlicher Hinweis darauf, dass es uns nicht mehr als Liebespaar geben wird.

»Thomas, warum bist du hier?«, frage ich dann, durchbreche das zuvor angenehme Schweigen und schaue ihm direkt in die Augen.

Er mustert mich, als wollte er in meiner Mimik den Grund für die Frage lesen, dann zuckt er mit den Schultern. »Weil du mich eingeladen hast?«

Ich verfolge meinen Gedankengang, überlege kurz, wie ich das Thema sanft überleiten kann und frage, vermeintlich unschuldig, indem ich meine Augenbrauen hochziehe: »Also bist du für mich gekommen?«

Doch er durchschaut, das ich etwas im Schilde führe, und konfrontiert mich damit. »Marina, worauf willst du hinaus?«

Als ich nicht sofort reagiere, schaut er nach vorn und führt, etwas genervt, aus: »Ich bin gerne mit dir zusammen, und wenn du das auch so empfindet, mich einlädst, dann komme ich.«

Seine Ausführung stellt mich nicht zufrieden, weil sie offenlässt, ob er nun aus der Hoffnung heraus kommt, dass es zwischen uns nochmal funkt, oder er auch andere Beweggründe hat, also bohre ich weiter. »Ja, aber warum? Du hast doch gar nichts davon?!«

Nun muss Thomas lachen. »Wie meinst du das?«

Ich muss auch lachen, erst jetzt wird mir bewusst, welches Bild von Beziehungen oder Freundschaften ich scheinbar habe. In meiner Welt sind sie also da, um voneinander zu profitieren? Noch bevor ich diesen Gedanken weiter ausführen und reflektieren kann, wiederhole ich einfach meine Frage. »Was nutzt dir das?«

Thomas schüttelt lächelnd den Kopf. »Ich habe einen schönen Abend, ich mag es, mit dir zusammen zu sein, dir zuzuhören, mit dir zu diskutieren.«

So wie er es sagt, glaube ich ihm. Aber irgendwie ergibt das in meiner, scheinbar verkorksten, Welt keinen Sinn. »Ja, aber ich bin doch nur deine Freundin!«

»Marina, du bist nicht **nur** meine Freundin. Du bist meine Freundin. Und es geht doch im Leben darum, glücklich zu sein, zufrieden zu sein. Ich definiere mein Glück nicht, sondern lasse es auf mich zukommen. Und heute hat mich der Gedanke glücklich gemacht, dich zu sehen. Läuft bei mir!«

Jetzt muss ich lachen und gleichzeitig macht es mich traurig, lässt mich zweifeln und ich höre vor allem eine Abwertung zwischen den Zeilen. »Ich mache es also falsch?«, frage ich – ohne Vorwurf, sondern verunsichert.

»Marina, das kann ich doch gar nicht beurteilen. Und du machst auf mich eigentlich regelmäßig einen sehr glücklichen Eindruck, oder liege ich da falsch?« Er sieht mich fragend, mit hochgezogenen Augenbrauen und zusammengepressten Lippen an.

»Jein«, antworte ich wahrheitsgemäß. »Gleichzeitig habe ich permanent diese Sehnsucht …«

»Nach Leben?«, unterbricht mich Thomas.

Hä? Wie kommt er denn dadrauf? Ich korrigiere ihn und sage: »Nein, nach Liebe!«

Er zuckt nur mit den Schultern. »Wo ist der Unterschied?«

Gute Frage, denke ich und schweige.

Jetzt habe ich ein schlechtes Gewissen. Ich kann förmlich sehen, wie Marina beginnt, über meine Worte nachzudenken, sich abzuwerten und zu hinterfragen. Aber ihr zu sagen, dass ich natürlich auch nicht die ganze Wahrheit gesagt habe, sondern ihr diesen Teil meiner Sehnsucht verschwiegen habe, ist keine Option. Oder doch? Wenn nicht jetzt, wann dann? Wenn sie das Haus gekauft hat? Natürlich wird sie das Haus kaufen, daran besteht kein Zweifel. Gleichzeitig frage ich mich, warum wir uns so regelmäßig sehen, warum sie mir von ihrem Fund als Erstes erzählt.

Immer, wenn Marina einen Mann hatte, hatten wir keinen Kontakt. Und als wir zum ersten Mal Kontakt hatten, als sie mit jemandem zusammen war, Tim, endete es im Desaster! Gleichzeitig ist es furchtbar hässlich, ihr zu suggerieren, dass es mir durchgehend gut gehen würde, als würde ich niemals Erwartungen haben, als würde ich die Dinge immer mit voller Gelassenheit und Zuver-

sicht hinnehmen, als würde ich nie etwas hinterfragen, mir etwas wünschen oder enttäuscht vom Leben sein. Und irgendwie sehe ich mich durchaus in der Verantwortung, wo ich doch um ihre Zweifel und Themen weiß, nicht auch noch Öl ins Feuer zu gießen. Gleichzeitig kann ich ihr den Inhalt meiner Sehnsucht nicht erzählen. Ich würde sie damit nur unter Druck setzen, sie würde sich schuldig fühlen und mich zurückweisen, und es gäbe vermutlich keine Abende mehr wie diesen. Ist das egoistisch von mir?

»Der Unterschied ist, dass das Leben einfach passiert, für Liebe muss man kämpfen!«, unterbricht Marina meine Gedanken.

»Wie bitte?«

»Der Unterschied ist, dass das Leben einfach passiert, für Liebe muss man kämpfen«, wiederhole ich.

»Wie meinst du das?«, fragt Thomas kopfschüttelnd und sichtlich irritiert.

»Na ja, das Leben passiert doch, so oder so. Klar, um glücklich zu sein und das Beste daraus zu machen, ist es vielleicht gut, keine Erwartungen zu haben, oder Dinge anders, oder positiv zu bewerten. Aber die Liebe, die passiert ja nicht einfach. Man muss schon etwas dafür tun. Und damit sie bleibt, bedarf es einer Menge Arbeit«, erkläre ich sehr selbstbewusst und froh darüber, eine Antwort gefunden zu haben.

Doch Thomas schaut mich nur an, legt seinen Kopf schief und sagt: »Verwechselst du da nicht was? Liebe bedeutet doch nicht Arbeit oder Kampf. Eine Beziehung wird nicht nur durch Liebe genährt, klar, hier gilt es durchaus immer mal wieder, zu arbeiten, nachzujustieren, manchmal muss man kämpfen, aber Liebe kann man ja nicht erzwingen, sie kommt und sie geht. Sie passiert einfach, genau wie das Leben. Und genau wie im Leben gilt es doch, die Liebe zu erkennen, sie zuzulassen, sie vielleicht auch mal loszulassen.«

»Redest du von uns?« Sofort ist alles wieder da, der Antrag, die Trennung. Ich fühle mich schuldig.

»Selbst wenn, spielt das eine Rolle?«, sagt Thomas kopfschüttelnd, und ergänzt, sehr ruhig: »Du fragst das, als würdest du dich angegriffen fühlen …?«

»Ja, ich fühle mich angegriffen, voll! Es wirkt, als würdest du mir unterstellen, ich habe die Liebe nicht erkannt, nicht zugelassen?!« Es brodelt in mir, ich bin wütend. So wütend. Und ich weiß gar nicht, ob auf ihn oder auf mich.

»Ich unterstelle dir gar nichts, Marina. Liebe passiert oder sie passiert nicht. Liebe kommt und Liebe geht. Mein Liebe zur dir ist passiert. Sie kam und ging nicht weg und ich lasse sie zu, anstatt sie loszulassen. Meine Entscheidung. Vielleicht nicht die beste, oder die richtige Wahl. Ich kann nicht für dich reden und nicht für dich fühlen und vor allem nichts erzwingen oder dafür kämpfen. Das habe ich versucht.« Nun hebt er beide Hände hoch, als würde ich ihm 'ne Pistole auf die Brust setzen. Dann senkt er sie wieder und sagt sehr ruhig: »Und nun sitzt du doch hier und sagst, für Liebe müsse man kämpfen! Das ist auch ein bisschen ein Schlag ins Gesicht. Denn ich **habe** gekämpft. Und ich, für mich, habe dabei gelernt, dass es nichts nutzt. Egal, wie sehr ich kämpfe, mich verausgabe, es reicht nicht, oder besser gesagt, es nutzt einfach nichts. Okay, habe ich verstanden. Ich teile dir mein ›Learning‹, wenn man es so nennen kann, mit. Und jetzt fühlst du dich angegriffen … Aber das war nicht meine Absicht.«

Mehr zu mir selbst, als zu ihm, sage ich: »Warum fühle ich mich denn dann angegriffen?«

»Spannende Frage, oder?« Er atmet erleichtert auf, dann zwinkert er mir zu. »Rauchen?«

»Klar«, sage ich schulterzuckend.

Wir gehen auf den Balkon, ich bin froh, dass wir das Thema gewechselt haben, auch wenn ich gern noch über den Kampf um Liebe philosophiert hätte. Denn Liebe ist nicht einfach da. Und irgendwie würde ich gern über Sebastian sprechen, und gleichzeitig habe ich Angst davor. Angst vor dem, was Thomas sagen könnte und was das dann mit mir macht.

Als ich später im Bett liege, öffne ich seit Langem mal wieder Instagram, mir wird direkt ein neuer Post angezeigt.

> **»Es geht nicht um Glück. Es geht um den Sinn.«**
> Lea hat meinen Podcast gehört und verstanden. Sie sitzt nun bei mir in der Einzelberatung. Sie ist unsicher, was sie braucht, sucht und will. Fest steht, Lea ist unzufrieden.
> »Ich glaube, Du hast recht ..«, beginnt sie und fügt unsicher hinzu: »Darf ich Du sagen?«
> »Klar!«
> »Ich glaube, MIR fehlt irgendwie ein Sinn. Christian und ich haben lange geredet, er hat sogar Deinen Podcast gehört. Mir fehlt ein Sinn.«
> »Im Leben?«, frage ich vorsichtig nach.
> »Ja, nein ... Also, ich stelle nicht mein Leben infrage, vielmehr stelle ich infrage, was ich daraus so mache. Es gab immer etwas, auf das ich hingearbeitet habe, ohne groß zu reflektieren, warum eigentlich. Es gab die klassischen Ziele: Ein Mann, ein fester Job, der Spaß macht, ein Haus, irgendwann Kinder. Und bis auf die Kinder hab ich alles ... Es wirkt nur gerade so, als hätte ich vergessen, zu leben«, erklärt sie.
> »Und das machst Du Dir zum Vorwurf«, sage ich.
> »Ja. Irgendwie schon«, sagt sie, schaut dann aus dem Fenster, überlegt und setzt erneut an. »Ich glaube, es ist eher der Vorwurf, dass ich nicht glücklich bin. Ich fühle mich so undankbar!«
> »Weil Du so viel mehr hast als andere Menschen und es dennoch nicht reicht.« Ich spiegele, was ich verstanden habe.

»Ja! Und das zieht sich so durch! Mir ist immer alles leicht gefallen, ich hatte eine schöne Kindheit, mir mangelte es an nichts. Schule war kein Problem und auch das Studium war kein Problem. Ich musste nicht arbeiten, tat es dennoch. Während die Anderen ihr Studium mit 10.000 Euro Schulden ans BAföG-Amt abgeschlossen hatten, habe ich 10.000 Euro gespart. Ich fand direkt 'nen Job, jetzt habe ich einen unbefristeten Vertrag. Meine KollegInnen sind toll. Mein Mann ist wundervoll.«
»Und trotzdem fehlt etwas.« Ich schließe den Gedankengang ab.
»Ja.«
»In Deiner Zusammenfassung geht es viel um Leistung und Erfolg und darum, dass es Dich keine Anstrengung kostet.«
»Na ja, was heißt ›keine Anstrengung‹, das ist halt der Preis für Erfolg«, erklärt sie mir.

Während ich diesen Dialog so lese, frage ich mich, ob mir auch etwas fehlt. Eine altbekannte Sehnsucht kommt wieder hoch, die Sehnsucht, endlich anzukommen. Und plötzlich fühle ich mich wie Lea in dem Post. Beim Lesen wurde mir das gar nicht so recht bewusst, aber dieses Gefühl der Undankbarkeit überkommt mich in letzter Zeit oft, ich versuche, mich dann darauf zu besinnen, dass es mir gut geht, Lasse, Sebastian, mein Job. Und dennoch fehlt etwas. Plötzlich kommen mir die Tränen und ich bemerke diesen großen undefinierbaren Mangel in mir, von dem ich glaubte, ein Mann könnte ihn stillen, ich müsste nur den Richtigen finden.

Ich wische die Tränen fort, es gibt eine Auflösung zum Dialog.

> Manchmal haben wir gewisse Ansichten und glauben, sie seien »normal« und daher werden sie nie hinterfragt.
> Für Lea ist Anstrengung der Preis für Erfolg, das ist Gesetz, und genau deswegen redet sie nicht über ihre Anstrengung, zeigt diese nicht. Gleichzeitig hätte sie sich schon Anerkennung dafür gewünscht.
> Sie zeigt ihre Anstrengung nicht und ärgert sich darüber, dass diese keiner sieht.
> Sie selbst sagt gern, ihr fiele alles leicht, sagen das jedoch Andere, versetzt ihr das einen Stich.
> Diese Ambivalenz, zur Verfügung gestellt, löst in ihr ein Gefühl von Scham aus.
> Erstaunlich, dass in die kritische Auseinandersetzung mit einem Smiley in einer WhatsApp mehr Zeit investiert wird als in die kritische Auseinandersetzung eigener Glaubenssätze. Ja. Das ist provokant. Letzteres ist allein gar nicht so einfach, eben, weil sie mit Scham verbunden sind, weil wir uns die Schuld geben oder weil wir unser Verhalten aus (heutiger Sicht) ablehnen.
> Okay. Komm zum Punkt: Was hat das alles mit Sinn zu tun? Angelehnt an Emily Esfahani Smiths Buch: »Die vier Säulen eines erfüllten Lebens – Was wirklich zählt«[1] möchte ich die vier Säulen anhand von Leas Situation kurz beschreiben.

Ich mag die Art, wie sie schreibt, die Beispiele und Bilder, die sie nutzt. Und sie schreibt irgendwie, wie sie spricht, das »Okay. Komm zum Punkt« – ich musste direkt schmunzeln.

1 Smith, Emily Esfahani (2020): Die vier Säulen eines erfüllten Lebens – Was wirklich zählt. Goldmann Verlag.

> 1. Lea fühlte sich immer irgendwie außen vor. Ihr Bruder brauchte damals immer schon mehr Aufmerksamkeit, er funktionierte im Gegensatz zu ihr nicht so. Gleichzeitig hatte er viele Freunde im Gegensatz zu ihr, sie fühlte sich immer irgendwie missverstanden von Anderen.

Und dann kommen mir wieder die Tränen, ich fühlte und fühle mich, noch heute, oft außen vor. Ich hatte, bis auf eine kurze Episode in der Abizeit, nie einen großen Freundeskreis, und meine Freunde von der Uni, Steffi und Fabian, habe ich auch verloren.

> 2. Im Studium hatte sie ein Ehrenamt, allerdings nicht aus Überzeugung, sondern für den Lebenslauf. (Verzerrte Sicht aufs Selbst: Diese Aufgabe wird im Nachhinein nicht als sinnvoll empfunden.)
>
> 3. Hobbys hat sie kaum welche. Sie fragt sich manchmal, wofür sie wohl brennt und ob es wohl irgendwas gibt, bei dem sie all das Drumherum mal vergessen kann.

Habe ich eigentlich Hobbys? Also, außer Musik hören und ab und zu laufen gehen oder lesen? Ich bin unsicher, woran es liegt, dass ich heute so durchlässig bin, so aufgewühlt, erneut kommen mir die Tränen. Was mache ich schon groß? Ich bin so ein langweiliger Mensch, es ist eigentlich ein Wunder, dass sich überhaupt mal jemand für mich interessiert.

Ich denke an meine Freundinnen aus Abizeiten, daran, wie sie sich von mir abgewandt haben, an meine Nachbarinnen, die ausgezogen sind, ihnen hat unsere Gemeinschaft anscheinend nicht so viel bedeutet wie mir. Ich habe das Studium abgebrochen, obwohl es auch mir immer leicht von der Hand ging, ich hatte einfach nur keine Lust mehr. Ich habe meine

Professorin enttäuscht, die so sehr an mich geglaubt hat. Und dann denke ich an Fabian, an Tim und an Thomas … Ich breche Herzen. Ich halte es nie lange irgendwo aus. Mir wird ein bisschen mulmig, als mir der Gedanke kommt, dass ich scheinbar das *Gute* nicht erkenne, nicht sehe. Ich weiß die Menschen und die Liebe um mich herum einfach nicht zu schätzen. Nun laufen erneut die Tränen hinunter und ich denke an die Fehlgeburt, ich wollte noch mal Mama werden! Ich habe bewusst nicht verhütet! Und dann bin ich schwanger und eine Welt bricht zusammen! Ich …

> 4. Und zu guter Letzt erzählt sie ihre Geschichte bisher immer aus der gleichen Perspektive: Ihr ging es immer super, sie ist erfolgreich und somit ist sie wohl einfach undankbar, wenn sie sich darüber nicht freuen kann.
>
> Erzählst Du Deine Geschichte auch immer gleich und kommst zu dem Schluss, dass Du halt einfach [ergänze Attribut nach Wahl] warst/bist?

*J*a! Ich fühle mich mal wieder ertappt! Der Schmerz und die Traurigkeit werden direkt ein wenig gelindert. Mir fallen etliche Attribute ein, die ich einsetzen könnte, und während ich über die Geschichte nachdenke, die ich mir über mich selbst erzähle, denke ich: »Ich bin das Mädchen auf der Suche nach Liebe.« Und ich tue ja auch einiges dafür! Dann ärgere ich mich. Ist das nicht okay? Ist Liebe nicht ein sehr lobenswerter Sinn? Gut, ich könnte an meiner Strategie feilen, aber geht es nicht um Vergebung statt um Beschämung? Mit dieser leichten Wut komme ich gerade jedenfalls deutlich besser klar als mit der klebrig-schweren Traurigkeit. Dennoch swipe ich nun durch den Karussell-Post, auf dem die vier Säulen für mehr Sinn ausgeführt und erklärt werden.

> **Zugehörigkeit**
> Umgeben Dich Menschen, die Dich kennen und lieben, so, wie Du bist?
> Das Gefühl der Zugehörigkeit entspringt der Liebe.
> Zugehörigkeit ist auch eine Entscheidung:
> Hast und willst Du Beziehungen zu Menschen aufbauen, in denen Du Dich zeigst, wie Du bist, und die Anderen sein lässt, wie sie sind?
> Denn es geht nicht darum, sich zu verstellen, um dazuzugehören. Sondern darum, so zu sein, wie man ist. Nur so fühlen wir uns sicher, nur so kostet es keine Kraft und nur so fühlt sich die Anerkennung echt an.
> Was brauchst Du noch, um Dich so zu zeigen, wie Du bist? Wer hat Dir beigebracht, dass Du nicht reichst?

Zugehörigkeit als einen Sinn des Lebens, da wäre ich nie drauf gekommen, und gleichzeitig ist es genau das, wonach ich strebe. Und vielleicht steckte die Antwort, warum ich sie so selten fühle, in genau diesem kleinen Slide: Zugehörigkeit ist anstrengend und Anerkennung ist unecht, wenn sie nur der Frau gilt, die ich sein will, und eben nicht mir, wie ich bin. Diesmal überkommt mich jedoch weder Traurigkeit noch Wut, im Gegenteil, ich verspüre Klarheit, es ist so logisch, warum bin ich da selbst nicht drauf gekommen? Ich fühle mich bestärkt darin, zu sein, wer ich bin, und zu sagen, was ich will. Ich will mit Sebastian dieses Haus kaufen! Und auch, wenn ich mir das bisher nicht eingestehen wollte, bisher hatte ich etwas Sorge und Angst vor seiner Reaktion, daher habe ich erst Thomas davon erzählt, irgendwie in der Hoffnung, dass er mich bestärken würde, doch unser Gespräch ist komplett aus dem Ruder gelaufen. Nun allerdings bin ich mir sicher, dass diese Angst nur meiner Unsicherheit entspringt. Ich wische zum nächsten Slide.

Aufgabe

Was ist Deine Bestimmung? Deine Aufgabe?
Es geht darum, was Du gibst – und zwar darum, was Du mit Leichtigkeit geben kannst, ohne Dich aufzuopfern, ohne existenzielle Not, nicht »um zu« ...
Ich möchte hier nicht den Glaubenssatz propagieren: »Ich bin es nur dann wert, geliebt zu werden, wenn Andere von mir profitieren.«
Vielmehr ist es eine intrinsische Aufgabe, etwas, das Du gibst, und wobei Du durch das Geben profitierst, erfüllt wirst – unabhängig von der Reaktion des »Bekommenden«.

Ich denke an Lasse, und ein Gefühl von Wärme breitet sich in meinem Körper aus. Mit ihm zu spielen, Zeit mit ihm zu verbringen, ihn zu begleiten, das erfüllt mich – ganz ohne die Erwartungshaltung, dass ich Anerkennung dafür bekomme. Dann überlege ich, was da noch so ist, doch mein ganzes Tun ist darauf ausgelegt, Anerkennung zu bekommen. Und wenn ich diese nicht bekomme, strenge ich mich noch mehr an – oder gebe auf. War das vielleicht der wahre Grund für meinen Studiumsabbruch? War es nicht deswegen so erfüllend, weil ich so gut war in dem, was ich tat? Und bereits beim ersten Misserfolg, meiner Bachelorarbeit, die mir fast meinen Einserschnitt ruiniert hätte, war die Luft raus, habe ich aufgegeben. Dann denke ich an die Beziehungen. Die meiste Anerkennung bekommt man in der Anfangszeit, halte ich es deswegen nur kurz aus? Ich bin zu müde dafür, diesen Gedanken weiterzuführen, darum drehe ich mich auf die Seite und lese den nächsten Slide.

Selbsttranszendenz

Transzendenz, das Übersteigen von etwas, oder das Überschreiten von Grenzen. Der Begriff wird immer wieder im Zusammenhang mit Religion, Spiritualität

und in der Philosophie verwendet, um auf etwas Erhabenes hinzuweisen.
Die Selbsttranszendenz beschreibt diese kleinen Momente im Leben, in denen wir all den Stress, die Anforderungen und Erwartungen von Anderen (und uns selbst) vergessen. In denen wir unabhängig von unserem Selbst- und Fremdbild in einen erhabenen Zustand des Seins abtauchen.
Manche erleben diesen Zustand beim Tanzen, Andere beim Betrachten von Kunst, beim Lesen oder in einer (beispielsweise spirituellen) Gemeinschaft. Was lässt Dich alles um Dich herum vergessen? Was gibt Dir diesen Zustand vollkommener Freiheit? Ein Gefühl von Freisein. Frei von Bewertungen (eigener und fremder)? Einfach mal sein.

Mit Spiritualität konnte ich noch nie viel anfangen, bei dem Wort »Freiheit« kommt mir das Laufen in den Sinn. Wobei ich zuletzt oft mit Sebastian laufen gewesen bin und mich dabei eher unter Druck gesetzt habe, mit seinem Tempo mitzuhalten, und mich geschämt habe, wenn ich gemerkt habe, wie knallrot ich durch die Anstrengung geworden bin. Dennoch habe ich immer eingewilligt, anstatt zu sagen, dass ich lieber allein mit Musik laufe, aus Sorge, dass ich ihm vor den Kopf stoßen könnte.

Storytelling
Jeder Mensch hat eine ganz eigene individuelle Geschichte, selbst identische Ereignisse werden von Einzelnen anders wahrgenommen, interpretiert und reflektiert.
Es geht beim Storytelling nicht darum, Ereignisse aneinanderzureihen, sondern vielmehr darum, verschiedene Interpretationen zu finden und

> andere, neue Perspektiven zuzulassen, um zu verstehen.
> Viele streben danach, mit sich selbst ins Reine zu kommen. Doch irgendwas hindert sie. Was genau sie hindert, liegt oft versteckt in Erfahrungen, die als »schambehaftet« bewertet (oder anderweitig abgewertet) worden sind. Diese Scham soll verschwinden, man versucht, sie auszugleichen durch Verhaltensweisen, versucht, sie loszuwerden durch Verdrängung. Der Weg jedoch führt durch die Erfahrung selbst, hin zu einer Neubewertung, die das Annehmen erleichtert und Veränderung ermöglicht. Oft wird dieser Prozess gestört durch Glaubenssätze aus der Kindheit oder mehr Verständnis für Andere als für sich selbst.

Ich denke an den Glaubenssatz, der mich bereits im Alter von sieben oder acht Jahren geleitet hat, dass ich nur als »Freundin von …« einen Wert habe. Und mir wird ein bisschen schlecht, diese Lieblingssternenstaub, Jenni, sie wirkt so, als habe sie ein unerschütterliches Vertrauen in den Menschen und erstmalig verstehe ich, was mit PERSONzentrierter Beratung gemeint ist. Ich lege mein Smartphone zur Seite und tröste mich mit der Vorstellung, wie sie vermutlich die Hände über dem Kopf zusammenschlägt, wenn ich ihr von diesem Glaubenssatz erzählen würde, und dann träume ich von ihr.

Mitten in der Nacht werde ich kurz von Lasse geweckt, wundere mich über den Traum, Jenni wirkte so real und so vertraut, vermutlich sind das die Auswirkungen der Digitalisierung. Sie hat täglich eine Story, erzählt da irgendwas Banales und wirkt dadurch so nahbar, so echt und so sympathisch. Wie sich die sozialen Medien wohl langfristig auswirken? Oder ist das einfach ein Trend, der bald verschwindet? Wirklich weiß es wohl keiner, denn Wissenschaftler sind früher davon ausgegangen, dass wir uns langfristig von Tabletten und Astronautennahrung ernähren werden, und das Gegenteil ist der Fall: »back to the roots«, eigene Gärten, Bio, vegetarische und vegane, natürliche Ernährung. Ich schlafe wieder ein, mit Lasse im Arm.

»Ich bin immer so lieb zu allen
und die sind immer so böse zu mir!«

Lieblingssternenstaub

Es ist Freitag, ich bringe Lasse zur Schule und begegne Linda.

Ich begrüße sie. »Ich muss direkt grinsen, wenn ich dich sehe!«

Sie lacht. »Geht mir ähnlich! Was steht am Wochenende an? Lasse bei Paul?«, fragt sie.

»Ja. Ich hab gestern ein Haus gefunden, das kaufe ich und ziehe mit Sebastian dort ein!«, sage ich, als wäre es vollkommen üblich, mal eben ein Haus zu kaufen.

Sie reagiert im selben Tonfall und fragt mit hochgezogenen Augenbrauen. »Ist es wenigstens im Schützenhof?«

Ich muss lachen, schön, dass sie das, was ich sage, nicht hinterfragt. »Nicht ganz, aber es ist näher dran als meine Wohnung jetzt!«, sage ich wohlwollend.

»Reicht mir nicht, musst du wohl weiter suchen!« Sie zuckt mit den Schultern.

Ich lache. »Sehen wir uns am Sonntag?«

Sie strahlt mich an. »Auf jeden Fall!«

Damit verabschieden wir uns. Voller Vorfreude auf diesen lebensverändernden Tag fahre ich erst zur Arbeit und nach Feierabend direkt zu Sebastian.

»Hi. Wow, wie gut du aussiehst!« Er begrüßt mich mit einem Kuss.

Ich muss lächeln. »Hi! Hast du zufällig zwei Fahrräder? Ich muss dir dringend etwas zeigen!«

»Willst du nicht erst einmal was essen? Ich hab Salat gemacht!«, sagt er und deutet zur Tür.

»Salat muss warten! Also?« Ich bleibe im Hof stehen und ziehe meine Augenbrauen erwartungsvoll hoch.

Er lächelt, und die kleine Enttäuschung darüber, dass ich seinen Salat verschmähe, weicht einem liebevollen Blick, der meine quirlige Art sehr zu schätzen weiß. »Klar, ich bin gespannt!«

Wir setzen uns auf die Fahrräder, ich grinse durchgehend und freue mich schon jetzt auf seine Reaktion. Er fragt mehrfach, ob ich ihm einen Hinweis geben kann, doch da ich ihn immer nur anlächele, mit dem Kopf schüttele oder »Nope!« rufe, gibt er irgendwann auf.

Vor dem Haus halte ich an, stelle das Fahrrad ab, und während ich mich von ihm in Richtung Haus drehe, breite ich die Arme aus und sage: »Tadaaaa! Das Haus kostet nur 240.000 Euro, man muss lediglich etwas renovieren, das Dach ist intakt, die Heizung wurde vor drei Jahren erneuert. Es ist groß genug für uns alle und perspektivisch gesehen, gäbe es sogar eine kleine Anliegerwohnung, wofür auch immer wir die nutzen. Komm, man kann hier hinten sogar in den Garten schauen, groß genug zum Spielen und Toben, aber auch nicht zu groß!«

In meiner Euphorie und meinem Redeschwall fällt mir auf, dass ich Sebastians Reaktion noch gar nicht gesehen habe, ich drehe mich um. Sebastian steht noch immer unten vor dem Haus, er sieht so aus, als gehe es ihm gar nicht gut. Direkt verwandelt sich meine Euphorie in Angst.

»Was ist los? Alles okay?«, sage ich, während ich noch immer oben auf den Stufen direkt vorm Haus stehe.

Er schaut mich ernst an, ein zaghaftes Lächeln huscht über sein Gesicht, bevor er sagt: »Du meintest, es ist groß genug für uns alle.« Er macht eine Pause und fragt dann: »Uns?« Seine

Gesichtszüge, seine zugekniffenen Augen, er wirkt so ablehnend, abweisend.

Ich will die Tränen unterdrücken, indem ich mir versuche, einzureden, dass er vielleicht einfach irritiert ist, und sage: »Ja, für uns!«, und füge rasch hinzu: »Dich, Lasse und mich!« Ich klinge verzweifelt, das bin ich auch, und dennoch hoffe ich, dass seine abweisende Reaktion einfach ein Missverständnis ist.

»Warum willst du denn umziehen?« Er zuckt hilflos mit den Schultern, fährt sich dann durchs Haar, als sei er komplett überfordert.

Was soll die Frage? Versucht er, sich jetzt mit Logik aus der Situation zu manövrieren? Will er nicht umziehen? Ist er deswegen so abweisend? »Da sind doch alle weggezogen, es gibt keinen Grund mehr für mich, dazubleiben, und …« Ich breche ab, denn ihm jetzt auch noch zu sagen, dass ich unabhängig davon, sozusagen ohnehin, den nächsten Schritt mit ihm machen wollte, wird die Situation vermutlich nur verschärfen. Andererseits ist es das, was ich will, ich denke an den Post von gestern Abend. An all die anderen Posts, und bin unsicher, wie ich es sagen soll.

Ich dachte, er würde mich umarmen, küssen und ich würde ihn zum glücklichsten Mann der Welt machen, weil ich mit ihm zusammenziehen will, und nun fragt er, warum ich umziehen möchte.

Ich nehme all meinen Mut zusammen und gehe langsam auf ihn zu, bleibe vor ihm stehen und sage zaghaft: »Ich dachte, es wäre doch schön, wenn wir zusammenwohnen?« Leider ändert das nichts an seiner ablehnenden Mimik. Er schaut zu Boden. Vielleicht … »Geht dir das zu schnell?«, sage ich rasch, während mir genau dieser Gedanke in den Sinn kommt, und rudere nun doch etwas zurück, der Mut ist weg. »Ich wollte, also ich hab ja nicht … Ich habe das Haus gestern durch Zufall entdeckt und bin so auf die Idee gekommen, ich habe jetzt nicht gesucht und daher hab ich …«, stammle ich und versuche, die Situation so zu entschärfen, indem ich, wie so oft, meine Gefühle und Bedürfnisse relativiere und auf irgendetwas Positives hoffe.

Jetzt schaut er mich an. Er schaut mir direkt in die Augen und sagt: »Marina, ich liebe dich!« Ich lächle ihn erleichtert an, doch sein Blick bleibt ernst und er setzt erneut an. »Und es bricht mir das Herz, aber … Ich möchte nicht mit dir zusammenziehen.«

Ich habe das Gefühl, meine Knie rutschen weg. Seine Worte tun so unfassbar weh. Ich will, ich hasse ihn. Ich hasse ihn so sehr. Wie kann er mir das antun? Meine Nase kribbelt, meine Augen werden feucht. Ich will hier weg. Ich will ihn nie wiedersehen.

Ich gehe zum Fahrrad, setze mich drauf, und fahre. Ich bin Gott sei Dank nicht weit weg von meinem Zuhause und versuche, meine letzten Kräfte zu bündeln, um nicht hier und jetzt direkt komplett zusammenzubrechen, körperlich und emotional. Als ich den Garten erreiche, atme ich kurz auf, und beim Ausatmen laufen die Tränen die Wangen herunter, ich hoffe, dass mich niemand sieht, niemand draußen ist, und dann fällt mir ein, dass hier ja ohnehin keiner mehr wohnt. Ich kann kaum mehr was sehen, steige ab und stütze mich in den letzten Metern auf dem Fahrrad ab. Ich drehe mich nicht um, erst, als ich endlich vor meiner Haustür stehe, schaue ich, ob er mir gefolgt ist.

Ist er nicht.

Wütend pfeffere ich das Fahrrad auf den Boden vor der Haustür und bin fast enttäuscht, dass es nicht in Stücke zerfällt.

Ich schließe auf und gehe nach oben, bereits auf der ersten Stufe kommen all die Emotionen hoch, ich schluchze laut und bin dann erleichtert, dass ich praktisch allein in diesem Haus bin. Hat auch seine Vorteile, denke ich, doch als ich oben in meiner Wohnung bin, weine ich so furchtbar. Ich möchte schreien, greife nach einem Kissen und schreie, bis mir meine Kehle wehtut. Ich laufe durch die Wohnung und weiß nicht, wohin mit mir. Ich bin so wütend, aufgebracht und verletzt, ich kann mich nicht einfach ins Bett legen und mich zusammenrollen. Ich will Dinge zerstören und dann will ich mich betäuben. Ich bin selbst so erschrocken über mich und meine Gefühle, und anstatt mich zu fragen, was genau das ist und woher das alles kommt, reflektiere ich über Sebastian und mich.

Nie zuvor fühlte ich mich so sicher, so geliebt, wir harmonierten perfekt, wenn wir stritten, verloren wir nie den Respekt oder unsere Liebe, wir waren ein Team, waren verbunden und einander zugewandt, auch, wenn wir uns nur alle zwei Wochen sahen.

Und plötzlich merke ich, wie ich bereits jetzt alles in der Vergangenheit denke. Und noch bevor die Wut von der Traurigkeit abgelöst wird, beginnen die Zweifel: Natürlich war es leicht, in dieser Art von Beziehung glücklich zu sein, wir teilten ja ausschließlich die schönen Dinge: das Wochenende, ohne Alltag, ohne Anforderungen und Aufgaben. Wir hatten nie über die Zukunft gesprochen, ich ganz bewusst nicht, weil ich mich nicht wieder in Illusionen verlieren wollte und weil ich diesmal alles richtig machen, nichts überstürzen wollte. Und er? Er tat es offenbar auch nicht. Nicht bewusst, einfach, weil er keinerlei Notwendigkeit sah. Es war doch alles gut, wie es war.

»Ich will nicht mit dir zusammenziehen.«

Diese Worte kommen mir immer wieder in den Sinn. Leider tritt kein Gewöhnungseffekt ein, im Gegenteil, jedes Mal tun diese Worte mehr weh. Ich versuche, mich zu beruhigen, wasche mein Gesicht, kaufe Bier und Zigaretten an der Tankstelle und setze mich auf den Balkon, rauchend und trinkend.

Ich hole mein Smartphone, keine Nachricht von Sebastian. Ich starre auf WhatsApp, aber er ist weder *»online«* noch steht dort *»schreibt …«*

Mittlerweile ist das erste Bier leer. Ich öffne Instagram und stöbere die Posts von Lieblingssternenstaub durch. Ich finde ein Foto von einem kleinen Mädchen auf einer Schaukel mit dem Spruch: »Ich bin immer so lieb zu allen und die sind immer so böse zu mir!« Direkt fühle ich mich verstanden und lese den Beitrag:

> Und? Was tust und erträgst du alles so, um geliebt zu werden?

Nun laufen einfach nur die Tränen über meine Wangen, diesmal ganz ohne Wut. Es fühlt sich fast nach Erleichterung an.

> Wie lange ich geglaubt habe, dass man für Liebe kämpfen muss. Es ist ehrlich gesagt gar nicht so lange her, dass mir bewusst geworden ist: Die Liebe, die ist da. Die gibt es »einfach so«.
>
> Ich dachte vorher immer, dass das nicht stimmen kann ...
> Man ...
> - muss doch hilfsbereit und freundlich sein.
> - darf nicht unangenehm auffallen.
> - muss seine Sache gut machen.
> - darf niemanden enttäuschen.
> - sollte seine Meinung lieber für sich behalten.
> - sollte abnehmen/zunehmen/hübsch aussehen.
> - darf sich nicht beschweren.
> - muss es allen recht machen.
> - muss sich doch anpassen.
> - darf nicht schwach sein, darf sich nicht gehen lassen (weder emotional noch körperlich!)

»Genau so!«, sage ich leise zu mir selbst. »Genau so«, wiederhole ich weinend. Ich darf nicht zu viel fordern. Ich darf nicht mit Sebastian zusammenziehen wollen, ich darf ihm nicht sagen, was ich will. Was ich wirklich will. Ich muss ihm vorspielen, dass mir das reicht. Die Wochenenden.

> Natürlich ergibt es Sinn, freundlich zu sein, und es ist in gewissen Situationen nicht verkehrt, sich anpassen zu können. Aber es gibt einen Unterschied, ob man sich bewusst und intrinsisch für ein Verhalten entscheidet oder ob man eine existenzielle Not verspürt und sich gewisse Verhaltensweisen verbietet:
> Wenn man sich selbst und seine eigenen Bedürfnisse so sehr vernachlässigt, um geliebt zu werden, weil man diesen wahnsinnig großen LEISTUNGSdruck verspürt.
>
> Oft merkt man es selbst lange nicht, denn immerhin dieses eine Bedürfnis (nach Liebe) wird ja dadurch »vermeintlich« gestillt.
>
> Und irgendwann kommt der Tag, an dem man trotz aller Anstrengung nicht gesehen wird. Der Tag, an dem man das Gefühl bekommt: »Ich reiche nicht.« Obwohl man doch alles getan hat und tut.

Sofort höre ich wieder den Satz: »Ich möchte nicht mit dir zusammenziehen!« Warum denn nicht, verdammt? Ich tue doch alles für dich! Ich bin doch immer da! Ich passe mich immer an! Ich habe bereits sechs Kilo abgenommen und dir scheint das zu gefallen. Ich habe immer Verständnis für dich und deine Termine. Ich beschwere mich nicht. Im Gegenteil.

> Man versucht mehr und noch mehr. Als Kind, in der Beziehung, im Job. Man zweifelt an sich. Und strengt sich noch mehr an.
> Du bist wundervoll! Du bist einzigartig! Du bist liebenswert! Auch, wenn Du eingerollt in deinem Bett liegst, zweifelst und niemand von Dir profitiert, bist Du liebenswert – vor allem dann! Wer hat Dir beigebracht, dass Du etwas tun musst, um geliebt zu werden?

Ich weine, weil ich mich so verstanden fühle. Genau das ist es! Ich reiße mir den Arsch auf und mache und tue und der Dank? Der Mann meiner Träume will dennoch nicht mit mir zusammenziehen.

Tja, Marina, was willst du? Das frage ich mich plötzlich. Ich will eine Familie! Ich bin einunddreißig Jahre alt, alleinerziehend, meine Eltern trennten sich, als ich so alt war wie Lasse jetzt. Ich weiß nicht, was Familie bedeutet. Mir fehlen die Vorbilder. Man spielt ja selten Mäuschen bei anderen Leuten. Man bekommt oft nur mit, was sie zeigen, wenn man da ist. Ich denke an meine Kindheit, meine Jugendzeit. An die Gefühle, die mich begleitet haben, als ich ein Teenie war, und daran, ob es mir tatsächlich nicht gut ging. Ich denke an meinen Papa, der uns täglich nach Feierabend abholte, mit uns die Hausaufgaben machte, an die gemeinsamen Abendessen, meine Aufgaben, die Streitigkeiten mit meiner Schwester. An meine Mama, die Sommer im Garten mit all den Nachbarskindern auf unserer Terrasse und … auf einmal mischt sich ein weiteres Gefühl hinzu. Ein Gefühl, das ich nicht in Worte fassen kann, klar ist nur, dass ich das nicht aushalten kann. Ich zittere, meine Kehle schnürt sich zu und in meiner Hilflosigkeit rufe ich Linda an.

»Kannst du kommen?« Mehr bringe ich nicht über meine Lippen.

»Klar, was …?«

Ich unterbreche sie, denn ich kann nicht mehr reden, ihr »Klar« hat direkt einen neuen Schwall Tränen ausgelöst, und sage nur: »Bitte!«

Ich muss mich kurz danach übergeben, ich schiebe es auf das Bier und die Zigaretten. Aber das Gefühl von Ekel bleibt dennoch. Es klingelt, ich schrecke kurz auf, gehe zur Tür.

Linda kommt rein und nimmt mich direkt in die Arme, hält mich, aber diese Nähe ekelt mich noch mehr an. Ich empfinde Scham und Abscheu für mich selbst und wende mich von ihr ab, gehe auf den Balkon. Linda folgt mir, und ohne auch nur einen verurteilenden Blick setzt sie sich neben mich, öffnet auch sich eine Dose Bier und nimmt eine Zigarette. Sie schaut mich so liebevoll an. Nicht mitleidig, einfach nur liebevoll, und dann rede ich.

»Ich bin so enttäuscht. Von meinem Leben. Von Sebastian. Von meiner Familie.« Bei dem Wort »Familie« bricht meine Stimme ab, schwallartig laufen die Tränen hinunter. »Sie haben es nicht bemerkt, sie haben mich nicht gesehen. Sie, sie … sie konnten es vielleicht auch nicht …«

Ich breche ab. Zünde mir eine weitere Zigarette an und schweige. Nach ein paar Minuten sagt Linda: »Und nun gibst du dir die Schuld? Weil du nicht Nein gesagt hast?«

Woher weiß sie, was mir gerade erst bewusst wurde?

Meine ganzen Gefühle, die sich gerade so ursprungslos angefühlt haben, formen sich zu verschwommenen Bildern, die immer klarer werden. Und ich weiß nicht, warum sie erst jetzt hochkommen, nach all diesen Jahren, und ich habe auch keine Ahnung, warum ich auf einmal das Bedürfnis habe, all das auszusprechen, was in mir ist.

Vielleicht liegt es einfach daran, dass ich es nicht mehr deckeln kann, dass es zu viel war, zu viel ist? Vielleicht liegt es an Linda, ihrer Art, die so zugewandt ist, mich nicht abwertet und mir die Sicherheit gibt, die ich zuvor nicht hatte? Ja, jetzt hier gerade mit ihr, fühle ich mich so sicher, bei ihr darf alles sein. Kurz macht sich ein Gedanke breit, dass ich sie doch gar nicht lange kenne, und ich frage mich, ob ich übertreibe, wie bei den Männern, bei denen ich ja angeblich ich selbst sein konnte. Doch diesen Gedanken schiebe ich zur Seite, denn meine Not ist zu groß. Ich kann das nicht allein aushalten und hoffe, dass sie es mit mir aushält. Also antworte ich wahrheitsgemäß: »Ja, das auch!«

Ich mache eine Pause, überlege, wo ich anfangen soll … und plötzlich weiß ich genau, wo: »Es begann an einem Nachmittag, ich weiß nicht wie alt ich war, elf, zwölf, dreizehn. Keine Ahnung. Ich trug die Jeansjacke, die früher einmal meiner Mutter gehört hatte, ich hatte meine Haare mit einem dieser puffigen Zopfgummis in Pink zum Dutt geknotet. Ich kam gerade nach Hause, als er mir auf dem Weg zu unserem Haus entgegenkam. Er fing mich ab und meinte: ›Marina, es ist mir etwas unangenehm, aber – wenn du nicht willst, oder das komisch findest, ist das voll okay, na ja, aber so oder so, erzähle es bitte niemandem, es ist mir echt peinlich!‹ Und ich weiß noch, wie geehrt ich mich gefühlt habe!«

Der Ekel kehrt zurück und mit ihm eine große Scham, Scham darüber, wie geehrt ich mich damals fühlte, wie naiv und dumm ich war. Wie bemitleidenswert. Wie bedürftig. Ich versuche, mich zu rechtfertigen, zu erklären, vor allem vor mir selbst, und fahre fort: »Er war ein Freund meiner Mutter, wohnte in der Nachbarschaft und war oft bei uns, trug Lederjacken, hatte riesige Oberarme. Er war so ganz anders als mein Papa. Er war total witzig, schlagfertig, immer auf Kosten Anderer, aber selten auf meine. Vermutlich war ich ein bisschen in ihn verschossen, in jedem Fall sah ich zu ihm auf. Und nun war ausgerechnet ihm etwas peinlich und er brauchte meine Hilfe. Ich nahm mir vor, egal was er gleich sagt, ich werde mein Bestes tun, um ihm zu helfen. Also sagte ich, möglichst cool: ›Klar, sag schon!‹«

Linda weiß ja noch nicht, was dann passierte, aber ich weiß es … Ich ziehe meine Beine hoch auf den Stuhl, erneut kullern Tränen meine Wangen hinunter … Ich möchte es nicht aussprechen, weil es dann wahr wird. Und es war nie wahr, es war nie Thema, es war … Ich hatte es einfach vergessen. Wenn ich es jetzt ausspreche, kann ich es nicht mehr vergessen. Dann ist es kein Geheimnis mehr. Aber es ist wahr. Und die Tatsache, dass es wahr ist, macht mich auf einmal unheimlich wütend.

»Er sagte: ‚Du weißt ja, dass ich nicht küsse, also so richtig, nun ja … Bitte lach nicht, aber das liegt nicht daran, dass ich es nicht mag. Ich weiß nur nicht, wie es geht …' Er schämte sich so sehr, dass ich überhaupt nicht darüber nachdachte, was er da gerade sagte, oder verlangte.«

Ich schüttele den Kopf, über ihn, über mich, denn ich weiß plötzlich sehr genau, wie es mir dabei ging.

»Er tat mir einerseits total leid, denn das wusste ich tatsächlich. Manchmal schauten wir abends alle zusammen einen Film, und keine Kussszene, die drin vorkam, blieb unkommentiert, er sagte immer wieder, wie ekelhaft es sei, Speichel auszutauschen, und dass sich im Mund mehr Bakterien befinden würden als im Arsch. Ja, er war immer schon eher derb gewesen.« Ich schluchze laut auf. »Und da er mich nun glaubhaft, ernsthaft und voller Scham um Hilfe …«

Ich erschrecke kurz, als Linda ihre Hand auf meine Schulter legt, ich zittere, das ist mir vorher gar nicht aufgefallen. Ich schaue sie an, flehend, und ich weiß gar nicht, was ich gerade brauche, aber ich möchte raus aus meinem Körper. Dann sagt sie: »Es ist okay, du brauchst dich vor mir nicht erklären, nicht rechtfertigen.«

Ich atme aus … Stimmt, ich gab mir die Schuld … Ich lächele sie an, vielleicht um sie zu besänftigen, ich weiß es nicht. Dann spreche ich es aus.

»Also willigte ich ein, ihm beizubringen, wie man küsst. Und wir küssten einander. Ich habe keine Erinnerung mehr daran, wie sich der Kuss anfühlte oder was danach geschah. Jetzt gerade bemerke ich nur dieses hohle Gefühl im Bauch, wie, wenn man ein furchtbar schlechtes Gewissen hat. Jedenfalls, also im Nachhinein betrachtet, hatte er von da an ein leichtes Spiel. Manchmal, oft, wenn ich genervt von der Schule kam, passte er mich ab, lud mich zu sich ein. Oder wenn ich mit meiner Mutter stritt und er bei uns war, folgte er mir, nach oben auf mein Zimmer. Vermutlich sagte er meiner Mutter, er wolle sich um mich kümmern. Ich könnte mich schon wieder übergeben.«

Ich übergebe mich nicht, aber die Tränen kehren zurück. Linda ist mittlerweile mit ihrem Stuhl ganz nah zu mir gerutscht. Ihre Hand ruht noch immer auf meiner Schulter, ich schaue sie an, sie wirkt weder angeekelt noch erschrocken, sondern hört mir einfach zu. Dann nickt sie zaghaft und ich fühle mich ermutigt, weiterzusprechen.

»Er klopfte, kam rein, schloss die Tür hinter sich und gab mir und meinen Gefühlen immer Raum. Das tat total gut. Er gab mir auch immer recht. Und als ich mich besser fühlte, sagte er zu mir, dass ich hier einfach noch liegen bleiben könne, er würde mich noch etwas beruhigen, und begann dann zunächst damit, mir den Rücken zu kraulen, später fing er an, mich auch zu massieren, und irgendwann blieb es nicht mehr beim Rücken. Aus Versehen, so glaubte ich, berührte er immer häufiger auch meine kaum vorhandenen Brüste. Ich hielt dann meist die Luft an und ließ es unkommentiert. Jedes Mal, bevor er dann aus meinem Zimmer oder ich von ihm nach Hause ging, meinte er, das müsse unter uns bleiben. Wenn meine Mutter erfahren würde, wie sehr er sich um mich kümmerte, würde sie vermutlich wütend werden – auf mich. Natürlich blieb es nicht bei den vermeintlich unbeabsichtigten Berührungen, im Gegenteil, er ging immer weiter, er sagte, ich solle mich umdrehen, und fing an, meine kleinen Brustwarzen zu küssen …«

Allein, das auszusprechen, lässt die Bilder wieder sehr klar werden, ich erinnere mich an die Katzentapete in meinem Zimmer, die ich immer anstarrte, ich sehe mich als kleines, unschuldiges, junges Mädchen. Als Kind.

Wie konnte er nur? Wie konnte er mir das antun? Und warum hat es keiner gemerkt? Warum habe ich nicht einfach gesagt, dass er aufhören soll? Warum habe ich niemandem etwas erzählt? Er war ja nur ein Nachbar, ein Freund der Familie.

»Linda, ich kann nicht mehr!«, sage ich und kreuze meine Arme, bevor ich mich nach unten beuge und meinen Kopf abstütze.

Linda legt nun ihren ganzen Arm schützend über mich und streichelt mit der anderen Hand sanft über meinen Kopf, während sie sagt: »Marina, dich trifft keine Schuld! Du musst dich nicht schämen. Du bist das Opfer.«

Dabei bricht ihre Stimme etwas, ich richte mich auf und schaue sie an. Ihre Augen sind feucht, und während sie sagt: »Du warst ein junges Mädchen …«, beginnt auch sie, zu weinen.

Danach sitzen wir noch eine Weile beisammen. Schweigen.

»Willst du langsam nach Hause?«, frage ich irgendwann.

Sie schüttelt mit dem Kopf und antwortet sehr bestimmend: »Ich kann dich nicht allein lassen.«

Ich lächele müde und sage: »Doch, das kannst du, du hast schon mehr getan, als du müsstest.«

Dann verschränkt sie die Arme, schaut mich fast trotzig an und sagt: »Ich bleibe!«

Ich könnte schon wieder anfangen, zu weinen, und zum ersten Mal in meinem Leben fühle ich mich bedingungslos angenommen und geliebt.

»Opfer zu sein, ist keine Haltung!«

Lieblingssternenstaub

Ich werde wach. Linda liegt neben mir. Körperlich fühle ich mich wie erschlagen, mental hingegen voller Tatendrang, und dennoch bin ich komplett verwirrt. Ich mache erst mal zwei Kaffee, stelle Linda einen auf den Nachttisch, lege mich zurück auf meine Seite und google nach Missbrauch. Schnell wird klar, dass ich mir Hilfe holen sollte. Muss. Ich fühle mich direkt bevormundet. Ich stoße auf einen Artikel mit der Frage, ob man Missbrauch anzeigen sollte, und schnell breche ich das Lesen ab. Ich kann und will und werde das niemandem sonst erzählen. Also gebe ich meine Recherche auf und öffne Instagram. Mir wird das Profil von Lieblingssternenstaub angezeigt und plötzlich, ich weiß nicht, warum, tippe ich auf den Nachrichten-Button.

Hallo Jennifer, ich folge dir seit geraumer Zeit und mich berühren deine Beiträge immer sehr. Ich fühle mich oft sehr verstanden und erkenne mich in deinen Posts immer irgendwie wieder. Ich weiß gar nicht ...

Ich markiere alles und tippe auf »Löschen«.

Hallo Jennifer, gerne würde ich eine Beratung in Anspruch nehmen. Gibt es derzeit freie Termine?

Ich klicke auf »Senden«.

Linda wird langsam wach. Sie schaut mich verschlafen und irritiert an. »Guten Morgen, Kaffee steht da!«, sage ich und muss direkt schmunzeln, einfach, weil es sie gibt.

Sie gähnt und streckt sich etwas: »Danke! Hast du gut geschlafen?«

»Voll! Du auch?«

Dann richtet sie sich auf, mustert mich kurz, bevor sie mich ebenfalls anlächelt und sagt dann, fast entschuldigend: »Ja. Ich muss gleich mal nach Hause und mit den Hunden gehen, kommst du mit?« Jetzt nippt sie am Kaffee und schaut mich über den Tassenrand hinweg an.

Ich nicke. »Sehr gerne!«

Mein Smartphone piept. Ich habe es eigentlich immer lautlos, aber hatte gestern den Ton angeschaltet, in der Sorge, ich könnte einen Anruf oder eine Nachricht von Sebastian verpassen. Fast erschrocken greife ich zum Telefon.

»Sebastian?«, fragt Linda relativ nüchtern.

»Nein, die Frau von Instagram, ich hatte dir doch mal von ihr erzählt, Lieblingssternenstaub.« Dabei mustere ich ihren Gesichtsausdruck, um mich zu vergewissern, dass sie weiß, wovon ich rede, bevor ich sage: »Ich hab sie um einen Termin gebeten.«

Nun schaut sie erst mich und dann mein Smartphone mit großen Augen an. »Ja, und? Was schreibt sie?«

Da kommt mir plötzlich ein Gedanke, ich lasse mein Smartphone sinken und frage: »Ist es komisch, dass ich mich freue, dass sie geschrieben hat, und nicht Sebastian?«

Linda kneift nun fragend die Augen zusammen, als würde sie die Frage nicht verstehen, dann entspannen sich ihre Gesichtszüge und sie sagt grinsend: »Ich glaube, das ist sehr gesund, das zeigt ja, dass du dir wichtiger bist.«

Ein schöner Gedanke. Ich lächele sie an und öffne dann Instagram, lese die Nachricht, freue mich und sage dann aufgeregt: »Sie schreibt, dass sie morgen tatsächlich ein Zeitfenster hat gegen dreizehn Uhr und fragt, ob ich vorbeikommen will oder mich für eine Onlineberatung interessiere.«

Linda strahlt mich an und spricht aus, was ich denke. »Wie cool!«

Ich nicke. Die Aufregung lässt mich kurz innehalten und ich frage: »Ich mach's, oder?«

Lind lacht. »Auf JEDEN!«

Nach dem Kaffee putze ich mir die Zähne, wasche mein Gesicht und wir verlassen meine Wohnung. Das Fahrrad ist weg, direkt denke ich, es ist geklaut worden.

»Stand hier gestern noch ein Fahrrad?«, frage ich Linda.

Linda schaut mich irritiert an. »Warum?«

Da fällt mir ein, dass sie noch gar nichts Konkretes von Sebastian weiß, irgendwie ist das wohl untergegangen.

»Sebastian und ich haben uns gestern gestritten, vielleicht auch getrennt, und ich bin dann mit seinem Fahrrad nach Hause.«

»Hä? Was?« Linda schaut mich an, als hätte ich komplettes Kauderwelsch geredet. »Hast DU mir nicht gestern Morgen erzählt, dass ihr zusammenzieht und du ein Haus gefunden hast, ach, warte, und daher vorhin die Frage wegen Sebastian und der Nachricht?«

Ich kann nur müde lachen. »Ja, klar. Und na ja, das Haus war der Grund. Ich hab dieses Haus entdeckt, direkt hier im Bornekamp, mich verliebt und wollte Sebastian überraschen. Ich meine, es lief perfekt zwischen uns und bisher gab es keinen Grund, irgendwas zu verändern. Aber als dann hier alle ausgezogen sind und ich dann eben das Haus gesehen habe, habe ich gedacht, dass mich hier ja nichts mehr hält und irgendwie bin ich davon ausgegangen, dass Zusammenziehen früher oder später eh Thema wird, und als ich ihm gestern, bei einer Radtour das Haus gezeigt habe, meinte er, er wolle nicht mit mir zusammenziehen. Und da war ich so enttäuscht und verletzt, ich bin einfach weg.«

Linda schüttelt mit dem Kopf und schaut mich dann mit hochgezogenen Augenbrauen an, als wollte sie, dass ich fortfahre. »Ja, und er???«

Ich zucke mit den Schultern. »Nichts. Er kam weder hinterher, noch hat er geschrieben oder sich gemeldet!«, sage ich und will weiter Richtung Parkplatz laufen, doch Linda steht da wie versteinert, als habe sie das alles noch nicht verstanden. Dann blickt sie hoch und sagt: »Okay, also ich hab keine Ahnung, ob hier gestern ein Fahrrad stand oder nicht, aber ich hoffe, es wurde geklaut!«

Ich muss lachen. Stimmt. Ist auch einfach egal. Wir gehen zum Parkplatz und ich sehe mein Auto. Da fällt mir der Ersatzschlüssel ein. Sebastian hat es also vorbeigebracht, ohne zu klingeln, er war hier und ist dann vermutlich mit dem Rad nach Hause gefahren.

Ich gehe zu dem Auto, in der Hoffnung, etwas darin zu finden. Einen Brief vielleicht. Stattdessen liegen auf dem Beifahrersitz eine Haarbürste, eine Zahnbürste, eine Shampooflasche und ein Höschen. Ich hätte große Lust, die Sachen einfach irgendwo gegenzuschmeißen, und da entdeckt Linda einen Umschlag, der muss wohl in den Fußraum gerutscht sein. Sie überreicht ihn mir, ich öffne ihn und lese direkt laut vor:

Liebe Marina,
mir fehlen noch immer die Worte. Ich weiß nicht, was da gestern passiert ist. Ehrlich gesagt, war ich total erschrocken über deine Reaktion und komplett überfordert. Ich habe mich in dem Moment in dich verliebt, als du vor meiner Tür standest, und danach wurden meine Gefühle für dich mit jedem Tag stärker. Ich habe ausschließlich positive Erinnerungen an dich und unsere Zeit und habe unser Beziehungsmodell sehr genossen.
Ich war bereits verheiratet, wie du weißt, und habe mit der Ehe und all dem, was anscheinend dazugehört, keine

guten Erfahrungen gemacht. Im Gegenteil. Der Alltag, die Anforderungen, die Erwartungen. Du warst so anders als all die Frauen zuvor. Ich hatte immer das Gefühl, ich reiche dir, wie ich bin und mit dem, was ich geben kann und will. Liebe bedeutet, füreinander da zu sein, den Anderen anzunehmen, schöne Zeit miteinander. Ich glaube, all das passt nicht zum klassischen Alltag eines Paares. Im Gegenteil. Wie viele Beziehungen scheitern, sobald man zusammenzieht? Sobald man gemeinsam für mehr verantwortlich ist als nur für die Beziehung? Du hast die Erfahrung doch auch schon oft gemacht und daher dachte ich, du siehst es ähnlich wie ich. Das war vermutlich mein Fehler. Wir hätten schon viel früher darüber reden sollen, wohin wir möchten oder was unsere Vorstellungen von der Zukunft sind.
Deine Euphorie gestern hat in mir vor allem eins ausgelöst: Angst. Die Angst, dass ich dich verliere, wenn ich dir diesen Wunsch nicht erfülle. Aus diesem Grund habe ich mich gestern nicht mehr gemeldet. Ich wollte zunächst für mich sein, in mich hineinhören, und habe mich gefragt, ob ich bereit bin, von meiner Vorstellung unserer gemeinsamen Zukunft loszulassen. Das bin ich nicht. Ebenso wenig bin ich bereit, dich loszulassen. Aber wenn ich dich nur halten kann, indem wir ein Haus kaufen, ist mir das zu riskant. Gleichzeitig ist mir gestern bewusst geworden, dass du zum ersten Mal etwas von mir verlangt hast. Du warst immer so unkompliziert und hast dich mit so wenig zufrieden gegeben, hattest immer Verständnis, auch in Situationen, in denen ich längst ein schlechtes Gewissen dir gegenüber hatte. Doch meine Sorge, dich traurig zu stimmen, hat sich nie bestätigt.
Ich weiß nicht, warum du so gut zu mir warst, und ob es nicht durchaus Situationen gab, in denen du enttäuscht warst, mir das aber nicht gezeigt hast. Und aus diesem Grund möchte ich dir nicht die Entscheidung zwischen dem Leben, das du dir wünschst - ohne mich -, und dem Leben, das

du nicht willst - mit mir -, überlassen. Ich möchte sie dir abnehmen.
Ich glaube, viel mehr hattest du nicht bei mir, der Ersatzschlüssel für dein Auto liegt im Briefkasten. Es tut mir leid.
Für immer dein Sebastian

»Was ein feiges Arschloch!«, sage ich.

Linda nimmt mich in den Arm. »Marina, das war alles ganz schön viel …!«

Linda hat recht. Ich löse mich aus der Umarmung. »Komm, los! Ich bin vermutlich echt nicht in der Lage, wieder irgendwas zu fühlen und klar zu denken.«

Wir fahren zum See, gehen schweigend nebeneinander her. Die Natur tut gut. Als wir uns auf einen Baumstamm setzen, die Füße ins Wasser baumeln lassen, während die Hunde ins Wasser rennen, immer wieder zu uns schauen und zurückkommen, sage ich: »So ein Hund wäre schon was Schönes!«

Linda grinst. »So ein Hund ist was Schönes!«

Ich schaue ihren beiden schwarzen Labbis zu und sage dann, ohne den Blick von ihnen abzuwenden: »Schade nur, dass ich keinen haben kann. Lasse wäre ja auch voll begeistert. Aber ich arbeite zu lange und könnte einen Hund definitiv nicht mit zur Arbeit nehmen.«

Auf einmal packt mich Linda am Arm, sie wirkt fast erschrocken, ich erschrecke jedenfalls und wäre fast vom Baumstamm ins Wasser gefallen, während sie begeistert ausruft: »Ich hab 'ne Idee!«

»Was für eine?«, frage ich dann lachend, weil ich ihr lautes Einatmen so falsch gedeutet habe. Außerdem bin ich neugierig, das muss etwas richtig Gutes sein.

»Stell dir vor, es gäbe 'ne Agentur, bei der man Haustiere buchen könnte!«, sagt sie mit weit aufgerissenen Augen. »Dir geht's mies, zack, darfst du vier Stunden in den Welpenraum. Jemand braucht einfach jemandem zum Reden, dann kann er uns inklusive Hund buchen. Wir könnten das noch ausweiten, mit Pferden, Katzen, Hamstern …« Dabei blickt sie nach oben, ihre Augen noch immer ganz weit auf, sie schaut in den Himmel und wirkt so glücklich und so zufrieden.

Ich muss lachen. »Ja! Und vielleicht auch exotische Tiere, ein Faultier zum Beispiel!«

Dann strahlt sie mich an. »Und ein Lama! Erdmännchen. Ein Begegnungszoo!«

Mittlerweile bin ich auch voll drin, ihre Begeisterung hat mich angesteckt: »Großartige Geschäftsidee! Wir könnten einen Bauernhof kaufen, verschiedene Tiere halten und dann Themenräume machen. Dann buchen wir noch 'nen professionellen Psychotherapeuten für die extremeren Fälle!«

Sie schaut mich zustimmend an, nickt, bevor sie ihren Blick wieder in die Ferne schweifen lässt und diesmal etwas langsamer und verträumt sagt: »Unsere eigene kleine Oase!«, dann atmet sie zufrieden aus.

Ich spiele es direkt durch und schmücke die Idee weiter aus, während auch ich in die Ferne auf den See blicke, auf dem sich die Sonne spiegelt und das ganze Wasser aussieht, als würde es glitzern und funkeln. »Wir nennen es einfach ›Das Institut‹ und kooperieren mit verschiedenen Menschen, die wir dann auf Honorarbasis dazubuchen, oder aber, noch besser, wir vermieten denen unsere Räumlichkeiten für ihre Sitzungen oder ihr Angebot!«

»Ja!«, ruft Linda zustimmend aus, während sie weiterhin verträumt aufs Wasser blickt und von weiteren Ideen schwärmt. »Sogar Fotoshootings könnten wir anbieten, zur Steigerung des Selbstbewusstseins, oder lustige Hochzeitsfotos, oder Babys. Ein Baby im Faultierarm!« Nun blickt sie mich liebevoll an.

»Ich weiß auch schon, wie wir die Webseite nennen: Book-a-Friend.de!«, sage ich und bin begeistert davon, wie melodisch das klingt.

»Das gibt's doch schon!«, sagt Linda dann. Und ich überlege kurz, ob das vielleicht der Grund dafür ist, warum der Name so gut und irgendwie auch voll etabliert klingt. »Ja?! Warte, ich google!« Ich zücke mein Smartphone, google die Seite und einfach die Wortabfolge, beide Male ohne Erfolg. »Nein, das gibt es noch nicht! Die Domain ist frei und bei Google finde ich auch nichts!«, sage ich begeistert.

»Gibt es so etwas Ähnliches? Es kommt mir direkt so ... bekannt vor. Es geht so leicht über die Lippen!« Linda ist noch nicht überzeugt.

»Ideale Voraussetzungen also!« Ich grinse sie an. »Ich sehe das Logo schon vor mir: Die Buchstaben B und K werden als Hundeohren designt, in den beiden Os dazwischen sind kleine Punkte, so als Augen, und darunter dann *a friend* in kursiv. Oder wir hängen an ›a friend‹ noch ne Hundezunge.«

Linda lacht. »Wenn wir die Seite wirklich ›Book a friend‹ nennen, könnten Menschen das auch missverstehen, nicht, dass wir mit einer Escortagentur verwechselt werden.«

»Mist! Stimmt!« Ich muss auch lachen.

Langsam machen wir uns auf den Rückweg. Wir gehen am See entlang, es ist noch Sommer, aber die Blätter haben bereits angefangen, ihre Farben zu wechseln. Es wirkt alles so friedlich, so im Einklang. Als wir am Auto ankommen und einsteigen, fragt Linda, als sei es selbstverständlich, dass wir den restlichen Tag zusammen verbringen, ob ich Hunger hätte und sie direkt irgendwo halten soll, oder ob wir uns später was liefern lassen sollen.

»Ich bin für liefern!«, sage ich direkt, ohne auch nur einmal darüber nachzudenken, was Linda wohl lieber ist. Sonst sage ich entweder, dass es mir egal ist oder stelle eine Gegenfrage.

Linda antwortet nur: »Gute Idee!«

Ich bin überrascht davon, wie leicht das Leben sein kann. Hier, heute, dieser Tag. Mit Linda ist es nicht anstrengend, ich habe keine Angst, etwas Falsches zu sagen, ich darf einfach sein. Sagen, wonach mir ist. Ich frage mich, ob das an Linda liegt oder an mir.

Abends macht Linda ein Feuer im Feuerkorb. Da ihr Sohn ebenfalls beim Papa ist, hat auch sie an diesem Wochenende keinerlei Verpflichtungen, sodass wir bis Mitternacht draußen sitzen, über unser Institut reden, Pizza essen, über unsere Jungs reden, das Leben als Mama, und dann erzählt Linda mir von ihrer Trennung, ihrer Mama. Wir genießen beide dieses Kennenlernen und holen auf, was wir beim Anderen verpasst haben, aus der Zeit, als wir uns noch nicht gekannt haben.

Während wir da so sitzen, fällt mir ein, dass ich ja mit ihr gefahren bin, und denke, wie schön es wäre, wenn ich einfach nebenan wohnen würde.

»Sicher, dass du klarkommst?«, fragt Linda, als ich frage, ob sie mich nach Hause bringt.

»Ganz sicher!«, sage ich und lächele sie an.

Bei mir angekommen, steigt sie mit aus und besteht darauf, mich in die Wohnung zu begleiten, ich möchte erst abwinken, finde es aber eigentlich auch ganz schön.

Oben drückt sie mich noch mal fest und verabschiedet sich dann. Es fühlt sich komisch an, wieder hier zu sein. Ich fühle mich so fremd. Das ist nicht mehr mein Zuhause. Ich will irgendwie alles ändern. Vielleicht schneide ich mir einfach meine Haare ab und räume um. Aber nicht mehr heute. Da erst merke ich, wie müde ich bin, und lege mich ins Bett.

»Das Herz denkt nicht, es fühlt.«

Jennifer Angersbach

Ich werde wach. Es fühlt sich noch immer komisch an. So langsam realisiere ich, was vorgestern passiert ist. Der Tag gestern tat gut. Ablenkung, Kraft tanken, der Strudel der Gefühle musste zur Ruhe kommen, die Gedanken mussten sich setzen.

Ich habe mich nicht mehr bei Sebastian gemeldet, er sich nicht mehr bei mir. Wir sind getrennt. Es ist eine reine Formsache. Wobei, nicht mal mehr das. Ich habe nichts mehr von ihm bei mir. Er hatte nicht mal 'ne Zahnbürste hier deponiert, und das Duschgel und Deo, das ich für ihn gekauft hatte, hatte er nie benutzt. Was hat uns eigentlich verbunden? Er war hier nie zu Hause, er war hier nur zu Gast. Genau wie in meinem Leben, aber ich habe das zu spät gemerkt.

Leider fühle ich mich heute weder erleichtert, noch bin ich wütend. Ich fühle mich einfach leer. Sebastian und Marina gibt es nicht mehr. Und das ist gut so, vor allem mit dem, was ich jetzt weiß. Für ihn gab es keinen Schritt in die Richtung, die ich mir vorstellte. Für ihn gab es keinen Schritt in irgendeine Richtung. Und wenn ich ehrlich bin: Mir ging es nicht gut und mir geht es nicht gut. Noch wehre ich mich gegen die Erkenntnis, dass Sebastian eben doch nicht der Eine war, dass er doch nicht so »gut« war, wie ich dachte, dass meine Pläne von einer gemeinsamen Zukunft scheinbar nichts anderes waren als ungeteilte Träume und Visionen. Meine Pläne. Nicht seine. Er hatte keine. Passiert.

Ich würde so gern nach vorne schauen, mir fällt das »Aushalten« schwer. Ich möchte mich als Single fühlen, doch ich fühle mich eher verlassen statt »frei«. Und wieder fühle ich mich schuldig, trage ich die Verantwortung, bin ich diejenige, die zu viel wollte, zu viel braucht?

Und dann fällt mir der Freitagabend ein. Nein, das stimmt nicht. Den Freitagabend habe ich permanent vor Augen und gleichzeitig merke ich, dass ich das nicht kann. Ich kann mich den Gefühlen, den Fragen, den Gedanken nicht stellen. Nicht allein. Eigentlich gar nicht. Jetzt merke ich, wie ich es bereue, die Terminanfrage verschickt zu haben. Ich will da nicht hin. Was soll ich Jenni alias Lieblingssternenstaub erzählen? Ich kenne sie ja gar nicht.

Um halb eins werde ich langsam nervös, ich kann den Termin nicht absagen, ich habe irgendwie das Gefühl, dass ich ihr das schuldig bin. Als ich geparkt habe, merke ich, wie aufgeregt ich bin. Unmittelbar vor der Praxis befindet sich ein Erotikgeschäft, auch 'ne spannende Kombi. Falls das nicht reicht, kann man einfach zu ihr. Oder andersrum. Ich schmunzele kurz über den Gedanken und laufe dann die Feuerwehreinfahrt neben dem Erotikmarkt hoch zu ihrer Praxis. Wo eben noch Schaufenster mit Sexspielzeugen und Postern dekoriert waren, sind nun kleine Fenster, beklebt mit ihrem Logo. Es besteht aus einer Pflanze, darüber steht »JA«, klingt mir direkt zu positiv. Die Tür steht einen Spalt auf. Ich bin unsicher, ob ich einfach reingehen soll oder darf. Doch ich bin relativ pünktlich, da wird nun sicherlich kein Anderer mehr sitzen, und die offene Tür steht ja irgendwie für 'ne Einladung. Also gehe ich rein und bin überrascht davon, wie groß es ist. Neben der Tür liegen auf einem kleinen Tisch Sticker und Postkarten mit ihren Sprüchen, die ich von ihrem Account kenne, daneben steht eines dieser Ikea-Regale als Raumteiler, mit sechzehn quadratischen Fächern. Der Boden, helles Parkett, und die weißen Möbel erinnern mich an mein Zuhause. In jeder Ecke stehen große, grüne Pflanzen, ein Schreibtisch, der an einem weiteren weißen Ikea-Regal montiert ist, wirkt aufgeräumt und dennoch sieht man ihm an, dass sie ihn öfter nutzt. Hinter dem Raumteiler sehe ich drei große, graue Sessel, ich bin erleichtert, dass dort keine Couch steht. Eine große schwarz-weiße Leinwand mit einem Waldmotiv hängt an der Wand, zunächst wirkt es sehr trist und dunkel, doch wenn man genau hinschaut, erkennt man die helle Sonne, deren Strahlen sich ihren Weg durch den Wald suchen und ihn erhellen. Jennifer steht hinter einer großen Theke, auf der ebenfalls zwei kleine grüne Pflanzen, eine große Tee-Auswahl und ein paar Tassen und Gläser stehen. Sie sieht genauso aus wie in ihren Storys. Als sie mich sieht, strahlt sie mich an, begrüßt mich und fragt, ob ich einen Kaffee oder einen Tee möchte.

»Nein danke!«, antworte ich höflich.

»Sicher?«, fragt sie, schaut mich dann an und ergänzt: »Ich mach mir einen!«

Ich fühle mich ertappt, muss grinsen und sage: »Okay, ich nehme auch einen Kaffee!« Dann atme ich erleichtert auf.

»Immer komisch, irgendwo hinzukommen und dann auf das Angebot, ob man etwas trinken möchte, einzugehen, nicht wahr? Milch? Zucker?«, sagt sie so ganz nebenbei, während sie zwei Kaffeepads aus einer gelben Verpackung fummelt.

Diesmal fühle ich mich nicht ertappt, sondern verstanden: »Mit Milch, danke!«

Sie nickt und deutet auf die Sessel. »Setzen Sie sich, egal wo!«

Ich setze mich direkt vor den Raumteiler in den Sessel und sage: »Es fühlt sich komisch an, gesiezt zu werden«, bevor ich mich zur Seite drehe und mir die Bücher, Karten, Schachteln und Dekoartikel anschaue, die sich in den verschiedenen Fächern befinden.

»Ist Ihnen das ›Du‹ lieber?«, fragt sie.

»Alles gut, ich dachte nur, dass es sich komisch anfühlt und hab es ausgesprochen, ich weiß nicht, warum.« Ich weiche der Frage aus.

Sie kommt und stellt den Kaffee vor mir ab, bevor sie sich gegenüber hinsetzt, den Kaffee auf die Fensterbank stellt und ein Notizbuch öffnet.

»Also, was ist dein Anliegen?«

»Mein Anliegen?«, frage ich nervös, vielleicht auch, um Zeit zu schinden. Tja, was war mein Anliegen. Was ist mein Anliegen?

»Ja, warum hast du mir geschrieben und um einen Termin gebeten?«

»Ehrlich gesagt, habe ich das heute fast wieder bereut«, sage ich vorsichtig.

»Und dennoch bist du hier. Was ist der Grund?« Sie scheint völlig unbeeindruckt von meiner vermutlich eher unhöflichen Antwort zu sein.

»Na ja, ich wollte nicht absagen. Ich dachte, das gehört sich nicht.« Ich bin überrascht, wie leicht es mir fällt, ehrlich zu sein.

»Wir können auch einfach den Kaffee austrinken und schweigen.« Sie nimmt ihren Becher und trinkt einen Schluck.

Ich greife auch zu meinem Kaffee, es fühlt sich gut an, sich an irgendwas festhalten zu können. »Das Angebot klingt fast verlockend, aber ich glaube, ich würde mich danach ärgern«, sage ich.

»Gutes Stichwort«, sagt sie dann, es wirkt wie ein ernst gemeintes Kompliment und nicht wie eine Floskel. Dann nippt sie erneut an ihrem Kaffee, sie wirkt dabei so tiefenentspannt, und fragt mich: »Was sollte hier passieren, damit du dich auf dem Nachhauseweg nicht ärgerst?«

»Ich glaube, ich möchte einfach verstanden werden«, höre ich mich sagen. Und plötzlich frage ich mich, ob ich mich selbst überhaupt verstehe, und schaue zu Boden.

Ich höre, wie sie ihren Kaffee auf dem Fensterbrett abstellt, schaue zu ihr, sie lächelt, schlägt nun ihr Notizbuch auf und sagt: »Dann haben wir ja das gleiche Ziel!«

Ich glaube ihr, und genau in dem Moment merke ich, wie ich schon wieder losweinen könnte, ich beiße mir auf die

Unterlippe, verschränke die Arme und schaue aus dem Fenster, an dem ihr Logo prangt. JA. Verrückter Name.

»Was berührt dich gerade so?«, fragt sie ganz behutsam, es klingt so gar nicht neugierig oder hinterfragend, eher so, als wollte sie mich ermutigen, selbst mal nachzufühlen und nicht so, als bräuchte sie darauf eine Antwort.

Der Gedanke über das Logo hat mich etwas abgelenkt. Ich schaue sie an und frage, wofür JA steht oder ob damit tatsächlich das Wort »Ja« gemeint ist.

Sie lacht und antwortet: »Das ist mein Kürzel, Jennifer Angersbach.«

Ich weiß nicht, warum, aber in dem Moment, diesem kurzen Moment der Ablenkung, kommen die Tränen und ich kann sie nicht zurückhalten. Direkt greife ich zu der Taschentuchbox, die zwischen einer Schüssel mit Duplos und Nappos und einer Flasche Wasser auf dem Tisch vor mir steht.

»Ich hatte einen Freund. Einen wirklich tollen Mann. Und wir waren ein Jahr zusammen und es war so wundervoll, und ich habe dieses Haus entdeckt, zum Verkauf, ich wollte ihn damit überraschen, und dann hat er gesagt, dass er nicht mit mir zusammenziehen will, und da war ich so enttäuscht. Ich fühlte mich so dumm.«

»Und zurückgewiesen«, bietet sie an, die Stimmung ist nun deutlich ernster und weniger ausgelassen.

»Ja, ich bin dann nach Hause, und da kamen plötzlich so viele Gefühle hoch, und dann hab ich deinen Post gelesen, wo stand, dass ich immer so lieb zu allen bin und alle sind immer so böse zu mir. Und ich habe mich in deinem Text so wiedererkannt und auf einmal ging es gar nicht mehr um Sebastian, also meinen Freund, oder Exfreund, sondern da waren so viele andere Gefühle, die habe ich kaum ausgehalten. Mir wurde richtig schlecht, und da habe ich eine Freundin angerufen. Sie kam auch direkt, und plötzlich kamen solche Bilder hoch, von Erinnerungen, über die ich niemals sprechen wollte, oder durfte … Ich …«

Ich breche ab. Ich weine und bin gar nicht sicher, ob sie mir folgen kann. Ich schaue sie an, sie erwidert den Blick und ich fühle mich ermutigt, fortzufahren.

»Ich wurde als Kind missbraucht.«

O Gott. Plötzlich will ich nur weg. Nicht weg von hier, sondern weg von mir selbst, und gleichzeitig will ich einfach nur gehalten werden. Ich ziehe meine Knie hoch und es kommen immer mehr Gefühle hoch, die rauswollen …

Sie steht auf, zieht ein Taschentuch aus der Box, die auf dem Tisch steht, reicht es mir, setzt sich neben mich und legt ihre Hand auf meine Schulter.

Meine Nase läuft und ich schluchze so laut.

»Du bist so enttäuscht!«, sagt sie, und das Wort beschreibt das, was ich fühle ziemlich genau. Ich schaue sie nicht an, aber merke, dass sie mir vollkommen zugewandt ist.

»Ja!« Ich schluchze weiter. »Denn keiner hat mich gesehen, keiner hat mich gerettet.«

»Und du warst noch so jung und hilflos!«

Ich hebe meinen Blick und schaue sie an, ihre Augen schauen direkt in meine, sie wirkt selbst irgendwie berührt, von dem, was ich sage, und kurz überkommt mich so ein Gefühl, als müsste ich sie schützen. Gleichzeitig bin ich unsicher, ob es mir einfach schwerfällt, Mitgefühl von einer vollkommen Fremden zuzulassen.

»Ich war ein Teenager. Ich … es konnte ja keiner sehen«, sage ich, nein, gestehe ich ihr, und halte inne. Jetzt frage ich mich, ob ich das sage, um Jenni zu signalisieren, dass es alles halb so wild war, weil ich ja kein Kind mehr war, oder um mich selbst damit zu trösten, dass es ja auch viel schlimmer hätte sein können. Oder …

»Und du glaubst, dass du schuld bist«, unterbricht Jenni meine Gedanken. Sie fragt mich nicht, sondern sagt es, als sei es eine Feststellung, und da breitet sich plötzlich Erleichterung in mir aus. Sie versteht es. Überall steht, dass man ja keine

Schuld hat. Auch Linda meinte, mich treffe keine Schuld. Aber warum fühlt es sich dann nicht so an? Ich nicke und sage: »Ja, ich habe ja nicht Nein gesagt. Ich hab nicht gesagt, dass er aufhören soll.« Ich schaue sie erneut an, vermutlich, um mich abzusichern, um zu sehen, ob sie mich wirklich versteht, oder ob sie hinterfragt, was ich sage.

»Weil du Angst hattest«, stellt sie dann als Erklärung zur Verfügung.

Ja. Weil ich Angst hatte.

»Ich ... ich konnte einfach nicht. Er hat immer gesagt, dass meine Eltern, meine Mama furchtbar wütend und enttäuscht sein würde, wenn sie davon erfährt.« Ich versuche, die Angst zu konkretisieren.

»Und du hattest so große Angst, deine Mama zu enttäuschen, und obwohl du das für sie gemacht hast, hat sie dich nicht gesehen. Hat sie ihr kleines Mädchen nicht beschützt.«

Schon wieder kann ich nicht sprechen, die Tränen laufen, meine Wangen brennen. Ich wurde nicht von meiner Mama beschützt. Der Gedanke ist so schmerzhaft. Und doch wird mir in diesem Moment alles etwas klarer. Ich hatte Angst, meine Mama, meine Familie zu enttäuschen, ich habe unsere Familie, mich selbst beschützt und **deswegen** habe ich nicht Nein gesagt und niemandem etwas erzählt. Diese neue Perspektive ist so viel weicher, sie ist nicht so hart.

»Ich bin immer noch ein Mädchen, ich vermisse meine Mama ...« Ich schluchze, denn in dem Moment wird mir bewusst, wie sehr ich Mama vermisse. Sie hat vor Jahren den Kontakt abgebrochen, und weil ich gedacht habe, es würde an mir liegen, habe ich nie darüber gesprochen, aus Sorge, dass mir dann bestätigt werden würde, dass es tatsächlich an mir liegt.

Nun greife ich wieder zum Kaffee, den ich am Anfang des Gesprächs mit einem Taschentuch getauscht hatte. Ich halte mich an der Tasse fest und genieße diese lange Stille, die Pause. Ich trinke einen Schluck.

In dem Moment sagt Jenni: »Du fühlst dich nicht wie eine Frau.«

Es ist verrückt oder vielleicht auch üblich, es ist, als könnte sie meine Gedanken oder Gefühle lesen, weil sie genau im richtigen Moment mit der Beratung fortfährt. Die Tatsache, dass sie es nicht als Frage formuliert hat, löst sofort Gefühle in mir aus und ich sage: »Gar nicht. Überhaupt nicht! Ich bin so klein und schwach und abhängig, und das ist mir zuwider! Ich ekel mich vor mir selbst.« Ich bin selbst etwas erschrocken über die Härte des Tonfalls.

Doch statt mich zu maßregeln, verbalisiert Jenni den Tonfall und fasst den Inhalt zusammen: »Du verachtest deine Bedürftigkeit!«

Und plötzlich werde ich wütend. Ich erschrecke erneut, diesmal über die Wucht, die dieser Satz hat, ich fühle mich angegriffen und sage, schreie fast: »Ich bin nicht bedürftig!!! Ich bin seit sieben Jahren alleinerziehend, habe mein Studium alleine mit Kind und Bestnote abgeschlossen! Ich mache alles alleine. Ich leiste so viel und bitte selten um Hilfe! Ich bin nicht bedürftig!!!«

Ich schaue sie herausfordernd an, doch sie sitzt nach wie vor mit ihrer ganzen Körperhaltung mir zugewandt auf dem Sessel neben mir. Allerdings schaut sie nun von mir weg, blickt leicht nach oben, als würde sie über etwas nachdenken, bevor sie mich wieder anschaut und etwas vorsichtiger sagt: »Du bist so eine starke Frau und kämpfst schon dein ganzes Leben.«

»Ja!«, rufe ich aus und dann schluchze ich wieder und sage deutlich leiser: »Verdammt! Und keiner sieht es! Keiner sieht, was ich alles leiste!« Erschöpft lasse ich den Kopf hängen, das musste mal raus, wie gut es tut, sich mal nicht zusammenreißen zu müssen. Mal nicht drauf zu achten, was wohl angemessen oder richtig ist.

Sie schaut mich an, fast mütterlich, obwohl wir vermutlich im gleichen Alter sind. »Du bist so verzweifelt …« Sie hält kurz inne. »Nicht mal du selbst siehst, was du alles leistest.«

Ich werde wieder traurig, ruhiger. Sie hat recht. Ich sehe es nicht. Ich sehe mich nicht als die starke Frau, als die Alleinerziehende, die ihr Studium mit Bestnote abgeschlossen hat, als unabhängiger und selbstbewusster Mensch – im Gegenteil, ich sehe die überforderte Mama, das unsichere Mädchen. Und spreche meine Gedanken dann aus.

»Vermutlich fühle ich mich deswegen auch noch als Mädchen. Weil ich mich selbst gar nicht richtig sehe, nicht verstehe. Aber warum?«

Jenni zuckt nun selbst mit den Schultern, als kenne sie die Antwort auch nicht, kurz bin ich enttäuscht, aber dann stellt sie doch noch etwas zur Verfügung. »So durfte deine Kindheit vielleicht nicht enden? Du musst erst das starke Mädchen werden, bevor du eine Frau werden darfst?« Sie schaut mich an und mustert mein Gesicht, meine Reaktion. Ich denke kurz darüber nach und plötzlich lösen sich in meinem Kopf so viele Knoten. »Ja, genau! Genau deswegen.«

Und plötzlich denke ich darüber nach, wie gut das hier tut, bei ihr. Ausgerechnet bei einer Frau. Ich wäre beispielsweise niemals auf die Idee gekommen, eine Ärztin aufzusuchen. Ich teile den Gedanken.

»Weil du es Frauen nicht zutraust, kompetent zu sein?«, fragt Jenni mich dann.

Diese emotionale Ebene ist deutlich angenehmer, allerdings fühle ich mich kurz etwas komisch bei der Frage, sie ist mir unangenehm, denn so formuliert klingt es so abwertend – so frauenfeindlich. Ich versuche, meine Antwort nicht so groß werden zu lassen, und gehe auf den anderen Aspekt ein, der dabei mitschwingt. »Auch, aber es ist doch komisch, ich habe im Internet zu Missbrauch recherchiert und irgendwo stand etwas davon, dass man doch eher Männer prinzipiell ablehnt?«

Nun nickt sie und zuckt dann aber kurz mit den Schultern, bevor sie sagt: »Und vielleicht wolltest du korrigierende Erfahrungen mit Männern sammeln. Dein Papa ist ja auch ein Mann.«

Ich lächele und sage: »Das klingt viel schöner!«, doch dann mischt sich noch ein anderer Gedanke dazu, das Lächeln schwindet, ich sage – etwas sarkastisch: »Auch eine ›schöne‹ Erklärung, warum ich, seitdem ich denken kann, in Beziehungen stecke!« Ich schüttele den Kopf und schaue zu Boden.

»... und dich dafür schämst«. Die Art und Weise, wie sie das sagt, ist so ... anders. Sie spricht es einfach aus und ich höre keinerlei Wertung, als würde sie sagen: Die Blume ist grün. Du schämst dich dafür.

Ich nicke mit gesenktem Kopf. »Ja, ein bisschen. Vor allem, ich habe so vielen Männern das Herz gebrochen, ständig verliebe ich mich in irgendwen, und sobald ich das Gefühl habe, ich werde zurückgeliebt, nimmt mein Gefühl ab. Und wenn ich das Gefühl habe, nicht geliebt zu werden bin ich unglücklich.«

»Wie fühlt sich denn Liebe an?«, fragt sie ganz unvermittelt und neugierig, nicht provokant oder manipulativ, nicht so als hätte sie bereits eine Ahnung und würde nur darauf warten, dass ich die falsche Antwort gebe, um mich dann eines Besseren zu belehren. Sondern wirklich neugierig, interessiert.

Ich atme tief ein und überlege, dann sage ich: »Liebe ist ein tiefes Gefühl, ein großes Gefühl, ein aufregendes Gefühl. Ich weiß es nicht, es ist eine Mischung aus Vertrauen, Freundschaft, Anziehung und ein kleines bisschen Unsicherheit, ja, ich glaube, man darf sich nie so sicher sein.«

Ich schaue sie erwartungsvoll an, doch diesmal erwidert sie den Blick nicht, sondern schaut nach oben, überlegt, dann treffen sich unsere Blicke und sie sagt: »Das klingt anstrengend, wenn man sich nie so sicher sein kann.«

Ich muss lachen, so wie sie das sagt, klingt es, als wäre ihr das jetzt gerade in den Sinn gekommen.

»Ja, klar ist das anstrengend!«

Sie wiederholt meine Aussage als Frage. »Liebe ist anstrengend?«

Ich denke an Sebastian, ja, ich war glücklich, ja unsere Wochenenden waren toll und ja, es war auch anstrengend, weil ich immer das Gefühl hatte, ich muss diesem positiven Bild, das er von mir hatte, entsprechen. Dem positiven, unkompliziertem, fröhlichem und unbeschwertem Lebensstil entsprechen. Manchmal hatte ich beispielsweise Stress mit Lasse, hatte das Gefühl, als Mutter versagt zu haben, oder hatte Sehnsucht nach ihm, wenn Sebastian und ich zu zweit in einem Hotel waren und das Büfett voller kleiner Küchlein, Törtchen und exotischen Früchten war, dann dachte ich daran, wie sehr Lasse dieses Frühstück feiern würde, und hatte ihm gegenüber ein schlechtes Gewissen. In diesen Momenten traute ich mich nicht, mit Sebastian darüber zu reden, weil ich Sorge hatte, er würde das unattraktiv finden, er redete oft abwertend über Helikoptermütter und ich hatte Sorge, er würde dann auch abwertend über mich denken. Bei den Gesprächen über meinen Job war er immer so lösungsfokussiert, auch wenn ich manchmal nur Brass ablassen wollte, er hinterfragte meist, warum ich denn so fühlen würde, ob das vielleicht ein Thema sei, was ich habe. Er jedoch erzählte nie von seinen Themen, seinen Sorgen oder Problemen. Wenn er krank war, dann schrieb er mir zwar, dass er 'ne Grippe habe und die Nacht durchgefiebert habe, doch sobald ich ihm eine gute Besserung aussprach, schickte er mir ein Selfie vom Schreibtisch, mit 'nem Tee in der Hand, dass ihn so ein grippaler Effekt nicht umhaue. Was seinen Job anging, erzählte er immer nur von den Problemen seiner Angestellten und wie er diese Probleme löste. Kontakt zu seinem Vater hatte er keinen, aber ihm machte das nichts aus. Ihm machte eigentlich nie etwas aus, wodurch ich mich noch kleiner fühlte.

Dann dachte ich an Thomas. Thomas, mein Fels, der Panther, auch ihm ging es scheinbar immer gut, er nannte mich sogar »Kleine«, oder »Mogli«. Dadurch hatte ich bei ihm zwar die Erlaubnis, »schwach zu sein« und mich so bedürftig zu zeigen, wie ich zum Teil war, aber gleichzeitig hatte ich nie die Chance, auch mal für ihn da zu sein.

Dann kommt mir Fabian in den Sinn, rückblickend betrachtet war ich in unserer gemeinsamen Zeit ans Bett gefesselt und wurde gemästet, damit tue ich ihm sicher Unrecht, aber dieser Lebensstil passt so gar nicht zu meinem Aktionsmodus, also fügte ich mich auch dort ein, in die Rolle der Frau, die ihm gefallen würde.

Bei Tim spielte ich das Hausmütterchen, kochte, machte den Haushalt, probierte verschiedenste Sexpraktiken aus, die mir weder große Freude noch Befriedigung verschafften.

Und ich könnte noch ewig so weitermachen. All das erzähle ich Jenni und schließe ab mit der Antwort auf ihre Frage, warum Liebe anstrengend sei: »Also, ja! Voll, man muss ja ständig darauf achten, dem Anderen zu gefallen und ihn glücklich zu machen …« Ich stocke und denke an das Gespräch mit Thomas. »Ist Liebe nicht anstrengend?«

Unbeeindruckt von all dem, was ich getan habe, ohne explizit darum von den Männern gebeten worden zu sein, sagt sie nun: »Wir definieren Liebe oft so, wie wir es gelernt haben, aus unserer ersten Beziehung, aus unserer Beziehung zu den Eltern.«

Ich schüttele vehement den Kopf: »Meine Eltern haben mich geliebt! Vor allem mein Papa! Er hat alles für mich und uns getan!«

Auch diesmal fühlt sie sich nicht angegriffen davon, dass ich ihrer These widerspreche, sondern greift meine Worte auf und sagt: »Du bist sehr dankbar, dass du deinen Papa hast, oder? Und du möchtest nicht schlecht über ihn reden.«

Diesmal gefällt mir ihre Formulierung nicht, denn ich ahne, worauf das hinausläuft. »Ich kann auch nichts Schlechtes über ihn sagen!«, sage ich daher, um ihr ja keine Vorlage für ein Hinterfragen zu geben.

Doch ohne sich aus dem Konzept bringen zu lassen, falls sie überhaupt eins hat, spricht sie aus, wie es mir gerade geht. »Du fühlst dich fast ein bisschen angegriffen, oder?«

»Ja«, antworte ich ehrlich. Es ist erstaunlich, wie deeskalierend es ist, wenn man verstanden wird.

Nun zieht sie ihren Sessel, der neben mir steht, ein Stück zur Seite und dreht ihn in meine Richtung, sodass wir uns wieder eher gegenübersitzen, dann fragt sie: »Weil du eine schöne Kindheit hattest und das Gefühl hast, ich würde dich nach einem klassischen Muster therapieren oder deinen Eltern die Schuld geben?«

Ich nicke: »Irgendwie schon …«

»Und du willst ihnen nicht die Schuld geben, weil du irgendwie selbst Schuld hast?« Es klingt wie eine Fortsetzung ihres letzten Satzes, als hätte sie eine Ahnung, aber als wollte sie sich absichern, dass sie damit auch wirklich richtig liegt.

Ich nicke zaghaft, dann überlege ich kurz und sage, wie zu meiner eigenen Verteidigung: »So einfach ist das ja nicht. Es wäre unfair! Und ich kann ja nicht ihnen die Schuld geben, das würde ja auch nichts ändern und sie haben doch beide ihr Bestes getan!«

»Du hast so viel Verständnis für deine Eltern. Es geht gar nicht um Schuld, es geht darum, sich über gewisse Dinge bewusst zu werden, sie zu verstehen. Wer hat denn Verständnis für dich? Für das kleine Mädchen?«

Ich bin irgendwie froh, erleichtert, dass meine Eltern aus der Schusslinie sind. Gleichzeitig versuche ich, auf ihre Frage eine Antwort zu finden. Verständnis für mich? Ich zucke erschöpft und beschämt mit den Schultern.

»Wie fühltest du dich denn als Kind? Hattest du das Gefühl, bedingungslos geliebt zu werden? Wurdest du getröstet, wenn du traurig warst? Wurdest du verstanden?«

Ich denke an all die Situationen, in denen ich Angst hatte, jemanden zu enttäuschen, an die Situationen, in denen ich meiner Mama Aufgaben abgenommen habe. Daran, wie sie Mädchengespräche mit mir über Jungs führen wollte, und ich hatte das Gefühl, es mache sie glücklich, wenn ich endlich über einen Jungen reden würde. Ich hatte auch permanent ein schlechtes Gewissen meinem Papa gegenüber, er schlief im Wohnzimmer auf der Schlafcouch, während wir unser eigenes Zimmer hatten. Und dann sehe ich plötzlich das kleine Mädchen, mein jüngeres Ich, vor mir, ich habe eigentlich nur eine Fotografie von mir im Kopf und werde traurig, so furchtbar traurig. Denn sie hat recht. Ich habe auch damals schon für Liebe gekämpft, ich wollte meinem Papa keinen Kummer bereiten und habe versucht, ein braves Mädchen zu sein, meist fiel mir das leicht, aber … Obwohl, nein, ich hatte so große Angst, ihn zu enttäuschen, es fiel mir nicht leicht, aber ich war es gewohnt. Und auch bei Mama, ich kochte einmal etwas, was ich im Hauswirtschaftsunterricht gelernt hatte, und sie freute sich so sehr und war so stolz auf mich. Ich nahm mir vor, öfter zu kochen, um ihr eine Freude zu machen, bis ich irgendwann täglich kochte. Und das zog sich so durch. Ich versuchte immer wieder die Bedürfnisse und Wünsche Anderer anhand ihrer Mimik oder anhand von Erfahrungen zu lesen, und perfektionierte es, um jedem das zu geben, was er brauchte.

Ich fange erneut an, zu weinen.

»Was berührt dich gerade so?«, fragt Jenni daraufhin, und ich erzähle ihr davon, ich verspüre wieder dieses Mitgefühl für mich selbst.

Doch ganz plötzlich kommt das Gefühl der Scham wieder, dennoch spreche ich weiter. »Als ich zum ersten Mal meine Tage bekam und nicht wirklich wusste, was da passierte, stopfte ich am ersten Tag Toilettenpapier in mein Höschen, bevor ich meinem Papa sagte, was gerade los war. Ich hatte so große Angst, ihn damit zu belasten, denn er war ja ein Mann, und mir war es unangenehm, ihm zu sagen, dass ich da unten blutete, das war an einem Papa-Wochenende, und ich wollte aber ohnehin meiner Mama nicht Bescheid geben, weil ich Sorge hatte, dass sie sich freuen und mich nicht verstehen würde. Ich freute mich darüber jedenfalls nicht. Es war mir unangenehm. Mein Papa wollte dann mit mir Binden kaufen, wir standen im Edeka vor diesem Regal, und ich meinte, Slipeinlagen reichen, und ich weiß gar nicht, ob ich das sagte, weil ich es nicht besser wusste, oder, weil ich die Situation entschärfen wollte. So, als würde jemand nach einer Schusswunde alle mit den Worten beruhigen: »Alles gut, ein Pflaster reicht!« Und jetzt schäme ich mich so sehr. Dafür, dass ich so dumm war, so angepasst so bemitleidenswert. Mich nicht getraut habe, meinen Eltern zu sagen, was in mir vorging, obwohl sie doch da waren, mich liebten. Mich nicht getraut habe, ihnen zu sagen, was mir fehlte, was ich brauchte …«

»Wusstest du denn, was du brauchst?«, fragt sie, und ich schaue sie an, erst da fällt mir auf, dass ich ihr all das erzählt habe, ohne sie nur einmal anzuschauen. Sie sieht selbst etwas mitgenommen, oder, besser gesagt, berührt aus.

Ich schüttele den Kopf. Was ich brauche? »Ich brauche und brauchte eigentlich nie was …«, höre ich mich sagen.

»Nein?«, fragt sie und beugt sich nun nach vorn, in meine Richtung.

»Na ja, doch, aber, ich hätte es sicherlich bekommen, also als Kind«, sage ich schulterzuckend.

Sie schaut mich an, als würde sie darauf warten, dass ich noch was sage, aber jetzt gerade ist mein Kopf leer.

Dann fragt Jenni: »Wenn du an dich denkst, was fühlst du?«

Ich presse die Lippen aufeinander, das ist leicht, doch es auszusprechen, ist irgendwie schwerer als gedacht: »Verachtung.«

»Du verachtest dich?« Nun lehnt sie sich wieder zurück in ihren Sessel.

»Ja, ich war ein liebes Kind, ein liebes Mädchen, aber ich war auch oft traurig, und ganz ehrlich, wir waren ja zu dritt. Und mein Papa war sozusagen alleinerziehend und ich glaube, auch meine Mama hatte es nicht leicht«, sage ich recht nüchtern.

Sie nickt und sagt: »Und daher hast du dich zurückgenommen.«

»Ja. Wenn es Süßigkeiten gab, zum Beispiel auf einer Autofahrt oder abends, habe ich immer etwas aufgehoben, und wenn meine Geschwister nichts mehr hatten, habe ich mit ihnen geteilt.«

»Du hast immer so gut für andere Menschen gesorgt und hattest so viel Verständnis.«

»Ja …und was hat es mir genutzt? Wenn ich daran denke, wie ich mich angebiedert habe. Bemitleidenswert!«, sage ich, als hätte ich ihr Mitgefühl nicht verdient.

»Du hast immer versucht, dich um alle zu kümmern«, sagt sie nun, mit Nachdruck.

»Scheinbar nicht genug!«, weigere ich mich erneut gegen ihr Verständnis.

»Nein?« Sie hat eine Augenbraue nach oben gezogen und schaut mich irritiert und nun doch etwas verständnislos an.

»Um mich hat sich nie einer gekümmert!«, antworte ich als Erklärung, als würde die Anstrengung, der Input sozusagen, erst durch den Output sichtbar.

Doch anstatt meine Erklärung aufzugreifen, fragt sie nun, es klingt gar provokant: »Weil du es nicht wert warst?«

Ich schweige, das klingt so hart. Ich war doch ein kleines Mädchen. Wie kann sie so was sagen? Dann fragt sie mich: »Und deswegen verachtest du dich?«, und plötzlich sagt sie selbst etwas wütend: »Ist das nicht eigentlich furchtbar ungerecht?«

»Ja! JA, DAS IST ES!«, bricht es aus mir heraus. »Alle haben jetzt ihr tolles Leben! Dabei waren es meine Geschwister, die sich über mich lustig gemacht haben, weil ich zu dick war, zu schüchtern, keine Freunde hatte. Und ich habe immer gekämpft. Und wenn ich dann ’ne gute Note hatte, hieß es nur, ja, Marina fliegt das alles so zu! Keiner hat gewürdigt, was ich alles mache. Ich habe mit zwölf für alle gekocht, das war auch irgendwie selbstverständlich für alle.«

»Nicht mal du selbst hast dich gesehen. Und bei allem Verständnis für die Anderen hattest du bisher kein Verständnis für dich. Aber weißt du was? Ich verstehe dich. Ich sehe dich«, sagt sie, ihre Stimme ist weicher geworden, sie hat sich auf ihrem Sessel wieder nach vorn gebeugt und schaut mich an.

Die Wut wird sanfter, die Enttäuschung auch. Dafür werden meine Augen wieder feucht.

Ihre Gesichtszüge haben sich entspannt, sie lächelt und schaut mich liebevoll an. Es tut so gut, gesehen zu werden. Ich ziehe meine Knie hoch und fühle mich hier bei ihr zum ersten Mal wohl mit meiner Schwäche und Bedürftigkeit. Ich genieße es fast. Es ist so erleichternd und wohltuend.

Dann ergänzt sie: »Und wenn du beginnst, dich nun auch zu sehen, dann sind wir schon zwei.«

Ich schluchze leise auf, sie macht eine Pause und fragt dann: »Kannst du dich verstehen?«

Ich nicke mit dem Kopf und sage sehr leise, wie ein Geständnis, etwas, das ich zu lange mit mir herumgetragen habe und nun endlich laut aussprechen darf: »Es war so anstrengend. Ich durfte nie schwach sein. Ich musste auf alle aufpassen und ich habe alles versucht …«

Sie atmet nun selbst einmal tief ein und aus und fragt dann, obwohl ihr Lächeln verrät, dass sie die Antwort kennt: »Spürst du noch immer Verachtung?«

Ich schüttele den Kopf. »Ich spüre nur Traurigkeit. Unendliche Traurigkeit. Ich weiß gar nicht genau, warum ich immer das Gefühl hatte, besonders lieb sein zu müssen, um geliebt zu werden. Ich fühlte und fühle mich immer verantwortlich, wenn es jemandem nicht gut geht oder Hilfe gebraucht wird, es war und ist immer meine Aufgabe!«

Sie nickt, und sie sieht selbst etwas traurig oder berührt aus, während sie sagt: »Ja, du durftest nicht sein, wer du bist, du hast nicht gelernt, deine Bedürfnisse auszusprechen und einzufordern, und die Liebe war der Lohn für dein Verhalten.« Sie hält kurz inne, bevor sie fortfährt. »Liebe bekommt man nicht einfach so, da muss man schon einiges investieren, denn Liebe ist für dich kein sicheres Gefühl.«

»Ja. Sonst wäre es doch auch langweilig!«, stimme ich ihr voll und ganz zu. Doch statt zu lächeln, mich zu bestätigen, schaut sie mich besorgt an, dann fragt sie plötzlich: »Hast du schon mal geliebt?«

»Ja, oft. Mein Sohn ist meine größte Liebe!« Ich lächele bei dem Gedanken an ihn.

»Und was muss er tun für deine Liebe?«

»Nichts!« Ich schüttele mit dem Kopf und schaue sie mit zusammengekniffenen Augen an, bevor ich ergänze: »Was für eine doofe Frage!«

»Und was müssen die anderen Menschen tun, damit du liebst?«

Ich denke an Tim, an Sebastian, an Fabian und sogar an Paul, Lasses Papa. »Na ja, nichts. Also in einer Beziehung dann schon!« Ich mache eine kurze Pause, weil ich ja durchaus erwarte, dass die Männer etwas in die Beziehung investieren, es aber nur selten ausspreche und mich dann irgendwann unzufrieden trenne. Aber wenn ich es ausspreche, verlassen sie mich, wie Paul und Sebastian es getan haben. Aber das war gar nicht die Frage, sondern: Was müssen die Menschen tun, die ich liebe? Oder damit ich liebe?

Ich ergänze etwas kleinlaut: »Aber damit ich mich verliebe und jemanden liebe, muss niemand etwas tun. Im Idealfall hat der Mann kein Interesse an mir, sodass ich was tun muss!«

»Und damit fühlst du dich wohl?«

Ich presse die Lippen aufeinander und nicke. »Ja, komisch, oder?«

»Findest du?«, sagt Jenni dann ganz unvermittelt. Als sei das nicht komisch, sondern sehr nachvollziehbar.

»Ich habe das bisher nie hinterfragt. Aber es ist schon so, dass ich es jetzt auch nicht so aufregend oder schön finde, wenn da jemand wie ein angeschossenes Reh vor mir liegt und sagt: Nimm mich! Also von wegen Jagdinstinkt«, sage ich und denke an Thomas. Thomas, der irgendwie immer für mich da ist und wenn er mir zu nahe kommt, finde ich Gründe, um ihn von mir wegzustoßen.

»Also, wenn jemand nett zu dir ist, oder dich liebt, dann verliert er an Wert?«, fasst Jenni meine Worte zusammen, zumindest klingt es wie eine Zusammenfassung. Aber so formuliert auch ganz schön hart, dennoch spreche ich es aus: »Na ja, das ist doch dann langweilig.«

»Also muss es anstrengend und unsicher sein?« Sie hält inne, als würde es ihr selbst sehr schwerfallen, den nächsten Satz auszusprechen. Sie hält die Luft an, atmet langsam aus und schaut mir direkt in die Augen. »Dich zu lieben, mindert das den Wert der Liebe?«

Plötzlich wird mir etwas bewusst, und ich spreche es erschrocken aus. »Wie sehr ich mich selbst abwerte, ich bin DAS angeschossene Reh! Ich bin bemitleidenswert. Ich biedere mich auch heute noch an, so wie damals.«

Doch Jenni wirkt gar nicht so begeistert von meiner neuen Erkenntnis, sie hat die Augen zusammengekniffen, den Kopf schief gelegt und fragt, dabei klingt sie fast ein bisschen verzweifelt: »Warum wertest du dich so ab? Machst dich so klein? Nimmst auch heute noch all die Verantwortung auf dich?«

Ich zucke mit den Schultern und fühle mich ein bisschen vor den Kopf gestoßen. »Keine Ahnung.«

»Keine Ahnung?«

»Na ja, dann bin ich wenigstens vorbereitet!«, höre ich mich sagen und just in dem Moment wird mir klar, warum ich mich gerade so unwohl gefühlt habe, als sie meine Freude über meine ›Erkenntnis‹ nicht geteilt, sondern hinterfragt hat. Darauf war ich einerseits nicht vorbereitet gewesen und andererseits fühle ich mich am wohlsten, so paradox es klingt, wenn ich die Kontrolle, die Verantwortung habe. Ich bin lieber selbst schuld und auf Niederlagen oder Kritik lieber vorbereitet, also ergänze ich ehrlich und etwas schambehaftet, während ich zu Boden schaue: »Dann habe ich die Kontrolle. Wenn ich sage, ich bin bemitleidenswert, trifft es mich weniger hart, als wenn du mir das zu verstehen gibst.«

»Und Kontrolle ist für dich sehr wichtig.« Sie nickt.

»Voll!«

»Und Liebe ist unberechenbar, und daher versuchst du, sie zu kontrollieren, indem du dich kontrollierst, dich anpasst, kämpfst und dich anstrengst und auf dich auf mögliche Kränkungen vorbereitest, selbst wenn du damit etwas forcierst oder dich trennst, weil die Angst vor Ablehnung und Abweisung zu groß ist.« So fasst sie nun die letzten zehn Minuten zusammen.

»Ja. Und wenn mich jemand liebt, kann ich das nicht glauben oder ich fühle mich so furchtbar klein und abhängig, ich habe das Gefühl, mich dann zu verlieren. Obwohl, nein, es ist dann eher so, dass ich dem Mann unterstelle, mit ihm stimme was nicht, er würde doch jede nehmen, und dadurch wird mein Wert nicht größer. Das klingt so hässlich. Aber ich war früher eher immer die ›Freundin von …‹ und das hat dazu geführt, dass ich gesehen wurde.« In meinem Kopf herrscht Chaos, ich frage mich, wie viel Sinn das alles überhaupt ergibt, und schaue hilflos, mit hochgezogenen Augenbrauen und feuchten Augen, ohne jedoch nach dem Sinn zu fragen, zu Jenni.

Sie nickt, sagt dann: »Je größer die Anstrengung, desto größer der Wert.« Dann presst sie ihre Lippen aufeinander und beginnt, auf ihrer Unterlippe zu kauen.

»Ja, irgendwie schon.« Ich zucke mit den Schultern.

Jenni kaut noch eine Weile auf ihrer Unterlippe, es wirkt, als überlege sie, wie wir nun weitermachen können. Und das finde ich deutlich sympathischer als diese direkten Antworten, vielleicht habe ich auch ’ne komische Vorstellung von

Therapeuten und Beraterinnen? Dann ärgere ich mich, Beraterinnen sind weiblich und die »besser ausgebildeten« Therapeuten männlich, sogar in meinen Gedanken werte ich Frauen ab.

Jenni unterbricht meine Gedanken. »Hast du dich mal gefragt, was das Ziel ist, der Sinn?« Sie hält kurz inne und ergänzt dann in deutlich schnellerem Sprechtempo: »Je mehr ich verdiene, desto mehr kann ich mir leisten. Logisch«, bevor sie wieder leiser und deutlich ruhiger fragt: »Aber wonach sehnst du dich im Leben?«

Ich lächele, eine schöne Frage! »Zufriedenheit. Innere Ruhe. Ich möchte gesehen werden, und das, was die Menschen sehen, soll ihnen gefallen«, sage ich, es ist mir spontan so in den Sinn gekommen.

»Also lebst du für andere Menschen?«, fragt sie nun, es klingt fast provokant, aber ja, genau das habe ich wohl gesagt.

Ich senke den Blick und spüre einen leichten Kloß im Hals. »Wenn du das so sagst, klingt das ganz schön traurig.« Aber dann finde ich doch noch einen Ausweg, um mir nicht die Blöße geben zu müssen: »Nein, ich lebe nicht für Andere, aber Isolation ist ja auch nicht erstrebenswert.« Ich schaue sie dabei direkt an, vermutlich um einem erneuten Hinterfragen ihrerseits vorzubeugen. Wobei ich unsicher bin, ob sie **mich** hinterfragt oder ob sie mir vielleicht einfach spiegelt, was ich selbst hinterfrage.

Sie scheint es akzeptiert zu haben und ich frage mich, warum ich ihr plötzlich diese vermeintlich böse Absicht unterstelle. Liegt es daran, dass sie meine Strategie aufgedeckt hat? Den Wunsch nach Kontrolle und den Preis, den ich zahle, um alles, aber nur nicht abgelehnt zu werden?

Jenni hat mir wohl angesehen, dass ich in Gedanken gewesen bin, denn erst, als es in meinem Kopf ruhiger wird und sich unsere Blicke treffen, sagt sie: »Und du hast Angst, dich so zu zeigen, wie du bist? Weil du immer hinterfragst, ob das wohl okay ist? Hast immer diese Stimmen im Kopf, die fragen, was wohl erwartet wird?«

»Ja, und einfach Angst davor, noch mal so klein und schwach zu sein wie das kleine Mädchen, das benutzt wird. Angst, wieder ausgelacht zu werden. Abgelehnt zu werden.«

Ich denke an die kleine Marina, während mir vor einiger Zeit fast die Schamesröte ins Gesicht getrieben wurde, breitet sich jetzt vor allem dieses warme, wohltuende und dennoch traurige Gefühl in mir aus, Mitgefühl.

Ich erinnere mich an meine erste Klassenfahrt, ich hatte an dem Wochenende davor täglich ein paar Scheiben Brot in eine Plastik-Einkaufstüte gepackt, diese legte ich dann in die Reisetasche, als mein Papa mich fragte, was in der Tüte sei und reinsah, blickte er mich voller Unverständnis an. Ich schämte mich. Aber wenn ich heute daran denke, unterstelle ich mir keine komische oder böse Absicht, im Gegenteil, ich hatte scheinbar so große Not, Angst oder einen so großen Mangel, den ich versuchte, mit ein paar Scheiben Brot zu nähren. Wie traurig ist das bitte? Ich weine.

Statt zu antworten, erzähle ich ihr davon und weine nun noch mehr, ihre Reaktion, ihr weicher, mütterlicher Blick, das erlaubt mir irgendwie, mich selbst noch liebevoller zu sehen.

»Und davon gibt es noch viele Situationen, Momente, in denen du nicht gesehen, nicht verstanden, abgelehnt oder ungerecht behandelt wurdest?«

»Ja! Die Trauer weicht der Verärgerung: Ich werde ständig gefragt, ob ich dies oder jenes tun könne. Meine Freunde, meine Familie werten mein Liebesleben ab. Ich werde bemitleidet, weil ich alleinerziehend und angeblich überfordert sei. Irgendwie bin ich also trotzdem noch heute ausgeliefert und werde benutzt.«

Sie schaut nun auch verärgert. »Obwohl du diese Bedürftigkeit abgelegt hast, erfährst du Ablehnung. Und was noch viel schlimmer ist, du wirst noch immer nicht gesehen.«

Und dann denke ich an ihre Posts, das ist ja Lieblingssternenstaub, vor der ich hier sitze … Und ich sage, fast, als würde ich mich darüber freuen, dass ich ihr zeigen kann, dass ich ihre Posts gelesen habe: »Na ja, ich zeige mich ja auch nicht, ich sage ja auch nicht nein, ich lächle immer alles weg.«

Sie lässt sich von meinem Lächeln nicht beirren, sondern entgegnet nur traurig: »Du hast dich damals nicht getraut, dich zu zeigen, um Hilfe zu bitten oder deine Bedürfnisse einzufordern, und heute tust du es auch nicht.«

Mein Lächeln ist nun auch verschwunden. »Ich will einfach niemandem zur Last fallen.«

Jenni nickt mit zusammengepressten Lippen, bevor sie erklärt: »Weil du ganz genau weißt, wie anstrengend es ist, wenn man gefühlt die ganze Welt auf seinen Schultern trägt.«

O ja, denke ich, nicke jedoch nur.

»Und wertest du manchmal die Bedürftigkeit Anderer ab?«, fragt sie vorsichtig. Ich drehe meinen Kopf leicht zur Seite und mustere sie, war das eine Fangfrage? Mein Blick scheint Bände zu sprechen, sie lacht. »Es ist nicht schlimm, wenn du Ja sagst, und es ist auch keine Fangfrage oder so. Ich habe mich das gerade wirklich gefragt …«

Ich lache nun auch. »Ehrlich gesagt schon, also, wenn es denen wirklich schlecht geht, ist das okay …« Ich presse die Lippen verschämt aufeinander und sage dann ganz schnell: »Aber bei so Kleinigkeiten, da denke ich schon, boah, reiß dich doch mal zusammen!«

Jenni lächelt mich an, nickt langsam und sagt: »So, wie du dich immer zusammenreißen musst.«

Ich kneife die Augen zusammen: »Na ja, ja. Das ist ganz schön fies, oder?«, und verziehe mein Gesicht.

»Wem gegenüber?«, fragt sie neugierig.

Ich bin irritiert, das liegt doch auf der Hand. »Na, den Anderen gegenüber, sie können ja nichts dafür, dass sie so schwach sind.«

Sie nickt, dann hebt sie die rechte Hand hoch und sagt: »Einerseits sehnst du dich so sehr nach Hilfe, nach Unterstützung, nach Liebe, danach, dass andere Menschen deine Anstrengungen sehen, wertschätzen und«, nun hebt sie die andere Hand hoch, »andererseits wertest du genau diese ›bedürftigen Anteile‹ in dir so sehr ab, verachtest sie und möchtest niemandem zeigen, wie schwach du bist.« Jetzt schaut Jenni zwischen ihren beiden Händen zweimal hin und her.

»Aber …« Ich möchte widersprechen und tue es dann auch. »Ich schaffe das ja auch alles alleine, ich bin nicht schwach!«

»Dürftest du denn schwach sein, wenn du es wärst?«, fragt sie nun, die Hände noch oben, ihr Blick nun auf der linken Hand haftend, die für die Abwertung der eigenen Bedürftigkeit steht.

Ich starre einen Moment auf ihre Hand, diese Enttäuschung vom Anfang der Sitzung kommt wieder hoch, und mit ihr all die Situationen, in denen ich um Hilfe gebeten und sie nicht bekommen habe, all die Erinnerungen daran, in denen ich mich so sehr nach Trost und Liebe gesehnt habe. Die Erinnerungen daran, wie mir immer nur gesagt wurde, dass mir ja alles in den Schoß fällt, ich ein Glückskind sei. Ich weine wieder.

»Du hast recht, ich darf nicht schwach sein«, sage ich und schaue sie hilflos an. Plötzlich glitzert es auch in ihren Augen und sie fragt: »Wer hat dir das denn verboten?«

Ich zucke nur mit den Schultern: »Ich mir selbst.«

»Und warum?« Sie betont jede Silbe, wäre ihre Stimme gerade nicht so emotional, würde sie wie eine Lehrerin klingen, die gerade versucht, einem Schüler die richtige Antwort aus der Nase zu ziehen.

Direkt verspüre ich diesen Druck, diese Unsicherheit und sage vorsichtig: »Weil ich nicht mehr enttäuscht werden wollte.« Erst, als ich es ausgesprochen habe, verstehe ich mich langsam. Ich sehe mich ganz klar. Ich sehe mich als Kind, als Teenager, und empfinde keine Scham mehr, ich habe das Gefühl, *mich* zu fühlen. Ich lege meine Hand auf meine Brust, ziehe meine Knie hoch und kleine Tränen laufen über mein Gesicht, diesmal fühlt es sich fast zärtlich an, wie sie sich ihren Weg über meine Wangen bahnen. Ich schaue Jenni an und ziehe dabei die Nase hoch, wie ein Kleinkind, das den Sinn von Taschentüchern nicht begreift. Auch sie weint … und ich fühle mich nicht schuldig, sondern lasse ihr Mitgefühl zu. Dann sagt sie nickend, als würde sie verstehen: »Mitgefühl neutralisiert Scham.«

Ich lächele. »Eigentlich kann ich ganz schön stolz auf mich sein, oder?« Ich fühle mich wie ein kleines Mädchen, das seine Mama um Erlaubnis fragt.

Sie lacht, als hätte sie ein ähnliches Bild vor Augen und fragt: »Bist du es denn?«

»Ja!«, sage ich erleichtert. »Ich habe mir verboten, schwach zu sein, und dadurch wurde ich stark, und gleichzeitig habe ich Teile von mir abgewertet und versteckt, ich wollte mich eigentlich nur selbst beschützen. Wie dumm von mir!«

Bei der Antwort weicht das Lächeln von ihrem Gesicht und sie fragt: »Ist es denn dumm, sich zu beschützen?«

»Nein. Aber dadurch habe ich mir selbst so viel vorenthalten und so viele Menschen verletzt.« Bereits, während ich es ausspreche, fällt mir dieses Muster auf, mich selbst abzuwerten und die Verantwortung zu übernehmen, wie bei dem Schuldgefühl, dass ich ja nicht Nein gesagt habe. Aber sie hat es selbst gesagt, in einem Post auf Instagram: Das Herz denkt nicht, es fühlt.

»Hattest du denn eine Wahl?«, fragt sie nun und schaut mich direkt an. Ich denke an die ungeplante Schwangerschaft, an meine Chefin, wie sie meinte, ich hätte keine Wahl, und daran, wie sich doch alles gefügt hat …

»Man hat immer eine Wahl!«, erwidere ich überzeugt, ohne ihrem Blick auszuweichen.

»Ja?«, hinterfragt sie meine Aussage, und als ich nicht reagiere, sondern einfach den Blickkontakt halte, neigt Jenni den Kopf leicht zur Seite und fragt: »Hattest du als junges Mädchen eine Wahl? Warst du da nicht einfach zu klein? Du warst überfordert und niemand hat dir anscheinend den Raum gegeben, den du brauchtest, dir vermittelt, dass du geliebt wirst, dich gesehen und dir beigebracht, dass du genug bist, auch wenn niemand von dir profitiert.«

Sofort sehe ich mich als Kind, als Mädchen. Dieses warme Mitgefühl breitet sich aus, ich senke den Blick und lege meinen Arm tröstend um mich.

Jenni fährt fort. »Du hast dich der Situation angepasst, weil du Angst hattest. Nicht sicher warst. Du musstest lernen, die Bedürfnisse anderer Menschen zu erkennen, noch bevor sie diese aussprechen. Dadurch ist ein Ungleichgewicht entstanden. Du hast Menschen das gegeben, wonach du dich gesehnt hast. Das ist menschlich. Und als du kleiner warst, warst du darauf angewiesen, dass jemand deine Bedürfnisse stillt.«

Ich nicke zustimmend und traurig. Jenni atmet einmal tief ein und sagt dann, als koste sie das etwas Überwindung: »Jetzt könntest du das selbst, aber du hast nie gelernt, für dich zu sorgen, um Hilfe zu bitten, deine Bedürfnisse in den Vordergrund zu stellen.«

Bei dieser letzten Formulierung macht sich ein Widerstand in mir breit. Ich wehre mich gegen ihre Aussage mit den Worten: »Aber das ist doch egoistisch!«

Sie lächelt mich an, schüttelt vorsichtig mit dem Kopf und erklärt: »Ein Egoist glaubt, es sei nicht genug für alle da und nimmt, was er kriegen kann, ohne Rücksicht auf Verluste. Jemand, der sich selbst liebt, kennt seine Bedürfnisse, stillt sie. Er nimmt, was er braucht, und gibt, was er kann. Du gibst, ohne zu nehmen, und schämst dich für deinen Mangel, deine Sehnsucht, deine Bedürftigkeit.«

»Jemand, der sich selbst liebt?«, frage ich befremdlich und stimme ihr dann zu. »Also, ja. Ja, das tue ich. Aber wie komme ich da raus?« Ich fühle mich verzweifelt.

Sie lächelt mich erleichtert an, vermutlich ist sie froh, dass ich verstehe, und strahlt mich dann an mit den Worten: »Du bist doch schon dabei!«

Doch ich verstehe nicht, kneife die Augen zusammen und schaue sie fragend an. »Es gilt, korrigierende Erfahrungen zuzulassen, deine Erfahrungen waren sehr früh negativ konnotiert: Wenn du um Hilfe gebeten hast, wurde dir signalisiert, dass du anstrengend bist. Wenn du deine Bedürfnisse eingefordert hast, warst du zu viel, brauchtest zu viel. Wenn du stolz auf dich warst, wurdest du abgelehnt oder dir wurde signalisiert, dass es dazu keinen Grund gäbe, denn dir fliegt ja alles zu, und wenn du mal Nein gesagt und Grenzen gesetzt hast, dann wurde dir signalisiert, du seist egoistisch.« Sie hält kurz inne, als wollte sie sich vergewissern, dass ich das verstehe und ihr zustimme, also nicke ich, dennoch ist mir nicht klar, was damit gemeint ist. Was ich nun tun kann, was die Lösung ist. Als stünden mir meine Gedanken auf der Stirn geschrieben, fährt sie fort: »Daher hast du so sehr gegen dich selbst gekämpft und dir wurde so viel vorenthalten. Diese Erfahrungen können korrigiert werden und wurden sie bereits: Du bittest deine Freundin um Hilfe, sie kommt. Es ist nämlich auch schön, für andere Menschen da zu sein, es ist nicht immer nur anstrengend.«

Ich denke an Linda und ein Lächeln huscht über mein Gesicht. Es stimmt, wenn ich für meinen Papa oder meinem Freund etwas koche, dann freue ich mich darüber, und wenn Linda mich um Hilfe bittet, dann habe ich das Gefühl, gebraucht zu werden, wichtig zu sein. Das ist auch schön. Und ich spreche meine Gedanken aus, auch, um zu signalisieren, dass ich verstehe und wirklich begreife, was sie sagt.

Sie nickt und lächelt und erklärt: »Wenn du dich verstehst, kannst du dich akzeptieren. Eines der berühmtesten Zitate von Carl Rogers lautet: ›Das merkwürdige Paradoxon [ist, dass,] wenn ich mich so akzeptiere, wie ich bin, dann ändere ich mich‹[2]«

»Aber es gibt so viel, was ich nicht akzeptieren kann und nicht akzeptieren will! Ich will nicht die Alleinerziehende sein, die missbraucht wurde und sich selbst nicht mag!« Wenn Akzeptanz dafür die Lösung ist, dann ist es unmöglich, denke ich, und von der soeben aufgekeimten Erleichterung ist kaum mehr etwas übrig.

»Und es klingt so hart,«, sagt Jenni vorsichtig. »Aber du bist alleinerziehend.« Das zu hören, die Wahrheit zu hören, tut weh, als sei ihr das durchaus bewusst, macht sie eine längere Pause, bevor sie mich mit dem nächsten Satz erneut trifft: »Du wurdest missbraucht.«

Ich würde mir gern die Ohren zuhalten oder einfach gehen. Ich will das nicht hören. Es ist doch schlimm genug, dass es so ist, warum konfrontiert sie mich jetzt damit? Ich verschränke meine Arme und schaue zur Seite. Doch sie setzt erneut an: »Und du wertest viele Aspekte von dir selbst ab. Und dennoch bist du so viel mehr. Die liebevolle Mama, die sich reflektiert! Die gute Freundin. Die starke, unabhängige Frau.«

Jetzt weine ich schon wieder.

Jenni macht erneut eine Pause und als ich sie wieder anblicke, erklärt sie: »Viele Menschen haben Angst vor der Akzeptanz, weil sie glauben, wenn sie etwas akzeptieren, müssten sie es gutheißen, und dann bleibt es so. Dabei ist das Gegenteil der Fall. Ich akzeptiere, dass ich alleinerziehend bin, das ist anstrengend, und ich akzeptiere auch, dass ich manchmal überfordert bin, weil ich weiß, dass ich so viel mehr leisten muss und so viel mehr Verantwortung trage. Wir haben so viel mehr Kapazität, wenn wir uns nicht mehr gegen diese vermeintlich negativen Anteile wehren müssen, sondern wenn sie

2 Rogers, Carl R. (1973): Entwicklung der Persönlichkeit: Psychotherapie aus der Sicht eines Therapeuten, S.33

da sein dürfen. Wenn wir akzeptieren, dass wir nicht alles alleine schaffen, können wir um Hilfe bitten. Wenn wir es nicht akzeptieren und uns dagegen wehren, verbieten wir uns, um Hilfe zu bitten, und bekommen erst recht keine Unterstützung.« Sie hält kurz inne. »Wenn wir etwas verstehen, können wir es annehmen, akzeptieren und sogar loslassen – sofern uns das dann noch immer wichtig ist. Wenn wir etwas nicht haben wollen, nicht annehmen und es verstecken, können wir es auch nicht loslassen.«

Loslassen. Das Wort löst direkt Erleichterung aus und ich schlussfolgere: »Und dann kann ich mich selbst lieben, wenn ich das geschafft habe?«

Jetzt lächelt sie. »Du darfst dich jetzt sofort selbst lieben! Du bist liebenswert. Selbstliebe bedeutet nicht, dass du perfekt sein musst. Mir fällt direkt noch ein Zitat von Carl Rogers ein: ›Es ist für mich einfacher geworden, mich als einen entschieden unvollkommenen Menschen zu akzeptieren, der keinesfalls zu jeder Zeit so handelt, wie ich handeln möchte.‹[3]«

Das klingt so befreiend und so leicht. Ich lächele und Jenni fühlt sich ermutigt, fortzufahren. »Viele arbeiten so hart an sich selbst, versuchen, sich zu optimieren, um sich endlich selbst lieben zu können. Aber Selbstliebe bedeutet eben genau wie Liebe vor allem eins: Akzeptanz. Du liebst deinen Sohn, auch wenn er gerade vielleicht nervig oder anstrengend ist, wenn er ein Glas umschüttet oder nicht tut, was du von ihm verlangst. Du liebst ihn auch dann, wenn er mal nicht«, nun hebt sie ihre Hände und setzt das folgende Wort mit ihren Fingern in Anführungszeichen, »funktioniert, sich selbst im Weg steht, oder?«

»Ja natürlich«, sage ich zustimmend und lächele bei dem Gedanken an Lasse.

3 Rogers, Carl R. (1973): Entwicklung der Persönlichkeit: Psychotherapie aus der Sicht eines Therapeuten, S.33

»Selbstliebe bedeutet Selbstakzeptanz, du kannst Teile von dir immer noch doof oder anstrengend finden, aber wenn du dich selbst liebst, verlangst du keine Perfektion von dir, ebensowenig, wie du sie von deinem Sohn verlangst, oder von anderen Menschen. Du wirst sanfter mit dir selbst. Die Härte verschwindet, weil du weißt, was du kannst, und was es noch zu lernen gilt.«

»Das ist ein schöner Gedanke«, sage ich hoffnungsvoll.

»Liebe ist ein sehr sicheres Gefühl. Liebe ist nicht an Perfektion oder Profit geknüpft, Anerkennung ist es vielleicht, aber Anerkennung ist nicht Liebe, das wird oft verwechselt. Verliebt zu sein, ist eine Nahtoderfahrung, wenn man so will. Das Gefühl des Verliebtseins ist auf Dauer anstrengend, weil es so unsicher ist, so aufregend, dieser Zustand verlangt somit ganz viel Nähe, um die Bindung aufzubauen. Verliebte wollen ständig beieinander sein. Und irgendwann wird Dopamin, ein aufregendes Glückshormon, durch Oxytocin ersetzt, ein eher ruhiges Glückshormon, das Kuschel- oder auch Bindungshormon. Das sorgt für Geborgenheit, Sicherheit, Vertrauen.«

Ich kneife meine Augen zusammen: »Liebe fühlt sich sicher an?«, frage ich ungläubig.

Statt einer direkten Antwort, lächelt sie mich an und legt den Kopf schief. »Was wäre dann anders?«

Ich traue mich kaum, mich zu bewegen, ich will nicht denken, ich blicke ins Leere, in meinem Kopf wiederhole ich die Worte: »Was wäre, wenn sich Liebe sicher anfühlen würde?« Auf einmal breitet sich wieder ein wohliges Gefühl in mir aus. Ein warmes Gefühl. Ich muss lächeln und in dem Moment, in dem meine Mundwinkel nach oben gehen, werden meine Augen erneut feucht. Ich fühle mich so leicht und befreit und antworte: »Alles!«

»Der Mangel an Verletzlichkeit ist ansteckend.«

Lieblingssternenstaub

Epilog

Ich sitze hier an meinem Schreibtisch, vor meinem Roman, und mir kommt immer nur der Beginn von Nicholas Sparks' Bestseller »Wie ein einziger Tag« in den Sinn, der davon schreibt, dass er nichts Tolles ist oder erlebt hat, aber eben die Liebe gefunden hat und sich fragt wie die Geschichte endet und das Gefühl, das kenne ich gut.

Ob es mein Agent merken würde?

Jahrelang habe ich bei der Lokalzeitung gearbeitet und nebenbei Stücke fürs Theater »Narrenschiff« geschrieben, bis plötzlich jemand auf mich aufmerksam wurde, nachdem Florian und Sarina aus dem Narrenschiff mit einem meiner Zwei-Personen-Stücke auf Tour gegangen waren. Es ging irgendwie ganz schnell, plötzlich hatte ich einen Agenten und nach kürzester Zeit unverhältnismäßig viel Geld auf dem Girokonto. Also, gemessen daran, was ein Autor üblicherweise so verdient, beziehungsweise gemessen daran, was ich sonst damit verdient habe. Die Summe machte es, meine sechsunddreißig Skripte wurden nun großen Theaterhäusern, aber auch Kleinkünstlern zur Verfügung gestellt, die Tantiemen lagen zwischen sieben und vierhundert Euro, je nach Kapazität und verkauften Tickets pro Abend. Ein Skript wurde sogar als Drehbuch für eine Serie angefragt.

Ich kündigte meinen Job bei der Zeitung und erzählte meinem Agenten von meiner Romanfantasie. Da er aktuell recht viel Geld mit mir verdiente, war er sehr wohlwollend, vielleicht war er sogar in der Tat so begeistert, wie er schien. Er bat mich um ein Exposé und handelte damit einen kleinen Vorschuss beim Verlag aus, der eben nicht nur Theaterskripte verlegte, sondern auch Romane im Repertoire hatte.

Und nun sitze ich hier, der Plot steht, es handelt von einem Mann, einem alten Kauz, Schriftsteller, der sein Leben in absoluter Einsamkeit verbringt. Er hat keine Freunde und keine Familie. Er sitzt regelmäßig in verschiedenen Cafés und beobachtet dort Menschen, diese Beobachtungen werden zu Kurzgeschichten, die dann in dieser »bekannten« Zeitschrift als Blog erscheinen, er ist ein bisschen wie ein regionaler Banksy. Niemand weiß, wie er aussieht, aber jede Woche erscheint ein neuer Beitrag, in dem sich immer ganz viele wiedererkennen und sich dann fragen, ob er sie wohl beobachtet hat.

Mein Agent und der Verlag fanden es gut, ich glaube, beide hoffen auf so eine Mischung aus »Komm, ich erzähl dir eine Geschichte« von Jorge Bucay, gepaart mit meinem Talent für witzige und doch tiefgründige Pointen.

Und ich sitze hier und das Einzige, was mir einfällt, ist der Anfang von »Wie ein einziger Tag«, das Buch ihres ehemaligen Lieblingsautors. Marina.

Wir haben uns nach dem Abend bei ihr auf dem Balkon nicht wiedergesehen. Ich weiß nicht, ob sie mit diesem Sebastian ein Haus gekauft hat, oder wie es ihr geht. Als ich mich an diesem Abend verabschiedete, wusste ich, dass ich sie nicht wiedersehen kann. Denn während wir da so saßen, fast stritten, war ich nicht ehrlich zu ihr, ich tat ihr nicht gut und ihre Worte verletzten mich. Ihre Frage, was ich für sie empfand, oder was ich davon hätte, mich mit ihr zu treffen, war absolut berechtigt. Doch ich tat so, als wäre sie diejenige mit der komischen Ansicht. Ich re-

flektierte noch lange über diesen Abend. Ich mochte mich und meine Entwicklung nicht. Als dann, recht kurz danach, mein Agent in mein Leben trat, zog ich nach Dortmund. Ja, ich wäre gern weiter weggezogen, aber ich wollte meine Familie nicht zurücklassen.

Ich blieb dem Theater erhalten, allerdings verschwand Marinas Foto aus der Ensemble-Galerie, ich fragte nicht, warum, und Stefan erzählte es mir nicht. Vermutlich als Entschuldigung für die Besetzung in »Der Widerspenstigen Zähmung«.

Es ist schon spät, ich überlege, heute etwas früher schlafen zu gehen, in der Hoffnung, dass ich morgen etwas kreativer bin, vielleicht lese ich noch ein bisschen in Bucays Buch, denke ich und muss schmunzeln. Ich gehe in die Küche, und während ich meine Filterkaffeemaschine vorbereite, überkommt mich diese vertraute Vorfreude auf den ersten Kaffee am Morgen. Während ein Lächeln über mein Gesicht huscht, schalte ich die Maschine ein. Mist. Vielleicht ein Zeichen? Marina. Wie viele Dinge ich doch von ihr übernommen habe. Ich erinnere mich noch gut an die vielen vermeintlich eindeutigen Zeichen, die sie immer genutzt hat, um ihre abstrusen Handlungen und Ideen zu rechtfertigen.

Während sich der Raum mit frischem Kaffeeduft füllt, gehe ich zurück zum Schreibtisch, vielleicht habe ich nun den Anfang gefunden: die Vorfreude am Abend auf den Kaffee am Morgen. Plötzlich ist meine Blockade gelöst, ich schreibe und höre erst spät in der Nacht auf, als der Kaffee längst leer ist und mir am Schreibtisch die Augen zufallen.

Als ich am nächsten Morgen, der eigentlich ein Mittag ist, meine Augen aufschlage, erschrecke ich, noch immer hat mein Körper die Dienstzeiten der Zeitung verinnerlicht. Obwohl es nun gut ein Jahr her ist, als ich dort meinen Stift habe fallenlassen. Als mir einfällt, dass ich jetzt ganz offiziell Schriftsteller bin, breitet sich ein wohliges Gefühl in mir aus. Ich stehe auf, mache Kaffee und gehe wie jeden Mittag zum Briefkasten, in dem mich meist eher freudige Nachrichten erwarten: Tantiemenabrechnungen, Anfragen und Einladungen zu Theaterstücken, die aus meiner Feder stammen.

Ein brauner dicker Umschlag steckt im Schlitz. Ich ziehe ihn raus und erkenne Marinas Handschrift. Für einen kurzen Moment steht meine Welt still. Ohne den Briefkasten zu öffnen und nach weiterer Post zu schauen, gehe ich zurück in meine Wohnung. Lege den Umschlag auf den Küchentisch und schaue ihn an, während ich den ersten Kaffee trinke. Ich fühle mich ein bisschen wie Schrödinger, als sei die Katze tot, sobald ich den Umschlag öffne, daher möchte ich kein Risiko eingehen. Die Katze steht für Hoffnung, klar, aber was hoffe ich eigentlich?

Das werde ich wohl erst erfahren, wenn ich den Umschlag öffne und sich entweder Enttäuschung oder Freude breitmachen. Ich atme einmal tief durch, nehme den Umschlag und versuche vorsichtig, den Klebestreifen abzuziehen, dabei bemerke ich, wie meine Hände zittern.

Es ist ein dickes, geheftetes Manuskript und ein mehrseitiger Brief. Ich lege das Manuskript beiseite und beginne mit dem Brief.

Lieber Thomas,
ich gratuliere Dir zu Deinem neuen Status als Schriftsteller, die alte Marina, oder eher ein Teil von mir, den Du sehr gut kennst, möchte Dich fragen, was Du von ihrem Manuskript hältst und Dich bitten, es zu lektorieren. Mittlerweile gibt es noch einen weiteren Teil in mir, einen Teil, den ich erst spät kennenlernen durfte.
Du kennst mich als das quirlige, fröhliche, selbstbewusste, starke und naive oder mutige Mädchen und als das schwache, bedürftige Mädchen. Ja, ich weiß, Du würdest mich jetzt gerne korrigieren und Mädchen durch Frau ersetzen und mir Deine Metapher des imposanten Schlosses anbieten.

Ich muss schmunzeln, wie gut sie mich doch kennt. Außerdem fühle ich mich geehrt, sie weiß offenbar von meinem Erfolg, und da ich kein Promi bin und die Menschen selten den Autor ihrer Lieblingsserie oder eines Theaterstückes kennen, es sei denn, es ist von Shakespeare, hat sie entweder mal nach mir gegoogelt oder jemanden vom Theater nach mir gefragt.

Nach unserer letzten Begegnung ist, wie ich es heute formuliere, ein Trauma aufgebrochen. Ich wurde als Kind missbraucht

O mein Gott. O nein. Ich verspüre plötzlich einen wahnsinnig großen Druck auf der Brust. Ich … Marina? Marina wurde missbraucht? Nun überkommt mich eine Wut, begleitet von einem Gefühl der Hilflosigkeit, gar Ohnmacht. Ich möchte direkt zu ihr, zu ihm … Da merke ich, dass ich die Luft noch immer angehalten habe, ich atme aus und starre auf die Zeilen. Irgendwann, als ich mich wieder etwas gefasst habe, lese ich weiter.

und es war nicht nur das, sondern auch in den Jahren davor haben sich Glaubenssätze verfestigt, die es dem Täter sehr leicht gemacht haben, mich zu missbrauchen. Ich habe mir Hilfe gesucht und mein Trauma aufgearbeitet.
Ich wollte nicht erwachsen werden, ich hatte lange diese Vorstellung des kleinen Prinzen, dass die großen Leute, mich nicht verstehen, weil ihnen die unwichtigen Dinge so viel wichtiger erscheinen als die wirklich wichtigen Dinge: das Leben. Erinnerst Du Dich? Du hattest mir das Buch damals geschenkt?
Aber mich hielt auch noch etwas anderes ab. Die kleine Marina, die als Kind so anders war, als ich sein wollte. Wie oft hatte ich dieses Schamgefühl, weil ich nicht so war wie die Anderen. Mit siebzehn schaffte ich es endlich, die kleine Marina hinter mir zu lassen. Wir lernten uns kennen. Ich wurde nicht

»erwachsen«, sondern ich wurde zu dem Mädchen, dass ich immer sein wollte. Das starke, selbstbewusste Mädchen, dem so viel Leid hätte erspart bleiben, können, wenn sie schon als Kind so gewesen wäre.
In meinen Zwanzigern war ich also ein Mädchen, wenn mich jemand als Frau bezeichnet hat, war das so befremdlich für mich. Ich hielt so fest an diesem starken Mädchen und hatte Angst vor mir selbst: Angst, mich zu verlieren.
Angst vor der Schwäche und Überforderung, die womöglich mit dem »Erwachsensein« eintreffen würden. Also wurde ich nicht erwachsen, blieb das Mädchen, die Schwäche und die Überforderung traten dennoch ein! Und wieder schämte ich mich dafür, wieder fühlte ich mich wie die kleine Marina: ausgeliefert. Von dieser Welt ungerecht behandelt. Bedürftig.
Heute sind die kleine Marina und auch das starke Mädchen erwachsen. Es war nicht die Verantwortung, vor der ich Angst hatte. Es war die Angst davor, zu versagen, als Frau. Den Anforderungen nicht gerecht zu werden.
Und mir wurde bewusst: Verantwortung ist nicht per se schlecht. Sie ist es nur dann, wenn man versucht, die Verantwortung für alle zu tragen, denn dann ist man ausgeliefert.
Aber wenn ich die Verantwortung für mich trage und dann überfordert bin, muss ich mich nicht schämen, sondern kann mir selbst Mitgefühl aussprechen - ich bin erwachsen und frei.
Zunächst dachte ich selbst, wie schade, doch das signalisiert ja, dass es schlecht ist, erwachsen zu sein. Aber das Konzept »erwachsen« ist für mich mittlerweile vor allem mit Wachstum verknüpft. Wenn ich heute schwach bin, dann bin ich schwach, aber daran gebe ich nicht meinem inneren (Schatten)kind die Schuld. Es ist okay. Ich bin er–wachsen. Gewachsen. Etwas Schönes ist entstanden, bei dem ich Schwere und Leichtigkeit und auch Leid und Freude empfinden, akzeptieren kann.

Wenn ich heute über meinen Missbrauch rede, erfahre ich oft - vermutlich tröstend - gemeinte Worte, dass es mich stark gemacht habe, oder Ähnliches. Doch mir ist es zuwider: Ich will nicht versuchen, dem Leid etwas Positives abzugewinnen. Nope, es war furchtbar und das Leid gehört zu mir. Ich will mir nicht mehr schönreden, wie stark ich doch geworden bin durch mein Leid oder trotz des Leids. Daran war nichts gut. Nichts schön. Und dennoch ist es okay. Das war so. Und ich möchte nichts mehr von mir und meinen Erfahrungen missen. Dafür muss ich ihnen nichts Positives abgewinnen.
Dem Leid etwas Gutes abzugewinnen, schürt das Missverständnis, dass man es, um es zu akzeptieren, gut finden muss. Aber es gibt Dinge, die sind nicht gut, dennoch muss man sie hinnehmen. Das fühlt sich ohne Akzeptanz aber an wie Resignation. Und Resignation führte, zumindest bei mir, oft zu Frust und Verbitterung.

Und wenn ich »erwachsen« mit Stärke, Schutz und Fürsorge verbinde, mache ich mich selbst so furchtbar klein, sobald ich mal schwach bin.
Warum erzähle ich Dir das so ausführlich?

Nun muss ich schmunzeln, denn die Frage hat sich mir bei Marina nie gestellt. Ich habe es immer sehr genossen, wenn sie von sich erzählt hat. Und auch ihren sehr ausführlichen Schilderungen konnte ich immer etwas Positives abgewinnen.

Nun ja, erinnerst Du Dich noch, als Du mich damals, ganz früher, gerne Mogli genannt hast und selbst der Panther warst? Wir waren nie auf Augenhöhe und haben es nie erkannt, obwohl wir in dieser Analogie genau das beschrieben haben, was wir waren. Du der große, starke, ausgewachsene Beschützer, und ich das kleine, dumme Mädchen.

Du meintest mal zu mir, dass sich Liebe sicher anfühlt und kein Kampf ist. Doch ich habe gelernt, dass Liebe unsicher ist - unberechenbar. Also kämpfte ich immer und strengte mich an, so sehr, dass ich rasch unzufrieden wurde, weil ich trotz größter Anstrengung nie meinen Mangel an bedingungsloser Liebe aus der Kindheit ausgleichen konnte. Also verließ ich die Männer rasch wieder und gab ihnen die Schuld.
Die Unberechenbarkeit der Liebe, dieses unsichere Gefühl, war meist dann am größten, wenn ich mich besonders viel anstrengen musste, daher »verliebte« ich mich wohl auch eher in die Männer, die mir nicht von vornherein verfallen waren.

Bei Dir war das anders. Deine Liebe glich regelmäßig diesen Mangel aus, aber ich musste mich nicht anstrengen, nicht verstellen und anpassen, also fühlte sich das, was ich für Dich fühlte, nicht aufregend an, nicht unberechenbar. Und wenn Liebe nicht unberechenbar, nicht unsicher ist, dann war es für mich keine Liebe.

Ein Dilemma, voller Widersprüche, ich bin unsicher, ob meine Ausführungen verständlich sind. Gleichzeitig habe ich mich neben Dir oft klein gefühlt, vielleicht, weil ich es einfach war? Vielleicht, weil Du es nicht warst?

Als ich dieses Muster erkannte, wollte ich Dich direkt anrufen, nach meinem ersten Termin in der Beratungspraxis ging ich raus und tat es auch. Doch Du gingst nicht ans Telefon. Zum Glück, denn ich war mal wieder zu schnell. Die rationale Erkenntnis allein reicht nicht, um zu fühlen. Ich konnte nicht einfach mit Dir zusammenkommen und mir sagen, dass das echte Liebe ist. Und in den Tagen und Wochen danach wurde mir langsam bewusst, was ich Dir angetan habe. Ich bin unsicher, ob es stimmt, wie es Dir geht, aber ich habe vor allem **genommen**, und mein Verhalten hat Dich vielleicht angesteckt. Vielleicht habe ich meinen Glaubenssatz »Ich bin nicht gut genug, ich bin nicht liebenswert, wenn keine Anderen von mir profitieren« weitergegeben. Dich damit angesteckt. Vielleicht nicht. Dennoch möchte ich Dir sagen, dass es mir leidtut.

Dieser Brief soll kein Neuanfang sein, ich möchte Dichx hiermit nicht zurückgewinnen, sondern Dir Dankbarkeit aussprechen. Ich habe angefangen, ein Buch zu schreiben, also, das habe ich ja schon des Öfteren, und dabei immer den Fokus auf das Ende gelegt. Mein Muster, eher in der Zukunft zu leben, Sicherheit durch Kontrolle sozusagen. Und jede Abweichung von meinen Plänen hat mir Angst gemacht. Nun habe ich ein Ende, ja, sogar ein ganzes Buch. Es ist meine Geschichte, ausgeschmückt mit Fantasie und Fiktion. Und dieser bedürftige Teil in mir, der ist weiterhin ein Teil von mir, und daher möchte ich Dich nun tatsächlich fragen, ob Du es lesen würdest.
Marina

Puh. Auf einmal werde ich wütend. Nicht auf Marina, sondern aufs Leben. Und gleichzeitig breitet sich Neid in mir aus, ein Gefühl, das mir sonst eher fremd gewesen ist – oder ein Gefühl, dass ich mir nie erlaubt habe? Da liegt nun dieses fertige Romanmanuskript auf meinem Küchentisch, während ich nicht einmal sicher bin, wie ich meinen Plot mit Inhalt füllen soll. Und da ist dieser Brief, von dieser Frau, von Marina.

Die Zeilen machen etwas mit mir, ich sehe diesen Panther und Mogli, und auf einmal schäme ich mich. Auch wenn Marina in ihrem Brief von Dankbarkeit spricht, so bin ich es gewesen, der sie Mogli genannt und mir die Rolle des Panthers zugesprochen hat. Bei all dem Leid und dem Herzschmerz habe ich mich immer über sie gestellt und es genossen, das Bild des starken, furchtlosen Retters zu bedienen, und ich genieße nun dieses pathetische

Bild des alten, isolierten Kauzes, der so verletzt wurde, dass er sich in einer alten Burgruine verschanzt und niemanden sehen will. Wie viel Marina steckt eigentlich in mir? Sie hat die Mauern ihres imposanten Schlosses niedergerissen, während ich in eine alte Burgruine eingezogen bin.

Ich setze erneut Kaffee auf, dusche, während er durchläuft, vermutlich, um mich irgendwie von diesen Gedanken zu befreien, dann beginne ich, bewaffnet mit Kaffee, das Manuskript zu lesen, sie hat sich nicht einmal die Mühe gemacht, unsere Namen zu ändern.

Es beginnt an ihrem dreißigsten Geburtstag. Ich lese es, es fesselt mich wie ein wirklich guter Psychothriller, obwohl es so gar nicht mein Genre ist – logisch, passt ja auch nicht zu so 'nem einsamen alten Kauz. Es ist sicherlich kein literarisches Meisterwerk, aber es ist so echt, so ehrlich und so lebendig. Ich fühle so sehr mit Marina und vergesse vollkommen meinen eigenen Schmerz. Das Buch hat definitiv den Katharsiseffekt. Beim Mikropenis muss ich lachen und frage mich, ob es sich wirklich so abgespielt hat, oder ob es sich hierbei um die Rache Marinas handelt. Ich erfahre, was danach passiert ist, und fühle mich dann doch immer mal wieder ertappt und unwohl bei ihrer übertrieben guten Darstellung meiner Person. Das Buch endet mit der Erkenntnis, dass sich Liebe sicher anfühlt und dass sich dadurch alles ändert. Ich habe Tränen in den Augen und habe einige Pausen beim letzten Kapitel machen müssen, doch nun empfinde ich Stolz.

Ohne groß drüber nachzudenken, schreibe ich einen Prolog, und gehe all die Szenen durch, in denen ich vorkomme, auch wenn der grobe Plot des Buches durchaus stimmt, sind die Details und Gegebenheiten entweder maßlos übertrieben oder tatsächlich einfach Fiktion, ich muss es schließlich wissen, ich bin ihr aktuell ehemals bester Freund. Und dennoch fällt es mir sehr leicht, mich auch in die Situationen, die es nie gab, hineinzuversetzen, und ich ergänze meine Gedanken am PC. Am nächsten Morgen gehe ich alles noch mal durch, drucke es aus und schiebe meine Seiten zwischen ihre, bevor ich alles in den braunen Umschlag stecke.

Es ist ein Samstag in einer ungeraden Kalenderwoche, und seitdem sie Lasse hat, sind es immer die ungeraden Wochen, in denen sie ein kinderfreies Wochenende hat. Also beschließe ich, zu ihr zu fahren, die Idee hätte von Marina sein können, so undurchdacht, wie sie ist. Wie hat Marina sich wohl verändert? Sie schrieb von dieser alten Marina, die ich persönlich sehr mochte. Ist die neue Marina nun organisiert und strotzt nur so vor Selbstliebe? Plötzlich schäme ich mich für diesen Gedanken, versuche ich, ihre Entwicklung gerade abzuwerten, weil mir die Rolle des Panthers so gut gefällt? Habe ich Angst vor dem, was mich erwarten würde, wenn sie sich so entwickelt hätte? Egal.

Ich verzichte aufs Frühstück und fahre direkt los. Bei ihrer Wohnung angekommen kann ich ihr Auto nirgends entdecken, Enttäuschung macht sich in mir breit. Egal. Vielleicht besser so. Ich laufe zu ihrer Wohnung und bemerke noch rechtzeitig, dass auf ihrem Briefkasten ein anderer Name prangt. Ich schüttele kurz den Kopf und bin irritiert. Dann schaue ich auf ihre Absenderadresse: »Am Schützenhof« lautet die Straße. Jetzt macht sich Vorfreude in mir breit. Diesmal laufe ich beschwingt und nicht pathetisch schwer zu meinem Auto. Tippe die Adresse ins Navi. Ich brauche sechs Minuten.

Ich parke, stehe vor einem Reihenhaus und bin verwirrt, ich dachte, sie sei nicht mit Sebastian zusammengezogen. Ich gleiche die Adresse ab, das muss es sein. Und der verwilderte Vorgarten spricht ebenfalls dafür. Ich zögere, doch immerhin hat sie ja mir geschrieben.

Ich steige aus, gehe zur Haustür, klingele. Es dauert ewig, doch plötzlich höre ich etwas, und dann öffnet Marina mir, bewaffnet mit einer Kaffeetasse, zerzausten Haaren und schön wie immer, die Tür. Sie lächelt, als sie mich sieht, dann stellt sie ihre Tasse auf die Garderobe, breitet ihre Arme aus und nimmt mich in den

Arm. Bisher ist es immer andersherum gewesen. Als wir die Umarmung lösen, hebe ich den Umschlag hoch und sage grinsend: »Die Danksagung hat mich berührt!«

Marina lacht und zuckt mit den Schultern. »Welche Danksagung?« Dann schwindet das Lachen, sie schaut zu Boden und sagt: »Ach, du meinst meinen Brief?«

Ich grinse sie an. »Nee, dein Buch, ich komme ganz schön gut weg!«

Jetzt lacht sie wieder. Sie wirkt erleichtert.

»Aber ich kann nicht dein Lektor sein, ich bin befangen«, erkläre ich vorsichtig, aus Angst, sie noch mehr zu enttäuschen, wenn ich meine Absage zu hart formuliere.

Doch sie lacht nur, keine Spur von Enttäuschung, und sagt: »Komm erst mal rein! Kaffee?«

»Klar!«

Während sie in die Küche geht, bleibe ich stehen und schaue mich um, auch wenn die Räume hier ganz anders aufgeteilt sind, stehen überall dieselben, altbekannten Möbel, sogar die Bilder und Leinwände sind gleich geblieben. Das beruhigt mich irgendwie. Dann reicht sie mir einen Kaffee und geht vor ins Wohnzimmer, dieselbe Couch, derselbe alte Fernseher im Ivar-Holzregal, das zuvor schon ihrem Papa jahrelange Dienste erwiesen hat. Wir setzen uns hin.

Ich stelle meinen Kaffee auf die Couchlehne und ziehe das Manuskript hervor. »Ich kann zwar nicht dein Lektor sein, aber ich habe mittlerweile ganz gute Kontakte, und …« Wie formuliere ich es jetzt? War es eigennützig, egoistisch? Ich atme einmal ein und aus, bevor ich fortfahre. »Ich wäre gerne Teil der Geschichte, als Autor.«

Nun schaut sie mich irritiert an, ihre Augen zusammengekniffen, und schüttelt vorsichtig mit dem Kopf. »Als Autor? Ich verstehe nicht …«

»Marina, ich … Du hast immer gesagt, dein Leben sei eine Soap und leider kein Netflix Original. Ich … wir, also mein Agent … Was hältst du von einer Serie?«

Sie starrt mich ungläubig und mit großen Augen an. »Wie meinst du das?«

»Ich habe doch kürzlich ein Skript als Drehbuch verkauft. Gestern habe ich dein Buch komplett gelesen und es gibt rein marketingtechnisch schon viel her, der Inhalt, die Themen, die Zielgruppe! Eine Mischung aus ›Sex and the City‹ und ›This is Us‹ schwebt mir vor. Und ich könnte dich unterstützen? Bei meinem Agenten ein gutes Wort einlegen? Was sagst du?« Ich schließe meinen Vorschlag feierlich ab und schaue sie erwartungsvoll an.

Sie schüttelt vorsichtig mit dem Kopf. »Thomas, was ist passiert? Ich … versuchst du, mir zu imponieren? So kenne ich dich gar nicht …«

Ich fühle mich unwohl und irgendwie auch ertappt, es stimmt, ich habe alles gelesen und sogar Texte geschrieben und mir Gedanken gemacht, wie ich diesen Wunsch, dass ihr Leben keine Soap, sondern ein Netflix Original wird, erfüllen konnte. Ich weiß nicht, ob ich irgendwas wiedergutmachen wollte, ja, vielleicht wollte ich das. Ich nicke. »Ja, vermutlich versuche ich das …«, gestehe ich ihr.

Sie lächelt mich an: »Ich fühle mich geschmeichelt! Aber ich habe mein Leben lang versucht, Aufmerksamkeit zu bekommen, wollte im Mittelpunkt stehen oder auf Platz eins sein, egal, bei wem. Hauptsache, es drehte sich um mich. Ich habe sogar 'ne Schauspielausbildung gemacht!« Sie lacht und schüttelt amüsiert den Kopf. »Dieses Buch. Ist mein Buch. Ich wollte immer eins schreiben und mir fehlte immer das richtige Ende. Ich fühle mich geehrt und geschmeichelt, aber dieses Buch, das habe ich für mich geschrieben, für mich und auch ein bisschen für dich. Ich möchte es nicht veröffentlichen. Weder im Verlag, noch als Netflixserie. Ich brauche keine Validierung mehr von außen, nicht für diese Geschichte, nicht für mich, mein Dasein. Ich bin angekommen, bei mir. Und das war immer das Ziel, das Ende.«

Danksagung

Ich danke vor allem Dir, Michel, ohne Dich … Du weißt ja, wie es hier zugeht, wenn Du mal nicht da bist und für Struktur sogst. Du bringst so viel Liebe, Freude und Leichtigkeit in mein Leben und stellst mich immer wieder vor neue Herausforderungen. #Pubertät
Danke, Fin-Michel!

Und wo wir gerade bei Männern aus der Familie sind. Mein Papa! Ich weiß, Du kannst das nicht so gut haben, wenn ich sage, ich bin Dir dankbar! Aber wie ich Dir kürzlich schon geschrieben habe: Dankbarkeit ist ein schönes Gefühl. Ich Danke Dir dafür, dass Du immer an mich glaubst, egal, auf welche irrwitzige Idee ich so komme, und mich dabei unterstützt, egal, wie sinnvoll Du das findest! Das Schreiben habe ich wohl von Dir! Hast Du mittlerweile eigentlich mal den Gutschein von BoD eingelöst, den wir Dir vor fünfzehn Jahren geschenkt haben? Und Beate, danke vor allem dafür, dass Du Dich so gut um Papa kümmerst. <3

Sarah-Maus und Bruderherz Sebastian. So verschieden wir auch sind, ohne Euch wäre ich nicht die Jenni, die ich bin. Ich lerne von und durch Euch so viel, was nie ausgesprochen wird: Sarah, meine berufliche Entwicklung verdanke ich vor allem Dir, aber viel wichtiger, Du lebst mit Michael, Lotta und Piet vor, was Familie bedeutet, und die Bedeutung, die Du der Familie gibst, ist wohl die schönste.

Sebastian, ich bin so unglaublich stolz auf Dich und das, was Du aus Deinem Leben gemacht hast, es klingt komisch, aber es ist so schade, dass ich Dich erst richtig kennengelernt habe, als wir beide schon erwachsen waren. Als Kind war ich in Dich verliebt, wollte Dich heiraten und dachte wirklich, Du kämest aus dem Weltall. Keine Ahnung, warum ich ausgerechnet jetzt daran denken muss. Und Danny und Lea-Sophie, Deine Frau und Tochter, die sich gerade zum Endspurt der Veröffentlichung nochmal richtig ins Zeug gelegt haben, und Noah, ein paar Jahre älter als Michel, der mich immer darauf vorbereitet hat, was wohl als Nächstes so kommt.

Und Oma, viel zu spät und doch früh genug. Wie schön, dass Du unsere Familie nun endlich auch aus der Nähe zusammenhalten kannst. Danke für Deine stetige Unterstützung, Dein offenes Ohr und dafür, dass Du mich niemals verachtest, sondern immer stolz auf mich bist!

Mia, Michèle Gries, meine Lektorin. Danke so sehr für Deine Wiederverzauberung. Gefunden über Instagram lag direkt ein bisschen Gold- und Sternstaub in der Luft. Nach unserem ersten Call fühlte ich mich ein bisschen wie, frisch verliebt. Und nach dem ersten Durchgang des Lektorats wäre ich fast vor Dankbarkeit zersprungen. Aus meiner Geschichte wurde plötzlich ein Buch, ein Roman. Deine Anmerkungen, Hinweise und Impulse waren und sind so wertvoll. Der Plott in Form eines Theaterskriptes, wurde zum Leben erweckt und das Schreiben, die Leidenschaft wurde neu entfacht. Ich werde meinen Beruf nicht aufgeben, um mein Geld mit Bücher zu verdienen, aber es wird ein weiteres Buch geben – Dank Dir. Und Dank Dir gibt es nun dieses Buch. Die Zusammenarbeit war magisch, unterhaltsam, berührend und so behutsam. Ich freue mich schon jetzt auf Deinen Roman und Dein erstes Eigenes Buch ›**federleicht furchtlos**‹ liegt auf meinem Nachttisch. Danke von ganzem Herzen. (Dieser Danksagungs-Text wurde nicht von ihr lektoriert – übrigens.)

Constanze und Marcus, das was Mia mit meinem Inhalt gemacht hat, habt ihr mit dem Layout gemacht. Bereits beim ersten Probesatz wurde mir warm ums Herz: So sieht ein Buch aus!!! Deine Ideen und Vorschläge für die verschiedenen Textelemente, Marcus, sind so cool! Etwas sachtextlicher bei den Posts, SMS-Design, verspielte und dennoch leserliche Handschrift… Danke! Ohne die Coverboutique würden die Augen beim Lesen vermutlich wehtun.

Marco, Du hast mich zum Schreiben inspiriert. Von Dir stammt die Aussage, dass der größte Erfolg ist, ein Buch zu beenden, das hat mich bis zuletzt motiviert.

Alex, Du hast mein Leben gerettet. Auch wenn Du das nicht verstehen oder glauben kannst, ich habe so viel von Dir gelernt, zum Beispiel, dass Liebe Akzeptanz bedeutet, und ohne Dich wäre dieses Buch gar nicht entstanden.

Hannah, meine Freundin. Oft sind es diese ganz besonderen Gastauftritte in jeder Staffel, wie schade, dass wir nicht einfach Nachbarinnen sind.

Moni BFF – ich muss direkt grinsen, wenn ich an Dich denke. Meine erste richtige Freundin-Freundin. Wie Geschwister haben wir die Welt erobert, Du mehr als ich – leider. So viele Abenteuer verbinde ich mit Dir. Oh, das schönste und gefährlichste Abenteuer in Italien haben wir sogar zu dritt mit Hannah erlebt.

Ganz besonderer Dank gilt auch meiner Weiterbildungsgruppe, allen voran Lisa Große-Rhode und Rainer Knubben, meinen Ausbildern und Euch: Alex, Robert, Sabrina, Birgit, Renate, Stefanie, Carina, Jutta, Christina, Lutz, Doro und Irmgard! Danke fürs Aushalten, fürs Hören, fürs Teilhabenlassen und fürs Sehen!

Das Studium an der Ruhr-Universität Bochum war ebenfalls ganz prägend, Nikol und Astrid, ist Euch klar, dass Ihr meine Vorlage für meine Führungsposition bei der AWO gewesen seid? Christian, Marina und Tim, wie sehr ich diese Zeit vermisse! Tausend Dank! Und wo ich gerade bei der AWO bin, Ute, Danke für Dein offenes Ohr, Ingrid, Sabriye, Birgit, Christina und Beate, Malin, Sabrina, Setffi, Ragna und Katharina – Danke für euer Vertrauen und Beate, Dir vor allem Danke für Deine Zuversicht und den Hinweis, wie toll mein #dasherzdenktnichtesfühlt doch ist – vielleicht war das auch der entscheidende Hinweis für den Titel dieses Buches.

Lenni, die erste Testleserin! Danke so sehr dafür und danke, dass Du mich als zusätzliches Familienmitglied duldest. Ich muss selbst schmunzeln, aber Du weißt hoffentlich genau, wie ich es meine?! Matthis, für Dich gilt das Gleiche, auch wenn ich davon ausgehe, dass Du, wie Michel, die Medienzeit ohnehin nicht missen möchtest.

Valeska, meine zunächst Nachbarin und später Freundin! Danke für Deine Unterstützung, Dein offenes Ohr und Dein unerschütterliches Vertrauen in mich!

Und wo wir gerade bei Nachbarinnen sind, Alexa & Denise meine kleine Wahlfamilie in unserer Oase.

Linda, meine Insel! Bei Dir darf alles sein, Du hältst aus, lässt mich aushalten, hörst zu, lässt mich zuhören, fängst mich auf und lässt Dich fallen. Wie der Tiger und der Bär von Janosch. Zumindest fühle ich mich immer wie der Tiger, der auf dem Boden liegt und keine Kartoffeln geschält hat, weil er so einsam ist, wenn wir uns mal vierundzwanzig Stunden oder gar länger nicht gesehen haben.

Printed in Germany
by Amazon Distribution
GmbH, Leipzig

31561816R00215